UN BON INDIEN
EST UN INDIEN MORT

STEPHEN GRAHAM JONES

UN BON INDIEN EST UN INDIEN MORT

Traduit de l'anglais (États-Unis)
par Jean Esch

Collection fondée par François Guérif

RIVAGES/NOIR
Retrouvez l'ensemble des parutions
des Éditions Payot & Rivages sur

payot-rivages.fr

Collection dirigée par Jeanne Guyon
et Valentin Baillehache

Titre original : *The Only Good Indians*

Pour Jim Kuhn,
qui était un authentique fan d'horreur.

« Cette scène d'horreur se répète trop souvent, à chaque saison, dans le pays des caribous. Depuis des années, les cris de douleur des chasseurs font trembler les arbres. »

Don Laubach et Mark Henkel, *Elk Talk*

Williston, Dakota du Nord

La manchette consacrée à Richard Boss Ribs dirait : UN INDIEN TUÉ LORS D'UNE DISPUTE DEVANT UN BAR.

C'est une façon de voir les choses.

Ricky s'était fait engager dans une équipe de forage dans le Dakota du Nord. Comme il était le seul Indien, on l'avait surnommé Chef. Et comme il était nouveau, et juste de passage, sans doute, c'était toujours lui qu'on envoyait guider la chaîne. Et chaque fois qu'il revenait avec tous ses doigts, il faisait le tour de la plateforme pouces dressés pour montrer qu'il avait de la chance, et que rien de tout ça ne pourrait jamais l'atteindre.

Ricky Boss Ribs.

Il avait fichu le camp de la réserve dès que son petit frère Cheeto avait fait une overdose dans le salon de quelqu'un, où la télé, avait-on expliqué à Ricky, diffusait les images de cette caméra de surveillance qui reste braquée sur le parking du supermarché IGA en permanence. C'était justement ce détail que Ricky ne cessait de ressasser : seuls les *très* vieux parmi les anciens regardaient cette chaîne. Cela leur rappelait combien la vie sur la réserve était ennuyeuse ; c'était de la merde, c'était rien. Son petit frère ne regardait même pas la télé normale, il n'arrivait pas à rester assis devant l'écran ; au mieux, il aurait lu des BD.

Au lieu de traîner ses bottes lors de la veillée funèbre et de faire tache sur la parcelle de terre familiale derrière East Glacier – tout le monde se garait sur le chemin de l'exploitation forestière, si bien qu'ils devraient rouler jusqu'aux tombes pour revenir –, Ricky avait filé dans le Dakota du Nord. Son plan, c'était d'aller à Minneapolis – il connaissait des types là-bas –, mais à mi-chemin, il était tombé sur cette équipe de forage pétrolier qui embauchait, et ils lui avaient dit qu'ils aimaient bien les Indiens, en raison de leur résistance naturelle au froid. Comprenez : ils ne se volatilisaient pas en hiver.

Ricky, assis dans la caravane orange semblable à une niche de chien pour cet entretien, avait acquiescé. Les Blackfeet ne craignaient pas le froid, en effet ; et non, il ne les planterait pas au beau milieu de la semaine. Il s'était gardé de préciser que vous ne deveniez pas résistant au froid à force de porter une veste pourrie ; vous cessiez de vous plaindre au bout d'un moment, voilà tout, car ça ne vous aidait pas à vous réchauffer. De même, il ne leur avait pas dit pas que, dès sa première paie en poche, il reprendrait la direction de Minneapolis. Salut.

Le contremaître qui l'avait interrogé était un type costaud, au visage buriné, plus ou moins blond, dont la barbe ressemblait à une éponge à récurer. Quand il avait tendu la main au-dessus de la table pour serrer celle de Ricky, en le regardant droit dans les yeux, le monde moderne avait disparu pendant un long moment : tous les deux se trouvaient soudain sous une toile de tente, le contremaître portait une veste de soldat de cavalerie, et Rick convoitait déjà les boutons en cuivre, il ne pensait pas du tout au document posé sur la table entre eux, et sur lequel il venait de tracer une croix.

Cela lui arrivait de plus en plus souvent ces derniers mois. Depuis que la chasse avait mal tourné l'hiver dernier, jusqu'à maintenant, en passant par cet entretien, sans parler de la mort de Cheeto sur ce canapé.

Cheeto n'était pas son nom de naissance, mais il avait des taches de rousseur et des cheveux orange, du coup impossible de se débarrasser de ce surnom[1].

Ricky se demandait comment s'était passé l'enterrement. Il se demandait si, à cet instant, un gros cerf était en train de fourrager le long de la clôture grillagée, autour de tous ces Indiens morts. Il se demandait ce que ce gros cerf voyait, réellement. S'il attendait que tous ces spécimens sur deux pattes sortent.

Cheeto aurait trouvé que c'était un très beau cerf, devinait Ricky. Enfant, il n'avait jamais été du genre à se lever tôt avec Ricky pour aller dans la forêt à l'aube. Il n'avait jamais aimé tuer quoi que ce soit, sauf des bières ; il préférait vider des bouteilles de bière plutôt qu'un chargeur, et sans doute qu'il aurait été végétarien si cela avait été possible à l'intérieur de la réserve. Ses cheveux orange le désignaient déjà comme une cible de choix. S'il avait mangé de la bouffe pour lapin, cela n'aurait fait qu'augmenter le nombre d'Indiens qui faisaient la queue pour le liquider.

Mais il serait quand même mort sur ce canapé, quoi qu'il en soit, de lui-même, et à ce moment-là, Rick avait décidé de foutre le camp lui aussi, fait chier. Évidemment, il pouvait servir de tendeur de chaîne à cette équipe pendant une semaine ou deux. Oui, bien sûr, il pouvait dormir dans une niche avec tous ces Blancs, et le vent qui faisait tanguer la caravane. Non, ça ne le gênait pas d'être le Chef, tout en sachant que s'il avait vécu à l'époque où on chassait les bisons, il aurait été un ouvrier non qualifié également. L'équivalent du tendeur de

1. Les Cheetos sont des gâteaux à apéritif de couleur orangée. *(Toutes les notes sont du traducteur.)*

chaîne à l'époque des arcs et des flèches, tel serait le statut de Ricky Boss Ribs.

Quand il était enfant, il y avait un livre à la bibliothèque consacré au « précipice à bisons » de Head Smashed-In, ou quel que soit le nom qu'on lui donne, l'endroit où les Blackfeet de jadis avaient précipité d'innombrables troupeaux du haut de la falaise. Ricky se souvenait que le garçon choisi pour endosser une peau de bête et courir devant tous ces bisons était celui qui remportait toutes les courses organisées par les anciens, contre les autres enfants ; c'était celui qui grimpait aux arbres mieux que les autres car il fallait être rapide pour devancer ces tonnes de viande, et il fallait avoir des mains solides également car au dernier moment, après avoir sauté dans le vide, il devait attraper la corde que les hommes avaient installée là pour le retenir et le remonter, sain et sauf.

Qu'est-ce qu'on ressentait accroché là-haut, pendant que les bisons s'envolaient dans les airs, à portée de main, en mugissant, les pattes raidies sans doute, car ils ne savaient pas quand le sol allait arriver ?

Qu'est-ce qu'on ressentait lorsqu'on fournissait de la viande à toute la tribu ?

Ils avaient failli le faire lors du dernier Thanksgiving, Gabe, Lewis, Cass et lui ; ils en avaient vraiment *l'intention* : ils seraient ce genre d'Indiens pour une fois, ils montreraient à tous les habitants de Browning que c'était comme ça qu'on faisait, mais à cause de toute cette neige fondue, cela avait quasiment viré au cauchemar, et Ricky se retrouvait planté là, dans le Dakota du Nord, comme s'il ne savait pas qu'il ne fallait jamais être trop optimiste.

Putain de merde.

Les seules choses qu'il traquerait à Minneapolis, c'étaient des tacos et un lit.

En attendant, cette bière ferait l'affaire.

Le bar était uniquement rempli de *roughnecks*[1], d'un mur à l'autre. Il n'y avait pas encore eu de bagarre, mais il suffisait d'attendre. Il y avait un autre Indien présent, un Dakota probablement, qui sirotait une bouteille dans un coin, près des tables de billard. Il avait salué Ricky d'un hochement de tête, et Ricky avait répondu de la même manière, mais il y avait autant de distance entre eux qu'entre Ricky et son équipe.

Surtout, il y avait une serveuse blonde qui zigzaguait entre les clients en tenant en équilibre un plateau de bouteilles vides. Cinquante paires d'yeux la suivaient, aisément. Ricky trouvait qu'elle ressemblait à cette grande fille avec qui Lewis avait fichu le camp à Great Falls en juillet, mais sans doute qu'elle l'avait déjà plaqué, et maintenant Lewis était assis dans un bar semblable à celui-ci, en train d'arracher l'étiquette de sa bouteille de bière, lui aussi.

Rick leva sa bouteille en guise de salut, à des kilomètres de là.

Quatre bières et neuf chansons country plus tard, il faisait la queue devant l'urinoir. Mais la queue serpentait jusque dans le couloir, et la dernière fois qu'il était allé aux toilettes, il y avait déjà des types qui pissaient dans la poubelle et dans le lavabo. Il flottait là un air abrasif et jaune, qui craquait presque entre les dents de Rick quand il avait ouvert la bouche accidentellement. Ce n'était pas pire que les chiottes sur la plateforme, mais là-bas, vous pouviez baisser votre braguette n'importe où et pisser.

Ricky quitta les toilettes, termina sa bière d'un trait car les flics adorent voir un Indien qui se promène en pleine nature avec une bouteille de bière à la main, et il se fraya un chemin jusqu'à la sortie, en quête d'air frais et peut-être d'un poteau de clôture qui avait grand besoin d'être arrosé.

---

1. Nom donné aux ouvriers qui travaillent sur les plateformes de forage.

À la porte, le videur plaqua sa main épaisse contre le torse de Ricky et lui déconseilla de partir. Une histoire de jauge et de capitaine des pompiers.

Ricky regarda, par la porte ouverte, la masse de *roughnecks* et de cow-boys qui attendaient pour entrer, tous leurs yeux étaient braqués sur lui, sans rien demander toutefois. C'était la queue dans laquelle Rick devrait patauger pour retourner à l'intérieur. Mais la décision ne lui appartenait plus vraiment déjà, hein ? Dans moins de quatre-vingt-dix secondes, il allait pisser, alors autant augmenter ses chances de se trouver dans un endroit où il pourrait se soulager sans se dégueulasser.

Il pourrait faire la queue une demi-heure pour continuer à reluquer cette serveuse blonde, évidemment. Ricky pivota de profil pour contourner le videur, en lui faisant comprendre d'un hochement de tête qu'il savait ce qu'il faisait, et déjà un *roughneck* s'avançait pour prendre sa place.

Il n'avait même pas le temps de foncer sur le côté du bar, près de la pile de sacs fumante où étaient les bennes à ordures. Ricky marcha droit devant lui, dans l'océan de pick-up plus ou moins alignés, et il se soulagea en chemin, presque avant de pouvoir s'arrêter, obligé de se pencher en arrière pour maîtriser une véritable lance à incendie.

Il ferma les yeux sous l'effet du plaisir le plus pur qu'il avait éprouvé depuis plusieurs semaines, et quand il les rouvrit, il eut le sentiment de ne plus être seul.

Il se figea.

Seuls les Indiens idiots frôlent en passant une bande de Blancs patibulaires, dont chacun est convaincu que le siège que vous occupiez à l'intérieur de ce bar aurait dû lui revenir. Ils acceptent que le Chef soit le tendeur de chaîne dans leur équipe, mais quand il s'agit de savoir qui peut reluquer la femme blanche, c'est une autre paire de manches, hein ?

Imbécile, se dit Ricky. *Imbécile imbécile imbécile.*

Il regarda devant lui, le capot par-dessus lequel il allait sauter et le plateau du pick-up dont il espérait qu'il ne transportait pas du matériel qui risquait de lui briser les chevilles, car tel était son plan. Un groupe de Blancs pouvait réduire un Indien en bouillie, aucun doute à ce sujet, cela arrivait tous les week-ends, ici sur la Hi-Line. Mais avant cela, il fallait encore qu'ils l'attrapent.

Et maintenant que, d'après son estimation, il s'était délesté de plus d'un kilo d'urine, et qu'il dessoûlait à vitesse grand V, même s'il y avait un ancien running back parmi ces types, il n'avait aucune chance de l'attraper par le colback.

Ricky s'adressa un sourire pincé et hocha la tête pour se donner du courage, délogeant tous les fusils qu'il ne pouvait pas laisser entreposés dans son esprit, des fusils qui, en réalité, se trouvaient derrière le siège de sa camionnette, là-bas sur le chantier. Quand il avait quitté Browning, il les avait tous emportés, y compris ceux de ses oncles et de ses grands-pères – ils étaient tous rangés dans le même placard près de la porte d'entrée – et il avait pris également le sac de congélation contenant diverses munitions, en songeant que certaines devaient correspondre à ces armes.

L'idée, c'était qu'il aurait besoin de fric pour se lancer quand il arriverait à Minneapolis, et des fusils se transformaient en argent liquide plus vite que n'importe quoi d'autre. Mais il avait trouvé du boulot en chemin. Et il avait réfléchi, il s'était dit que ses oncles auraient besoin de remplir leur congélateur pour l'hiver.

Là, sur l'immense parking de ce bar de *roughnecks* dans le Dakota du Nord, Ricky se promit de renvoyer tous ces fusils. Mais pour cela, devrait-il d'abord enlever les culasses et les envoyer à part, dans des paquets séparés, pour que ce ne soit plus vraiment des fusils ?

Il l'ignorait, mais il savait qu'à cet instant, il aurait aimé tenir cette carabine à pompe 30-06 dans ses mains. Pour ouvrir le feu en cas de nécessité, mais avant tout pour l'utiliser comme une batte de base-ball, l'extrémité du canon laissant des marques en forme de demi-lune sur les joues, les arcades sourcilières et dans les côtes ; la crosse, elle, était parfaite pour les mâchoires.

Même s'il s'écroulait sur ce parking, dans sa pisse, ces sinistres Blancs crasseux se souviendraient de ce Blackfeet, et ils y réfléchiraient à deux fois désormais lorsqu'ils en verraient un entrer dans leur bar.

Dommage que Gabe ne soit pas là. Gabe adorait ce genre d'embrouilles : jouer aux cow-boys et aux Indiens sur les parkings du monde entier. Il pousserait son cri de guerre à la con et foncerait tête baissée. Pour lui, chaque journée de sa vie ridicule aurait pu tout aussi bien se dérouler il y a cent cinquante ans.

Mais quand vous étiez avec lui, avec Gabe... Ricky plissa les yeux et hocha la tête, de nouveau, pour se donner de la force. Faire semblant, du moins, pour essayer de ressembler à Gabe, à cet instant. Quand Ricky était avec Gabe, il avait toujours envie de pousser un cri de guerre lui aussi, le genre de cri qui donnait l'impression, lorsqu'il se retournerait face à ces Blancs, qu'il brandissait un tomahawk. Et que son visage était recouvert de peintures blanches et noires, rugueuses et friables, avec peut-être un unique trait rouge, de la largeur d'un doigt, sur le côté droit.

Les années peuvent s'envoler, mon pote.

« Bon », fit Ricky, poings serrés, sa poitrine se soulevant déjà ; et il se retourna, pour en finir, les dents serrées elles aussi, pour que, s'il se retrouvait face à un coup de poing, celui-ci ne le secoue pas trop.

Mais... personne ?

« Qu'est-ce que... ? » dit Ricky, sans achever sa phrase car il y avait bel et bien quelque chose, oui.

Une énorme silhouette noire, qui escaladait une Nissan 280Z blanc nacré, totalement incongrue.

Ce n'était pas non plus un cheval, comme il l'avait immédiatement pensé. Ricky ne put s'empêcher de sourire. C'était un élan, hein ? Un mâle costaud, trop idiot pour savoir que c'était un endroit où venaient les gens, pas les animaux. L'animal renâcla, une seule fois, et s'élança contre le pick-up garé sur sa droite, repliant sur les côtés, comme un taco, le joli capot incliné de cette petite Nissan, tout enfoncé au milieu maintenant. Au moins, la voiture avait souffert en silence. Le pick-up que l'élan venait de percuter se sentit bien plus insulté ; son alarme poussa un hurlement strident, si assourdissant que le vieux mâle planta ses quatre sabots dans le sol. Au lieu de suivre une voie logique, parmi la vingtaine qui s'offrait à lui pour fuir ce vacarme, il grimpa sur le capot du pick-up hurlant, et retomba de l'autre côté.

Et voilà que ce pauvre élan ivre se cognait contre un autre véhicule, puis encore un autre.

« Qu'est-ce qui te prend, vieux ? » lui demanda Ricky, impressionné.

Un sentiment qui fut de courte durée. L'élan avait fait demi-tour et il fonçait dans une allée entre les voitures, tête baissée tel un vieux taureau, et Ricky se trouvait en plein sur son passage…

Alors, il se jeta sur le côté, contre un *autre* véhicule, déclenchant une *autre* alarme.

« Tu veux t'en prendre à moi ? » cria Ricky en plongeant la main à l'arrière d'un pick-up, au hasard. Il en sortit une énorme clé à molette qui ferait un bon moyen de dissuasion, pensait-il. Espérait-il.

Même si son adversaire pesait deux cents kilos de plus, au moins.

Même si les élans ne faisaient jamais ça.

Quand il entendit l'animal renâcler dans son dos, Ricky pivota en balançant la clé à molette, qui alla pulvériser le rétroviseur extérieur d'une camionnette Ford. L'alarme hurla, la Ford fit clignoter toutes ses lumières, et quand Ricky se retourna vers les raclements de sabots sur le sol, ce n'étaient plus des sabots, mais des grosses chaussures.

Tous les *roughnecks* et les cow-boys qui attendaient pour entrer dans le bar.

« Il… il… », dit Ricky en brandissant la clé à molette comme une masse à pneu, alors que tous les véhicules environnants exprimaient leur douleur en clignotant, exhibant les traces des coups reçus. Il les vit lui aussi, et il vit qu'*eux aussi* les voyaient : cet Indien avait été maltraité à l'intérieur du bar, et comme il ne savait pas qui conduisait quoi, il se vengeait sur tous les véhicules garés sur le parking.

Typique. D'un instant à l'autre, un de ces Blancs allait faire remarquer que Ricky avait quitté sa réserve, et ce qui était censé arriver pourrait commencer pour de bon.

À moins que Ricky ait envie de *vivre*, peut-être.

Il laissa tomber la clé à molette dans la neige fondue et tendit la main, en disant : « Non, non, vous ne comprenez pas… »

Ils comprenaient très bien.

Lorsqu'ils s'avancèrent pour lui régler son compte selon la méthode consacrée, Ricky se retourna, sauta sur le capot de la 280Z qu'*il* n'avait pas démolie et vécut un moment très difficile lorsque des doigts accrochèrent un passant de son pantalon, mais il se libéra d'une violente rotation du bassin, et bascula de l'autre côté, tête en avant ; ses mains raclèrent le sol pendant quelques pas déséquilibrés. Une bouteille de bière le frôla et alla se briser contre une calandre, juste devant lui ; il leva les mains pour protéger ses yeux et contourna le pick-up, mais pas suffisamment, et sa hanche heurta l'extrémité du pare-buffle, le fit tournoyer et l'envoya heurter une *autre* camionnette, dotée d'une *autre* alarme débile.

« Je t'emmerde ! » cria-t-il à la camionnette, à toutes les camionnettes, à tous les cow-boys, au Dakota du Nord et à tous les gisements de pétrole d'Amérique en général ; et tandis qu'il fonçait entre deux rangées de véhicules en agrippant des rétroviseurs, dont deux lui restèrent dans la main, il sentit un sourire se dessiner sur son visage, le sourire de Gabe.

Voilà donc ce qu'on ressent.

« Oui ! » cria-t-il, alors que le flot d'adrénaline et de peur débordait derrière ses yeux et submergeait toutes ses pensées. Il se retourna et continua à courir à reculons pour tendre ses deux mains et pointer du doigt les *roughnecks*. Au bout de quatre pas, alors qu'il accomplissait ce geste capital, il bascula dans le vide, comme une sorte de petit talus dans un champ labouré, le talon de sa chaussure gauche heurta une pierre ou une motte d'herbe gelée à la con et il s'affala.

Derrière lui, il vit des silhouettes sombres sauter par-dessus des plateaux de pick-up, et leurs chapeaux de cow-boy s'élevèrent avec eux, sans retomber : ils se fondaient dans la nuit.

« Les Blancs ne savent pas bouger… », se dit-il, moins convaincu maintenant.

Il pivota, se releva et se remit à courir.

Quand les bruits et les claquements des bottes furent trop près, suffisamment près pour qu'il ne puisse plus rien faire, et comprenne que c'était la fin, Ricky agrippa un double pare chocs en fibre de verre et s'en servit pour exécuter une glissade brutale à angle droit qui aurait dû l'envoyer sur le côté de la camionnette, normalement, mais voilà qu'il glissait dessous, entraîné par les talons usés de ses chaussures de chantier.

C'était le genre d'échappatoire qu'il avait appris à douze ans, quand il pouvait ramper et se faufiler.

La camionnette était juste assez haute pour qu'il se glisse en dessous, dans la boue, emporté jusqu'au milieu par son élan. Pour essayer d'atteindre l'autre côté, il chercha une prise et l'énorme tuyau d'échappement lui brûla aussitôt la paume et les doigts.

Ricky poussa un cri de douleur, mais continua à se trémousser et il émergea de sous la camionnette, avec suffisamment de vitesse pour percuter une vieille bagnole, qui ne possédait pas d'alarme. À deux véhicules de là, devant, les silhouettes sombres exécutaient leurs plus beaux demi-tours, en jetant des coups d'œil à droite et à gauche pour repérer l'Indien.

Baisse-toi, se dit Ricky et il disparut en courant, plié en deux, avec l'impression d'être un soldat dans une tranchée, sous une pluie d'obus. Ce qui était peut-être le cas.

« Il est là-bas ! » beugla un des *roughnecks,* et sa voix était suffisamment lointaine pour que Ricky sache qu'il se trompait, qu'ils étaient sur le point de se jeter sur quelqu'un d'autre pendant une dizaine de secondes, jusqu'à ce qu'ils s'aperçoivent que ce n'était pas l'Indien.

Dix véhicules entre lui et eux maintenant. Rick se redressa pour s'assurer que ce n'était pas ce Dakota qui se faisait tabasser à sa place.

« Je suis là », lança-t-il aux *roughnecks*, pas assez fort, puis il fit volte-face et traversa le dernier alignement de camionnettes, pour déboucher dans le fossé bordant l'étroite bande de bitume qui l'avait conduit ici, et qui s'étendait entre le parking du bar et des kilomètres et des kilomètres de prairie gelée.

Ce serait donc une nuit de marche. Une nuit passée à se cacher chaque fois qu'apparaissaient des phares. Une nuit glaciale. Heureusement que je suis un Indien, se dit-il, en rentrant le ventre pour remonter la fermeture éclair de son blouson. Les Indiens ne sont pas sensibles au froid, hein ?

Il ricana et adressa un doigt d'honneur au bar dans son ensemble, sans se retourner, un simple geste par-dessus son épaule, de sa main en feu, avant de poser un pied sur l'asphalte décoloré, au moment même où une bouteille explosait à côté de sa chaussure.

Il tressaillit, retint son souffle et regarda derrière lui la masse d'ombres qui n'étaient plus que des bras, des jambes et des coupes en brosse, escaladant les camionnettes.

Ils l'avaient vu, ils avaient repéré sa silhouette d'Indien sur le fond pâle de l'herbe gelée.

Ricky laissa échapper un souffle d'exaspération entre ses dents, secoua la tête, juste une fois, et traversa la bande de bitume à grandes enjambées pour tester leur détermination. Voulaient-ils vraiment se payer un Indien ce soir, au point de cavaler en pleine nature au mois de novembre, ou se contenteraient-ils de l'obliger à déguerpir ?

Au lieu de faire confiance au gravier et au verglas du bas-côté opposé, Ricky s'y laissa glisser et, lorsque les talons de ses chaussures rencontrèrent l'herbe, il transféra son élan dans une course tête baissée qui se serait achevée par une chute si son ventre n'avait pas heurté le fil supérieur d'une clôture. Il bascula par-dessus avec une incroyable facilité, et le fil échappa à ses agrafes, au beau milieu, pour être bien sûr que son visage s'enfonce entièrement dans l'herbe craquante, de l'autre côté.

Ricky roula sur le dos, face au lavis des étoiles qui se répandaient dans toute cette obscurité, et il songea que, peut-être, il aurait dû rester chez lui et assister à l'enterrement de Cheeto ; et peut-être qu'il n'aurait pas dû voler les armes de sa famille. Peut-être qu'il n'aurait jamais dû quitter la réserve.

Il avait raison.

Quand il se releva, un océan d'yeux verts le regardaient, de *là-bas,* où il ne devait y avoir que de l'herbe gelée et du vide.

C'était un important troupeau d'élans, qui attendaient, et bloquaient le passage, alors qu'un autre troupeau, aussi important, se rapprochait dans son dos, un troupeau d'êtres humains qui avaient déjà atteint le bitume eux aussi, en braillant, poings serrés, leurs yeux lançant des éclairs blancs.

UN INDIEN TUÉ LORS D'UNE DISPUTE DEVANT UN BAR.

C'était une façon de voir.

LA MAISON QUI COULAIT ROUGE

Vendredi

Debout dans le salon voûté de la nouvelle maison en location qu'il partage avec Peta, Lewis examine le spot fixé au-dessus de la cheminée, il le met au défi de s'allumer maintenant qu'il le regarde.

Pour le moment, le spot se contente d'émettre une faible lueur de manière totalement aléatoire. Peut-être à cause de quelque obscure et improbable combinaison entre les interrupteurs de la maison, ou peut-être parce que le fer à repasser est branché dans la cuisine alors que la pendule, à l'étage, est – ou n'cst pas – branchée ? Surtout, ne lui parlez pas de toutes les connexions possibles entre la porte du garage et le congélateur, ou les projecteurs dans l'allée.

C'est un mystère, voilà tout. Mais – plus important – c'est un mystère qu'il va résoudre pour faire plaisir à Peta, le temps qu'elle aille à l'épicerie et revienne pour le dîner. Dehors, Harley, le malamute de Lewis, aboie sans discontinuer, d'un ton pitoyable, car il est attaché à la corde à linge, mais sa voix commence à s'enrouer. Lewis sait qu'il va bientôt s'arrêter. S'il lui ôtait son collier maintenant, ce serait le chien qui dresse le maître, et non pas le contraire. Même si Harley n'a plus l'âge d'être dressé. Lewis non plus, d'ailleurs. Franchement, il se dit qu'il mériterait une grosse récompense pour avoir vécu jusqu'à trente-six ans sans jamais s'être arrêté dans un drive pour commander un burger et des frites, en échappant au diabète, à l'hypertension et à la leucémie. Et il mériterait d'autres récompenses pour avoir évité tous les accidents de voiture, la prison et l'alcoolisme qui figuraient sur son carnet de bal culturel. Mais peut-être que sa récompense pour avoir échappé à tout ça – sans oublier la meth – c'est d'être marié depuis dix ans maintenant avec Peta, que rien n'oblige à supporter les pièces de moto qui trempent dans l'évier, les taches de chili Wolf Brand qu'il laisse toujours entre la table basse et le canapé et les cochonneries tribales qu'il essaie toujours d'installer en douce sur les murs de leur nouvelle maison.

Comme il le fait depuis des années, il imagine la une du *Glacier Reporter*, là-bas chez lui : UNE ANCIENNE STAR DU BASKET NE PEUT MÊME PAS ACCROCHER SA COUVERTURE DE FIN D'ÉTUDES DANS SA PROPRE MAISON. Et qu'importe si ce n'est pas parce que Peta a fixé une limite, mais parce qu'il s'est servi de cette couverture pour envelopper et rapporter un lave-vaisselle gratuit, il y a deux ou trois ans, et que le lave-vaisselle a basculé à l'arrière du pick-up, dans l'ultime virage, déversant un magma grumeleux et puant directement dans la baie d'Hudson.

Et qu'importe qu'il n'ait jamais été véritablement une star du basket, durant la première partie de sa vie.

Personne d'autre ne lit ce journal mental de toute façon. Quel sera le gros titre de demain ?

L'INDIEN QUI EST MONTÉ TROP HAUT. Lire page 12.

Ce qui signifie : si ce spot au plafond ne descend pas jusqu'à lui, il va devoir monter.

Lewis déniche la grande échelle en aluminium de quatre mètres sous des cartons dans le garage. Il la sort tant bien que mal dans le jardin de derrière, dans le style Stooges, racle en passant la porte-fenêtre dont il doit trouver un moyen de la verrouiller, il l'a promis, et l'installe sous ce stupide spot qui, s'il fonctionne un jour, se contentera d'éclairer ce tablier de briques devant la cheminée que Peta appelle « l'âtre ».

Les Blanches connaissent les noms de toutes les choses.

C'est une sorte de plaisanterie entre eux, car c'est comme ça que tout a commencé. Peta, âgée alors de vingt-quatre ans, était assise à une table de pique-nique derrière le grand chalet d'East Glacier, et Lewis, vingt-six ans, avait fini par se faire repérer à force de tondre encore et encore la même parcelle d'herbe, pour essayer de voir ce que dessinait Peta.

« Vous voulez la scalper ? », lui avait-elle lancé, d'une voix forte.

« Hmmm », avait répondu Lewis en laissant le moteur de la tondeuse s'arrêter.

Elle lui avait expliqué que ce n'était pas une insulte mais le terme utilisé quand on tondait l'herbe à ras, comme il le faisait. Lewis s'était assis en face d'elle et lui avait demandé si elle était une randonneuse, une estivante ou autre chose. Elle aimait ses cheveux (longs à l'époque), il avait voulu voir tous ses tatouages (il n'y avait déjà plus de place) et moins de quinze jours plus tard, ils se voyaient quasiment tous les soirs sous la tente de Peta, sur la banquette du pick-up de Lewis, et un peu partout dans le salon de son cousin, jusqu'à ce que Lewis lui annonce qu'il foutait le camp, il quittait la réserve, bon débarras.

Il sut alors que Peta était une vraie fille car elle ne regarda pas autour d'elle en disant : *c'est tellement beau ici* ou – pire encore – *mais c'est ta terre*. Elle y voyait un défi, se dit Lewis à l'époque, et moins de trois semaines plus tard, c'était devenu une liaison de nuit *et* de jour. Ils vivaient dans le sous-sol de la tante de Peta, ici à Great Falls, et ça marchait. Et ça marche encore, peut-être à cause de ces bonnes surprises du genre réparer le spot irréparable.

Lewis grimpe à l'échelle et doit aussitôt la déplacer d'une vingtaine de centimètres pour éviter de recevoir en pleine figure les pales du ventilateur qui pend du plafond au bout de sa tige en cuivre de plus d'un mètre. S'il avait consulté *Le livre du bon sens* avant d'entreprendre ce genre d'acrobatie – s'il avait su sur quelle étagère se trouvait cet ouvrage, déjà –, il suppose que la première page conseillait, avant de monter à l'échelle, d'éteindre toutes les choses tournoyantes susceptibles de briser votre nez d'imbécile.

Malgré cela, lorsqu'il se retrouve plus haut que le ventilateur, dont les pales tentent d'embrasser son os iliaque à travers son jean, prenant appui du bout des doigts sur le plafond en pente pour assurer son équilibre, il fait ce que ferait n'importe qui : il regarde à travers ce tourbillon aérien, et à force de découper la même partie du salon, encore et encore, on dirait que les pales…

Ont sculpté quelque chose ?

Pas uniquement le passé, mais un passé que Lewis reconnaît.

Entre les pales floues du ventilateur semblables aux aiguilles d'une horloge, une jeune femelle caribou est couchée sur le flanc. Lewis devine qu'elle est jeune rien qu'à sa taille et une sorte de maigreur générale, un air dégingandé. Si en descendant de l'échelle il pouvait continuer à la voir, il sait qu'en fouillant dans sa gueule avec un couteau il ne trouverait pas d'ivoire. Preuve qu'elle est encore jeune.

Et elle se ficherait de sentir le couteau s'enfoncer dans ses gencives car elle est morte.

Oui, Lewis est sûr et certain qu'elle est morte. Il le sait car, dix ans plus tôt, c'est lui qui l'a tuée. Sa peau est encore dans le congélateur, dans le garage, pour confectionner des gants si Peta reprend ses activités de tannage. Seule véritable différence avec la dernière fois où il a vu cette femelle, dix ans plus tôt : elle était couchée dans la neige constellée de gouttelettes de sang. Aujourd'hui, elle est sur un tapis beige un peu miteux.

Lewis se penche pour distinguer sa croupe, sous un autre angle, pour voir si le premier coup de fusil est toujours là, puis s'arrête et s'oblige à revenir en position initiale.

Son œil droit, jaune… était-il ouvert tout à l'heure ?

Lorsqu'il se met à cligner, Lewis pousse un petit jappement, totalement involontaire, et recule, en lâchant l'échelle pour agiter les bras et tenter de garder son équilibre, mais il sait déjà, en cet instant d'apesanteur, que ça y est, il a utilisé tous ses coupons gratuits pour échapper au cimetière, et cette fois, il va tomber, et que le coin en brique de « l'âtre » se dresse, plus pointu que d'habitude, pour s'enfoncer dans l'arrière de son crâne.

L'échelle bascule en sens inverse, comme si elle ne voulait pas se retrouver mêlée à une chose aussi répugnante ; tout cela au ralenti pour Lewis, dont la tête prend autant de photos qu'elle le peut, comme si elles pouvaient s'empiler pour interrompre sa chute.

Une de ces photos instantanées montre Peta, debout à côté de l'interrupteur, un sac de courses calé sur le bras gauche.

Parce que c'est Peta, autrefois perchiste à la fac, championne de triple saut au niveau régional, au temps du lycée, et sprinteuse compulsive aujourd'hui encore, chaque fois qu'elle en a l'occasion, parce que c'est Peta, qui n'a jamais connu une seule seconde d'indécision dans sa vie, sur la photo suivante elle a déjà lâché le sac de courses qui contient leur dîner et elle traverse le salon telle une pie grièche, non pas pour tenter de rattraper Lewis, cela ne servirait à rien, mais pour le percuter d'un coup d'épaule et l'éloigner de la mort certaine vers laquelle il se précipite.

Son plaquage en mouvement expédie Lewis contre le mur, avec une telle force que la fenêtre tremble dans son encadrement et que le ventilateur branle au bout de sa longue tige ; et dans la seconde qui suit, Peta est à genoux, ses doigts courent sur le visage de Lewis, ses clavicules ; elle lui crie qu'il est idiot, totalement idiot, elle ne veut pas le perdre, il doit être plus prudent, il doit commencer à prendre soin de lui, il doit commencer à prendre de meilleures décisions, je t'en supplie, je t'en supplie, je t'en supplie.

Pour finir, elle lui martèle la poitrine à coups de poing, des vrais coups qui font mal. Lewis l'attire contre lui ; elle pleure maintenant, son cœur bat suffisamment fort pour elle et lui.

Sur eux pleut maintenant – Lewis sourit presque en s'en apercevant – la très fine poussière brun-gris provenant du ventilateur qu'il a dû toucher en tombant. Elle ressemble à des cendres, à du sucre glace, si le sucre glace était fait de petits lambeaux de peau humaine. Elle se dissout sur les lèvres de Lewis, disparaît dans les larmes de ses yeux ouverts.

Et il n'y a pas de caribou dans le salon avec eux, mais il tend le cou pour regarder par-dessus Peta, il veut être sûr.

Il n'y a pas de caribou car ce caribou ne *pouvait pas* être là, se dit-il. Si loin de la réserve.

C'était juste son esprit coupable, qui revenait s'insinuer en lui quand il ne faisait pas suffisamment attention.

« Hé, regarde », dit-il en s'adressant à la chevelure blonde de Peta.

Elle se relève lentement et se retourne pour suivre la direction de son regard.

Le plafond du salon. Le spot.

Il émet une lumière jaune clignotante.

Samedi

Pendant une pause au travail – il est censé former la nouvelle, Shaney –, Lewis appelle Cass.

« Ça fait un bail », dit Cass.

Son accent de la réserve est une sorte de chant pur que Lewis n'a pas entendu depuis il ne sait pas combien de temps. Par réaction, sa propre voix, lissée à force de ne parler qu'avec des Blancs, s'envole comme s'il n'était jamais parti. Elle sonne étrangement dans sa bouche, ses oreilles, et il sc demande s'il n'est pas en train de simuler.

« Il a fallu quc j'appclle ton père pour avoir ton numéro, dit-il.

– C'est ce qui arrive quand on part pendant dix ans, non ? »

Lewis colle le téléphone sur son autre oreille.

« Alors, qu'est-ce qui se passe ? demande Cass. Tu m'appelles pas de taule, hein ? La Poste a fini par s'apercevoir que tu étais indien ou quoi ?

– Je suis sûr qu'ils le savent. C'est la première case qu'il faut cocher.

– Alors, c'est elle, dit Cass, avec ce qui ressemble à un sourire dans la voix. Elle a fini par comprendre que tu étais indien, hein ? »

Quand il avait fichu le camp avec Peta, ses amis Cass, Gabe et Ricky lui avaient conseillé de faire tatouer son adresse sur son bras, pour qu'elle puisse le réexpédier chez lui quand elle en aurait marre de jouer à Dr Quinn et le Peau-Rouge.

« Dans tes rêves, répond Lewis, en se retournant pour s'assurer que Shaney, son ombre pour la journée, n'est pas à l'entrée de la salle de pause, en train de tout écouter. Elle me laisse même accrocher ma camelote indienne sur les murs.

– Genre indienne *indienne,* ou indienne uniquement parce que ça appartient à un Indien ?

– Je t'appelle pour te poser une question », dit Lewis, tout bas, plus près du téléphone.

Entre Gabe, Ricky et Cass, ce dernier était toujours celui qu'il pouvait appeler le plus facilement pour parler de choses « sérieuses ». Comme si le vrai Cass, l'authentique, était moins enfoui sous la posture, les plaisanteries et les fanfaronnades que chez Ricky et Gabe.

De toute façon, Ricky étant mort, il n'avait plus son numéro de téléphone.

Merde, se dit intérieurement Lewis.

Cela fait presque dix ans qu'il n'a pas repensé à Ricky. Depuis qu'il a appris.

Le gros titre surgit dans son esprit : UN INDIEN N'A PAS DE RACINES. IL CROIT QU'IL EST TOUJOURS INDIEN S'IL PARLE COMME UN INDIEN.

Lewis inspire et plaque sa main sur le combiné pour souffler, afin que Cass ne l'entende pas, à des kilomètres de là.

« Les caribous », dit-il.

Après un temps suffisamment long pour être sûr de savoir exactement de quels caribous il parle, Cass fait :

« Ouais ?

– Est-ce que des fois… » Lewis ne sait toujours pas comment formuler la chose, bien qu'il y ait pensé toute la nuit et encore ce matin en allant au boulot. « Est-ce que tu y penses, des fois ?

– Est-ce que ça me fout toujours en rogne ? réplique Cass. Si je voyais Denny en train de cramer au bord de la route, tu crois que je m'arrêterais pour lui pisser dessus ? »

Denny Pease, le garde-chasse.

« Il est encore en poste ? demande Lewis.

– Il dirige le service maintenant.

– Toujours aussi coriace ?

– Il défend Bambi », répond Cass, comme si cette expression avait toujours cours, après tout ce temps. C'était ce qu'ils disaient en parlant de toute l'équipe : chaque fois que l'Homme entrait dans la forêt, tous les gardes-chasses dressaient l'oreille et sortaient leur carnet de PV.

« Pourquoi tu me parles de lui ? demande Cass.

– Je te parle pas de lui. Je réfléchis, c'est tout. Ça fait dix ans.

– Dix ans dans… une semaine ?

– Deux, corrige Lewis, en haussant les épaules, pour donner l'impression qu'il n'avait pas fait le calcul précisément. C'était le dernier dimanche avant Thanksgiving, non ?

– Oui, oui. Le denier jour de la saison… »

Lewis grimace, sans émettre un son, et ferme les yeux de toutes ses forces. La manière suggestive dont Cass a laissé en suspens cette dernière phrase, comme pour rappeler à Lewis que ce n'était *pas* le dernier jour de la saison, en vérité. Mais le dernier jour où ils avaient pu se réunir pour chasser, nuance.

De fait, c'était également le dernier jour de leur saison, en un sens.

Il secoue la tête, trois fois, comme s'il essayait de remettre de l'ordre dans ses pensées, et il se répète, une fois de plus, qu'il n'a pas pu voir cette jeune femelle caribou sur le sol de son salon.

Elle est morte, elle n'existe plus.

Pour se racheter, la veille du jour où il avait fichu le camp avec Peta, il avait pris toute la viande empaquetée et il était allé frapper à toutes les portes du Couloir de la mort pour la distribuer aux anciens. Parce qu'elle venait du secteur des anciens – on leur avait réservé les bonnes terres, là-haut près de Duck Lake – pour qu'ils puissent remplir leurs congélateurs avec des produits de la nature, plutôt que du supermarché IGA – parce que cette viande venait de là, la boucle était bouclée, c'était indien : livrer en main propre la viande chez eux. Et peu importe si Lewis n'avait pas réussi à retrouver ses tampons de viande et avait dû utiliser ceux de la petite sœur de Ricky. Du coup, au lieu d'être enveloppée dans un papier de boucherie marqué STEAK ou HACHÉ ou RÔTI, la jeune femelle caribou était enveloppée dans du papier décoré d'un raton laveur noir. C'était ça ou une fleur, un arc-en-ciel ou un cœur.

Mais ce caribou ne pouvait provenir en aucun cas de trente marmites, après tout ce temps, après avoir parcouru deux cents kilomètres vers le sud pour venir le hanter. Premièrement, les caribous ne font pas ça ; et deuxièmement, sa viande avait fini là où elle devait finir. Il n'avait rien fait de mal. Pas vraiment.

« Faut que je te laisse, mec, dit Lewis. À cause de mon patron.

– On est samedi, répond Cass.

– Pluie, grésil et week-ends, peu importe », réplique Lewis et il raccroche plus brutalement qu'il l'aurait voulu.

Il tient le combiné sur le support pendant plus de trente secondes avant de décrocher de nouveau.

Il compose le numéro de Gabe que lui a donné le père de Cass. C'est le numéro du père de Gabe, en réalité, mais le père de Cass avait regardé par la fenêtre, et dit qu'il voyait le pick-up de Gabe devant la maison.

« Typpy's Tacos », répond Gabe après la deuxième sonnerie.

Il répond toujours de cette manière, où qu'il soit, sur n'importe quel téléphone. D'après ce que savait Lewis, aucun restaurant n'avait jamais porté ce nom sur la réserve.

« Deux tacos à la viande de cerf, dit-il.

– Ah, des tacos indiens…, dit Gabe pour se prêter au jeu.

– Et deux bières.

– Vous devez être un Navajo. Ou une tribu de pêcheurs peut-être. Un Blackfeet voudrait un pack de six avec ça.

– J'ai connu un Navajo qui pouvait se les enfiler d'une traite », dit Lewis en déviant de leur routine, comme pour y mettre fin, la briser.

Pendant cinq secondes peut-être, Gabe reste muet, puis :

« *Lewdog ?*

– Du premier coup. »

Il a chaud aux joues, on l'a reconnu.

« Tu es en taule ? demande Gabe.

– Tu fais toujours le comique.

– Entre autres choses », répond Gabe, avant de s'adresser à son père sans doute : « C'est Lewis, tu te souviens de lui ? »

Lewis n'entend pas la réponse du père. Il faut dire que la télé diffuse un match de basket à plein volume, de quoi faire trembler toute la maison.

« Alors, quoi de neuf ? demande Gabe. Tu as besoin d'argent pour rentrer chez toi en car ? Dans ce cas, je peux te brancher sur quelqu'un. Moi-même je suis un peu raide en ce moment.

– Tu chasses toujours ?

– Ça entre dans la catégorie des entre-autres-choses, non ? »

Évidemment qu'il chasse toujours. Denny serait obligé de travailler vingt-quatre heures sur vingt-quatre et sept jours sur sept pour verbaliser la moitié seulement de tout ce que Gabriel Cross braconnait en une semaine, et les rangers de Glacier devraient bosser plus dur encore pour repérer ses traces, de part et d'autre de la limite du parc, celles du retour s'enfonçant de cinquante kilos de plus que celles, discrètes, de l'aller.

« Comment va Denorah ? » demande Lewis car c'est comme ça qu'il faut commencer après tout ce temps.

Denorah est la fille de Gabe et de Trina, Trina Trigo. Elle doit avoir douze ou treize ans maintenant : en tout cas, elle marchait déjà quand Lewis est parti, il en est sûr.

« Tu parles de ma *finals girl* ? demande Gave, enfin concentré sur cet appel, semble-t-il.

– Ta quoi ?

– Tu te souviens de Whiteboy Curtis, le gars de Havre ? »

Lewis n'arrive pas à se rappeler le véritable nom de Whiteboy – un truc allemand ? –, mais oui, il se souvient de lui : Curtis, le joueur de basket, ce môme de fermiers naturellement doué, né pour arpenter les parquets. Il ne se servait pas seulement de ses yeux, il *sentai*t le jeu, à travers ses pieds, comme un radar ; il n'avait même pas besoin de réfléchir pour savoir de quel côté feinter. Et le ballon lui obéissait, à cent pour cent. La seule chose qui l'avait empêché d'aller à la fac, c'était sa taille, et le fait qu'il affirmait être un ailier intérieur, et non pas un tireur de loin. Au lycée, bien sûr, un joueur qui mesurait seulement un mètre quatre-vingt-huit pouvait passer en force et s'imposer comme un ailier intérieur. Et il avait une sacrée détente par-dessus le marché ; il pouvait sauter et marquer sans toucher le cercle. Seulement à l'échauffement, et avec un maximum de préparation, mais quand même. Il n'était pas taillé comme Karl Malone, plutôt comme John Stockton. Mais il refusait de l'admettre. Il était persuadé qu'au niveau supérieur il pouvait franchir les défenses, se frayer un chemin au milieu des gros, au lieu de rebondir contre eux comme une boule de flipper. À force d'affirmer qu'il était ailier intérieur, il avait perdu tellement de dents qu'il ressemblait à un joueur de hockey, la dernière fois que Lewis avait entendu parler de lui. Et ces commotions cérébrales n'arrangeaient pas sa mémoire à court terme. Il aurait mieux valu pour la suite de son existence qu'il n'ait jamais pensé qu'il savait jouer.

« Il avait un sacré tir en suspension », dit Lewis.

Il revoit Whiteboy Curtis suspendu en l'air, attendant que tout le monde retombe sur le parquet avant d'exécuter un tir parfait. Le ballon guidé par son regard laser s'élevait, s'élevait et, pour finir : panier.

« Denorah est pareille, murmure Gabe, comme s'il confiait le plus gros secret de tous les temps. Mais encore meilleure, mon pote. Sérieusement. Browning n'a jamais vu une joueuse comme elle.

– Je devrais venir la voir jouer.

– Oui, tu devrais. Mais ne dis pas à Trina que je t'ai dit de venir. Peut-être même que tu devrais éviter de lui parler. Et si elle te regarde… peut-être que tu devrais te couper les cheveux, changer de nom et sauter à bord d'un bateau.

– Elle est toujours assoiffée de sang ?

– Cette femme sait être rancunière, dit Gabe. Il faut lui reconnaître ça.

– Sans aucune raison, évidemment, dit Lewis en reprenant le fil de leur conversation habituelle.

– Alors, qu'est-ce qui me vaut l'honneur de cet appel, monsieur le postier ? demande Gabe, d'un ton faussement formel. J'ai oublié de coller un timbre quelque part ?

– Ça fait un bail, dit Lewis.

– Ça faisait un bail il y a huit ou neuf ans. C'est à moi que tu parles, mec. »

Une boule se forme dans la gorge de Lewis. Il renverse le visage en arrière, ferme les yeux.

« Je repensais au jour où Denny…

– Nous a entubés pour de bon ? Oui, ça peut évoquer un ou deux souvenirs…

– Tu es retourné là-bas, à Duck Lake ?

– Faut y aller avec un ancien, répond Gabe. Tu le sais bien. Ça fait combien de temps que tu es parti, déjà ?

– Je parle de l'endroit où ça s'est passé. Là où il y a la falaise.

– Ah oui, ce fameux endroit, dit Gabe, plantant un clou dans le cœur de Lewis. Il est hanté, mec, tu le savais pas ? Même les caribous n'y vont plus. Je parie qu'ils se racontent des histoires autour de leurs feux de camp eux aussi. Ils parlent de ce qui s'est passé ce jour-là. Putain, on est des légendes pour eux. Les quatre croquemitaines… les quatre bouchers de Duck Lake.

– Trois, corrige Lewis. Les trois croquemitaines.

– Ça, ils le savent pas.

– Mais tu penses vraiment qu'ils pourraient s'en souvenir ? demande Lewis, en abordant enfin la question.

– S'en *souvenir* ? » répète Gabe. Le sourire est bel et bien là, dans sa voix. Aucun doute. « C'est des putains de caribous, mec. Ils n'allument pas vraiment des feux de camp.

– Et on les a tous tués, hein ? »

Lewis cligne des yeux pour en chasser la brûlure, en se retournant de nouveau pour voir si Shaney est là.

« Qu'est-ce qui t'arrive ? demande Gabe. Ton couteau pourri te manque toujours ? »

Lewis doit faire un effort de mémoire pour comprendre la question de Gabe : le couteau qu'il avait acheté au comptoir, avec ses trois ou quatre lames interchangeables, dont une petite scie déficiente pour le sternum et le pelvis.

« Ce couteau, c'était de la merde, dit-il. Si tu le retrouves, dépêche-toi de le perdre de nouveau.

– Promis, dit Gabe d'une voix lointaine, remplacée pendant un instant par le match de basket qui se déverse dans le téléphone. On est en train de regarder un…

– Faut que je raccroche moi aussi, dit Lewis. Ça m'a fait plaisir d'entendre ta voix d'abruti.

– Merde, je devrais te faire payer à la minute », dit Gabe et quelques secondes plus tard, la communication est coupée et Lewis reste planté là, une épaule appuyée contre le mur, tapotant le combiné contre son front, comme une baguette de tambour.

« Est-ce que je dois prendre des notes, Blackfeet ? » demande Shaney, à l'entrée de la pièce.

Lewis raccroche.

Shaney est une Crow et c'est une blague récurrente entre eux car leurs deux tribus sont ennemies depuis toujours.

« C'est un truc que Peta m'a dit hier soir », ment Lewis car il essaie toujours de rappeler à Shaney l'existence de son épouse, et il ajoute quelque chose à son sujet, pour être sûr. Non pas parce qu'il est l'homme à femmes d'USPS – il n'y en a pas – mais parce que Shaney et lui sont les deux seuls Indiens du bureau de poste, et depuis une semaine, depuis que Shaney a été engagée, après l'enquête de moralité, tout le monde fait ce qu'on fait avec les fauteuils ou les tables d'angle quand ils sont assortis : on essaie de les pousser dans un coin, côte à côte, et on les laisse là, pour former un ensemble parfait.

« Un truc qu'a dit ta *femme* ? » demande Shaney.

Lewis se faufile devant elle pour les ramener face à la grosse trieuse automatique. Il la met en marche pour poursuivre la leçon.

« On a une lampe qui déconne dans le salon, explique-t-il. Elle refuse de s'allumer quand on lui demande. Peta pense que ça pourrait être un court-circuit dans le mur. J'appelais un gars que je connais qui fait des boulots d'électricité à côté.

– À côté… », répète Shaney et elle introduit une enveloppe dans la trieuse, en se trompant de sens.

Lewis la suit du regard jusque dans les entrailles de la machine et secoue la tête avec étonnement en voyant que rien ne se coince ni ne se froisse.

Shaney affiche un sourire espiègle et se mordille la lèvre inférieure.

« La prochaine fois », dit-elle en donnant un petit coup de hanche à Lewis.

Il ne réagit pas, il fait comme si de rien n'était ; il est à des milliers de kilomètres et à des années de là.

Lundi

Alors qu'il recule en canard sur sa Road King double cylindre, dépouillée, qui va bientôt trouver son rythme, Lewis avise Jerry qui est déjà à l'entrée du parking du bureau de poste ; sa main droite pend devant la roue arrière de sa Springer custom, son index et son majeur s'agitent pour former un signe de la paix renversé, avant de se replier à l'intérieur de son poing, très vite. Lewis n'a pas la moindre idée de ce que ça signifie, il n'a jamais roulé avec un véritable gang, comme Jerry dans sa jeunesse à la Easy Rider, mais ça doit vouloir dire un truc du genre *Par ici* ou *La voie est libre* ou encore *Fais ce que tu veux, si tu peux*, car Eldon et Silas lui emboîtent le pas, et Lewis se retrouve en train de contempler la porte de derrière, comme toujours, alors que les autres se rendent à sa nouvelle adresse, loin d'ici, dans la 13e.

La hiérarchie, c'est la hiérarchie et bien que Lewis distribue le courrier depuis cinq ans maintenant, il reste le nouveau. Mais être le dernier, ça signifie que lorsque Shaney sort en courant par la porte latérale, elle saute sur la selle de Lewis, juste à temps.

Ses mains se posent parfaitement sur ses hanches, et elle colle sa poitrine dans son dos, autant qu'elle peut.

« Salut ? fait-il, en coupant les gaz et en zigzaguant.

– Je veux voir moi aussi », répond-elle en secouant la tête pour libérer ses cheveux.

Ouais, c'est exactement ce que Peta a envie de voir en pénétrant dans l'allée.

Néanmoins, Lewis accélère et suit les autres, obligé de mettre les gaz pour ne pas se laisser distancer.

S'ils vont tous chez lui, c'est parce que Harley, âgé de presque dix ans, a pris l'habitude de sauter par-dessus la palissade de deux mètres de haut, comme un jeune chien, et Eldon dit qu'il y croira seulement quand il l'aura vu. Alors, il va voir. Et les autres aussi, y compris Shaney maintenant.

Silas roule en troisième position, sur sa vieille Scrambler branlante, qui ne vaut rien passé les quatre-vingts, mais qui devient amusante à partir de cent vingt, si vous avez un penchant pour les expériences de mort imminente. Eldon mord les talons de Jerry sur sa Bobber surbaissée, qu'il peut piloter uniquement parce qu'il habite à côté du bureau de poste, ce qui lui permet de s'y rendre à pied quand il fait moche, si bien qu'il n'a pas besoin d'entretenir et d'assurer une camionnette ou une voiture. De tous les quatre, lui seul n'est pas marié, ce qui débloque des fonds, c'est sûr. Attends, lui dit Jerry, ça va arriver. Elles vont débarquer tôt ou tard. *Ah ah ah.* À cinquante-trois ans, Jerry est le plus âgé, et il affiche la totale : moustache grise en guidon de vélo, crâne chauve constellé de taches de rousseur, queue-de-cheval miteuse et regard bleu acier.

Silas est du genre taiseux, il pourrait peut-être même avoir un peu de sang indien, se dit Lewis. Pas assez pour être surnommé Chef avant que Lewis hérite de ce titre, mais… peut-être autant qu'Elvis, et qu'est-ce que ça voulait dire, hein ? De quoi remplir une paire de chaussures en daim bleu ? Eldon affirme qu'il est à la fois grec et italien, ce qui est peut-être une plaisanterie qui échappe à Lewis. Jerry, lui, prétend être uniquement en manque de bière, en permanence.

C'est chouette de les avoir trouvés, après avoir perdu Gabe, Cass et Ricky. Après les avoir laissés plutôt.

Pas de quoi faire la une. C'est toujours la même vieille histoire.

Tous les automobilistes coincés dans les embouteillages de dix-sept heures, entre lesquels ils se faufilent dans River, tendent le cou pour garder Shaney dans leur champ de vision pendant quelques mètres supplémentaires. Ce qui signifie que sa chemise en flanelle est certainement sortie de son pantalon et claque au vent, menaçant de s'envoler.

Super.

Génial.

Lewis n'aurait pas dû parler de Harley, il le sait. Il vaudrait mieux qu'il rentre seul chez lui, pour tirer quelques lancers francs dans l'allée, peut-être, avant le retour de Peta. Mais… Harley, quoi. Non seulement il n'est plus très jeune, mais il est même sacrément vieux pour un chien de cette taille. Il a été percuté deux fois sur la route, dont une fois par un camion-benne, et il a reçu une balle dans la hanche. Et ça, c'est uniquement ce qu'il sait. Il y a eu aussi des morsures de serpent, des porcs-épics et des gamins armés de carabines à plomb et les inévitables combats de chiens que doit affronter n'importe quel chien. Il est impossible que Harley puisse sauter par-dessus cette palissade.

Il n'aurait même jamais dû essayer. Pourtant, Lewis l'a retrouvé quatre fois sur la route, et Peta deux fois.

Il saute forcément, peut-être qu'il s'aidait un peu en s'accrochant avec ses pattes.

Lewis aurait dû garder ça pour lui.

Sauf que…

À force de penser à cette jeune femelle caribou qui ne pouvait pas être étendue sur le sol de son salon, pendant que Harley aboyait dehors, il avait fini par établir une sorte de lien entre les deux. Est-ce que Harley aboyait après elle, la femelle caribou ? Et lui, pouvait-il la voir sans un ventilateur au plafond ? Était-elle couchée là depuis le début, depuis dix ans ?

Pire encore : si Harley pouvait la sentir, était-ce ce qui le poussait à sauter par-dessus la palissade ? Peut-être que ça n'avait rien à voir avec les chiennes en chaleur ou autre chose. Peut-être qu'il voulait *fuir* cette maison.

Peu importe que le bail soit de douze mois, et qu'ils perdent leur caution s'ils pliaient bagage et disparaissaient.

« Accroche-toi », dit-il à Shaney, et il accélère pour traverser la rivière en décollant légèrement au-dessus de la voie ferrée, pour éviter qu'elle fasse s'entrechoquer ses dents comme toujours, non pas une seule fois, mais deux, une fois pour chaque rail.

Shaney pousse un grand cri, tout excitée, et Lewis rétrograde pour négocier le virage lent dans la 6e, avant de pousser jusqu'en quatrième dans la ligne droite d'American Avenue, où il dépasse les autres car aucun de ces blaireaux n'est jamais venu chez lui. Trois virages rapides plus tard, un peu trop rapides peut-être, pour tester Shaney, il pénètre dans son allée.

« C'est là », dit-il dans le silence soudain laissé par les Panhead et le V-twin.

Jerry, Eldon et Lewis inclinent leurs motos sur la béquille, mais Lewis attend que Shaney descende d'abord.

« Oh, oui », dit-elle en s'appuyant dans le dos de Lewis et en décollant du siège simultanément : une façon de descendre de moto qu'il risque de se repasser en boucle, mentalement, durant toute la semaine.

« Alors, il est où ce formidable chien volant ? lance Jerry.

– C'est l'heure du dodo, papy ? » demande Eldon, hors d'atteinte, mais sautillant à la manière d'un boxeur.

Silas lève les yeux vers la façade de la maison, en souriant, et s'arrête sur une des fenêtres du haut, songe Lewis. Il l'examine. C'est la fenêtre de leur chambre, à Peta et à lui, il n'y a pas encore de rideaux.

« Eh bien, facteur ? » répète Jerry.

Il appelle tout le monde de cette manière, Lewis en est certain. Sans doute qu'il commence à oublier les noms.

Lewis tape le code du garage, fait mine d'essuyer ses chaussures et les invite à entrer dans le théâtre du mondialement célèbre spectacle de chien sauteur.

« C'est récent, dit-il en traversant la cuisine, à reculons comme un véritable guide. J'ai toujours pensé qu'il y avait peut-être du loup en lui, et aussi du chien de traîneau ou du chien de combat. Maintenant, je penche plutôt pour un kangourou.

– Un kangourou des neiges », dit Jerry et la peau parcheminée autour de ses yeux se plisse.

Silas ricane. Il fait courir ses doigts sur la table et les examine pour chercher des traces de poussière.

« Un chien qui veut ce qui se trouve derrière une palissade, c'est un chien qui apprendra à sauter », déclare Shaney à la cantonade.

Jerry fait un commentaire dans sa moustache, qui se perd, et chaque fois que Lewis lui demande de répéter, Jerry esquive d'un geste.

« Où est la petite dame ? demande Eldon en refermant sa grosse main sur le dossier du canapé.

– Elle gagne un max de fric », répond Lewis.

Il mime les bâtons orange fluo avec lesquels Peta gare les avions, et il s'en sert pour orienter son petit groupe vers sa droite.

« Y a pas un max de fric à Great Fa… »

Eldon n'achève pas sa phrase car soudain, les dessous en dentelle de Peta sont en train de sécher sur le dossier d'une chaise.

« Déviation, déviation », dit Lewis en le repoussant avec ses faux bâtons lumineux, mais il sourit.

« Joli », glisse Shaney en passant, à lui seul, à propos du soutien-gorge tape-à-l'œil.

Derrière elle, heureusement, Silas a pris le boîtier du phare de la Road King posé sur la table de la cuisine et il le tient à bout de bras pour regarder à travers.

« Tu cherches toujours des sacoches rigides ? demande-t-il.

– T'en as ? répond Lewis et il soulève le loquet de la porte coulissante. Quelle couleur ?

– Parce que tout le reste est si bien coordonné ? intervient Eldon.

– Faute, faute », dit Lewis en braquant ses bâtons lumineux sur lui car de toute évidence, il est devenu arbitre maintenant.

Non, en effet, sa moto n'est pas du tout coordonnée. Mais ça va venir. Comme Gepeto, il va faire de ce squelette roulant la véritable moto qu'elle veut être. C'est Peta qui insiste pour avoir des sacoches rigides car, en cas de dérapage, elles absorbent la chaleur de l'asphalte et permettent à votre jambe de garder sa peau et ses muscles. Lewis a essayé de lui expliquer que c'était important seulement pour les motards qui allaient au tapis, ce qui lui a valu un regard noir, pas même un demi-sourire.

« Et la bécane de Silas, alors ? Elle n'a pas des accessoires de n'importe quelle couleur ? dit Jerry par-dessus son épaule. N'importe quelle pièce, il l'ajoute, pas vrai ? »

Pour le moment, la moto de Silas est en cours de transformation, quelque part entre un café racer et la moto de ses rêves dessinée par un enfant de douze ans, mais il est obligé de sourire et de hausser les épaules, parce que c'est la vérité.

Lewis jongle avec le manche à balai scié glissé dans le rail de la porte-fenêtre, la fait coulisser d'un geste théâtral et présente le jardin de derrière à ces incroyants, en les laissant passer devant pour qu'ils voient bien qu'il n'y a pas de trucage.

Il sait que Harley sera là, au lieu de cavaler d'un jardin à l'autre, car il a attaché sa chaîne au fil de fer rouillé de la corde à linge avant de partir travailler, comme tous les matins.

Quand il l'a vu pour la dernière fois, Harley courait dans un sens et dans l'autre, il avait une gamelle d'eau, de l'ombre, de l'herbe et un air innocent. Tout ce dont un chien pouvait avoir besoin. La corde à linge n'est pas une solution permanente, mais c'est une solution quand même, le temps que Lewis installe du grillage en haut de la palissade.

« C'est peut-être un sauteur à la perche comme sa maman », lance Eldon de la terrasse en bois irrégulière.

Lewis s'était vanté en leur parlant de Peta ; Jerry et Silas l'avaient même vue deux fois, quand il pleuvait et qu'elle avait dû venir le chercher avec le pick-up.

« Ou un roi de l'évasion », ajoute Silas.

Lewis sort à son tour dans le jardin ; il les écarte pour regarder la corde à linge d'un poteau rouillé à l'autre. Silas a raison : pas de Harley. Il n'y a même plus de fil de fer entre les poteaux pour faire sécher les vêtements.

« Je vais tuer ce chien », dit-il en avançant encore un peu pour s'assurer que Harley n'est pas là, en train de regarder la maison. C'est alors que Shaney, posté à l'autre coin de l'arrière de la maison, déclare :

« Je crois que tu arrives un peu tard, Blackfeet. »

Avec ses lèvres, elle indique à Lewis où il doit regarder, et en voyant qu'elle ne plaisante pas, il perçoit un signal d'avertissement, il sent les regrets remonter dans sa gorge.

C'est Harley. Il est pendu au sommet de la palissade, par sa chaîne, les yeux écarquillés, mais il ne voit plus rien, ses griffes ont creusé des entailles dans la palissade car il a mis du temps à mourir étranglé, visiblement.

« Merde, alors », lâche Jerry.

Harley était le premier cadeau que Peta lui avait fait, neuf ans plus tôt. Une des chiennes de ses autres tantes avait mis bas, le père était un bagarreur, paraît-il. Lewis lui avait parlé du dernier bon chien qu'il avait eu, dans la réserve, quand il était gamin. L'animal avait reçu un coup de sabot de cheval dans la tête pendant le défilé, alors que Lewis cherchait des bonbons avec les autres gamins. Harley était le cadeau parfait, il avait presque réussi à ce que Lewis se sente chez lui à Great Falls la première année ; ils s'y étaient habitués ensemble. Et maintenant, il était mort, étranglé par la chaîne avec laquelle il l'avait attaché.

« Désolé, mec », dit Eldon en examinant les bottes très chères qu'il enfilait toujours pour conduire sa moto.

« Il a presque réussi, on dirait », commente Shaney pour eux tous, signifiant par là qu'ils croyaient Lewis quand celui-ci affirmait que Harley avait retrouvé du ressort à la fin de sa vie.

« Idiot de chien », dit Lewis.

Il reste bref car il craint que sa voix se brise, et l'étouffe.

Soudain, une des pattes arrière de Harley tressaille, exactement au même rythme que les battements de paupière de ce caribou femelle sur le sol du salon. Ce caribou qui n'était pas mort sur le sol du salon de Lewis, qui n'était pas *vivant* sur le sol, qui n'était pas là du tout.

La réaction de Lewis en découvrant que Harley est encore plus ou moins vivant n'est pas la bonne, ce n'est pas une réaction dont il est fier : il inspire, recule d'un pas et manque de tomber sur les fesses.

Parmi les cinq, c'est Silas qui se précipite pour enlacer Harley et le soulever, afin de soulager la pression sur la gorge. Jerry tend sa paluche pour décrocher la chaîne du haut de la palissade, alors que Shaney fait déjà passer le collier ensanglanté par-dessus la tête de l'animal, en faisant attention aux oreilles.

Silas pivote en tenant Harley contre lui, et Lewis tourne la tête juste un instant, pour se retrouver en train d'observer Shaney, qui va peut-être s'avancer pour serrer le chien dans ses bras, mais soudain, elle recule brutalement, surprise par le mur sonore qui se précipite vers eux tout à coup.

Eldon agrippe Lewis par l'épaule, comme pour l'attirer à l'écart ou bien se dégager, et Jerry lui-même lève les yeux plus rapidement que d'habitude avec son physique de morse.

Tout le jardin tremble et rugit, assourdissant, rapide et dangereux. Un traumatisme sensoriel. Lewis est quasiment certain que si un arrosage automatique projetait un arc-en-ciel d'eau, de droite à gauche, le mur irisé s'écroulerait et se transformerait en brume.

C'est le train qui passe derrière ce lotissement deux fois par jour, que Peta appelle le Thunderball Express. C'est d'ailleurs pour cette raison que Lewis et elle peuvent louer une maison aussi haute de plafond. C'est aussi pour cette raison que Harley ne peut plus sortir du jardin.

Lewis regarde passer cette tache floue, il voit le gros titre du lendemain : UN ANCIEN HABITANT DE LA RÉSERVE NE PEUT MÊME PAS TOUCHER SON CHIEN MOURANT.

Parfois, les gros titres disent vrai. Et cette fois, l'article en page 12 s'accompagne d'une petite photographie en noir et blanc que l'esprit de Lewis prend par réflexe car il n'est pas vraiment capable de gérer la situation à cet instant, avec le train qui passe en hurlant et déchire son trou indispensable dans le monde. Harley a la gueule grande ouverte, il montre les dents et tente de mordre ce qu'il croit être la cause de toute cette souffrance.

Silas recule son visage d'un mouvement brusque, juste au moment où les crocs de Harley se plantent dans la chair de sa joue, mais cela ne fait qu'aggraver les choses, en fait.

Mardi

Lewis utilise des bandes de *masking tape* pour tracer les contours d'un certain animal mort sur la moquette du salon. Afin de prouver que ça n'a pas pu arriver, qu'elle ne pouvait même pas tenir dans cet espace. Voilà ce qu'il se dit.

Il a poussé le canapé. Et l'antique table basse de la grand-mère de Peta de l'autre côté. La famille de Peta n'est pas une vieille fortune de Great Falls – est-ce que ça existe ? –, mais ils vivent ici, plus ou moins, depuis la création de la réserve initiale.

Elle est dans le garage avec Harley, allongé dans le nid de sacs de couchage et de couvertures qu'elle lui a confectionné quand elle est rentrée du parking situé deux rues plus loin et a trouvé Lewis, Shaney et Eldon sur la terrasse derrière la maison, en train de verser des gouttes d'eau dans la gueule de Harley. Jerry avait pris le pick-up pour conduire Silas à l'hôpital, le visage enveloppé dans des serviettes.

Après qu'ils étaient partis (Jerry conduisait lentement, tenant le volant d'une main, l'autre aidant Silas à se tenir droit), Eldon avait dit qu'il était normal qu'un postier se fasse mordre par un chien, non ?

Si.

D'après Peta, qui avait passé la majeure partie de son enfance à soigner des chiens, des chats et des oisillons, Harley avait une chance sur deux. Silas ne courait pas un danger semblable, même si, avant qu'on l'emmène, Lewis avait aperçu quelques dents jaunies à travers le lambeau de joue qui pendait.

Jerry affirme que Lewis ne devrait pas en vouloir à Harley. Il ne savait pas ce qu'il faisait. Quand le monde entier vous fait mal, vous le mordez, non ?

Le cocon de sacs de couchage et de couvertures de Harley était censé servir à isoler la hutte à sudation que Lewis avait construite derrière la maison, mais tant pis. Peut-être qu'ils serviront quand même. Peut-être que l'année prochaine, enveloppé de chaleur, d'obscurité et de vapeur, il puisera un peu d'eau dans le seau et en versera quelques gouttes pour Harley. En souvenir, et tout ça.

Vous pouvez le faire pour les chiens comme pour les gens, il en est certain. Et s'il se trompe, est-ce qu'un vieux chef va descendre du ciel pour lui donner une tape sur les doigts ?

Lewis arrache une autre bande de *masking tape*, qu'il colle sur la moquette devant le canapé, puis le décolle et le recolle en essayant de bien suivre la courbe qui va du ventre à l'avant de la patte arrière. Le problème, c'est que ces morceaux de ruban adhésif à force d'être décollés et recollés rebiquent après quelques minutes, comme s'ils refusaient de faire partie de cette silhouette que veut leur imposer Lewis.

Le sabot arrière commence à s'esquisser quand Peta revient dans la maison, avec un torchon sur l'épaule et une bouteille de lait de chèvre à la main, et l'espace d'un instant, c'est une maman, fatiguée, à cause d'un enfant qui porte encore des couches et un autre qui déambule sur ses jambes flageolantes. Mais ça, c'est dans une autre vie, se rappelle Lewis. Peta ne veut pas d'enfant, elle a été très claire à ce sujet dès les deux premières semaines à East Glacier. Non pas parce que Lewis est indien, mais parce qu'elle estime que la Peta pré-Lewis a fait suffisamment de mauvais choix de nature chimique pour que ses enfants soient obligés de payer la note, et ils commenceraient leur vie en ayant déjà le monde contre eux.

Le gros titre surgit dans l'esprit de Lewis, automatiquement, tout droit sorti de la réserve. Pas le UN INDIEN DE PURE SOUCHE DILUE LA LIGNÉE auquel il s'attendait depuis toujours s'il épousait une Blanche, et qu'il se préparait à affronter, car on ne pouvait jamais savoir, mais : UN INDIEN PURE SOUCHE TRAHIT TOUS LES INDIENS MORTS AVANT LUI. C'est le sentiment de culpabilité d'avoir des nageurs indigènes virginaux – ils ressemblent certainement à des saumons microscopiques, même si les Blackfeet sont une tribu de cavaliers –, la culpabilité d'avoir tous ces nageurs armés et chargés, sans jamais les pousser vers l'aval, ce qui voulait dire que ses rares ancêtres qui avaient survécu aux raids et aux épidémies, aux massacres et au génocide, au diabète et à toutes les voitures au parallélisme déficient dont ne voulait plus le reste de l'Amérique, ces Indiens auraient pu tout aussi bien se retrouver face à la grosse mitrailleuse Gatling de l'histoire, non ?

« Comment il va ? interroge Lewis avec un mouvement de tête en direction du garage.

– Je crois que ça lui fait du bien », répond Peta en brandissant la bouteille de lait de chèvre.

D'après un des bagagistes de l'aéroport, on pouvait soigner un chiot atteint de parvovirose avec du lait de chèvre. Harley ne souffre pas de cette maladie, mais si le lait de chèvre peut sauver un chiot qui a les intestins en bouillie, alors il peut aider un chien qui a passé la majeure partie de la veille à mourir et à ressusciter, non ?

Ce n'est pas plus invraisemblable que tout le reste.

Mais tôt ou tard, et Lewis déteste déteste déteste cette idée, tôt ou tard, cela va se terminer avec un fusil et la dernière promenade de Harley, à moins qu'il faille le porter.

Non pas parce que Harley était un mauvais chien mais parce que c'était le meilleur des chiens.

Et ce sera forcément le même fusil que dix ans plus tôt. Il se rendra dans la réserve pour l'emprunter à Cass, même si c'est celui qu'il a utilisé pour tuer cette jeune femelle caribou. Cette femelle qu'il essaie de dessiner sur la moquette avec cent petits morceaux de *masking tape*.

« Tu as besoin d'aide ? » demanda Peta.

N'importe qui d'autre, n'importe quelle autre femme, n'importe quelle épouse d'un mari idiot qui tente d'échapper à son chien agonisant en dessinant la forme d'un caribou sur le sol du salon avec du *masking tape* lui dirait d'arrêter de dégueulasser la maison, d'arrêter de gâcher du *masking tape* et de tout bien nettoyer quand il aurait terminé.

Peta a une théorie concernant la vision de Lewis : de même que l'on peut mettre des lumières sur les rayons d'une roue de vélo, qui formeront un motif en roulant et conserveront cette image lumineuse et floue, la lumière et la poussière accumulée sur les pales du ventilateur avaient dessiné un motif quelconque. En tournoyant, elles avaient créé une masse indistincte et Lewis lui avait donné l'apparence de sa culpabilité : cette jeune femelle caribou.

Au sujet de laquelle il ne lui a pas tout raconté.

Peta est végétarienne, non pas pour des raisons de santé, mais éthiques. Très souvent le soir, il mange des pommes de terre, du tofu ou des haricots. Et c'est très bien. Tous les Indiens d'un certain âge ont besoin d'un régime semblable à celui-ci. Alors oui, bien sûr, Peta écouterait toute l'histoire, elle émettrait les bruits appropriés, son regard indiquerait qu'elle comprenait, mais ça lui ferait mal d'entendre ça, et elle serait obligée ensuite de descendre jusqu'au lycée et d'effectuer plusieurs tours de piste en courant pour essayer de distancer cette histoire. Mieux vaut ne pas tout lui raconter, alors, pour ne pas la tourmenter, ne pas traumatiser sa mémoire. Qui sait ? Elle pourrait même s'en aller après avoir entendu cette histoire, et ne jamais revenir.

Vingt minutes plus tard, une heure peut-être, Lewis a plus ou moins reconstitué la forme de la femelle caribou, plutôt moins que plus.

Il se relève pour prendre du recul, et il se demande comment les Blackfeet primitifs faisaient jadis. Les chevaux qu'ils dessinaient dans de grands livres ou sur le flanc des huttes n'étaient pas anatomiquement exacts (son caribou non plus), mais ils suggéraient une sorte de connaissance intime de la forme, qu'on ne retrouve pas dans son animal en *masking tape*, loin de là. On a plutôt l'impression que quelqu'un lui a décrit un caribou et qu'il n'en a jamais vu un seul dans la vraie vie.

Peta plaque sa main sur sa bouche pour s'empêcher de rire, et Lewis est obligé de sourire.

« On dirait qu'un gamin de cinq ans a essayé de dessiner un mouton géant, hein ? dit-il. En buvant sa troisième bière de la matinée. »

Peta s'effondre dans le canapé poussé dans un coin, ramène ses jambes sous ses fesses et ajoute :

« Et le mouton donnait des coups de pattes pour essayer de s'enfuir.

– Les moutons ne connaissent rien à l'art », dit Lewis et il se laisse tomber dans le canapé à côté d'elle.

Dans cette position, son regard glisse entre les pales du ventilateur, évidemment, par-dessous, et s'arrête sur le petit spot qui s'est éteint de nouveau. Un mystère qu'il s'est résigné à ne jamais élucider. Il y a certaines lumières qu'on ne peut pas comprendre, il ne faudrait même pas essayer.

« Et maintenant ? » demande Peta.

Pendant trente secondes peut-être, il garde le silence, puis :

« C'est idiot.

– Hein ? Tu veux dire comme grimper seul sur une échelle branlante, en pleine journée, et manquer de te fendre le crâne ? »

Touché.

Après s'être arrêté pour saluer Harley, et lui dire qu'Eldon assurait la tournée du matin, Lewis refait le tour de la maison avec la grande échelle en aluminium.

« C'était là, dit Peta en positionnant l'échelle presque juste en dessous du ventilateur.

– Comment tu le sais ? »

Pour le prouver, elle passe de l'autre côté et, campée sur ses jambes, elle penche l'échelle jusqu'à ce que le capuchon en plastique rouge tout en haut coïncide parfaitement avec l'entaille dans le mur, à l'autre extrémité du salon.

« Oh, dit Lewis. Tu crois qu'on va récupérer notre caution ?

– Les cautions de garantie, c'est surfait », répond Peta, et peut-être qu'elle est réellement indienne, non ?

« Attends », dit Lewis.

Il retourne dans le garage et récupère dans le congélateur-bahut le sac-poubelle qui a connu six maisons de location et un sous-sol jamais fini.

Il va peut-être sentir mauvais. Peut-être pas.

« On l'a toujours ? » s'étonne Peta.

Lewis tente d'ouvrir le sac, mais c'est comme peler un tamal en plastique, tellement il est vieux. À l'intérieur – Lewis sent son cœur enfler – se trouve la peau qu'il a promis à la jeune femelle caribou d'utiliser un jour, pour donner un sens à tout ce qu'elle avait subi.

Ce qu'il a raconté à Peta, c'était qu'il neigeait beaucoup, et que la jeune femelle ressemblait à un caribou adulte. Jamais il n'aurait tiré s'il l'avait bien vue.

Ce n'est pas un mensonge absolu. Mais ce n'est pas toute la vérité non plus.

Lewis ravale ce souvenir et se concentre sur ce qu'il est en train de faire : la reconstitution du crime ? Non. Plutôt la mise en scène de l'accident, encore une fois. Avec des accessoires ce coup-ci.

« Elle est toujours… ? » demande Peta, au sujet de la peau de caribou solidement roulée, avec les poils.

Lewis hausse les épaules. Il ignore si la peau est intacte, d'une seule pièce, ou friable. Il y a beaucoup d'entailles et de trous, ça il le sait. Premièrement parce qu'il était un écorcheur nul, et deuxièmement, le couteau qu'il avait utilisé, acheté dans un comptoir, s'était émoussé au bout de trois minutes.

Devrait-il décongeler la peau avant de la dérouler ? Est-ce que ça marcherait au micro-ondes ? Pourrait-il encore manger ce qui a réchauffé dedans ?

« Je vais juste… », dit-il et il dépose cérémonieusement la peau au milieu de la forme en ruban adhésif. On dirait un gros burrito velu, et Lewis est obligé de prendre sur lui pour ne pas tousser, car ça se transformerait en haut-le-cœur et il ne veut pas manquer de respect à la mémoire de l'animal.

« Ça devrait suffire », dit Peta en se calant au fond du canapé pour examiner la peau, la silhouette, l'ensemble.

« Alors ? demande Lewis, un pied posé sur le premier barreau de l'échelle, une main plus haut.

– Le ventilateur tourne à la même vitesse ?

– J'y ai pas touché, répond-il. Et toi ? »

Peta secoue la tête et lui fait signe de monter, elle le regarde.

« J'étais sur ce barreau », raconte-t-il en posant la main à l'endroit où se trouvait son pied, puis il monte.

Il attend que les pales du ventilateur tournent au niveau de sa poitrine avant de regarder à travers. Peta sur le canapé. Un caribou mort en *masking tape*, avec un burrito velu en guise de panse.

« C'est peut-être la lumière », fit Peta.

Elle s'extirpe du canapé et recule jusqu'à l'angle du salon, là où elle se trouvait quand Lewis avait commencé sa grande chute au ralenti.

« Je fais de l'ombre ? » demande-t-elle.

Elle allume et éteint la lumière du couloir derrière elle, sans déplacer ses pieds.

« Tu avais un sac », lui rappelle Lewis, en s'accrochant à l'espoir que ça puisse marcher, qu'il y ait une explication.

« Euh… OK », dit-elle, moins convaincue que lui par l'hypothèse du sac.

Malgré cela, elle fonce dans la cuisine pour aller en chercher un. Pendant son absence, Lewis regarde, au-dessus du ventilateur, l'entaille creusée par l'échelle dans le mur du salon. La nouvelle blessure de la maison.

Là, telle une image résiduelle, oubliée, essayant de se faufiler mine de rien, il est certain à quatre-vingt-dix-neuf pour cent de voir l'ombre d'une personne sur ce mur. Une ombre fine, durant une fraction de seconde.

Une femme dotée d'une tête inhumaine. Trop lourde, trop grande.

Quand elle se tourne, comme pour le fixer avec ses yeux écartés, Lewis lève les mains afin de parer cette vision, de se cacher, mais c'est trop tard. C'est trop tard depuis dix ans déjà. Depuis qu'il a pressé la détente.

Mercredi

Le lendemain matin, il est réveillé par… un ballon de basket ? Des dribbles ?

Lewis roule hors de son lit et se glisse dans le jogging le plus proche, obligé de le tenir avec sa main gauche en descendant l'escalier : le sèche-linge a avalé le cordon quand il était encore tout neuf.

Aucun doute, quelqu'un dribble dans l'allée.

Lewis descend de la cuisine au garage et demande à Harley : « C'est qui ? »

Le chien martèle avec sa lourde queue un sac de couchage Star Wars, mais il ne peut pas faire mieux.

Le gosse d'un voisin, peut-être ? Les anciens locataires ont-ils dit aux gamins de la rue qu'ils avaient le droit de venir tirer des paniers de temps en temps ?

Dans ce cas, c'est cool. Lewis aimerait bien jouer avec quelqu'un du même niveau que lui. Jouer contre Peta – faire quoi que ce soit d'athlétique face à Peta – c'était apprendre la honte, quasiment. Il avait beau la ceinturer quand elle passait devant lui ou la pousser dans le dos quand elle faisait un double pas, jamais il n'atteignait les vingt et un points avant elle. En fait, il n'arrivait même pas à dix.

Il appuie sur le bouton d'ouverture du garage avec son poing, en prenant déjà un air sévère car c'est ce qui s'impose face à un éventuel intrus, qui pourrait être le locataire précédent, ivre, ayant retrouvé en titubant l'adresse dont il se souvient vaguement.

Peu à peu – la porte est vieille et lourde – les baskets dehors deviennent des jambes, qui prennent l'apparence d'une femme et ensuite… Shaney ?

Elle pivote sur elle-même, comme pour repousser un défenseur imaginaire, puis revient face au panier pour tirer en reculant ; ses jambes fouettent l'air et celle de derrière retombe sur le sol au moment où le ballon entre dans le panier, comme dans du beurre. Elle le récupère sous le panier, puis s'immobilise en tenant le ballon à deux mains et le lance : une passe à rebond en plein dans le mille.

Lewis rattrape le ballon, car l'autre option, c'est de le recevoir dans le ventre.

« Déjà levé ? lance-t-elle sur un ton ironique.

– J'ai pris un jour de repos.

– Pour être avec lui », rétorque Shaney en s'approchant de Harley maintenant que la porte du garage est ouverte.

Elle prend la grosse tête du chien entre ses mains, attire sa truffe contre son nez, ferme les yeux avec force et reste ainsi.

« Tu le sens, hein ? dit Lewis.

– Il est en train de mourir », dit-elle en massant les oreilles entaillées de l'animal.

Elle bascule en position assise et dit à propos de Harley et de ses nombreuses cicatrices :

« C'est un vieux guerrier, hein ?

– Tu es venue juste pour le voir ? » demande Lewis en essayant de ne pas donner à sa question un aspect agressif.

Qui n'échappe pas à Shaney malgré tout.

« Ta femme n'aimerait pas me voir ici, c'est ça ? Les Blanches qui sont avec des Indiens sont toujours jalouses des filles de mon genre.

– De ton genre ?

– Une Indienne, libre, avec un cul pareil. Je sais bien que Jerry dit que je suis une fouteuse de merde. »

Il imagine le gros titre, là-bas dans la réserve : BASE-BALL BASE-BALL BASE-BALL.

« Ça veut dire quoi son nom, d'ailleurs ? demande Shaney. C'est une tortilla blanche ou alors elle refuse de s'habiller avec des peaux d'animaux ?

– Elle s'appelle Peta, avec un *e*, pas un *i*, répond Lewis, reprenant la propre explication de Peta. Ça devait être un garçon, et son père s'appelle Pete, alors il a simplement mis un *a* à la fin de son nom, et voilà. »

Shaney hoche la tête, comme si elle suivait le raisonnement, OK, et quand elle repousse sa frange, Lewis remarque que son œil gauche est injecté de sang et que – a-t-il déjà vu son front avant aujourd'hui ? – la peau au-dessus de son sourcil gauche est tendue et croûtée comme à la suite d'un contact soudain avec un tableau de bord ou une bombe aérosol qui explose au milieu d'un tas d'ordures en train de brûler.

Mais son œil… Un rancard qui a mal tourné hier soir, songe forcément Lewis. Ou bien un petit ami mal choisi. Il ne pose pas la question, il essaie de ne pas la regarder trop ouvertement. Ce qui veut dire qu'il lui envoie toutes ses pensées par télégramme, mot pour mot, il le sait.

« Je suis venue chercher un bouquin, M. Bibliothèque, dit-elle en faisant retomber sa frange sur son front et son œil. Pas pour baiser avec toi. Appelle-la et explique-lui. Je suis de congé moi aussi. »

Lewis l'observe en réfléchissant à tout ça, à cette histoire de bouquin, car généralement ce genre d'introduction annonce une plaisanterie. Les histoires de magiciens et de druides au centre commercial, de loups-garous et de vampires détectives, ce n'est pas ça qui fait vibrer une nana cool de trente-six ans. Et si quelqu'un découvrait que des centaures et des sirènes se joignaient aux autres parfois ? Ou bien des démons et des anges ? Des *dragons* ?

Lewis n'oublie jamais de bien replier la couverture de ces livres.

Mais voilà qu'une fille demandait à les voir.

Peta elle-même ne comprend pas vraiment cette fascination, cette attirance, cette obsession. Elle ne comprend pas pourquoi, en camping, il glisse toujours un ou deux livres de poche dans son sac à dos, chacun enveloppé dans un sachet en plastique hermétique. Mais Peta est une athlète de haut niveau. Elle a toujours été occupée à courir trop vite ou à sauter trop haut pour se mettre à lire. Elle n'y est pour rien.

Continue à dire ça, songe Lewis.

Continue à dire ça et sort du garage en dribblant, sous le ciel dégagé et lumineux. Comme parfois en novembre.

« Un bouquin en particulier ? » demande-t-il, sans regarder Shaney.

Toute sa fascination est dirigée vers le cercle du panneau de basket pour pouvoir se dresser sur la pointe des pieds et tirer. Il a l'intention de dribbler jusqu'au panneau, pour frimer, pour imiter le tir qui avait l'air si facile avec Shaney, mais il est obligé d'avorter son plan au dernier moment pour retenir son jogging. Il n'a rien dessous.

« C'est pas comme si je n'avais jamais vu ça, dit Shaney. Un grand Indien qui s'étouffe sur le terrain, je veux dire. »

Le ballon rebondit dans le tas de bois derrière le panneau. Lewis va le rechercher au milieu des planches, pieds nus, et découvre que le retour jusqu'à la dalle de béton est encore pire.

« Des intrigues de cour ou des quêtes héroïques pour sauver la planète ? demande-t-il. Des bateaux ou des chevaux, des elfes ou…

– Je ne sais pas. Un truc *excitant*, dit Shaney. Le premier tome d'une série, peut-être. Une longue série super. De quoi m'occuper toute la nuit. »

Peut-elle parler d'une seule chose, des fois ?

« Tu es sérieuse ? »

Il lui lance le ballon, faiblement, et elle le saisit au vol comme dégoûtée par la mollesse de cette passe médiocre. Son tee-shirt ample se prend dans le ballon rugueux lorsqu'elle veut le faire passer autour de sa taille. Agacée, elle le lance en l'air, glisse ses bras dans son dos pour nouer le tee-shirt, tire dessus, puis récupère le ballon. Généralement, confrontée à ce genre de problème, Peta glisse le devant de son tee-shirt sous son soutien-gorge de sport, mais ce n'est pas vraiment envisageable aujourd'hui, Lewis en est conscient.

« Oh », fait-elle en suivant le regard de Lewis, fixé malgré lui sur son ventre.

C'est une longue cicatrice irrégulière, verticale, et non pas horizontale comme une césarienne, une vilaine boursouflure de chair. Y a-t-il un lien avec ce qui est arrivé à son front et à son œil ? Une seule et unique soirée de cauchemar, plutôt qu'une succession de petites soirées merdiques ?

Lewis a envie de l'interroger sur l'accident de voiture, de lui demander si le bébé a survécu, s'ils ont arrêté le gars qui a fait ça, mais si jamais elle est la seule qui soit sortie vivante de l'épave ? Si le bébé est mort ? Ou si ce gars court toujours, sans aucune cicatrice, lui ?

« Vas-y, dis-le, lui lance Shaney. J'ai déjà tout entendu. Est-ce que je suis allée aux urgences ou chez le boucher ? »

Elle coince le ballon entre ses auriculaires et le fait tourner sur son axe avec ses pouces, entre Lewis et son ventre… car même si elle fanfaronne, elle n'a pas très envie qu'il le regarde, il le sent.

« Ça se voit à peine, ment-il à cent pour cent. Est-ce que… tout est… »

Elle lève les yeux vers le panier de basket, et sa non-réponse est une réponse suffisante ; il recrée mentalement son histoire, en assemblant des éléments de toutes les autres histoires qu'il connaît : elle était jeune, le médecin des urgences avait été rejeté par le système médical américain, alors elle s'était enfuie de cette tombe miniature, aussi loin que possible, c'est-à-dire à un plein d'essence de la réserve.

« Désolé », dit Lewis.

Non pas parce qu'il a vu, mais à cause de ce qui s'est passé.

« On vient d'où on vient, répond Shaney. Les cicatrices font partie du contrat, non ? »

Lewis s'avance sur le terrain proprement dit, il entre en jeu.

« Tu veux vraiment un bouquin ? »

Il continue à se demander si ce n'est pas une plaisanterie tarabiscotée.

« Eh oui, je lis », dit-elle, comme si elle se sentait insultée, en haussant une épaule.

Elle le rejoint en dribblant, puis se retourne : une invitation. Il y a un truc que tous les basketteurs peuvent apprendre de la manière dont les filles jouent, c'est cette astuce : vous offrez votre cul au défenseur, pour protéger la balle, et pouvoir le contourner d'un côté ou de l'autre. Problème : les gars croient toujours que c'est une histoire d'ego, que c'est plus balèze de faire face à l'adversaire, de le regarder droit dans les yeux, et de le feinter à droite ou à gauche. Et peut-être que oui. Mais les gars se font piquer leur portefeuille plus souvent aussi.

Shaney colle ses fesses contre lui, en dribblant loin de son corps pour que Lewis ne puisse pas attraper le ballon sur le côté.

Il ne faudrait pas que Peta arrive à ce moment-là, il en est conscient. C'était comme s'il était penché au-dessus d'une fille en débardeur qui fait mine de ne pas savoir jouer au billard, dans un bar. Mais Peta ne risque pas de débarquer. Elle quitte son boulot dans plusieurs heures, et de toute façon, elle doit encore marcher dix minutes depuis le parking, son sac en toile sur l'épaule, son casque antibruit autour du cou. Le monde doit lui paraître tellement silencieux, après avoir entendu ces avions rugir autour d'elle toute la journée.

Peta.

Lewis se promet de garder son nom en tête au cours des prochaines minutes.

Shaney se penche à droite, comme si elle allait utiliser sa main gauche pour pousser le ballon devant et faire un long dribble qui la mettra en position pour effectuer un double pas, si elle se décale un peu, et un tir à la cuillère, si elle possède ce genre de toucher, mais la voilà qui repart à gauche et Lewis, comme toujours, comme avec Peta, tombe dans le panneau. Shaney passe devant lui, insaisissable (un coach lui a appris les bons placements de pied), et déjà, le dessous du filet recrache le ballon.

« J'étais obligé de tenir mon froc, dit Lewis.

– Non, c'est faux », répond Shaney et elle lance le ballon dans le garage, à l'écart des deux Harley : le chien à l'agonie et la Road King. « Maintenant, arrêtez-moi, monsieur l'agent. »

Lewis met une seconde à comprendre. Et il prend conscience qu'elle vient d'introduire en douce dans son esprit le mot « menottes ». Il l'entraîne dans la maison malgré tout, en tenant son jogging d'une main, et quand il tourne en haut de l'escalier, Shaney est arrêtée devant la table de la cuisine.

« Blackfeet ? » dit-elle.

Elle touche presque la peau de caribou roulée sur la table, et soit elle vient de donner son nom à Lewis, soit elle lui demande si cette peau vient de la réserve.

« Hein ? fait Lewis, sa main qui ne tient pas le jogging agrippant le poteau de l'escalier.

– Je ne savais pas, dit-elle en le regardant d'un œil nouveau. Tu es un… porteur de paquets sacrés[1] ? Ils les laissent voyager jusqu'ici ? »

1. Dans les cultures mésoaméricaines, ensemble de reliques enveloppées dans du tissu.

Voyant l'air hébété de Lewis, elle explique : « C'est comme un porteur de pipe. Avec un paquet sacré.

– Oh, non, c'est juste… » Il n'achève pas sa phrase. « Je n'ai pas été élevé dans la tradition.

– Je crois que la tradition t'a trouvé quand même. »

Impressionnée, Shaney est sur le point de toucher les poils bruns à l'extérieur, puis elle recule comme si elle avait peur de ce qui pouvait arriver, de ce qui pouvait se transmettre entre cette peau blackfeet et sa nature de Crow.

C'est juste une peau de caribou, ne dit pas Lewis. Essentiellement parce que Shaney s'est déplacée vers le canapé et qu'elle découvre l'insulte faite à tous les caribous sur la moquette du salon. Elle se retourne vers lui, puis revient sur la silhouette et, sans un mot, voilà qu'elle se saisit du *masking tape* et en arrache de longues bandes, qu'elle colle sur le côté du canapé. On dirait de grands copeaux de bois, soigneusement taillés, qui rebiquent.

Lewis ne dit rien, il enjambe le dessin, comme pris en flagrant délit ; une centaine d'explications possibles tourbillonnent dans sa tête, toutes vouées à l'échec.

Avec des gestes posés, Shaney recolle les longues bandes de ruban adhésif sur la moquette, non pas pour achever le caribou, mais pour lui donner des viscères : ce tube semblable à une flèche que Lewis a souvent vu sur les huttes et dans les grands livres, qui plonge vers l'intérieur, de la bouche à l'estomac, pour des raisons qui lui ont toujours échappé. Pourquoi l'œsophage et l'estomac seraient-ils plus importants que le cœur ou le foie ?

« Maintenant, c'est bien », décrète-t-elle.

Elle a raison. Avant, c'était un mouton écrasé. Maintenant, c'est… pas vraiment une jeune femelle caribou, mais une forme qui représente un jeune caribou, bien mieux même qu'un authentique jeune caribou, allongé là.

« Comment tu as su ? s'étonne Lewis.

– Tu me demandes ça parce que je suis une fille ?

– C'était juste une masse informe avec des pattes. »

Elle regarde l'échelle maintenant, et l'inactivité au plafond.

« Mes livres sont… », tente Lewis, mais ce n'est plus une visite à la bibliothèque.

« Pourquoi faire ça ici, près du canapé ? » demande-t-elle, en revenant vers lui pour l'immobiliser dans son regard gourmand.

Elle tend la main vers le caribou, doigts écartés.

« La question, c'est plutôt pourquoi je l'ai fait ? esquive Lewis.

– Oui, mais tu l'as fait ici, et pas ailleurs », rétorque Shaney.

Elle ne le brusque pas cette fois, elle l'encourage.

« C'est idiot, dit-il en s'asseyant sur la troisième marche de l'escalier. C'est à cause d'un truc que j'ai cru voir l'autre jour. »

Shaney se renverse contre l'accoudoir du canapé, sans quitter Lewis des yeux.

« À savoir ?

– C'est pas comme dans les livres. Quand tu… quand tu vois un truc inhabituel. Genre…

– Genre un loup-garou qui fouille dans ta poubelle », dit-elle à sa place en prenant sur la table basse le livre qu'il est en train de lire pour montrer la couverture qui représente… un loup-garou qui fouille dans une benne à ordures, au milieu des détritus éparpillés dans l'allée.

Lewis hoche la tête, encore plus saisi, les mains jointes devant la bouche, son souffle chaud dans ses paumes.

Est-il vraiment sur le point d'avouer ? Sa collègue sexy peut-elle savoir ce que sa femme ignore ?

Mais elle a su comment terminer ce caribou sur le sol, non ? Ça signifie quelque chose. Et puis… Lewis s'en veut de dire ça, de le penser, mais c'est un fait : elle est indienne.

Plus important encore : elle pose la question.

« C'était l'hiver avant que je me marie, dit-il. Six… non, *cinq* jours avant Thanksgiving. Le samedi avant. On était à la chasse.

– On ?

– Des gars avec qui j'ai grandi, précise Lewis en haussant les épaules, l'air de dire que c'était sans intérêt. Gabe, Ricky, Cassidy… Cass. »

Shaney hoche la tête comme pour indiquer qu'il se débrouille bien jusqu'à présent, puis elle se retourne vers le caribou en *masking tape*, pour tous les deux, on dirait, puis Lewis se met à parler, il passe aux aveux, il raconte tout à voix haute, pour la première fois, ce qui doit vouloir dire que ça a réellement eu lieu.

Ce samedi-là

Le ciel crachait sans discontinuer ces petites boules de neige dures qui se prenaient dans les longs cils féminins de Lewis, des cils dont il avait toujours pensé qu'ils étaient peut-être normaux.

« Tu mets du mascara maintenant, princesse ? le charria Gabe, projeté contre son épaule par un cahot. Tu veux battre des paupières pour attirer les gros mâles à ta porte ?

– Tu peux parler, toi », rétorqua Lewis en tendant le menton vers les propres cils gelés de Gabe.

Hors de la réserve, les gens avaient tendance à croire que Lewis et Gabe étaient frères. Avec son mètre quatre-vingt-huit, Gabe avait toujours été un peu plus grand, mais à part ça, oui, en effet. Du temps de John Wayne, Lewis et Gabe auraient été recrutés pour mourir sous une pluie de balles, ils auraient été les Indiens numéro seize et dix-sept, sur quarante. Et Cass ? Cass, lui, aurait plutôt été le type assis devant la hutte, le type « fait pour le vingtième siècle », peut-être même qu'il porterait une version antérieure des lunettes de soleil de John Lennon. Ricky, lui, serait Brutus dans *Popeye,* en plus sombre : devant une caméra, le seul rôle qu'il pouvait espérer jouer, c'était le voyou indien, marginal, que tout le monde juge incapable de retenir une demi-réplique. Néanmoins, de Lewis, Gabe et Cass, lui seul réussissait à se laisser pousser un semblant de barbe, s'il parvenait à franchir l'étape des démangeaisons, et il n'avait pas de petite amie à l'époque. « Y a anguille sous roche », telle était l'excuse qu'il donnait à chaque fois, en lissant les quatorze poils épars sur ses joues, tel James Adams.

Gabe se pencha vers Lewis en mimant un baiser avec ses lèvres, et dit :

« Une petite partie de drague marcherait sûrement mieux que ce qu'on... »

Mais Gabe, devant eux, leva la main gauche pour les faire taire.

« Qu'est-ce que t'as vu ? » demanda Ricky en tournant la tête.

Il scrutait toujours les côtés, convaincu qu'ils manquaient un troupeau entier, que tous les caribous défilaient à la queue leu leu, juste là, tête baissée pour que leurs bois ne dépassent pas de la neige.

« Chut », fit Cass en mettant un genou à terre pour déchiffrer les signes comme un véritable Indien.

Des traces.

Des caribous avaient fourragé dans le sol ; sans doute se souvenaient-ils que certaines camionnettes transportaient du foin, et le foin ne disparaît jamais totalement. Pas sans les caribous qui sont suffisamment grands pour se pencher par-dessus les côtés de la remorque, et qui ont des cous assez longs pour attraper les derniers épis, jusque sous la boîte à outils.

« Des balèzes », commenta Gabe en se penchant pour enfoncer son index dans l'empreinte de sabot profonde. Il avait établi une méthode d'évaluation complexe, selon laquelle un mâle pesait tel poids si son doigt s'enfonçait jusqu'à la deuxième jointure, tel poids si son doigt s'enfonçait davantage, mais Lewis n'y croyait pas.

« Je vous avais bien dit qu'ils étaient là-bas », déclara Ricky en scrutant les alentours, comme si les caribous s'étaient arrêtés à la limite des arbres, à l'instar de ces stupides cerfs de Virginie, pour remuer la queue et regarder ce qui se passait.

« Là-bas », ça ne voulait pas dire tout là-haut, la région des motoneiges et des chevaux, mais à mi-hauteur, juste en dessous de Babb, vers Duck Lake. Avec le mauvais temps qui s'annonçait, les caribous avaient dû descendre des bois, pour attendre la fin de la tempête de neige. L'idée, c'était de les retrouver à mi-chemin.

« Ça, c'est de la merde de mâle », déclara Cass, sa phrase habituelle, et Ricky lança sa réplique obligatoire : « Littéralement », en poussant du bout du pied un monticule noir encore frais. Les crottes étaient plus effilées à une extrémité. Neuf fois sur dix, ça voulait dire « mâle », pas « femelle ».

« Ils jouent avec nous », dit Gabe en remontant la bretelle de son fusil sur son épaule.

« Essayez de m'attraper », dit Lewis.

Il s'aligna sur les traces qui s'éloignaient et les suivit vers le bas de la colline, vers…

« Merde ! cracha Cass en pivotant pour shooter dans la neige.

– Ils savent, dit Ricky, en ricanant, impressionné.

– Futés, Futés… », dit Lewis en faisant claquer sa bulle de chewing-gum, bruyamment, et Cass lui jeta un regard noir ; il n'était pas sûr d'avoir bien entendu ce mot, mais il ne voulait pas lui demander de répéter.

Gabe ne disait rien, il continuait à fixer l'endroit où les grands mâles étaient allés… où ils se trouvaient.

« Quelqu'un a emporté des tresses de cheveux gris dans son sac anti-ours ? » demanda-t-il finalement, avec ce sourire qui était sa marque de fabrique, celui qui finissait généralement en bouillie à la fin de la nuit, ou derrière les barreaux. Parfois les deux. Un siècle plus tôt, il aurait été le type qui essayait toujours d'organiser une expédition pour se faufiler de l'autre côté de la frontière, histoire de s'amuser, et rentrer à fond de train le lendemain matin, avec la moitié de l'Amérique massée juste derrière.

« *Non,* mec, pas question, dit Ricky, le regard enflammé, pour montrer qu'il parlait sérieusement, pour asséner le message. Si on se fait prendre là-bas, c'est…

– Dans ce cas, évitons de nous faire prendre, non ? dit Gabe en passant les visages en revue, comme s'il constituait un jury.

– On ne peut pas, lui répondit Lewis en évoquant la zone interdite. Ricky a raison : si Denny nous chope une fois de plus, il…

– C'est injuste, se lamenta Cass en chassant d'une pichenette, au bout de son doigt, quelque chose qu'il regarda s'envoler. Cette section est réservée aux anciens, mais si aucun des anciens ne va jamais à la chasse ?

– Les vieux se lèvent tôt, souligna Gabe, comme s'il venait d'être frappé par cette brillante idée. S'ils ont décidé d'aller chasser dans leur secteur aujourd'hui, ils sont déjà repartis. Nous, on fera que récupérer ceux qu'ils n'allaient pas tuer de toute façon. C'est pas un crime. Cassidy a raison.

– Cass, corrigea celui-ci.

– Quel que soit son nom aujourd'hui, il a raison », rectifia Gabe, campé sur ses jambes pour encaisser le coup de coude de Cass.

Le problème n'était pas tant que le secteur des anciens soit une zone interdite, c'était le fait que seuls les anciens – plus une seule et autre personne – avaient le droit d'utiliser des pick-up pour entrer et sortir. Tous les autres devaient crapahuter, ce qui représentait une marche de deux heures au moins, à l'aller, or ils avaient déjeuné il y a une heure et demie déjà, et le soleil se couchait peu après seize heures, faisant chuter le thermomètre.

« Il n'y a pas que les anciens qui ont des congélos vides, déclara Cass avec un haussement d'épaules appuyé. Et puis, c'est ma caisse. C'est sur moi que ça retombera, pas sur vous. »

Comme Ricky ne disait rien, Lewis tourna la tête, en direction du secteur des anciens.

C'était un sacrément bon territoire autour de Duck Lake, on pouvait pas dire le contraire. Et Gabe connaissait tous les chemins forestiers, les routes de terre, les anciennes pistes de gibier, qui avaient été élargies par les 4x4 et les tronçonneuses. Et ça craignait d'être le seul Indien sans caribou.

« Le dernier jour de la saison… », plaida-t-il.

Techniquement parlant, c'était faux, mais c'était la dernière fois qu'ils pourraient passer tout un samedi ensemble, comme aujourd'hui. Ils se retrouveraient encore à la pause-déjeuner ; et après avoir mangé ils rouleraient sur une route où quelqu'un disait avoir vu un caribou. Ils arriveraient encore en retard au boulot à cause d'un ensemble d'ornières profondes qui allaient d'un fossé à l'autre. Mais Lewis comprenait ce que voulait dire Gabe, il comprenait son argument : le dernier jour de la saison, les règles étaient différentes. Tout était permis. Pour remplir son congélateur. Vous aviez passé suffisamment de journées dans le froid et la neige pour nourrir le sentiment que les caribous avaient une dette envers vous, ou presque.

S'y ajoutaient les élans ou les vaches que vous pouviez abattre en chemin.

« Merde, dit Lewis car il sentait qu'il était en train de céder.

– C'est par là-bas que tu as découvert Junior, hein ? » dit Cass à Ricky, mais celui-ci contemplait les arbres de nouveau, car il voyait toujours une oreille tressaillir, là où il n'y en avait pas.

Cass évoquait le jour où Ricky avait trouvé Junior Big Plume flottant à la surface de Duck Lake, sur le ventre. Il avait été la vedette de la réserve durant tout le week-end.

« La ferme », répondit Ricky qui avait pris sa tête de chasseur : un masque de statue d'Indien devant une boutique de cigares.

Cass n'insista pas.

Gave profita de ce silence pour déchiffrer les expressions, les yeux, les postures avachies.

« Les caribous ne vont pas se tirer dessus tout seuls, messieurs », déclara-t-il finalement, satisfait de ce qu'il avait vu, à l'évidence.

Il ôta son fusil de son épaule pour vider la chambre : ordre de Cass depuis le nouveau trou dans le plancher de son pick-up, à l'avant, un trou dont Gabe affirmait que Cass le remercierait cet été. C'était cet instant que Lewis aimerait figer dans le temps, comme un arrêt sur image, pour l'accrocher au mur. Il l'intitulerait : *Partie de chasse* ou *Neige* ou encore *Cinq jours avant la dinde et le football.*

Mais c'est impossible. Car la suite de la journée avait déjà commencé, elle se déroulait pendant que Gabe continuait à regarder vers le bas de la colline, là où se trouvaient les caribous, affirmait-il.

« Il avait raison ? » demande Shaney, les jambes glissées sur le côté, dans la position d'une Indienne traditionnelle.

Lewis émet un ricanement amer.

« Au sujet des caribous qui n'allaient pas se tirer dessus tout seuls ? »

Shaney hoche la tête, et Lewis détourne le regard, et il dit que Ricky avait raison lui aussi.

« À quel sujet ? demande Shaney.

– Se faire prendre. »

Le pick-up double cabine de Cass ne possédant pas de treuil électrique, chaque fois qu'il ne voyait plus la route et qu'il s'enfonçait dans la neige molle, tout le monde devait redescendre et chacun s'échinait tour à tour sur le tireur à câble, pendant que deux autres creusaient à l'aide de planches et essayaient d'accomplir des miracles avec le cric et qu'un quatrième, resté au volant pour accélérer en douceur et actionner le levier de vitesse, faisait avancer et reculer le pick-up.

À quatre reprises au moins, une mort certaine se profila, mais à chaque fois, le cric à levier s'enfonça dans la poudreuse plutôt que dans un crâne croustillant, ou bien le crochet du tireur à câble, en se détachant, passa au-dessus de la cabine au lieu de fouetter des visages.

C'était tellement drôle que Lewis lui-même riait.

Ils avaient le sentiment que rien de grave ne pouvait arriver.

Certes, il voulait un caribou, il le voulait plus que tout, mais quand même, c'était aussi ça la chasse : vous crapahutez dans la neige profonde avec des potes, votre respiration est givrée, vous avez perdu votre gant droit, vos Sorel sont trempées à l'intérieur. Et Chief Mountain, cette éternelle tache floue au nord-ouest, semble veiller sur ces imbéciles de Blackfeet.

Du moins jusqu'à ce qu'ils atteignent l'endroit où la chose se produisit.

La colline était raide, huit cents mètres de dénivelé en partant du lac. La tempête de neige arrivait, poussant le vent devant elle. C'est la seule chose que Lewis doit expliquer : pourquoi les caribous n'ont pas entendu la Chevrolet de Cass qui peinait dans la neige. Les écureuils ne parlaient que de ça, les rares oiseaux encore présents, mais contrariés, volaient vers des arbres de plus en plus lointains. Les caribous, peut-être parce qu'ils avaient le vent en plein visage, ne se doutaient de rien ; ils essayaient de grignoter tout ce qu'ils pouvaient car bientôt tout serait enseveli.

Rétrospectivement, confie Lewis à Shaney, la seule chose qui aurait pu les sauver, c'étaient des chevaux, ces chevaux sauvages qui surgissaient toujours dans les endroits les plus inattendus, dans toute la réserve, avec leurs yeux écarquillés et fous, leurs crinières et leurs queues hirsutes, emmêlées. Si quatre ou cinq d'entre eux étaient arrivés au galop, pour une importante mission quelconque, cela aurait pu effrayer les caribous, ou du moins les inciter à tendre l'oreille, à mieux renifler, à faire plus attention.

Hélas, il n'y avait pas de chevaux ce jour-là. Uniquement des caribous. Il arriva alors la même chose qu'au cours du dernier kilomètre : Cass perdit la route une fois de plus, malgré Gabe qui affirmait qu'elle tournait ici, ici et *ici*. Toutefois, au lieu de reculer, Cassie s'élança dans cette mauvaise direction, pied au plancher, alors que les roues tournaient dans le vide, seul son élan, faiblissant, permettait encore au pick-up de dévaler la pente.

« On vise le record, on vise le record... », dit Gabe en décollant son cul du siège comme si c'était lui qui les alourdissait, et à l'arrière, Ricky se pencha vers l'avant pour essayer d'aider le pick-up. Assis à côté de lui, Lewis se demandait quelle était la sanction encourue pour se trouver simplement dans le secteur des anciens. Il connaissait la réponse : aucune, du moment que vous n'étiez pas armé. Mais si vous aviez un fusil ? Denny balançait la clé de la cellule.

« On va y arriver, on va y arriver ! » s'exclama Cass, une main sur le volant, l'autre sur le levier de vitesse pour actionner la boîte de transfert, s'ils avaient la chance d'en avoir besoin. Un peu malgré lui, il roulait d'un côté à l'autre d'un virage en S, faisant voler de la neige dans toutes les directions, les roues projetant de grands panaches blancs, dont certains ne retombaient même pas, emmenés en stop par le vent pour se répandre au-dessus de Cut Bank ou de Shelby, probablement, un endroit si éloigné d'ici qu'il en deviendrait immédiatement une légende, en quelque sorte.

« Merde, merde », dit Lewis en s'accrochant à deux mains à la poignée de maintien, les jambes tendues, les pieds appuyés contre le plancher, tout en sachant que ce n'était pas la bonne technique pour amortir un choc. Mais l'instinct le poussait à se raidir. Trois fois déjà ils avaient évité de peu un rocher couvert de lichen, abandonné là par un glacier vingt mille ans plus tôt. Ils allaient forcément en prendre un en pleine tronche, tôt ou tard, non ?

Mais au lieu de rencontrer un panneau stop en granit, ils heurtèrent *le vide.*

Cass n'eut pas besoin de freiner, il arrêta simplement d'accélérer.

« Nom de Dieu ! » s'écria Ricky, qui ne voyait rien à l'arrière. Comme Lewis.

Le moteur cala en crachotant, les plongeant dans un immense silence.

« Bravo », lâcha Cass, dégoûté, en essayant de dégager son côté du pare-brise, pour finalement baisser sa vitre, alors que Lewis remerciait les dieux qui étaient à l'écoute à cet instant : sans eux ils seraient une épave fumante au fond de cet à-pic.

« Chut, chut », fit Gabe.

Penché au-dessus du tableau de bord, il regarda en bas, tout en bas.

Puis…

« Quoi ? » demande Shaney.

Gabe s'empara de son fusil, ses doigts se positionnèrent délicatement sur la crosse, un par un, comme si refermer les quatre en même temps aurait fait trop de bruit.

La chose dont Lewis se souvient le mieux au cours des soixante secondes qui suivirent (plus proches des deux minutes, aussi improbable que ça puisse paraître), c'est la manière dont son cœur se comprima dans sa poitrine, et dont sa gorge se remplit de… de terreur ? Trop de joie et d'étonnement peuvent-ils créer une boule de ce genre, quand ils surgissent subitement ?

Il y eut la sueur instantanée, sa tête pleine de bruits et ses yeux qui laissaient entrer plus de lumière que son cerveau ne pouvait en recevoir. C'était comme… les mots lui manquaient, véritablement. « Ce choix brutal entre la fuite ou le combat », confie-t-il à Shaney, mais courir n'était pas envisageable. Il avait toujours imaginé que la guerre ressemblait à ça : trop de données d'un seul coup, ses mains qui agissaient presque sans qu'il ait son mot à dire, car elles avaient attendu trop longtemps cet instant, elles refusaient qu'il passe à côté.

Idem pour Gabe.

Il tira d'un coup sec sur la poignée de la portière et roula dans la neige, aussi douce qu'il est possible de l'être, son fusil brinquebalant derrière lui.

Les autres suivirent son exemple, sans un mot. Ricky sortit par sa portière, Cass essaya de bloquer le pick-up au point mort pour qu'il ne franchisse pas la corniche sur laquelle il chancelait.

La portière du côté de Lewis s'ouvrit dans un murmure, tel le destin, et lorsqu'il posa le pied droit dans la poudreuse, dont la profondeur dépassait les cinquante centimètres, il continua à s'enfoncer, son menton s'arrêtant dans la neige fouettée par les roues avant. Sans jamais interrompre son mouvement, toutefois. Il avançait en rampant, comme un soldat, en s'aidant de ses coudes, maintenant son fusil en l'air pour ne pas mouiller le canon.

C'est alors que la folie s'empara de lui.

Il avait déjà vu des grands troupeaux dans le parc, à Two Dog Flat ; il les avait vus au printemps, près de Babb, traversant la route de nuit, mais cette multitude de corps énormes et parfaits, sur ce fond blanc et nu, c'était une chose qu'il n'avait jamais vue d'aussi près. Du moins, pas avec un fusil dans les mains, sans touristes qui prenaient des photos.

Le coup de feu tiré par Gabe provenait de loin, de l'autre extrémité d'un long, long tunnel.

Lewis, qui savait que c'était ainsi qu'on devenait un bon Indien, pensa enfin à introduire une balle dans le canon. Et quand elle fut en place, il souleva la lunette Tasco jusqu'à ce qu'elle se colle à son œil droit, et voilà qu'il tirait lui aussi maintenant, et il tirait encore, attendant pour presser la détente de voir une forme marron dans la mire. N'importe où *à proximité* de la mire : comment pouvait-il les louper ?

Impossible.

Trois balles, puis il roulait sur lui-même, il cherchait des munitions dans la poche de son pantalon, et les caribous, habitués à vivre en altitude, le précipice devant le pick-up répercutant le son dans toutes les directions, leur premier réflexe était de se précipiter à flanc de colline, vers la sécurité supposée. De l'autre côté du pick-up, Ricky braillait un vieux cri de guerre, et peut-être que Gabe aussi. Et moi aussi, pense-t-il.

« Tu ne t'entendais pas crier ? » s'étonne Shaney.

Lewis secoue la tête : non.

En revanche, il revoit Cass derrière sa portière ouverte, le canon de son fusil glissé par la vitre baissée, et il tire, il tire, il tire, ne s'arrêtant que pour introduire une balle avec son pouce, puis une autre. Une douille retomba sur le tableau de bord, dégringola et termina sa course dans la neige, près de Lewis, dans un grésillement.

« On aurait pu nourrir toute la tribu pendant une semaine avec toute cette viande, dit Lewis, les yeux brûlants. Pendant un mois. Pendant tout l'hiver, peut-être.

– Si tu étais ce genre d'Indien, dit Shaney, qui comprend ce qu'il veut dire.

– C'est pas tout », ajoute Lewis, en regardant enfin le caribou en *masking tape* sur le sol du salon.

Dans le moment de surdité qui suivit, plantés là tous les quatre sur cette corniche, la neige qui produisait un son de cornemuse autour d'eux, presque au cœur de la tempête, Gabe – qui avait toujours eu la meilleure vue – compta neuf cadavres énormes, là-bas dans la neige, chacun dépassant sans doute les deux cents kilos.

Le Chevy de Cass pesait une demi-tonne.

« Pu-tain », dit Ricky, le souffle court, un sourire jusqu'aux oreilles.

C'était le genre de coup de chance qui ne se produisait jamais, dont ils avaient seulement entendu parler. Mais pas de cette manière. Jamais un troupeau entier. Jamais autant de bêtes qu'ils pouvaient en abattre.

« Ça va ? » demanda Gabe à Lewis, et Cass approcha la main pour tapoter l'œil droit de Lewis avec son doigt.

Du sang.

Gamin, il avait déjà été blessé à l'œil quand le recul avait projeté la lunette contre son orbite, et il avait ressenti cette onde de choc qui se déplace au ralenti entre l'avant et l'arrière de son crâne. L'espace d'un instant, dilaté, votre cerveau devient *liquide*, et vous laisse tout chamboulé ; et pour cette raison, vous ne pouvez jamais vous rappeler ce que vous avez fait exactement pour provoquer cette blessure. Il n'y a que cette évidence : vous avez collé la lunette contre votre œil et pressé la détente.

Ce jour-là, Lewis se souvenait de chaque tir, le claquement de chaque projectile : plomb contre chair, mais pas une seule fois il n'avait ressenti la force de ce recul soudain qui traversait sa tête.

Cinq ans plus tard, en examinant ses radios, un dentiste découvrirait la trace osseuse de ce traumatisme autour de son œil droit et lui demanderait s'il avait eu un accident de voiture.

« Presque, répondra Lewis. Mais avec un pick-up. »

La dernière fois qu'il avait vu le Chevy de Cass, il reposait sur des parpaings derrière une clôture de fils barbelés, au nord de Browning. Le pare-brise était enfoncé et le capot grand ouvert semblait pousser un long cri. Il faut croire que le moteur était encore bon, sinon il n'aurait pas été démonté. Les pneus et les roues avaient été retirés eux aussi. Après que Lewis avait quitté cette région, en sachant secrètement que c'était définitif, il imagine qu'un premier parpaing qui soutenait le pick-up avait disparu assez vite, en traversant un tambour de frein rouillé, donnant au pick-up l'apparence d'un cheval qui s'agenouille, et à partir de là, ça avait été rapide. La terre réclame ce que vous laissez derrière vous.

Mais ce jour-là, avec les caribous, le Chevy n'en était encore qu'à sa première, ou peut-être deuxième vie, il était jeune et affamé, et il leur disait à tous les quatre qu'il pouvait transporter autant de caribous qu'ils pouvaient en entasser. De manière plus réaliste, trois caribous seulement à l'arrière d'un pick-up d'une demi-tonne, c'était déjà limite : il allait s'écraser sur ses amortisseurs, le capot se dresserait vers le ciel et les freins avant deviendraient inutiles.

En supposant que cette connerie de tireur à câble accepte de coopérer pour les aider à traîner ces cadavres lourds jusqu'en haut de la pente, et que quatre Indiens sans palan ni nacelle élévatrice parviennent à hisser le deuxième et le troisième animal sur le premier.

« C'est à ce moment-là qu'il s'est mis à neiger, sacrément », raconte Lewis, en palpant son visage du bout des doigts comme s'il sentait encore ces petites touches glacées.

Shaney ne dit rien, elle le regarde, elle enregistre. Non pas parce qu'elle a envie de savoir, Lewis ne le pense pas, mais… c'est comme si elle savait qu'il avait besoin de raconter. D'en parler à quelqu'un, au moins.

« Le précipice à bisons de jadis ! » s'exclama Gabe et il sauta de la corniche, dévalant la pente sur le cul jusqu'à ce magma de caribous morts ou agonisants.

Lewis, Ricky et Cass le suivirent prudemment, dégainèrent des scies et des couteaux, et se mirent au travail. En moins de cinq minutes, il devint évident qu'ils devraient se contenter des cuissots car déjà de gros flocons humides s'insinuaient dans les cavités écarlates des corps, se dissolvant instantanément au contact de la chaleur fumante. Mais très vite, les flocons allaient remporter cette petite guerre, et au lieu de fondre, ils s'amoncelleraient, donnant à ces carcasses l'apparence de gigantesques animaux empaillés et éventrés, d'où s'échappait toute la bourre.

Gabe et Cass s'attaquèrent ensemble à l'unique mâle qui était tombé, en essayant de ne pas endommager sa cape car Gabe connaissait un taxidermiste clandestin qui lui fabriquerait un trophée contre de la viande, s'il pouvait choisir les morceaux. Ricky s'était lancé dans un monologue, comme quoi, jeudi, Thanksgiving serait une fête *indienne* cette année, grâce à leur tableau de chasse.

« Un Thanksgiving classique », déclara Gabe, baptisant ce qui venait de se passer.

Cass poussa un grand cri de joie, entérinant ainsi ce nom.

Lewis agita le bras au-dessus de sa tête car il venait de parer une femelle en un temps record – c'était un truc de rodéo, enfoui dans son ADN – et passa à l'animal suivant, la jeune femelle, mais lorsqu'il s'agenouilla pour faire la première entaille, du pelvis au sternum, elle prit appui sur ses pattes avant et essaya de s'extraire de la neige.

Lewis tomba à la renverse et réclama un fusil à Cass. Sans détacher son regard un seul instant de cette jeune femelle. Elle avait des yeux… les caribous n'avaient-ils pas des yeux marron habituellement ? Les siens étaient presque jaunes, tirant sur le noisette à l'extérieur.

Peut-être parce qu'elle était terrorisée, parce qu'elle ne comprenait pas ce qui se passait. Elle savait juste que ça faisait mal.

La balle qui l'avait abattue l'avait atteinte au milieu du dos, par en haut, et brisé la colonne vertébrale. Par conséquent, ses pattes arrière étaient mortes, et les entrailles devaient être dans un sale état également.

« Holà, holà », fit Lewis.

Il sentit plus qu'il ne vit le fusil de Cass tomber lourdement dans la neige, près de sa jambe droite. Il le ramassa à tâtons, pendant que la jeune femelle continuait à lutter, en soufflant une brume rouge par les naseaux, ses yeux immenses, profonds, brillants.

« Et je ne trouvais pas de balle, raconte Lewis à Shaney. Je croyais être à court de munitions, je pensais avoir tiré la dernière là-haut, à côté du pick-up, quand c'était devenu de la folie.

– Mais il t'en restait une, dit Shaney.

– Deux », répond Lewis en regardant ses mains.

D'aussi près, il n'avait pas besoin de lunette ni de mire.

« Pardon, petite », dit-il et, en faisant attention à son œil enflé, il aligna le canon et tira.

Le bruit, énorme, gravit la pente, puis redescendit avec fracas.

La tête de l'animal fut projetée en arrière, comme si elle était montée sur des charnières, et retomba dans la neige.

« Pardon », répéta Lewis, plus bas, pour que Cass ne l'entende pas.

Mais c'était ça la chasse, se dit-il. Ces caribous n'avaient pas eu de chance. Le vent étant en leur faveur, ils auraient dû se coucher. Ils auraient dû se frayer un chemin jusqu'à une zone inaccessible pour les chasseurs… pour leurs camionnettes, du moins.

Après avoir tiré, Lewis chercha du regard une plante quelconque pour y accrocher son fusil, mais un bruit le fit se retourner vers la jeune femelle.

Le bruit de la croûte de neige qui craque.

Elle le dévisageait de nouveau. Toujours vivante. Sa respiration était rauque, irrégulière, mais bien réelle, contre toute logique. Alors qu'elle avait le dos détruit et la moitié de la tête réduite en bouillie.

Lewis fit un grand pas en arrière, involontairement, et perdit l'équilibre. Il enfonça la crosse du fusil dans le sol, juste devant son cul, pour s'assurer que le canon ne se retrouve sous son menton et ne sépare sa mâchoire du reste de son visage.

La femelle essayait encore de se relever, qu'importe que la partie supérieure de son crâne n'existe plus, qu'elle ait la colonne vertébrale brisée, et qu'elle aurait dû être morte, qu'il fallait qu'elle soit morte.

« Bordel de merde ! s'écria Cass. Mon fusil n'est pas tordu à ce point, mec. »

Il s'esclaffa et replongea à l'intérieur du gros mâle qu'il s'était approprié. Lewis avait la jambe droite enfoncée dans la neige, il tapotait ses poches à la recherche d'une dernière balle, s'il vous plaît.

L'ayant trouvée, il l'introduisit dans la chambre et actionna plusieurs fois la culasse pour s'assurer qu'elle était bien en place. Cette fois, sans cesser de parler à la jeune femelle, lui promettant d'utiliser chaque partie de son corps si elle acceptait de mourir, par pitié, il appuya le canon du fusil contre la tête de l'animal, de manière que la balle ressorte à la base du crâne et s'enfonce dans l'échine, là où elle en avait déjà reçu une.

Son unique œil jaune continuait à le regarder ; l'autre était de travers, la pupille dilatée fixait un point qu'il ne pouvait pas voir sans se retourner.

« Alors, c'est là que j'ai appuyé le canon cette fois, explique-t-il à Shaney. Je me disais… je ne sais pas. La première balle avait dû ricocher sur le crâne, non ? C'était moins grave qu'il y paraissait. Ce coup-ci, je ne voulais pas lui laisser la possibilité de rebondir. L'œil serait comme un tunnel… qui entrait en elle. »

Shaney ne cille pas.

« Tu aurais été une coriace, toi, hein ? » dit le Lewis de ce jour-là, dont la lèvre inférieure s'était mise à trembler, et il pressa la détente.

Le fusil de Cass, qu'il tenait d'une seule main, lui échappa, et la jeune femelle s'écroula de nouveau, et ce qu'il se disait à cet instant, dans sa tête, bien qu'il soit un Indien, bien qu'il soit un chasseur-né, ce qu'il se disait pour justifier tout ça, pour pouvoir affronter la minute suivante, et l'heure suivante, c'était que tirer sur cet animal, c'était comme tirer dans une botte de paille, comme arracher un brin d'herbe dans un champ ou écraser une sauterelle. Cette jeune femelle ne savait même pas ce qui lui arrivait, les animaux n'avaient pas conscience de ce genre de choses, pas comme les gens.

« Et tu y croyais vraiment, hein ? demande Shaney.

– Pendant dix ans, répond Lewis. Jusqu'à ce que je la revoie, juste là.

– Toujours morte ? »

Shaney s'est assise sur la deuxième marche de l'escalier, la main posée sur le genou de Lewis, à travers son jogging, et c'est dans cette position que les trouve Peta en entrant.

Vendredi

Lorsque le Thunderball Express passe avec fracas à 2h12 du matin, l'esprit à moitié endormi de Lewis transforme ces roues assourdissantes en un grondement de sabots, qui vont et viennent, de plus en plus vite, dans une sorte de bouillasse, jusqu'à ce qu'il se redresse brusquement, réveillé par… quoi donc ?

Il pense tout d'abord, par réflexe, que le train a projeté une de ces pierres grises dans la palissade et arraché une autre planche, qui se balance maintenant sur la barre transversale, mais ce n'était pas le train, il s'en aperçoit. C'était… *une chaîne* ? Il se redresse dans son lit lorsqu'il établit le rapprochement entre ce mot et ce qui se trouve sous la chambre : le garage. Le bruit qui l'a réveillé, c'est la chaîne de la porte du garage qui glisse sur son long rail graissé, actionnée par le petit moteur grinçant.

Si la porte du garage s'est ouverte, c'est que quelqu'un a appuyé sur le bouton. Et Peta n'est plus couchée dans le lit à côté de lui, si ?

Lewis balance ses pieds sur la moquette, son esprit tente de revenir en mode fonctionnel. Ayant retrouvé un équilibre suffisant, il enfile son pantalon de jogging pourri et traverse la chambre à tâtons pour descendre l'escalier d'un pas hésitant, ce même escalier dans lequel Peta les a surpris, Shaney et lui.

Certes, ils ne faisaient rien de mal, mais n'empêche, hein ? Lewis avait veillé à ce que Shaney reparte les bras chargés de bouquins, une série entière, pour montrer à Peta pourquoi elle était là, mais pendant qu'il empilait les livres dans les bras de Shaney, il avait eu l'impression d'en faire trop, comme s'il essayait de cacher un cadavre dans le jardin en le recouvrant de huit autres cadavres.

Peta y avait cru, c'était le plus important. Pendant un instant, tout aurait pu basculer dans l'autre sens, mais si ça ne s'était pas produit, lui avait-elle confié plus tard, c'était grâce à ses yeux. Lewis n'était pas là, dans l'escalier, pas véritablement.

N'empêche, il sait que Peta se serait peut-être sentie moins humiliée si elle avait surpris Shaney en train de remettre son jean. Cela aurait été moins grave que d'entendre Lewis raconter une chose aussi intime, aussi personnelle, à une autre femme. De plus, le fait qu'il a raconté l'histoire du caribou à une *Indienne*, ce que Peta ne serait jamais, même si elle courait vite, même si elle sautait haut, constituait sans doute une blessure supplémentaire. La plus profonde en tout cas. Une blessure qu'elle était encore en train de soigner, certainement.

Le jeudi, le peu de temps durant lequel Peta et lui s'étaient vus, elle s'était montrée chaleureuse, sans être véritablement elle-même. Non pas comme si elle avait quelque chose à dire, mais comme si elle n'avait rien à dire, au contraire. Et voilà que maintenant elle est debout à deux heures du matin, elle la dormeuse qui chérit chaque minute de sommeil jusqu'à ce que le réveil sonne à cinq heures.

En descendant l'escalier, tenant d'une main son jogging, il manque la dernière marche et se retrouve propulsé dans le salon. Il contourne les bandes de *masking tape* sur le sol et parce qu'il n'est pas en phase avec les horaires des humains, ce stupide spot au plafond clignote. À cause de l'entrée trébuchante de Lewis ? C'est ça qui l'a fait s'allumer ? Ou alors les ondes de choc de la porte du garage ?

Mais avant le mystère du spot, il y a celui de sa femme.

Lewis ouvre la porte qui donne sur le garage, d'un geste empreint d'une forme de respect. La lumière encastrée dans le moteur de la porte du garage est toujours allumée car la porte s'est soulevée il y a une quarantaine de secondes seulement. Peta est assise sur la dalle de béton, à la lisière de cette auréole lumineuse, les genoux ramenés contre la poitrine, les bras noués autour des genoux, ses cheveux blonds cascadent dans son dos, vêtue de son tee-shirt pour dormir, en socquettes, son chouchou du petit déjeuner enroulé autour du poignet, ne manquent que les céréales.

Elle a pleuré. Lewis n'a pas besoin de voir son visage pour le savoir. Il le devine à la cambrure de son dos.

Il descend sur le béton froid et lisse pour se frayer un chemin jusqu'à elle, et c'est alors qu'il le voit.

Harley. Qui n'est plus Harley.

Ce brave chien de son enfance, celui qui avait reçu un coup de sabot de cheval dans la tête ? C'est ce qui se rapproche le plus de ça. De ce qui lui est arrivé. Mais ce n'était qu'une brève ruade, si rapide qu'aucun spectateur du défilé n'avait su, pendant quelques secondes, ce qui s'était passé.

Cette chose… c'est un chien qui a été *piétiné* par un cheval, un cheval qui avait un sacré compte à régler, qui s'est acharné, encore et encore, réduisant ce chien à rien, une grande tache rouge grumeleuse sur le sol, quelques dents ici, des éclats d'os là, au milieu des poils collés par le sang.

Le vomi monte dans la gorge et jaillit de la bouche de Lewis avant même qu'il s'en aperçoive. Brûlant et liquide, il coule sur ses mains, comme si ne pas éclabousser le sol du garage devenait soudain la chose la plus importante. Quand il le sent filer entre ses doigts, il est pris de haut-le-cœur, il sort en traînant les pieds et lâche tout sous le panier de basket, son jogging sur les chevilles.

Il doit offrir un triste spectacle, mais Peta ne le regarde pas. Quand il a fini de vomir, il remonte ce stupide pantalon et appuie le front contre le poteau écaillé du panier de basket, pour se retenir à quelque chose de solide.

« Je ne comprends pas, dit-il.

– Il est mort », répond Peta, soulignant l'évidence.

Oui, *mais*, ne dit pas Lewis.

Si la porte du garage n'était ouverte que de *dix centimètres*, comme toujours, pour une question d'aération, alors… alors : « Qu'est-ce qui a bien pu faire ça ? »

Peta lève les yeux de son gouffre de chagrin et demande :

« Est-ce qu'on devrait appeler ta collègue ? »

Lewis l'a mérité, il le sait. « Collègue », c'est comme ça qu'il a appelé Shaney après l'avoir flanquée dehors avec sa brassée de livres.

« Non, pas la peine, répond-il en essuyant ses mains dans la terre. Je ne connais même pas son numéro. »

Sauf que si, songe-t-il. Non ? Il est dans le répertoire du bureau, le nouveau.

« Qu'est-ce qui a bien pu lui faire ça ? » demande-t-il en s'asseyant à côté de Peta.

Elle rampe sur les fesses, comme pour lui faire de la place. Comme s'ils étaient à l'étroit dans ce garage pour deux voitures, sur ce sol en béton taché d'huile.

Non : comme si elle ne voulait pas le toucher.

« Ce n'était pas sa faute, dit-elle, le regard perdu dans le néant qui l'entoure. Ce n'était qu'un chien. »

Est-ce une réponse, vraiment ?

Sans le vouloir, Lewis examine ses socquettes.

Aucune trace de sang.

Elle n'a pas de sabots non plus.

Mais la porte n'était ouverte que de *dix centimètres*. Et Peta avait dû la *soulever* pour venir s'asseoir ici et réfléchir. Il n'y avait qu'une seule explication : l'un des deux avait piétiné Harley, ou bien c'était quelqu'un… *quelque chose* d'autre.

Lewis fait pivoter sa tête, son cœur cogne dans sa poitrine ; il scrute la cavité sombre du garage, à la recherche d'une grande silhouette, massive, plaquée contre un mur, à peine cachée, ses yeux jaunes absorbant la lumière.

Ce ne sont pas des sabots de cheval qui ont fait ça à Harley, il en est certain. C'est un caribou. Il le sait car il est minuit passé, cela signifie, techniquement, qu'on est samedi, soit une semaine tout juste avant le dixième anniversaire du Thanksgiving classique.

« Je ne sais pas si on devrait continuer à vivre ici », dit-il.

Peta ne le regarde pas.

« Il faut du temps pour s'habituer à une nouvelle maison, répond-elle, toujours rationnelle. Tu te souviens de celle avec le grenier ? »

Cette maison dont Lewis était persuadé qu'elle était hantée. Où il avait cloué une planche en travers de la porte du grenier, au cas où quelque chose voudrait en sortir pour se planter près de leur lit, de son côté à lui. Ou de n'importe quel côté. *Les Indiens ont facilement peur*, avait-il expliqué à Peta. Il n'a pas beaucoup plus d'explication aujourd'hui.

« J'arrive pas à dormir, dit-il.

– Tu dormais il y a quelques minutes.

– Pourquoi tu t'es levée ? demande-t-il en observant le profil de Peta.

– J'ai cru entendre un bruit, répond-elle en haussant une épaule.

– Harley ? dit-il car ça tombe sous le sens.

– Non, l'escalier. »

Cette réponse glace immédiatement Lewis.

Il inspire et laisse échapper une longue expiration tremblante.

« Si je t'ai pas tout raconté au sujet de… cette histoire de chasse, dit-il, c'est parce que je ne voulais pas que ça reste gravé dans ta tête. »

Cette fois, Peta se tourne vers lui.

« Tu n'aimes pas entendre des trucs sur… les animaux, précise-t-il.

– C'est toi que ça concerne, répond-elle du tac au tac. Ce que tu es.

– Je ne lui ai pas raconté la fin », ajoute Lewis d'une voix qui n'est qu'un grincement.

Peta l'observe toujours. Elle attend.

« Tu es certaine que tu veux savoir ?

– Avec qui tu es marié ? Elle ou moi ? »

Lewis hoche la tête, il encaisse le coup, et replonge une fois de plus dans cette histoire, en commençant par raconter comment, quand il a éventré cette jeune femelle caribou, quand il a taillé à l'intérieur de cet animal qui ne savait pas qu'il était mort, la première chose qui s'est déversée dans la neige, ce sont ses mamelles pleines de lait. Couleur bleu ciel, musclées et veinées, le canal mammaire encore attaché, prêt à fonctionner.

Cette femelle était trop jeune pour être grosse, sans doute qu'elle n'aurait pu porter son bébé jusqu'à terme, au printemps, et il était trop tôt pour qu'un faon soit aussi avancé, de toute façon, n'empêche, voilà pourquoi elle s'était battue avec une telle fougue, il le savait ce jour-là, et il le sait aujourd'hui encore. Peu importe qu'elle soit déjà morte. Elle devait protéger son bébé.

Et ce bébé, cet embryon, ou ce fœtus, ce *faon*, il était là, recroquevillé comme un haricot, à l'intérieur, la tête rentrée dans la poitrine, comme s'il allait lever les yeux vers lui, au milieu du sang de sa mère, comme s'il allait se redresser en titubant sur ses quatre pattes grêles, et s'en aller, puis grandir, sans jamais se développer réellement, et il resterait un fœtus de trois cents kilos aux yeux énormes et à la peau lisse, éternellement à la recherche de sa mère morte.

Pendant que Cass regardait ailleurs, c'est-à-dire tout le temps, Lewis se servit de la crosse du fusil pour creuser un trou dans la terre gelée, dans lequel il déposa ce bébé caribou inachevé qui gigotait à peine, avant de le recouvrir de son mieux, après quoi, malgré les bourrasques de la tempête qui déversaient des tonnes de neige, les unes après les autres, il insista pour parer correctement cette jeune femelle, jusqu'au bout.

Rien ne se perdrait. Aucune partie d'elle ne devait être gâchée.

Pour faire les choses bien, il coupa une grosse branche du buisson, ouvrit le sternum en utilisant juste son couteau – elle était encore si jeune qu'il n'avait même pas besoin de la scie –, puis il ouvrit le pelvis en deux, comme on déploie les ailes d'un papillon, et il enfonça la branche dans la poitrine afin de l'écarter en faisant levier. Pour être certain de récupérer tous les morceaux de viscères percés, jusqu'au dernier bout de poumon, il alla jusqu'à ramper légèrement à l'intérieur, comme un gamin avec son premier caribou, pour ramasser et pousser, et lorsqu'enfin il ressortit en roulant sur lui-même, en retirant la branche, Gabe était là, qui l'observait.

« Juste les cuissots aujourd'hui, Super Indien », dit-il avec un sourire, une grosse patte brune de caribou sur l'épaule, dans le style Fred Pierrafeu.

Il tenait le sabot noir dans sa main et le sang coulait sur le dos de sa veste.

Lewis ne mordit pas à l'hameçon lancé par Gabe. Il continua à travailler.

L'autre élément de sa promesse à la jeune femelle concernait l'écorchage, et pour ce faire, il devait impérativement la suspendre, à une poutre solide dans un atelier, en écoutant la radio posée sur l'établi. Mais il ne disposait que d'un couteau acheté dans un comptoir, trop aiguisé au début, trop émoussé ensuite, et le temps qu'il arrive au bout de sa tâche, Gabe, Ricky et Cass étaient tous autour de lui, à le regarder. La neige s'accumulait sur leurs épaules et ne fondait même plus dans leurs cheveux.

Et peut-être que Lewis pleurait maintenant, il le reconnaît devant Peta, qui lui a pris le bras car il essaie de ne pas pleurer à cet instant, il essaie de ne pas être bête à ce point, en manque d'affection.

« C'étaient mes amis », ajoute-t-il. Il bafouille, il s'efforce de se contrôler. De retenir ses larmes. « Ils… Ils n'ont rien dit. »

Peta tend la main vers son front pour ôter délicatement une écaille de peinture provenant du panneau de basket, puis elle l'attire contre sa poitrine, en posant sa paume sur sa joue, et ce geste, elle, c'est sa maison, et elle n'est pas hantée, pas même un petit peu. C'est là où il veut vivre éternellement.

Mais il n'a *toujours* pas tout raconté, à propos de ce jour-là.

Ce qu'il n'a pas eu le temps d'évoquer, avant de se transformer en pathétique adulte larmoyant, c'est comment tous les quatre se démenèrent pour transporter cette jeune femelle en haut de la colline, en utilisant le tireur à câble comme un filin, après avoir dégagé le pick-up, sans se soucier du fait que cette corniche était précisément l'endroit de la réserve où tous les vents se rassemblaient, dans un maelström de fin du monde.

Contre toute rationalité, et alors que chaque pas à flanc de colline équivaut à vingt pas sur terrain plat, la jeune femelle parvint au sommet, en un seul morceau, tous les quatre suant à grosses gouttes dans l'air glacial. Et ni Gabe, ni Ricky, ni Cass ne demandèrent à Lewis pourquoi c'était si important pour lui. Pas plus qu'ils ne lui adressèrent des reproches en découvrant Denny Pease qui les attendait près du pick-up, à bord de son 4x4 de garde-chasse. Il les regarda l'un après l'autre, comme impressionné qu'ils aient pu penser faire une chose de cette ampleur sans avoir d'ennuis, sur son territoire. C'était aussi bien, dans le fond. La neige était trop profonde, elle tombait trop vite. Sans la radio de Denny pour appeler des secours, le pick-up ne s'en sortait pas. Gabe, Cass et Ricky auraient été retrouvés au printemps, Lewis n'aurait jamais rencontré Peta, il n'aurait jamais eu Harley, il n'aurait jamais travaillé à la Poste, et il n'aurait pas construit sa Road King.

Ce jour-là, Denny exposa ses conditions. Tous les quatre avaient le choix entre balancer leurs honorables trophées au pied de la colline et payer l'amende, multipliée par *neuf,* sans compter les bêtes qui s'étaient enfuies et étaient en train de mourir quelque part, ou bien balancer toute cette viande au pied de la colline et rentrer dans le rang une bonne fois pour toutes, avec interdiction définitive de chasser sur la réserve. Joyeux Thanksgiving, bande d'idiots.

Ce n'était pas cher payer, en réalité. De toute façon, Lewis n'avait plus le cœur de tuer de gros gibiers. Pas après avoir lutté contre le caribou de cette manière. Cette folie, l'excitation de l'instant, le sang qui battait à ses tempes, la fumée dans l'air, sans doute que – c'est pour cette raison qu'il se déteste le plus – c'était comme ça au siècle dernier, et même avant, quand des soldats se rassemblaient sur des corniches, au-dessus des camps des Blackfeet, pour actionner les manivelles de leurs grosses mitrailleuses et terraformer cette terre nouvelle afin de l'occuper. La fertiliser avec du sang. Récolter les pommes de terre qui pousseraient là et les transformer en cornets de frites, pour vendre ensuite ces morceaux de graisse croustillants dans les pow-wows.

Même après avoir choisi l'option numéro deux proposée par Denny – je ne chasserai plus jamais –, Lewis ne pensait qu'à une seule chose à cet instant : cette jeune femelle à laquelle il avait consacré tant de temps. Congelée sur le sol entre eux, dépouillée de sa peau, entourée de pattes sciées.

« Est-ce qu'on peut au moins garder celle-ci ? » demanda-t-il à Denny, alors que Gabe se précipitait déjà vers la corniche pour lancer son cuissot de caribou dans le vide, où il fut englouti par la tempête de neige.

Comme un rituel, Cass s'avança à son tour pour balancer sa patte de caribou, imité ensuite par Ricky. C'est la sienne qui s'envola le plus haut avant de disparaître, et tous les cinq suivirent sa chute du regard, aussi longtemps qu'ils le purent.

Denny considéra Lewis avant de répondre à sa question, puis il regarda la jeune femelle à ses pieds, avec tous ses muscles apparents, un trou dans le dos, la tête à moitié pulvérisée ; et Lewis, dans l'allée de sa maison, bien après minuit, frémit contre Peta. Non pas parce que Denny répondit par un haussement d'épaules qui semblait dire : qu'est-ce qu'on en a à foutre de cette jeune femelle ? mais parce que Harley est mort, non ? Et pas seulement mort, mais tué dans des conditions qui devaient être terrifiantes. C'est *lui,* Lewis, qui aurait dû se trouver sous les sabots de ce caribou, il le sait, c'est *lui* qui aurait dû payer pour cette jeune femelle. Pas Harley.

« Je ne comprends pas ce qui se passe », dit-il contre la poitrine de Peta, en agrippant sa cuisse d'une main.

Tous ses muscles de coureuse sont encore là, pour toujours, probablement.

« Quelque chose a dû entrer », répond-elle à propos de Harley.

Elle a raison, évidemment, mais la vraie question n'est pas de savoir ce qui est entré, mais *quand.*

Lewis retient sa respiration et se lève d'un bond, feignant la détermination. Il est déjà sur le côté de la maison, à la recherche d'une pelle.

Peta l'observe, à la limite du béton, les coudes dans les mains, des parenthèses d'inquiétude encadrent ses yeux.

« Je suis désolée », dit-elle.

Pour tout ça : le caribou, Harley. Peut-être même Shaney.

Quand Lewis revient une demi-heure plus tard, après avoir déposé Harley dans le trou qu'il a creusé, plus grand que nécessaire, enveloppé d'une couverture et d'un ou deux sacs de couchage pour lui tenir chaud, il ôte ce pantalon de jogging foutu et le fourre dans la poubelle de la cuisine. Ce qu'il découvre, nichée au fond, c'est une boule de *masking tape* qui s'effrite.

Peta a décollé le caribou sur le sol du salon. *C'est bien*, se dit-il, planté là, nu, le souffle court, *c'est bien*.

Pourtant, ce n'est pas ce qu'il ressent.

Samedi

Pour occuper ses mains, et peut-être son esprit avec un peu de chance, Lewis met la Road King sur la béquille, dans le but de la démonter et de la nettoyer entièrement, une fois de plus, jusqu'au moindre écrou, d'examiner et réexaminer chaque branchement, de nettoyer deux fois tous les tuyaux, pour qu'elle soit comme neuve, et même plus que ça.

Cela fait cinq bonnes minutes, estime-t-il, que des images de Harley ne lui ont pas traversé l'esprit lorsque deux représentants de la police de Great Falls débarquent, en faisant leur truc habituel qui consiste à se garer en bas de l'allée, en travers. Lewis continue à suivre le câble d'accélérateur, comme si c'était l'unique chose qui l'intéressait aujourd'hui. Les deux flics avancent en gardant entre eux une distance supérieure à l'éventail d'un tir de chevrotines. S'ils prennent cette précaution, Lewis le sait bien, c'est parce qu'il est assis dans l'obscurité de son garage, torse nu, les cheveux tombant devant le visage, et parce qu'il n'est pas venu à leur rencontre, les obligeant à venir à lui.

« C'est votre vrai nom ? demande le premier officier.

– C'est fait exprès ? insiste le second.

– C'est à quel sujet ? » demande Lewis, les mains bien en évidence dans le cadre de la Road King.

À coup sûr, s'ils lui tiraient dans le dos avec leurs calibres 40, sans raison, ils écriraient dans leur rapport qu'il semblait cacher une arme sous le réservoir.

« C'est au sujet de votre chien dangereux, répond le second officier.

– Qu'est-ce qu'il a fait ? interroge Lewis.

– D'après le personnel des urgences de l'hôpital, répond le premier en faisant semblant de lire ce qui est écrit dans son carnet, un chien habitant à cette adresse a mordu un homme au visage.

– Silas, dit Lewis avec un haussement d'épaules. C'est entre lui et moi, non ?

– Non, pas si la victime est allée à l'hôpital, répond le second officier. On doit s'assurer que cet animal ne constitue pas une menace ou un danger pour la sécurité publique.

– Vous êtes de la fourrière ? » demande Lewis en se redressant, et les deux flics reculent d'un pas en laissant pendre leur main droite le long du corps.

« On est de la police et on vient vous interroger sur votre chien, répond le premier, d'un ton qui sous-entend que tout ça pourrait mal tourner, et même qu'il l'espère.

– Vous voulez vraiment le voir ? » demande Lewis.

Il les conduit alors jusqu'au carré de terre retournée et tassée le long de la palissade, près de la voie ferrée. Il leur explique qu'il a enterré Harley à cet endroit parce qu'il aimait aboyer après le train. Ils veulent savoir ce qui lui est arrivé. Au lieu de leur raconter qu'un caribou venu de la réserve, là-bas, l'a suivi jusqu'ici dans l'intention de se venger, manifestement ; et au lieu de leur livrer la version numéro deux, à savoir qu'il y avait quelque chose dans cette maison, avant même son arrivée, une chose qui utilise contre lui ses souvenirs et son sentiment de culpabilité, Lewis répond par un haussement d'épaules.

Ce qu'il ne leur dit pas, non plus, c'est qu'il est tout à fait possible qu'il soit en train de perdre la boule, que le poison de cette partie de chasse se soit accumulé durant toutes ces années, jusqu'à se transformer en une substance qui s'attaquait à son cerveau. Ou peut-être que sa blessure à l'œil, ce jour-là, dans la neige, était plus grave qu'il le croyait, et avait déclenché une réaction dans sa tête, une réaction qui se propageait maintenant.

« Vous ne voulez pas nous le dire parce que vous avez abattu votre chien, et vous ne voulez pas qu'on vérifie le numéro de série d'une arme non déclarée ? demande le premier officier.

– On n'est pas obligé de déclarer les fusils de chasse, répond Lewis. Si ?

– Vous avez tiré avec un fusil pour chasser le cerf à proximité d'autres habitations ? demande le second officier, sincèrement inquiet.

– Un fusil pour chasser le caribou, corrige Lewis. Et non, je n'ai pas tiré à proximité des habitations. Il s'est pendu à la clôture, en essayant de passer de l'autre côté.

– Il ? fait le second.

– Harley.

– Comme votre moto. »

Lewis ne daigne pas répondre.

« Celle que vous êtes en train de désosser, elle aussi.

– Qu'est-ce que vous voulez dire ?

– Et vous, qu'est-ce que vous faites ? » répond du tac au tac le premier officier.

Lewis passe ses mains dans ses cheveux et aussitôt, les deux flics dégainent leurs armes, en adoptant cette position accroupie qu'ils affectionnent.

Lentement, un doigt après l'autre, Lewis laisse retomber ses mains.

Face à des flics, il fallait se comporter comme avec un cheval nerveux : pas de mouvements brusques, rien de brillant ni de bruyant. Et zéro plaisanteries.

Malgré cela, Lewis se penche en avant et secoue ses cheveux pour montrer qu'il ne cache pas d'arme.

« Vous allez le déterrer ? demande le second officier, en rangeant son arme.

– Je peux, répond Lewis en tapotant du bout du pied la terre meuble du petit monticule.

– Vous êtes censé avoir une autorisation pour enterrer quoi que ce soit sur un terrain privé, dit le premier officier. Sinon, tout le monde irait enterrer son animal familier dans le parc, ou dans le jardin du voisin, pour ne pas abîmer sa pelouse. »

Lewis lève les yeux vers les rails sur leur longue colonne vertébrale de terre gravelée.

« Vous croyez que la BNSF[1] s'en soucie ?

– On va se renseigner, dit le premier officier, qui a rengainé son arme lui aussi.

– Très bien, dit Lewis.

– Il se pourrait qu'on ait besoin de voir l'animal, ajoute le second. Pour avoir confirmation.

– Qu'il est mort ?

– Non, que vous ne le cachez pas.

– À moins que vous nous autorisiez à inspecter votre maison », dit le premier officier.

Lewis émet un petit rire semblable à un hoquet. Par principe.

« C'était un gueulard, dit-il. Vous l'auriez entendu aboyer en arrivant.

– On reviendra bientôt, déclare le premier officier. Avec les documents appropriés pour fouiller la maison de fond en comble, ou avec la réponse de la compagnie ferroviaire.

– Ou pour déterrer mon chien mort, ajoute Lewis, comme un stupide Indien qu'il est.

1. Burlington Northern and Sante Fe Railway. Compagnie de chemin de fer.

– Oui, aussi », dit le second officier, et tous les trois regagnent l'endroit où a débuté cette conversation.

Lewis se rassoit sur la caisse de bouteilles de lait en plastique violet, à côté de la Road King.

« Vous ne devriez pas être au travail ? » demande le second officier en guise d'au revoir, après avoir remis ses lunettes miroir.

Lewis hausse les épaules, il s'est replongé dans la carcasse de la moto.

« Vous avez quelque chose à ajouter, monsieur ? demande le premier officier.

– Oui. Mon chien me manque », dit Lewis, et comme s'il avait prononcé une formule magique, la voiture de patrouille s'en va.

Mais ils reviendront. Car il ne manquait plus que ça dans sa vie. Il est déjà suffisamment nerveux, sans avoir besoin de jouer le citoyen modèle devant des flics.

Il rentre pour se faire un sandwich, qu'il mange au-dessus de l'évier car il ne veut pas mettre des miettes par terre, et lorsqu'il retourne auprès de la Road King, deux des livres qu'il a prêtés à Shaney sont posés sur la caisse violette, comme si elle était entrée dans le garage pendant qu'il vidait un sachet de Fritos dans sa bouche, appuyé contre l'évier. Il prend les deux livres de poche et étudie les dos. Les deux premiers volumes de la série. Il aimerait revenir en arrière, les lire pour la première fois. Il aimerait avoir la concentration suffisante pour lire, en ce moment.

Au lieu de cela, il n'arrête pas de se demander : pourquoi maintenant ? Pourquoi cette femelle caribou, si c'est bien elle, a-t-elle attendu si longtemps pour se venger ? Était-ce pour lui laisser le temps de se bricoler une vie, de s'entourer de personnes et de choses auxquelles il tient ? Mais pourquoi commencer par lui, et non par Gabe et Cass ? Il ne leur voulait aucun mal, évidemment, mais si cet animal venait de la réserve, ils vivaient encore là-bas, non ? Pourquoi faire tout ce chemin, d'abord ? Ricky ne compte pas, étant donné qu'il est mort quelques mois seulement après le départ de Lewis ; une fin banale : un Indien tabassé à mort devant un bar, comme tant d'autres.

La seule chose logique, suppose Lewis, c'est de commencer par le chien. C'est ce que font tous les serial killers et tous les monstres, car les chiens donnent l'alerte en aboyant, les chiens *savent* qu'une forme se cache là-bas dans l'ombre.

D'accord, mais comment ? Comment a-t-elle fait ?

Est-ce qu'elle pénètre dans l'esprit des gens, au hasard, pour qu'ils obéissent ? Ou bien, aurait-elle kidnappé un gamin ou une gamine, qui se baladait dans la rue après l'extinction des feux, pour l'obliger à se faufiler dans cet espace sous la porte du garage et à se déchaîner sur Harley à coups de maillet ?

Aucun des maillets de Lewis n'a une tête aussi grosse. Et cette chose qui a massacré Harley ressemblait plutôt à des sabots de caribou.

Lewis se relève et examine le garage avec cette hypothèse en tête.

Qu'est-ce qui aurait pu infliger ça à Harley, sinon, hein ?

« Une tarière », dit-il en se dirigeant vers l'outil en question rangé dans un coin. Un outil qui nécessite vos deux mains et tout le poids de votre corps. Un outil qui devrait se trouver dans l'autre coin, avec les piquets de clôture, puisqu'il sert à ça.

Lewis n'ose pas le soulever, il n'ose pas regarder la partie pointue, mais il doit le faire.

Elle est propre, immaculée, à l'exception de quelques éclats de peinture, rouillée d'un côté, qui n'auraient pas pu rester accrochés là si la tarière avait servi à asséner dix ou vingt coups furieux sur la tête d'un chien.

Un de ces petits pots de peinture, alors ? Ils tiennent dans la main et pourraient faire l'affaire. Lewis les examine un par un, même les plus légers, vides manifestement. Rien.

« Tu es idiot », se dit-il.

Il s'assoit sur les marches en béton qui mènent à la porte de la cuisine, se saisit du maillet accroché sur le côté de la caisse à outils à roulettes et le fait rebondir entre ses pieds.

Le maillet est propre lui aussi. Pour un maillet, s'entend.

Évidemment qu'un caribou ne peut pas « habiter » dans l'esprit d'une personne. Cette personne tomberait à quatre pattes et serait sans doute prise de panique instantanément. À moins que cette femelle ressemble à cette ombre qu'il a aperçue dans le salon. Un corps de femme, une tête de caribou, sans cornes.

Il n'a rien d'autre, en réalité : une ombre qu'il a probablement mal vue, et quelque chose qu'il a cru voir entre les pales d'un ventilateur.

Ces deux flics se régaleraient s'il allait les trouver avec ces preuves, ou en guise d'explication.

Y penser n'aide pas à faire disparaître la question. Lewis ricane dans sa barbe, secoue la tête et laisse tomber le maillet, manche en avant, dans le réceptacle le plus proche : une des bottes en caoutchouc bon marché que Peta laisse à côté des portes de toutes les maisons qu'ils ont louées depuis qu'ils ont quitté le sous-sol de sa tante. Ces bottes sont assez grandes pour que Pete ou Lewis puisse les enfiler, patauger dans la neige pour aller chercher le courrier, puis les retirer, sans laisser de traces à l'intérieur.

Lewis est tellement habitué à les voir qu'il n'y fait même plus attention, jusqu'à ce qu'elles se mettent à bouger ! À cause du maillet qu'il a laissé tomber dans celle de droite.

Il a un mouvement de recul, instinctif – des bottes ne bougent pas *toutes seules* –, avant de s'en approcher pour s'assurer qu'il n'a pas la berlue.

Les responsables sont des fourmis. Les bottes sont couvertes de petites fourmis noires, des fourmis d'été, bien que Thanksgiving soit dans une semaine seulement. Des fourmis d'Halloween peut-être ? Est-ce que ça existe ? Ça devrait, en tout cas, se dit-il en découvrant ce qui intéresse tant ces fourmis : Harley. Ce qu'il en reste, incrusté dans les rainures des semelles en caoutchouc, et étalé sur le bout, car il n'y a pas eu que des piétinements, il y a eu des coups de pied aussi.

Lewis secoue la tête : non, je vous en supplie. Il recule, sort dans la lumière du jour, se dirige à tâtons vers la tombe de Harley. Il respire fort, mais il ne pleurera pas. Après tout, c'est un Indien stoïque. Enfant, il croyait que c'était le mot chic pour dire « visage de marbre », dont il pensait qu'il y avait un lien avec le mont Rushmore.

Mais ça remontait à l'époque où il était stupide. Avant aujourd'hui, où il l'est encore plus.

Toutefois… ce qu'il pense maintenant. Non.

La nuit dernière, ici même, dans le noir, quand il bombardait Peta de questions sur Harley, sur ce qui avait pu se passer. Se pouvait-il qu'elle ait vu uniquement un chien qui succombait à ses blessures, en définitive ? Lewis avait-il vu quelque chose de totalement différent ? Ses questions avaient-elles seulement un sens pour elle ?

Il passe en revue ses réponses pour voir ce qu'il peut y dénicher, pour voir si elles collent avec un Harley qui n'aurait pas été piétiné à mort.

À genoux près de la clôture, il éventre la terre avec ses doigts désespérés, le souffle court. Il arrache la couverture ornée de canards, le sac de couchage plus étroit aux pieds, et sous le sac de couchage Star Wars, juste en dessous, il y aura Harley.

Mais Lewis ne soulève pas ce champ d'étoiles.

A-t-il réellement envie de savoir ? Le fait de voir Harley réduit en bouillie lui permettra-t-il de savoir qui portait ces bottes ? D'ailleurs, est-il vraiment certain que ce soit des restes de chien mort sous les semelles de ces bottes ? Supposons que la poubelle de la cuisine ait craqué alors que Peta la sortait, et qu'elle ait marché dans les ordures ? Des fourmis d'Halloween seraient attirées de la même manière, non ? Si tant est que les fourmis d'Halloween existent.

Mais ce qui l'effraie réellement, il le sait, c'est que Harley soit mort étranglé par son collier, après être resté suspendu à la clôture.

Et voilà que le sol tremble en même temps que sa poitrine. Le train approche. Comme toujours.

Lewis ferme les yeux à cause du hurlement des roues et des étincelles, mais un éclat de caillou l'atteint au bras, et il a un mouvement de recul. C'est à ce moment-là qu'il regarde enfin le train qui passe à toute allure. Il ne regarde pas les wagons de différentes couleurs, ni les graffitis flous qui défilent à cent kilomètres-heure, mais l'espace *entre* les wagons, cet espace qui est plein, plein, plein, puis, pendant un bref instant, une fraction de seconde, vide.

Mais non, en réalité.

Là-bas, dans l'herbe jaune, se tient une femme avec une tête de caribou et… non, non.

Lewis avance en trébuchant, les wagons fendent l'air juste devant son visage.

Porte-t-elle une épaisse veste marron avec des bandes réfléchissantes ? Du genre de celles que portent les employés au sol d'un aéroport ?

« Ce n'est pas possible », dit Lewis, et aussitôt après le passage du train, il grimpe sur les rails brûlants, mais évidemment, l'herbe de l'autre côté n'est que de l'herbe, à nouveau, comme si personne n'avait jamais mis les pieds à cet endroit.

Dimanche

Pour une fois, Lewis aimerait être au boulot. Car la seule autre option, c'est de faire semblant de dormir jusqu'à ce que Peta parte travailler. Pendant une trentaine de secondes, peut-être, il a senti sa présence sur le seuil de la chambre, son café matinal à la main, observant le monticule de couvertures auquel il essayait d'imprimer les fluctuations d'une respiration normale et naturelle. Au moins, cela l'avait dissuadée de lui demander pourquoi il s'était comporté de manière aussi bizarre la veille au soir. Il avait cuisiné seul dehors, sur le gril, tel un guerrier de pacotille, et s'était isolé dans le garage avec sa Road King, jusque tard.

Quelque chose te tracasse ? aurait-elle pu lui demander, si elle avait aperçu un battement de paupières.

Il avait une réponse toute prête : *Non*, puis *Harley*, mais elle avait gobé sa ruse, supposa-t-il.

Si elle était bien Peta, du moins.

Si elle était autre chose…

Les points qu'il s'interdit de relier dans son esprit lui rappellent que Peta a débarqué du jour au lendemain sur la réserve, non ? Le *premier* été après le Thanksgiving classique, quand il était pleinement occupé à faire un double doigt d'honneur à cet endroit, auquel il refusait d'accorder sa présence sacrée dorénavant. Voilà peut-être la raison pour laquelle il était le premier sur la liste, plutôt que Gabe ou Cass : il avait été le premier à partir.

Concernant les accusations qui pesaient sur Peta, qui n'était peut-être *pas* Peta, justement, le fait qu'elle soit végétarienne n'arrangeait pas les choses, Lewis doit bien l'admettre. C'est ainsi qu'on appelle une personne qui ne mange pas de viande. Et comment appelle-t-on un animal qui ne mange pas de viande ? Un herbivore.

Les caribous sont des herbivores. Des mangeurs d'herbe. Des végétariens.

Par ailleurs : peut-être qu'elle ne mentait pas lorsqu'elle affirmait que c'était à cause de son passé qu'elle ne voulait pas d'enfants. Ce passé dont elle parlait, c'était celui dans lequel elle avait déjà perdu un petit ?

Quelques secondes après avoir entendu la porte d'entrée se refermer, à clé, Lewis enfouit son visage dans l'oreiller et hurle.

Que ce soit elle ou pas la coupable, la réalité c'est que quelqu'un a piétiné la gueule de Harley avec ces bottes. Et il est certain d'avoir aperçu une femme à tête de caribou entre les wagons qui passaient à toute allure, peut-être au même rythme que les pales du ventilateur.

Son cerveau ne peut pas accueillir tout ça d'un coup.

Il aime Peta, et pourtant, elle le terrifie.

Pire encore : il n'existe aucune preuve, dans un sens ou dans l'autre. Impossible de savoir.

Lewis arrache l'oreiller de son visage, le repousse derrière lui et, les oreilles dégagées maintenant, il perçoit un craquement caractéristique dans l'escalier. Comme si, disons, quelqu'un n'était pas vraiment parti à l'instant. Comme si quelqu'un avait simplement refermé et verrouillé la porte *de l'intérieur*.

Lentement, délibérément, les bruits de pas les plus distincts qu'il a jamais entendus gravissent l'escalier, mais chaque craquement est précédé d'un frottement. Parce qu'un caribou tâte le sol avec ses sabots, pas vrai ? Pour sentir le rebord de la marche suivante avant de monter dessus.

Lewis roule sur le côté, très vite, offrant son dos nu à la porte, et il contemple la fenêtre sans rideau ; il essaie de mémoriser chaque ondulation, chaque imperfection du verre afin de repérer le reflet quand il apparaîtra. Et son oreille droite, celle qui est dressée, se règle en position ultrasensible. Le genre de sensibilité auditive capable d'entendre une énorme paire de narines qui flaire sa trace, au cas où.

Une larme coule de son œil droit, l'oreiller l'absorbe.

Est-elle là ? Et si oui, qui est-elle ? Peta-Peta ou Peta à la tête de caribou ?

Lorsqu'une des ondulations de la fenêtre se teinte de couleur et de mouvement, Lewis inspire à fond et demande :

« Tu as oublié quelque chose ? »

Pas de réponse.

Sa respiration suivante est faible, irrégulière ; il s'en méfie car elle pourrait exploser en un hurlement.

« Ou bien… ? »

Il roule sur lui-même en faisant mine d'être à moitié endormi, comme s'il connaissait la fin de cette phrase.

L'encadrement de la porte est vide.

Lewis ferme les yeux, les ouvre et s'interdit de foncer à la fenêtre pour voir qui, ou quoi, pourrait s'éloigner.

C'est trop tôt pour ces conneries.

Il se brosse les dents et pisse en même temps ; il crache dans les toilettes, et un peu sur sa main, puis il descend, lentement, essayant de mémoriser chaque craquement. Peine perdue. Chaque marche produit un bruit au milieu, totalement différent quelques centimètres plus haut. Évidemment.

Face à la table de la cuisine, il reste planté devant la peau de caribou roulée – le burrito poilu – pendant trente secondes peut-être, et finalement, il y enfonce son doigt. C'est à la fois mou et rêche, et ça sent comme ce fromage à pâte molle qui était présenté sur une table dans une fête, un jour, qu'il s'était abstenu de manger.

« Du fromage. »

Ça y est, il pense à du fromage.

Il sait que ça va lui rester sur l'estomac, mais c'est le cadet de ses soucis pour le moment, alors il se fait un toast au fromage grillé au petit déjeuner, et il plonge son regard dans les cratères de levure de la tranche de pain qui cuit dans la poêle.

Parce qu'il est un bon mari, attentionné, il mange au-dessus de l'évier. Ou peut-être que le salon lui fait peur. Sa frayeur, maintenant, c'est que le spot au plafond ne soit pas vraiment défectueux, mais qu'il attende de se retrouver seul pour pouvoir projeter un rayon lumineux, tel un ovni, dans lequel apparaîtra une femme à tête de caribou. Ou se braquer sur Peta quand elle sera juste en dessous pour dévoiler sa véritable apparence.

Qui n'est rien d'autre que *Peta*, insiste-t-il en levant le dernier triangle de fromage grillé bien haut pour le projeter dans le broyeur à déchets, comme si un morceau de fromage grillé était le marteau d'un juge, qui tranchait. Et ça fonctionne presque, mais la croûte se brise et la dernière bonne bouchée s'envole. Il imagine Peta, ou lui, découvrant un morceau de pain moisi ou, pire encore, de fromage, derrière un bocal ou une boîte, dans une semaine, alors il allume la lumière pour se mettre à la recherche de la bouchée perdue.

À la place, il découvre un livre de poche sur le réfrigérateur. Ce n'est pas un des deux romans que Shaney a déposés dans le garage, et qu'il a rangés, mais le troisième volume de la série. Déjà ? À côté se trouve le thermos de Peta, qu'elle emporte au travail, et ne retrouve jamais. Et qu'elle n'a pas retrouvé ce matin non plus. Son problème, c'est qu'elle est grande, et quand elle rentre du travail, elle pose des choses n'importe où, en hauteur généralement. Sur le réfrigérateur en l'occurrence. Le livre devait être quelque part dehors, sur la terrasse peut-être.

« Tu peux me les rapporter tous ensemble… », dit-il à une Shaney imaginaire. Il descend le livre de son perchoir et, comme un fait exprès, la dernière bouchée de fromage grillé coupable se cache juste derrière. Lewis la prend entre deux doigts, comme si c'était dégoûtant, alors qu'il était en train de la manger dix secondes plus tôt, et la transporte jusqu'à l'évier. Le gros titre défile à l'arrière de son front : LE PREMIER INDIEN DE L'HISTOIRE QUI NETTOIE SES SALETÉS.

Il a un sourire suffisant, il éprouve un sentiment de fierté un peu idiot, et il gravit les marches deux par deux jusqu'à l'armoire à linge qui lui sert de nouvelle bibliothèque.

Avant de ranger le livre à sa place, il le feuillette pour vérifier que Shaney n'est pas du genre à corner les pages. Non. Ce qui suffit à prouver que c'est une personne bien. En revanche, son œil remarque quelque chose. Il fait défiler les pages de nouveau, moins vite, mais il ne voit pas ce qui a attiré son attention jusqu'à… l'intérieur de la quatrième de couverture.

« Sérieux ? »

Shaney *écrit* dans les livres, apparemment. Les livres qu'on lui *prête*. Au crayon à papier, sans appuyer, comme si elle voulait gommer ensuite, mais quand même, non ?

Et merde, se dit-il. On s'en fout. C'est des bouquins qu'on trouve partout, pas des collectors, les histoires sont toujours les mêmes, et puis, c'est pas comme si elle dessinait des smileys ou des points d'interrogation dans les marges. Néanmoins, Lewis est obligé maintenant de feuilleter tout le livre pour s'assurer que ça ne s'est pas produit ailleurs, et pendant ce temps-là, il se demande s'il fait ça pour avoir de quoi la charrier au boulot. Ce qui ressemble beaucoup à de la drague.

Non, il ne s'agit pas de ça, insiste-t-il. Il s'agit de respecter les livres. D'ailleurs, c'est son livre. Il a le droit de le feuilleter autant qu'il veut.

C'est ainsi qu'il se retrouve assis par terre, adossé au mur, replongé dans l'univers de ce roman. C'est la série sur cette pierre dont les elfes ne veulent pas, mais ils ne veulent pas non plus qu'on la *découvre* car elle peut détruire le monde entier. Alors, ils la cachent dans une fontaine magique. Qui est également, Lewis l'avait oublié, jumelée avec le puits aux souhaits du centre commercial où travaille cet imbécile de… Andy ? Oui, évidemment. « Andy. » Andy le Ceci. Andy le Cela. Et voilà que toutes les créatures fantastiques envahissent le centre commercial car leur radar magique leur indique que la pierre est cachée là, quelque part. C'est assez hilarant et il y a trop de scènes de sexe déplacées dans un récit d'action, qui se déroule dans un lieu aussi fréquenté qu'un centre commercial, mais les créatures magiques sont comme ça.

« Ça t'a plu, au moins ? » marmonne Lewis en parcourant les notes de Shaney.

Elle ne fait pas uniquement des commentaires sur le roman. Elle continue à réfléchir au *masking tape* sur le sol du salon.

Qu'est-ce que ce caribou a de si spécial ? demande la première note.

Dessous, elle a tracé trois lignes, comme si elle se laissait de la place pour réfléchir. Mais elles sont vierges.

Peta aurait pu répondre. Car Lewis lui a expliqué : cette jeune femelle était grosse, et son bébé étonnamment avancé pour le mois de novembre. Il pensait que c'était ce qui lui donnait cette force, d'ailleurs, mais si, de temps à autre, il existait un caribou spécial ? Et s'il y avait des rouages cachés là-haut dans la montagne, où se déroulaient les cérémonies ? Ce caribou qui n'avait pas vu le jour était-il censé se doter de bois monstrueux et devenir le premier trophée de chasse d'un enfant de douze ans ? Ou bien devait-il devenir l'énorme caribou qu'un vieil homme décide de ne pas tuer lors de sa dernière partie de chasse ? Était-il censé grimper sur une portion de route quelconque et attendre que des phares le percutent ? Était-il censé découvrir de nouveaux pâturages, plus sûrs, pour le troupeau ? Ou alors, il s'agissait de la mère, et non de son petit ?

Quel processus avait-il empêché en tuant ce caribou, là-bas en territoire interdit ?

« Tu raisonnes comme un fou », se dit-il, rien que pour entendre ces mots à voix haute. Et il a raison. C'est le genre de pensées erronées qu'ont les gens qui passent trop de temps seuls. Ils déballent d'immenses conneries sidérales de leurs papiers de chewing-gum, ils les mâchonnent, ils en font une bulle, qui les emporte dans un endroit encore plus débile.

Les caribous sont juste des caribous, c'est aussi simple que ça. Si les animaux revenaient hanter ceux qui les ont tués, les camps des anciens Blackfeet auraient été envahis de fantômes de bisons, au point de ne plus pouvoir aller et venir, sans doute.

Oui, mais ils les tuaient à la loyale, entend Lewis. Il croit reconnaître la voix de Shaney. Peut-être parce qu'il est en train de lire ses commentaires.

Shaney demande ensuite, de cette même voix : *Pourquoi maintenant ?*

Lewis est le seul qui connaît la réponse, peut-être.

C'est lié à la viande, hein ? Toute cette viande qu'il a distribuée en frappant à toutes les portes, dans le Couloir de la mort, là où vont vivre les vieux sur le point de décéder.

Il n'est pas interdit de penser qu'une de ces personnes âgées à qui il a donné cette viande est toujours vivante. Certaines peuvent rester assises dans le même fauteuil pendant dix ou vingt ans. Ou bien…

Oui, voilà. Lewis comprend aussitôt que c'est ça. Il se décolle du mur, la certitude crispe les muscles de son visage.

Un de ces vieux était toujours en vie… jusqu'à la semaine dernière, ou le mois dernier.

Ça ne peut être que ça.

Un de ces vieux a fini par casser sa pipe la semaine dernière, et au fond de son congélateur, pris dans la glace après toutes ces années, il restait un paquet de viande. Il n'avait pas réussi à le décrocher avec ses vieux doigts. Et si ses enfants ou ses petits-enfants ne l'avaient pas mélangée avec une préparation pour hamburgers ou fait cuire avec un assaisonnement pour tacos, c'était à cause du timbre de raton laveur.

Si vous ne connaissiez pas la provenance de cette viande, si cette vieille dame ne se souvenait plus que ce gentil jeune homme lui avait assuré que c'était du caribou, qu'est-ce que vous imaginiez en voyant cette empreinte de patte noire sur du papier blanc ? Quelqu'un avait haché un raton laveur provenant d'on ne sait où – la route du Sud, probablement – et l'avait déposée dans ce congélo pour faire une farce, ou comme un défi.

Et personne ne l'avait mangée. Personne n'avait osé.

Mais maintenant que cette vieille femme est morte, une autre famille va s'installer dans la maison. Ce qui veut dire nouveaux meubles, nouveaux appareils électroménagers. Adieu le vieux congélo, bonjour le nouveau.

La viande a décongelé et quelqu'un l'a jetée. Aux oiseaux, aux chiens. Et ce dernier paquet de viande était la seule chance de Lewis, non ? Il avait promis à cette jeune femelle qu'aucune partie d'elle ne serait gâchée. Et pourtant, si.

Voilà pourquoi *maintenant*, Shaney. Merde.

À l'instant même où ce paquet de viande frappé d'un raton laveur a heurté le sol et commencé à décongeler, le sol s'est ouvert, là-bas sur le territoire de chasse des anciens. Et ce qui en est sorti, comme dans un film d'horreur, c'est le fantôme de cette femelle caribou, sur laquelle il avait dû tirer trois fois.

Tout d'abord, elle chancelle sur ses pattes, mais à chaque pas vers le sud, ses sabots prennent de l'assurance.

Ce n'est pas Peta qui a piétiné à mort Harley, c'est le fantôme de cette femelle. Après que… Comment est-elle entrée, d'abord ?

« Parce que je pensais encore à elle ? » demande Lewis dans le couloir.

Le souvenir de cette jeune femelle, son sentiment de culpabilité, c'était la laisse à laquelle elle s'était accrochée, n'est-ce pas ? Et voilà pourquoi elle avait commencé par lui, pas par Gabe ou Cass : parce qu'ils ne se souviennent pas d'elle. Pour eux, ce n'est qu'un caribou mort parmi un millier d'autres.

Tout s'explique maintenant. Peta n'étant plus là pour le canaliser, tout cela devient parfaitement clair, en fait.

Le dernier commentaire de Shaney n'est pas entièrement formé, il est encore dans son œuf de parenthèses : *(ivoire ?)*

Merde. Évidemment. Lewis se lève, fait les cent pas en frappant sa cuisse avec le livre, passant son autre main dans ses cheveux.

Shaney connaît les caribous aussi bien que lui, non ?

Les caribous ont un truc particulier : leurs canines. Dans le temps, il y a des milliers d'années, c'étaient des défenses. De nos jours, elles sont plus courtes, mais c'est toujours de l'ivoire. Voilà pourquoi c'est si beau une fois poli et cousu sur une tunique traditionnelle. Si Lewis, Gabe, Ricky et Cass avaient réfléchi ce jour-là, dans la neige, leurs poches auraient tinté de tout cet ivoire de caribou, qu'ils auraient vendu en ville.

Ce que veut dire Shaney avec ce *(ivoire ?),* c'est qu'il existe un moyen de savoir qui est le fantôme du caribou.

Il faut examiner les dents.

Lewis tend la main gauche. Elle tremble. Il lâche le livre et agrippe son poignet gauche avec sa main droite pour l'immobiliser. Voyant que ça ne marche pas, il trouve refuge dans le garage de nouveau. Lorsque Peta rentre, des heures plus tard, il a réduit la Road King en un tas de pièces de plus en plus petites, disposées autour de lui comme sur le schéma explosé d'un manuel de mécanique.

Elle s'arrête, sous le panier de basket, et l'observe ; il la sent. Elle l'observe et elle essaie de comprendre le sens de toutes ces pièces, cette graisse, cette huile. De tous ces efforts. Un mari qui ne va plus travailler et refuse d'en parler avec elle.

Finalement, elle pose son sac de toile, dépose son casque anti-bruit dessus – elle refuse de les laisser au travail, par superstition – et se sert de son pied pour faire sauter le ballon de basket dans ses mains.

Elle le fait tournoyer à l'envers, exécute deux dribbles.

« Du vrai cuir, commente-t-elle, impressionnée. Il vient d'où ? »

Lewis jette un coup d'œil dans la rue, et s'aperçoit qu'il n'en a aucune idée. Shaney tirait des paniers avec l'autre jour. Il n'a même pas pensé à lui demander si c'était elle qui l'avait apporté.

Du coup, il ne peut pas répondre. Il hausse les épaules.

« On se fait un petit un contre un ? » propose Peta en lui passant le ballon, ce qui constitue quasiment un concours d'agilité, vu tous les pièges que Lewis a disséminés à travers le garage. Mais Peta est comme ça.

Lewis attrape le ballon, comme lorsque Shaney le lui avait lancé, de toutes ses forces. Qu'est-ce qu'elles avaient, les femmes de sa vie ? Après avoir reculé et failli trébucher sur la caisse violette, il coince le ballon sous son bras pour s'essuyer sur son pantalon et sort sous le projecteur avec Peta, en faisant juste un dribble, comme pour s'assurer que le ballon est à la hauteur de ses critères d'exigence.

« Onze points ? » propose Peta en venant se placer entre lui et le panier, paumes levées, le regard vif, alors qu'elle n'a pas dormi depuis vingt-quatre heures certainement.

Fidèle à elle-même.

Lewis lui adresse son plus beau sourire à la Gabe et lève les yeux vers le cercle orange, comme s'il demandait à Peta si elle est vraiment sûre d'elle, si elle croit vraiment être prête à subir ce qu'il va lui infliger.

Elle est prête, et même plus que ça.

Ils marquent des paniers tour à tour, jusqu'à être luisants de sueur, et Lewis ne peut se défaire de l'idée que Peta ne se donne pas à fond, pour lui laisser l'impression qu'il a une chance.

Pour la première fois depuis des jours et des jours, lui semble-t-il, il ne réfléchit *pas* ; il s'arrête net, feinte et tire, il court dans l'herbe haute, au milieu des morceaux de bois, pour aller rechercher le ballon, encore et encore. C'est très exactement ce dont il avait besoin, et qu'il n'aurait jamais su réclamer.

Pour finir, il rit, Peta rit aussi, et ils s'étreignent avec leurs bras luisants. Lewis l'entraîne vers le monticule de couvertures et de sacs de couchage qui ne rêvent plus de hutte de sudation, et la porte se referme sur eux alors qu'ils ajoutent leurs vêtements à la pile, et le monde est presque parfait.

Lundi

C'est déjà l'heure de déjeuner lorsque Lewis remonte la courroie d'entraînement de la Road King. La moto est toujours un squelette, mais maintenant c'est un squelette avec un moteur qui tourne et peut brouiller les rayons de la roue arrière. Il n'y a pas de fourche ni de guidon, ni siège ni cale-pieds, et l'accélérateur n'est encore qu'un câble, mais c'est déjà un progrès, se dit-il. Le signe qu'il reprend pied dans son existence. Une fois que la Road King sera suffisamment remontée, il pourra enfin se rendre au travail avec, à supposer qu'il ait encore un travail. Heureusement, il y avait pas mal d'étapes à franchir avant de se faire virer d'un boulot de fonctionnaire.

Il peut interrompre le processus en allant voir la direction et en prenant ses médicaments, et en promettant d'être un employé modèle à partir de maintenant, en proposant de se taper les horaires les plus merdiques, en remplaçant les absents, en travaillant même pendant les fêtes ou quand il neige. Il fera tout ce qu'il faut.

Sa meilleure excuse pour justifier cette absence prolongée, ce sera Harley, mais c'est aussi la plus humiliante : un chien. Est-il vraiment aussi fragile ? Va-t-il déposer plainte ensuite parce qu'on l'appelle « Chef » ? Son nouveau surnom au bureau de poste sera-t-il « Petite nature » ?

Mais ce n'est pas censé être facile, se dit-il. Ce n'est pas censé être facile, ni confortable, ni amusant, ni rien de tout ça. Et si, en définitive, il conserve son boulot, et obtient peut-être même sa propre tournée, tout cela n'aura pas été vain. Désolé, Harley. Tu méritais mieux. Mais dans l'immédiat, il s'agit de prouver à Peta qu'il n'a pas calé au milieu de sa vie. Dans l'immédiat, il s'agit de lui montrer qu'elle ne sera pas obligée de le porter à bout de bras désormais. Elle assumerait son rôle pourtant, il le sait bien, tant qu'elle le pourrait, mais la pression se ferait sentir. Elle est quasiment surhumaine, et jamais elle ne se plaindrait. Ils sont censés former une équipe, néanmoins. Lui distribue le courrier, elle gare les avions, et ils se retrouvent à la fin de la journée pour manger du tofu et des haricots, comparer leurs notes et, comme la veille au soir, résoudre leurs problèmes sur le terrain de basket. Et sur le sol du garage.

Plus il réfléchit, en serrant un boulon ou en essuyant une trace de doigt, plus il se dit que ça ne peut pas être Peta, hein ? Si elle était réellement cette « Femme à Tête de Caribou » qu'il a inventée (ce n'est même pas une légende blackfeet, à sa connaissance), lui aurait-cllc évité de se fracasser le crâne quand il était tombé de l'échelle ? Réponse : non. Elle n'aurait pas demandé mieux. L'accident parfait. Une excuse pour monter jusqu'à la réserve pour l'enterrement, et regarder Gabe et Cass par-dessus la tombe, comme s'ils avaient deviné que c'était leur tour.

Non, Peta est bien Peta, décrète-t-il.

Quelle unique raison l'a poussé à croire le contraire ?

Shaney.

Il se redresse, à la recherche d'un clip de câble qui se trouve quelque part dans le garage, il le sait, sans doute à portée de main, et il réussit à donner un coup de pied dans le carter, qui va heurter la clé dynamométrique qu'il avait appuyée contre le pneu avant, et tout s'écroule comme des dominos dépareillés. Lewis reste là, sans bouger, sans pouvoir déverser sa frustration sur tous ces éléments car il foutrait encore plus le bordel.

Shaney, donc.

Supposons que cette vieille femme dont on avait vidé le congélateur ne soit pas morte il y a une ou deux semaines, mais il y a un ou deux mois ? Shaney avait pu l'entendre heurter le sol, s'extraire de l'amas d'ossements patinés au pied de la pente raide, remonter en griffant la terre et traverser la moitié du Montana sur ses pattes flageolantes, jusqu'à ce qu'elle retrouve son équilibre pour franchir la porte du bureau de poste, et remplir une demande administrative.

Par ailleurs, il est logique que cette femelle caribou, en adoptant l'apparence d'un bipède humain, ait pris également une couleur de peau correspondant à celle de Lewis. Il ne sait pas pourquoi ça ne l'a pas frappé plus tôt.

Le déclic se produit lorsqu'il retourne dans la maison, pour nettoyer un joint encrassé dans l'évier, en évitant d'utiliser la brosse à vaisselle car Peta n'aime pas voir des traces de graisse dans la cuisine. Ce qu'il comprend parfaitement. Alors, il frotte délicatement le joint, avec l'extrémité des poils bleus, pas les blancs.

Lorsqu'il regagne le garage en faisant tourner le joint entre ses mains pour essayer de déterminer dans quel sens il était installé, ses talons qui frappent le sol ébranlent les murs de la maison, si bien que le spot au plafond tremblote dans le coin de son champ de vision.

Lewis se fige, il n'ose pas le regarder car il fait de gros efforts pour tirer un trait sur cet épisode de sa vie.

Mais pour tirer un trait définitif, il doit prouver qu'il n'a plus peur, si ? Alors, il s'oblige à regarder.

Au même moment, comme si elle était timide, la lumière se réfugie à l'intérieur de l'ampoule.

Lewis tape du talon sur le sol de la cuisine. Rien.

« Quelle merde », crache-t-il en secouant la tête face à toutes ces stupidités : les maisons hantées, le caribou fantôme, les femmes crow, et puis – il n'en a aucune envie, mais il s'y oblige, car il n'est pas *une petite nature* –, il lève les yeux pour regarder *entre* les pales du ventilateur qui tournoient. De la cuisine, l'angle n'est pas bon, alors il se sent à l'abri, mais il y a toujours le risque qu'il aperçoive une forme féminine, là-haut dans le coin, qui décampe pour essayer de se cacher.

Rien.

Il relâche sa respiration, frotte la fraîcheur du joint contre son menton et son regard dérive vers l'endroit où il l'a vue pour la première fois. Vers le canapé, la moquette.

« Oh, putain. »

Il laisse échapper le joint et n'essaie même pas de le récupérer.

Pourquoi n'a-t-il pas vu ça, l'autre jour ? C'est tellement évident.

Quand Peta l'avait aidé à recréer les conditions de cette apparition, il était monté à l'échelle, il avait regardé la moquette entre les pales du ventilateur et… il avait regardé Peta également, assise sur le canapé, les yeux levés vers lui, elle ne le jugeait pas, elle n'était pas obligée de réprimer un sourire ; elle se prêtait au jeu de son mari, un Indien effrayé qui perdait la boule.

Mais ce n'est pas le plus important. Le plus important, c'était qu'entre les pales révélatrices, dans ce clignotement qui ôte les masques, elle s'était vue *elle-même*.

« Je suis désolé », lui dit-il. De l'avoir évitée l'autre soir. De s'être autorisé à penser que ça pouvait être elle.

Ça n'a jamais été elle. C'était ce qu'il était censé croire… c'est ce que voulait la Femme à Tête de Caribou, qu'il détruise sa propre vie. Ainsi, elle n'avait pas besoin d'agir, elle pouvait rester assise et regarder.

Quelle perfidie.

Et… conformément à la logique qu'il a utilisée pour condamner Peta – elle a débarqué l'été qui a suivi le Thanksgiving classique –, Lewis s'aperçoit que ça ne peut pas être un hasard si le jour où Shaney a débarqué chez lui, amenée par *lui,* Harley était presque déjà mort.

Sinon, il lui aurait sauté à la gorge, non ? Il aurait arraché son masque, il l'aurait fait apparaître telle qu'elle est.

Merde.

C'est comme remonter un carburateur. Vous installez le dernier gicleur et vous découvrez que ce machin est capable de respirer tout seul maintenant.

Comme pour confirmer ce raisonnement, lorsque Lewis sort de la maison car il ne veut pas y rester une ou deux minutes de plus, le quatrième livre de la série est là, posé en équilibre sur une boîte de bière qui traîne, de telle manière que toute personne entrant ou sortant de la maison le découvre en trébuchant dessus.

Lewis contemple le livre pendant vingt secondes peut-être, avant de le faire tomber du bout du pied, comme si quelque chose allait jaillir de la cannette. Le livre tombe sur le sol en béton râpeux, ouvert, et la boîte roule sur une trentaine de centimètres en produisant un petit bruit métallique, jusqu'à ce qu'elle trouve un caillou pour l'arrêter.

Lewis s'agenouille pour sauver le livre du béton rugueux et s'empresse de regarder l'intérieur de la quatrième de couverture, pour découvrir un nouveau message.

Il n'y a rien, pas même des traces de crayon à papier gommées.

Lewis scrute la rue, des deux côtés, dans les deux sens, aussi loin que porte son regard.

Shaney doit être dans les parages, non ?

Pourtant, rien ne bouge. Il ne voit pas de grandes oreilles remuer dans les arbres, pas de grands yeux noirs cligner, pas de sabots racler le sol.

Il emporte le livre dans la maison, s'assoit à la table de la cuisine, interroge la couverture, le dos, le feuillette.

« Pourquoi les livres ? »

Voilà où le mènent ses cogitations. C'est l'élément qui ne colle pas, c'est le truc qui le turlupine, qui essaie de creuser des brèches dans sa théorie, dans ses soupçons. Si… si Shaney est bien ce faon ressuscité, ou pas encore mort, ou revenu pour régler des comptes, pourquoi s'intéresse-t-elle à une série de fantasy qui raconte l'histoire d'un employé de joaillerie qui tente de sauver le monde ?

Il survole la quatrième de couverture pour s'assurer qu'il se souvient bien de ce volume. Ouais. C'est l'épisode où l'ouvreuse du cinéma, la femme qui n'est pas ce qu'elle semble être, comprend que l'espace restauration du centre commercial est en fait une ouverture sur la prison des fées. C'est peut-être le meilleur livre de la série, en vérité. À la fin, Andy, à cheval sur un mammouth laineux, saccage les rayons maquillage et parfumerie d'un grand magasin chic. Dans l'épilogue – chose rare dans une série – les nains découvrent les boissons gazeuses, et on devine, à l'étincelle dans leurs yeux, que ça va mal finir.

Rien de tout cela n'a le moindre rapport, même lointain, avec le Thanksgiving classique, la chasse en général, la Poste, Gabe et Cass, ou Peta. Du moins, autant que Lewis puisse en juger.

Il ferme le livre et le balance dans l'escalier pour le récupérer au passage la prochaine fois qu'il montera.

Donc, c'est Shaney. Si ce n'est pas Peta, et ce n'est pas elle, Shaney est la principale et unique suspecte. Et peut-être qu'elle n'est pas remontée de ce charnier sur la réserve, peut-être qu'elle a eu toute une vraie vie avant… avant de cesser d'être elle-même, d'ouvrir les yeux et de regarder autour d'elle avec une collection d'instincts très différents. Peut-être qu'elle était à Browning pour les Indian Days, ou peut-être qu'elle a écrasé un caribou sur la nationale, par ici, ou peut-être qu'elle a choisi le mauvais boulot, elle a fait une pause-cigarette sur le mauvais perron, près du quai de chargement, et qu'elle a avalé autre chose que de la fumée.

Le « comment » n'a pas vraiment d'importance. Ce qui compte, c'est qu'elle est venue pour s'en prendre à lui. Et qu'elle a essayé de piéger Peta, ce qui signifie que Peta est visée elle aussi.

Lewis secoue la tête : Non, pas question.

Il faut que ça s'arrête dès maintenant. Ou quand il voudra que ça s'arrête, pas quand Shaney le décidera.

Mais pour évacuer tous les doutes, il doit trouver le moyen d'attirer Shaney dans son salon encore une fois. Il doit l'attirer dans son salon pendant qu'il est perché sur l'échelle, pour la regarder d'en haut entre les pales tournoyantes du ventilateur.

Et sans doute qu'il vaut mieux faire ça quand Peta n'est pas dans les parages. Autrement dit demain, pendant qu'elle est au travail.

Il se place en position de faiblesse, il en est conscient : si Peta les surprend seuls dans la maison, de nouveau, ce sera mauvais pour lui. Mais si Peta glande dans la cuisine pendant que Lewis raconte des histoires de boulot inventées, Shaney sera sur ses gardes, et son véritable visage risque de ne pas apparaître.

Sa véritable tête.

Mais qu'est-ce qui pourrait l'inciter à venir ici demain ?

Seul avantage de Lewis, il croit savoir que Shaney ne prend pas son service à midi le mardi. Quant à lui, il n'ira pas travailler du tout. Il y a des choses plus importantes pour le moment.

Il arpente la maison de long en large, cherchant dans tous les coins un prétexte pour faire venir Shaney. Un truc qui concerne le boulot ? Les Indiens ? Le basket ? Devrait-il lui laisser croire qu'il est prêt à passer à l'étape suivante avec elle ? A-t-il besoin d'aide pour retenir son pantalon de jogging ? Serait-elle intéressée d'abord, ou bien s'est-il complètement trompé à son sujet ?

Non, décide-t-il finalement – il a très bien pu se tromper, ou pas –, mais aucune de ces options ne convient. Il existe un meilleur moyen de l'attirer dans son salon.

Silas.

Le cadeau que lui faisait Shaney sans le savoir.

C'était toujours comme ça dans les romans de fantasy, non ? Le magicien maléfique ou l'infâme druide introduit sa propre perte dans son plan, comme s'il savait qu'il ne devait pas faire ça, ou comme s'il existait dans tout royaume magique une règle qui obligeait à laisser une unique écaille provenant du ventre du dragon, afin d'accorder une chance sur mille aux forces fragiles.

Silas mordu par Harley, c'est cette écaille manquante, le défaut dans l'armure, son unique chance sur mille. Lewis y réfléchit une fois, deux fois et la troisième fois, ne voyant aucun signal d'alarme, il hoche la tête.

Oui, ça peut marcher.

Il cherche le répertoire professionnel, mais impossible de mettre la main dessus, alors il appelle directement le bureau de poste et arrache à Margie le numéro de téléphone de Shaney, expliquant qu'il va reprendre le travail, mais sa moto est entièrement démontée, et comme elle vit près de chez lui, elle pourrait venir le chercher.

Dix numéros plus tard, le téléphone de Shaney sonne.

« Blackfeet ? » dit-elle d'une voix enrouée, après le *Allô ?* de Lewis.

Il guette des bruits de fond pour savoir si elle est seule.

« Salut, dit-il. Silas a repris le boulot, je crois ?

– Frankenstein ? »

Lewis grimace, c'est lui le responsable.

« On était en sous-effectif, explique-t-elle en toussant comme une fumeuse.

– Désolé.

– Qu'est-ce que tu veux, au juste ? C'est mon jour de congé.

– Je croyais que c'était le mercredi, répond Lewis d'un ton interrogateur car c'est bien une question.

– Il manque deux personnes, le planning est chamboulé.

– Mais tu bosses demain, non ? Silas… sa bécane… je devais lui filer un support de phare l'autre jour, tu te souviens ? Quand Harley… enfin, tu vois.

– Il ne doit pas faire de moto pendant quinze jours, récite Shaney. Le vent risque de faire sauter ses points de suture.

– Ça ne l'empêche pas de bricoler dans son garage. Ça lui fera du bien.

– C'est quoi, un support ?

– Pour son phare. Je me disais que tu pourrais peut-être le lui apporter. »

Long silence, pendant lequel Lewis imagine Shaney tournant le dos à l'éclat de la fenêtre près de son lit.

« Je crois qu'un nouveau phare ne suffira pas à ressusciter cette moto, dit-elle finalement.

– C'est un commencement.

– Ça va m'obliger à partir une heure plus tôt… »

Elle amplifie son grognement.

« Merci, merci. »

Lewis raccroche avant que Shaney ait le temps de lui demander de laisser le support de phare sur la terrasse comme elle l'a fait avec les livres.

Durant les deux heures qui suivent, Lewis use la moquette en faisant les cent pas ; il gesticule, il orchestre, il encadre des idées entre ses doigts tendus, il essaie de tout analyser, sous tous les angles. Il essaie de bricoler la Road King pour qu'elle soit presque prête, et qu'il puisse peut-être retourner travailler pour de bon, mais il est trop énervé, il ne tient pas en place. En milieu d'après-midi, il a sorti le mètre ruban et il trace avec de l'adhésif toilé une ligne de lancer franc dans l'allée. Il a établi une règle : il continue tant qu'il n'a pas réussi trois paniers d'affilée, sans toucher le cercle ni le panneau, mais au bout de cinquante essais, il décide de compter même les tirs indirects, car ça fait partie du basket aussi. Il arrive à marquer deux paniers directs assez facilement, mais le troisième finit toujours par ressortir du cercle, de manière improbable, comme si l'univers se moquait de lui. C'est peut-être aussi bien. Car du coup, il sera encore en train de jouer au basket quand Peta rentrera et peut-être qu'ils pourront faire un remake de la veille, *happy ending* compris ; il resservira même sa blague idiote : tant pis s'ils n'ont aucune protection dans le garage, les Indiens aiment monter à cru, non ?

Et comme toujours, Peta sourira et attirera sa bouche vers la sienne.

C'est bien parti pour remettre ça – en tout cas, il sera dehors quand elle rentrera –, mais voilà qu'elle lui téléphone : elle est obligée de remplacer un bon à rien absent, encore une fois. Un bon à rien comme lui, mais elle ne le dit pas. Un bon à rien qui ne vient pas bosser, qui ne prévient même pas.

« OK, pas de problème », dit Lewis et son téléphone passe d'une oreille à l'autre car il ne sait pas comment le tenir, il ne sait pas quoi faire de ses mains à cet instant, comme depuis ce matin. Mais oui, c'est très bien que Peta remplace un collègue, qu'elle fasse des heures supplémentaires, car ils risquent de tirer le diable par la queue quand son prochain salaire sera amputé, si prochain salaire il y a, alors s'il y a moyen de mettre un peu de beurre dans les épinards, c'est exactement ce qu'a préconisé le docteur.

« Je t'aime, dit Lewis. Je peux faire, apporter ou être quelque chose ? »

C'est sa formule habituelle.

« Non, juste toi », répond Peta, comme toujours, et ils raccrochent ensemble.

Une heure plus tard, pour le dîner, il fait réchauffer une boîte de chili, qu'il mange avec une boîte entière de crackers, dont les miettes pleuvent dans l'évier. À vingt et une heures, il pique du nez à la table de la cuisine, et à vingt-deux heures, couché dans son lit, il essaie de lire le quatrième tome de la série, une bouteille de bière appuyée contre son flanc droit.

Peta trouve que c'est une mauvaise habitude de boire avant d'éteindre la lumière car à force, le corps risque d'oublier comment s'endormir tout seul. Lewis est certain qu'elle a raison, mais elle n'est pas là, et de toute façon, cette histoire d'endormissement, c'est toujours sur le point de se produire, au lieu de se produire pour de bon. Les pages se rassemblent dans sa main gauche et diminuent dans sa main droite. Il avait oublié combien ce centre commercial est amusant, quel excellent contraste cette magie offre avec tout ce business qui l'entoure. Et puis, c'est chouette d'assister aux changements de saisons et de décorations, cela donne un thème, un motif, à chaque épisode. À côté de ça, c'est hilarant de voir comment ces personnages païens reconnaissent et se sentent gravement insultés, en même temps, par toutes ces fêtes, surtout les elfes. Il faut dire qu'ils se sentent toujours insultés.

Moins d'une heure plus tard, enfin, Lewis commence à ne plus faire la distinction entre la lecture et le sommeil. Peta n'étant pas là pour prendre le livre sur sa poitrine, en faisant attention à ne pas perdre la page, Lewis demande à son index lointain de servir de marque-page, et puis, juste avant le néant du sommeil, il se demande ce qu'il va faire quand, juché sur l'échelle, il verra apparaître la tête de caribou de Shaney sous le ventilateur.

Il saura enfin, mais que *fera*-t-il ?

Il marmonne une réponse, mais ses lèvres, sa bouche et sa voix appartiennent à quelqu'un d'autre à ce stade de quasi-sommeil, et ses oreilles distinguent mal les mots.

Malgré tout, il entend son ricanement de satisfaction.

Mardi

Juché sur un seau de vingt litres, Lewis observe, par-dessus la clôture, ce qui avait été la tombe de Harley. Quelque chose l'a déterré, éparpillant les couvertures et les sacs de couchage sur la voie ferrée.

Lewis insiste sur ce point : quelque chose l'a déterré. Car sinon, Harley est sorti tout seul de terre et il a longé les rails en traînant ce sac de couchage Star Wars jusqu'à ce qu'il reste accroché à l'extrémité avide d'une des traverses.

Peta était déjà partie quand il s'est levé, et par conséquent elle n'est pas obligée de voir ça. Lewis se demande, pour la cinquantième fois, de quoi elle est faite, pour pouvoir se glisser dans leur lit à une heure du matin et repartir avant le lever du soleil ? Ils ne pourraient pas fermer l'aéroport pour qu'elle puisse s'offrir deux heures de sommeil en plus ? Néanmoins, c'est bien que Peta ne soit pas là.

Car Shaney va arriver.

Pour le petit déjeuner, Lewis mange des toasts et une barre chocolatée, en commençant par le chocolat car les toasts ont meilleur goût ensuite.

Quelque chose a déterré Harley, sans le moindre doute. C'est la seule explication. Des coyotes probablement, mais les blaireaux sont des charognards eux aussi. Il ne veut pas se représenter la forme d'une femme à la tête allongée, agenouillée là-bas, à trois heures du matin, en train d'éventrer le sol, mais son refus de voir cette image a pour effet de la rendre encore plus nette.

Lewis vomit dans l'évier avant même de s'en rendre compte. Ce n'est pas par nervosité, à cause de Shaney, se dit-il. C'est parce qu'il imagine à quoi doit ressembler Harley maintenant.

Quand il a fini de vomir, il met en marche le broyeur de déchets, qui lui recrache un morceau au visage, et en voulant l'éviter, il tombe à la renverse dans la cuisine.

« Ah, bravo, dit-il assis sur le sol. Tu es fin prêt, Blackfeet. »

C'est la première fois qu'il se donne ce nom.

À quatre pattes, il regagne la table de la cuisine, d'où il ne risque pas de tomber. Ou alors, de moins haut.

Ses doigts s'occupent en lissant une touffe de poils rebelle sur la peau de caribou.

Elle dégage toujours une drôle d'odeur, mais elle ne sent plus le fromage. C'est déjà ça, non ?

10h40 déjà. Si Shaney prend son service à midi et si pour passer par ici, elle doit partir une heure plus tôt de chez elle (un mensonge certainement), elle devrait arriver dans un quart d'heure, calcule-t-il.

Il a le temps de dérouler cette peau. Sans les entailles qu'il a laissées un peu partout, on pourrait sans doute y découper quelques paires de gants, rien de très grand, mais parce que…

Peut-être que certains caribous ont réellement quelque chose de spécial, non ?

Et si ce n'était pas en raison de ce bébé qu'elle portait prématurément ? Ou bien si elle portait ce bébé prématurément parce qu'elle devait le mettre au monde avant… avant qu'un Gabe, un Cass, un Ricky ou un Lewis la tue illégalement à la fin du printemps, ou qu'un chercheur de ramures l'abatte avec le pistolet qui lui servait uniquement à se défendre contre les ours ?

Et s'il fallait qu'elle mette au monde son petit parce qu'il était déjà prévu qu'elle meure, pour qu'on puisse prendre sa peau ?

Au musée, derrière une vitrine, il y a un très ancien calendrier tribal dessiné sur… une peau de bison, suppose Lewis. Mais pourquoi pas un caribou ?

Et qui peut dire que c'est entièrement dessiné ?

Peut-être que, jadis, les gens apportaient toutes les peaux qui semblaient différentes à l'équivalent de l'inspecteur de la Poste, à l'époque. Peut-être que sur certaines peaux, quand on les détache de la chair, on trouve déjà des marques ? Un point de départ peut-être ? L'histoire des choses à venir. Des images de l'hiver qui s'annonce.

Ce jour-là dans la neige, le Thanksgiving classique, il y avait trop de sang, trop de précipitation pour bien nettoyer la peau.

Mais maintenant, il a le temps.

Il débarrasse la table et déroule délicatement la peau, comme un parchemin. Le dos est noirci par la brûlure du congélateur ou quelque chose de semblable. Lewis n'en est pas sûr. Il essaie de la nettoyer avec des feuilles d'essuie-tout, mais la tache noire est incrustée dans les pores, comme de l'encre, ce qui, devine-t-il, fout en l'air sa grande théorie, ou la confirme au contraire, mais ce qui est tatoué sur cette peau, c'est un orage si terrible qu'il dévore le monde.

« Un peu tard », dit Lewis à la jeune femelle. Elle aurait pu utiliser ce genre de mise en garde autour de 1491.

Il reste quelque chose quand même. À l'intérieur de la dernière peau, celle qui a été roulée en premier donc : son couteau, acheté dans un comptoir, qu'il croyait avoir perdu.

Il l'avait rangé là, vraiment ? Pour quelle raison ?

Lewis sort le couteau. La lame qui est enfoncée dans le manche est la petite au nez incurvé qui sert à ôter la peau. Le manche tient toujours parfaitement au creux de sa paume, c'est pour cette raison qu'il l'avait acheté au départ. Oh, les aventures qu'il pensait vivre avec ce couteau.

Au lieu de cela, il n'avait plus jamais chassé, après ce jour.

Il se cale au fond de son siège et étudie l'échelle qu'il a installée presque sous le ventilateur. Il a pris soin de la faire basculer pour voir si ça correspondait à l'entaille dans le mur. *Merci, Peta.* Même absente, elle vole à son secours.

10 h 55. Shaney devrait être là.

Lewis se lève, examine de nouveau le salon, pour voir ce qu'il aurait pu oublier.

Rien, a priori.

Quand les choses sont simples, il n'y a pas rien à retenir.

Il se dirige vers la porte d'entrée, l'entrouvre et retourne dans le salon. Son regard va du support de phare de la Road King, sur le sol, au ventilateur au plafond, pour vérifier l'angle une dernière fois. Impec. La femelle caribou était juste là.

Et bientôt, elle y sera de nouveau.

Il pose le pied sur le premier barreau de l'échelle et tend la main vers le tournevis rouge posé sur le quatrième, au niveau du regard.

Il ne peut pas être perché sur une échelle sans raison, pas vrai ? Il est 11 h 5 quand il entend des pneus crisser devant la maison.

« OK », dit-il, avec un hochement de tête, et il monte à l'échelle jusqu'à ce que les pales du ventilateur tournoient au niveau de ses hanches.

L'angle de vue sur le support de phare, par terre, est parfait.

Shaney ne marche pas sur la canette de bière restée dehors sur la terrasse ; elle frappe à la porte. Qui s'ouvre vers l'intérieur en grinçant car Lewis l'a laissée légèrement entrouverte.

« Blackfeet ? lance-t-elle.

– Je suis là ! »

Le manche du tournevis coincé entre ses lèvres étouffe ses paroles et la tension due à l'obligation d'occuper ses mains en tripotant le spot comprime sa respiration.

« Quoi ? fait Shaney en se penchant à l'intérieur, dirait-on.

– Je suis là ! » répète Lewis, d'une voix plus forte, plus claire, espère-t-il.

Elle entre timidement dans le salon, comme si elle craignait un piège.

« Qu'est-ce que tu fabriques là-haut ? demande-t-elle sur le seuil.

– Saloperie de lumière », répond Lewis en essayant de parler avec le tournevis dans la bouche, qui évidemment lui échappe et dégringole derrière lui, dans le coin.

« Joli, champion, commente Shaney avec un sourire.

– Le support est là », dit Lewis en le montrant d'un mouvement de tête et une pensée lui vient : maintenant qu'il n'a plus de tournevis, que fait-il sur cette échelle ? Pourquoi il ne descend pas pour le récupérer ?

Mais il ne peut pas quitter son perchoir, il doit regarder entre les pales du ventilateur s'il veut voir la véritable Shaney.

Sa main, mue par une volonté propre, semble-t-il, se glisse dans sa poche arrière de pantalon et en ressort avec le couteau de chasse. Il le regarde comme s'il le découvrait ; il ne se souvient pas de l'avoir pris.

Avec sa lame au bout arrondi, c'est un couteau à mastic, un outil d'artiste, un gros tournevis plat. Ses doigts l'avalent et il l'introduit dans l'espace entre le spot encastré et le plafond qui s'effrite.

« Tu as besoin d'aide ? » demande Shaney.

Lewis baisse les yeux, secoue la tête et la découvre. Elle est habillée pour aller travailler, normalement, avec la même chemise en flanelle, mais ses cheveux sont encore apprêtés, depuis la veille au soir, devine-t-il. Bouclés et toujours aussi longs néanmoins, masquant la moitié de son visage.

Non, il ne faut pas que Peta rentre à la maison et voie Shaney comme ça.

Mais c'est une illusion, se rappelle Lewis. Elle lui montre ce qu'il veut voir, elle se présente sous cette apparence dans le but de l'approcher.

« Alors, quand est-ce que tu reviens ? demande-t-elle. Au boulot, on organise des paris.

– Demain, répond Lewis en faisant mine de réparer le spot. Ou après-demain.

– Tu reviens vendredi et on partage la cagnotte.

– Il y a combien ? » demande Lewis car ce n'est pas un imbécile d'Indien.

Shaney se contente de sourire. D'un mouvement de tête, elle montre le support de phare.

« Frankenstein saura ce que c'est ?

– Il s'appelle Silas.

– Oui, dans le temps. »

Shaney pénètre enfin dans le salon. Elle tend la main vers les interrupteurs au mur et éteint le ventilateur, en trouvant le bon du premier coup.

Lewis sent son cœur s'arrêter. Son visage se fige.

Elle sait très bien ce qu'elle fait.

« Je te sauve la vie », dit-elle.

Elle a atteint le canapé, elle s'accroupit, genoux serrés, pour ramasser le support de phare.

Lewis se focalise sur elle entre les pales, qui déjà perdent de la vitesse, et le rythme stroboscopique ralentit, ralentit.

Vue de cette façon, Shaney n'est que Shaney.

« Non, non, rallume-le, supplie Lewis en agrippant l'échelle. Le… l'interrupteur. Quand le ventilateur est arrêté, ça allume ce spot.

– C'est quoi ce branchement électrique à la con ? » demande Shaney en regardant successivement le ventilateur et le spot d'un air incrédule.

Mais voilà que, utilisant tout le stock de souhaits de Lewis jusqu'à la fin de ses jours, l'ampoule se met à clignoter, très faiblement. Le filament luit un court instant, mais c'est suffisant.

Lewis reporte son attention sur Shaney, qui hausse les épaules, ramasse le support de phare en faisant attention à ne pas perdre les vis qu'il a laissées dessus exprès et retourne vers les interrupteurs pour remettre le ventilateur en marche. Aussitôt, il recommence à vrombir, comme s'il était triste qu'on l'ait éteint après un effort aussi long et constant.

« Oh, fait Lewis en montrant la moquette devant le canapé, avec son couteau. Elle est tombée ? »

Shaney repousse les cheveux que le ventilateur plaque sur son visage, regarde le support dans sa main et touche les trois vis des pattes de fixation. Elle lève les yeux vers Lewis en haussant les épaules.

« Là, là », dit-il en continuant à pointer son couteau. Shaney s'avance, ses jambes pénètrent dans le champ de vision découpé par les pales tournoyantes, mais son visage reste en dehors lorsqu'elle lève la tête de nouveau pour demander :

« Tu essaies de mater mon décolleté, Blackfeet ? »

Elle regarde sa poitrine et au lieu de fermer le col de sa chemise en flanelle, elle tire dessus et le laisse pendre, puis lance un petit regard malicieux à Lewis.

« Non, non », dit-il en descendant d'un barreau pour voir son visage entre les pales, mais sous cet angle, à cette vitesse de rotation, il ne voit que Shaney.

Merde.

Merde merde merde.

N'empêche, elle savait qu'elle ne devait pas pénétrer dans cet espace. Elle savait comment arrêter le ventilateur.

« C'est un mauvais contact, dit-elle. Ce qu'il faut, c'est coincer un truc juste là. »

Elle montre le spot avec sa main libre, et comme Lewis fait semblant de le réparer, il est obligé de jouer le jeu.

Elle s'avance pour mieux voir le spot derrière le ventilateur et Lewis remonte d'un niveau pour pouvoir introduire la lame du couteau sur le côté du boîtier.

Et en effet, la petite ampoule s'allume, et reste allumée.

« Tu me paieras plus tard », dit Shaney, qui déjà se retourne, attirée par la peau sur la table.

Lewis descend de l'échelle et la rejoint.

« Qu'est-ce qui lui est arrivé ? demande Shaney, sans oser la toucher encore une fois.

– Des Néandertaliens », répond Lewis pour faire une plaisanterie.

Shaney le regarde, perplexe.

Dans le quatrième tome de la série, celui qu'elle vient de lui rendre, des hommes de Neandertal traînent dans le centre commercial avec leurs lourdes lances et leurs épais sourcils, et ça devient une sorte de gag récurrent. À chaque nouvelle situation rocambolesque, Andy secoue la tête et dit : *Néandertaliens*, comme si on les avait placés là exprès pour lui gâcher la vie.

Lewis déglutit difficilement, un frisson le parcourt jusqu'au bout des doigts.

« Tu es un peu bizarre, tu sais ? dit Shaney.

– Oui, comme Andy. »

S'il est possible, éventuellement, d'oublier le gag des « Néandertaliens », chaque épisode de la série s'intitule Andy Quelque chose : Andy le porteur d'eau, Andy le tueur de géants, Andy chômeur. Le quatrième, évidemment, s'intitule : Andy et le mammouth. Shaney ne peut pas ignorer de qui il parle.

Elle soutient son regard un moment, comme pour s'assurer qu'elle a bien entendu, puis fait un pas en direction de la porte d'entrée.

« Attends ! » s'exclame Lewis. Son cœur cogne dans sa poitrine, les perspectives enflamment son visage. « C'est pas le bon ! »

Il improvise.

Shaney regarde le support de phare qu'elle tient dans la main.

« À mon avis, n'importe quoi fera l'affaire pour sa moto.

– J'ai la bonne pièce. Elle est juste là. Je viens de la voir… »

Shaney l'encadre dans son champ de vision ; on dirait qu'elle attend qu'il lève le rideau sur la comédie ou la plaisanterie qui se prépare.

« Tu pourras ressortir par là », dit Lewis en passant devant elle pour se diriger vers la porte du garage, sans lui laisser le temps de dire non.

La lourde porte se soulève en grinçant, ce qui allume la lumière, et Lewis reste là, à examiner toutes les pièces éparpillées sur le sol en béton, les boîtes, les vieux torchons.

« Qu'est-ce qui s'est passé ici ? demande Shaney, impressionnée.

– C'est toujours comme ça. »

Il essaie de ne pas montrer que les choses tournoient à toute vitesse dans sa tête. C'est comme ce défilement à travers lequel il pouvait voir la réalité, mais *derrière ses yeux* maintenant.

Il a peur de regarder Shaney en face. Il trottine trois pas devant, tapote le ballon de basket pour le faire rebondir et s'en saisir.

« Tu as oublié ton meilleur ami l'autre jour », dit-il et il lui lance le ballon, à la cuillère. Ce n'est pas vraiment une passe. Au lieu de le rattraper de la main, contre sa hanche, comme il l'en sait capable, Shaney fait un pas sur le côté et laisse passer le ballon, sans cesser de dévisager Lewis, comme si elle essayait de le décrypter.

« Ça va te plaire, dit-il en marchant vers la Road King.

– Faut que j'aille travailler, Blackfeet, répond-elle en essayant de se frayer un chemin vers la liberté.

– Attends, attends. »

Lewis contourne la moto, du côté opposé à la caisse violette. Il croise les fils, provoque quelques étincelles, mais coupe le courant avant que le moteur démarre, pour faire croire à un problème, donner l'impression que le moteur s'étouffe.

« Merde, merde », crache-t-il en secouant la main comme s'il s'était brûlé. Il se penche pour regarder à l'intérieur. « Ah oui, évidemment. » Sans lever la tête, il fait signe à Shaney d'approcher, avec sa main droite.

Elle s'avance lentement, hésitante.

« J'ai déjà entendu une moto, dit-elle.

– C'est un nouveau pot. » Il continue à lui faire signe d'approcher. « Il faut que tu… » Cette fois, il lève la tête. « Donne, donne, dit-il en lui prenant le support de phare pour le poser par terre de son côté. Cette durite… là, branche-la que je puisse allumer le moteur. Il devrait démarrer du premier coup. »

Shaney examine la Road King ; elle s'inquiète à cause de la roue arrière et de tous les risques possibles.

« Si tu me la montrais quand tu l'auras entièrement remontée, hein ? Je te promets d'être très impressionnée.

– Je veux que tu le dises à Silas… » Lewis semble gêné de devoir l'avouer. « Ne lui parle pas de ça, c'est encore un secret, mais je lui ai commandé le même pot. Pour m'excuser, tu comprends. Tu lui diras qu'elle fait un super bruit.

– Je ne suis pas obligée de l'entendre pour… »

Lewis s'est déjà penché pour guider le doigt de Shaney vers l'extrémité de la durite. Le raccordement est juste là, il suffit de le boucher.

Est-ce la première fois qu'il touche sa peau ? Possible, se dit-il.

Aucune étincelle ne se produit, aucun flot de souvenirs ou de reproches ne déferle, aucune image de quatre Indiens en train de déverser du plomb au pied d'une colline.

« Tu vas me mettre en retard, Blackfeet. »

En revenant du côté de Shaney, Lewis s'aperçoit qu'il a une vue plongeante sur son décolleté.

Elle remarque son regard et dit :

« Suffisait de demander.

– Non, non, c'est pas du tout… »

Tous les deux se retournent vers le ballon de basket qui roule lentement dans la pente du garage, telle une boule de flipper, la plus grosse, la plus molle et la plus ivre qui soit.

« J'espère que je vais pas me salir, dit Shaney par-dessus le large réservoir, en regardant Lewis droit dans les yeux, comme si elle pensait exactement le contraire.

– Je sais qui tu es », répond Lewis, alors que le moteur démarre, et Shaney plisse les yeux parce qu'elle n'a pas bien entendu, et comme le jour de cette dernière partie de chasse, c'est le moment où il pourrait encore renoncer, où il pourrait éviter que ça se produise. Il pourrait couper le branchement, arrêter le moteur, et faire croire qu'il a dit autre chose : *Attention à tes cheveux.* Oui, c'est exactement ce qu'il aurait dû dire.

Mais c'est justement ce qu'il ne veut pas qu'elle fasse.

Elle a tué Harley, il doit se le rappeler. Elle a tué Harley et elle essaie de monter Peta contre lui. Et la preuve ultime qui lui permet d'affirmer qu'elle est bien ce qu'elle est, le détail qui l'a trahie à coup sûr, encore plus que le ballon de basket, c'est le fait qu'elle ne connaît pas Andy et le mammouth. Ces livres n'étaient que des accessoires pour elle, un prétexte pour venir ici, et actionner les rouages de son plan. Si elle avait réellement lu le tome quatre, elle aurait connu ces montagnes russes émotionnelles que Lewis et le monde entier avaient dû affronter après la « mort » d'Andy dans le tome trois, quand il n'apparaît pas dans la première moitié du tome quatre. Ce n'était pas une ruse à la Gandalf, il était tout simplement prisonnier dans le monde gazeux du distributeur de sodas, à attendre une conjonction de circonstances favorables pour ressusciter dans ce monde, conjonction qui se présenta sous la forme d'un mammouth qu'un de ses ancêtres avait précipité du haut d'une falaise, mais ce mammouth était tombé dans un étang qui se trouvait jadis à l'emplacement exact du distributeur. Et donc, quand ce mammouth était retombé au même endroit, comme cela se produit lorsque le temps forme un cycle, les elfes ont extrait Andy du ventre de l'animal. Au début, ce n'était qu'un frêle fœtus de mammouth, mais en l'espace d'une seule journée, il a retrouvé sa taille d'avant, et il a chevauché la compagne de ce mammouth mort dans les rayons maquillage et parfumerie, et il est devenu le véritable sauveur qu'il était destiné à devenir. Ce n'est pas le genre de retour qu'on peut oublier, surtout si on vient de lire le livre.

« Tu sais qui je suis ? » répète Shaney par-dessus le hurlement du moteur quatre temps dépourvu de silencieux, en maintenant fermée l'extrémité de cette durite débile avec le bout de son index, et c'est tout ce qu'elle a le temps de dire avant que la chose se produise.

La courroie se trouve du côté de Lewis – Shaney n'est pas idiote, la Femme à la Tête de Caribou n'est pas idiote, elle aurait repéré ce danger, cette petite courroie de transmission de la mort instantanée –, mais il a enclenché la première, ce qui veut dire que la roue nue qu'il a remise en place tourne elle aussi, cercle flou argenté.

Il faut peut-être une demi-seconde pour que les rayons chromés attrapent les longues boucles de Shaney et attirent sa tête à la fois vers le haut et sur le côté, faisant craquer le cou de manière audible. Mais les cheveux continuent à la tirer, à s'enrouler dans les rayons tournoyants et tremblotants. À peine son cou s'est-il brisé que le sommet de son cuir chevelu est arraché ; son front bascule contre la roue alors, et les rayons lacèrent son crâne sans aucune résistance, ils s'enfoncent dans la matière chaude et pulpeuse qui enveloppe son cerveau. D'un rose teinté de gris là où il est ouvert, et couvert d'une sorte de membrane pâle tout autour, et le sang maintenant s'insinue dans les plis et les fentes.

Lewis coupe les gaz, il lâche les fils du démarreur.

Silence. Il n'y a plus que le bruit de la roue nue qui ralentit. La gorge de Shaney continue à avaler de l'air ; les yeux fixés sur Lewis, elle le traite de sale *traître*, elle le traite de *meurtrier,* elle l'appelle « Blackfeet » une dernière fois. Puis elle bascule à la renverse, elle s'écroule sur les sacs de couchage et les pièces détachées, son pied gauche tressaille, un filet de salive, pas de sang, coule du coin de sa bouche. Mais une gerbe de postillons écarlates dessine sur un des murs une bande d'éclaboussures qui coupe en deux le garage, du sol au plafond, et redescend sur l'autre mur. Une ligne tracée entre celui qu'était Lewis et celui qu'il est désormais.

Il se lève et appuie sur le bouton du boîtier mural.

Il est temps de refermer la porte sur tout ça.

Mardi toujours

Lewis n'a jamais construit la hutte de sudation dont il rêvait, mais s'il restait suffisamment longtemps sous la douche, à l'étage, jusqu'à ce que ça fasse de la vapeur, il peut faire comme si, non ? Le sang et la cervelle que Shaney a projetés sur son visage tournoient dans le siphon et disparaissent à tout jamais.

Sa petite camionnette Toyota, jaune, est toujours garée devant la maison, mais après l'avoir nettoyée, il pourra la déposer n'importe où et revenir à pied, ni vu ni connu. *Oui, monsieur l'agent, elle est venue chercher une pièce détachée, et elle est repartie avec. La preuve… cette pièce détachée n'est plus là, pas vrai ?*

Un jeu d'enfant.

Les dix prochaines années de sa vie peuvent commencer enfin. Le jour du règlement de comptes pour cette jeune femelle caribou, et ses neuf congénères – dix même en comptant le fœtus –, était arrivé, mais si loin de la réserve, il a réussi à échapper à l'addition.

Quant à savoir ce qu'il va faire de Shaney, son premier réflexe est de l'enterrer avec Harley, mais les flics ne vont pas tarder à creuser dans ce coin, et le train de midi va arriver, de toute façon. Or il n'a pas besoin de spectateurs pour ce genre de travail.

Alors non, pour une fois dans sa vie, il va devoir agir intelligemment. Et puis, il n'est pas réellement un meurtrier, étant donné que cette femme n'était pas réellement un être humain, hein ? C'était une femelle caribou qu'il avait tuée dix ans plus tôt, à deux jours près. Et elle ne savait pas qu'elle était déjà morte.

Malgré cela, lorsqu'il lève sa main sous le jet d'eau brûlant, elle tremble, et impossible de l'empêcher de trembler. Deux fois il a écarté brutalement le rideau de la douche, certain d'avoir aperçu une ombre derrière, certain d'avoir entendu une porte grincer, ou un bruit de pas. De *sabots.*

Ses nerfs lui jouent des tours, se dit-il. N'importe quel débutant connaîtrait les mêmes crises de panique.

Il place son visage sous l'eau brûlante de nouveau et se promet de ne pas se mettre martel en tête, mais son cerveau cogite quand même ; il ne peut l'empêcher de se demander pourquoi Shaney semblait mal à l'aise avec ce ballon de basket, et pourquoi elle ne l'a pas rattrapé au vol, par automatisme, comme le ferait n'importe quel joueur. Elle l'a laissé passer comme un objet quelconque, et non pas une chose sur laquelle elle avait sué pendant d'innombrables heures.

Mais se pouvait-il qu'elle soit toujours la joueuse d'avant ? Avait-elle esquivé le ballon parce qu'elle tenait un accessoire fragile ? Avait-elle fait un pas de côté car, contrairement à lui, elle n'était pas obligée d'attraper un ballon qu'elle n'avait pas réclamé ?

Peu importe. Ce qui compte, c'est qu'elle ne connaissait pas les bouquins.

Lewis sort de la douche et s'essuie ; il voit son corps flou dans le miroir.

Elle ne connaissait pas les bouquins, se répète-t-il mentalement.

Conclusion ?

Conclusion, c'était la Femme à Tête de Caribou.

Parce que ?

Parce qu'elle mentait.

Ça fait d'elle un monstre ?

Lewis s'accroupit dans le couloir, le visage dans les mains ; il secoue la tête pour résister à ce raisonnement.

Non, doit-il s'avouer, finalement.

Ça ne voulait pas *forcément* dire que c'était un monstre, mais si on ajoute le fait que le ballon de basket lui était étranger, qu'elle savait où se placer dans le salon et comment éteindre le ventilateur, et qu'elle n'osait pas toucher sa propre peau sur la table de la cuisine, hein ?

Lewis se relève en hochant la tête. Alors, là, oui.

Elle avait très bien pu mentir au sujet des livres, comme un prétexte pour briser son mariage, car c'était son objectif, c'était son objectif humain, mais si elle avait touché la peau qu'elle portait de son vivant, cela l'aurait sans doute amenée à revivre sa première mort, n'est-ce pas ?

Lewis hoche la tête. Oui, sans aucun doute.

Oh, et aussi : elle mentait en disant qu'elle devrait partir une heure plus tôt, pas vrai ? Tout ce qu'elle voulait, c'était passer plus de temps seule ici, avant d'aller travailler. Et Lewis peut le prouver.

Il rappelle le bureau de poste et tombe sur Margie encore une fois.

« Tu as vraiment très envie d'entendre ma voix, dit-elle.

– Shaney, dit-il en changeant d'oreille, comme s'il pouvait lui faire comprendre de cette manière qu'il n'avait pas le temps de bavarder. Elle… elle n'est pas venue me chercher. En courant, je me dis que je peux peut-être la choper chez elle, mais je ne connais pas son adresse… c'est vers Flower Farm, hein ? »

Remarque idiote, personne ne vit là-bas, peut-être même que ce n'est pas une zone habitable, mais c'est le premier endroit proche qui lui est venu à l'esprit.

Le silence de Margie indique qu'elle est en train d'évaluer son baratin.

« Allez, s'il te plaît. Jerry va me passer un savon si je ne viens pas bosser », ajoute Lewis en sautillant sur place comme si cela pouvait jouer en sa faveur.

C'est aussi facile que ça d'obtenir une adresse.

Quelques secondes plus tard, toujours vêtu de sa seule serviette, il a déplié la carte de Great Falls sur le dos de la peau de caribou. Ses cheveux gouttent sur les lignes bleues et rouges.

« Non, pas possible », dit-il lorsqu'il localise enfin l'adresse de Shaney.

En effet, il fallait qu'elle parte une heure plus tôt car elle habitait de l'autre côté de la ville, à Gibson Flats. Ça ne fait même pas partie de Great Falls, si ? En même temps, elle avait bien emporté les bouquins. Et ils étaient réapparus, non ?

Lewis se laisse tomber dans un fauteuil, le regard vague. Finalement, une explication surgit.

Maigre, anorexique même, mais : Elle avait lu un ou deux chapitres du premier tome et décrété que ce n'était pas pour elle, ces elfes stupides en imperméables, ces halfelins au stand de hot dogs, et elle s'était tapé ce long trajet pour déposer les dix tomes sur sa terrasse ?

Ce qui expliquerait pourquoi elle ne connaissait pas cette histoire, ni les personnages.

Mais dans ce cas, qui a découvert la pile de bouquins ? Qui les a disséminés, un ici, l'autre là ? Et pour quoi ?

Pour te pousser à faire ce que tu as fait, entend Lewis dans un coin de son esprit, d'une voix plus froide que la sienne.

Il a du mal à respirer, il secoue la tête.

Non, c'était bien la Femme à Tête de Caribou. Forcément. Elle était… l'unique Indienne dans sa vie ici. Lewis *voit* d'autres Indiens dans le coin, mais ça se limite à un signe de tête en passant. Alors, s'il fallait que ce soit quelqu'un, c'était elle.

Il existe un dernier moyen de le savoir, n'est-ce pas ? C'est elle-même qui l'a écrit à la fin du troisième tome.

Lewis se dirige vers le coin du salon, derrière l'échelle, et revient avec le tournevis à manche rouge.

Le garage ensuite, le monticule de sacs de couchage et de couvertures qui recouvrent Shaney.

Il les soulève et essaie de ne pas regarder, mais ses yeux refusent de rester fermés.

Sans le moindre haut-le-cœur, il retire le scalp qu'il a fourré dans la bouche, en pensant que ça devait être un vieux truc indien à la con. D'ailleurs, le fait qu'elle ne se soit pas débattue quand il l'a ensevelie sous les sacs de couchage et les couvertures, c'était bien la preuve que ça marchait, les cheveux dans la bouche.

La suite, en revanche… Coincer ses cheveux dans les rayons de la Road King, c'était facile par comparaison. Là, ça demande beaucoup plus d'efforts. Mais il a écorché d'innombrables caribous et cerfs. Et même un élan une fois. Il a même aidé une jeune femelle caribou enceinte à accoucher d'un embryon ou d'un fœtus, qui se débattait à l'intérieur de sa poche fine et veinée, mais il ne l'a jamais dit à Peta.

Alors, il est capable de faire ça.

D'abord, il doit ouvrir la bouche avec ses doigts, puis enfoncer sa main aussi loin que possible, et tirer vers le bas, de toutes ses forces, pour briser la mâchoire au niveau de la charnière craquante et mouillée pour avoir accès à la rangée des dents du haut.

C'est la Femme à Tête de Caribou qui lui a indiqué ce qu'il devait chercher, non ? Comment il la reconnaîtrait.

(ivoire)

Il introduit l'extrémité du tournevis entre deux canines et tape sur le manche avec le plat de la main afin de l'enfoncer suffisamment pour arracher, en faisant levier, la dent dont il a besoin, avec la racine sanglante et tout ça. Parce qu'elle est saine, la canine refuse de céder.

Mais pas longtemps. Finalement, elle vient avec celle sur laquelle il a pris appui.

Lewis les secoue dans sa main, s'estimant heureux d'en avoir arraché deux sans le vouloir. Ainsi, il peut les comparer : normale et ivoire.

Sauf que les deux sont identiques.

Il prend la bombe de nettoyant pour carburateur et les asperge l'une et l'autre car il y a forcément de l'ivoire quelque part. N'en trouvant pas, il ferme les yeux et tombe à genoux sur les sacs de couchage.

Et il rigole tout seul, en pleurant plus ou moins.

Pourquoi fallait-il qu'ils soient en sous-effectif au boulot ?

UN AMÉRINDIEN DÉTRUIT LES SERVICES POSTAUX À LUI SEUL.

Il s'efforce de sourire en pensant à ce gros titre quand il constate que son regard est fixé sur la chemise en flanelle de Shaney, au niveau du ventre. Comme le sang n'a pas coulé jusque-là, il peut se concentrer sans risque sur cet endroit, c'est peut-être même le meilleur. Mais… non. Non non non.

Il peut sortir la chemise du pantalon s'il le souhaite, hein ? Il peut la sortir du pantalon et la soulever pour voir si elle a cette longue cicatrice verticale. Si oui, si elle a été parée, alors… c'était bel et bien la Femme à Tête de Caribou.

À moins qu'on l'ait charcutée sur une table d'opération. À moins qu'un médecin ivre de l'IHS[1] l'ait marquée à vie et fait d'elle une femme qui essaie d'attirer les regards sur sa poitrine, et pas plus bas.

Lewis secoue la tête, il ne veut pas être obligé de faire ça, il ne veut pas être obligé de savoir, dans un sens ou dans l'autre. Supposons qu'elle n'ait pas de cicatrice, hein ?

---

1. Indian Health Services : organisme public offrant des soins à une partie de la population amérindienne.

Mais il lui doit bien ça, il a déjà posé sa main sur son ventre, ses doigts froissent la flanelle dans sa paume, il *va* regarder, affronter la vérité. À trois… Non, il recommence à compter.

Ce qui le sauve – la personne qui le sauve toujours –, c'est Peta. La porte d'entrée s'ouvre, puis se referme.

Merde.

Vite, vite, il enterre Shaney de nouveau. Ça peut encore marcher. Peta n'est pas obligée de savoir. C'est de l'huile hydraulique qui a éclaboussé le plafond et les murs. Cette odeur de corps ouvert, c'est à cause de Harley.

Il lui faut trente secondes pour arrêter d'hyperventiler, puis encore une minute pour éclaircir sa vision.

En hochant la tête pour se donner du courage, ou un truc dans le genre, Lewis entre dans la cuisine, prêt à lever brusquement la tête, comme surpris par la présence de Peta, en train de vider sa lunch box. Mais elle n'est pas devant le plan de travail comme d'habitude. Pour la trouver, il est obligé de lever la tête, encore un peu plus.

Elle… C'est elle qui est sur l'échelle maintenant ?

« Tu as trouvé ! »

Son visage n'est qu'un immense sourire, comme si ses deux ou trois journées continues ne comptaient plus, soudain.

« Hein ?

– Tu as tout démonté. »

Elle remue le couteau coincé sur le côté du spot.

L'ampoule clignote, puis s'éteint. Un sourire chaleureux balaie le visage de Lewis.

Il a réparé le spot. C'est le cadeau idéal, la plus belle des surprises. Il est un bon mari.

Souriant comme si ce n'était rien du tout, il passe devant la table, entre dans le salon et ralentit le pas lorsqu'il s'aperçoit que Peta l'observe de la tête aux pieds, perplexe.

« Quoi ? » fait-il.

C'est alors seulement qu'il regarde ses mains, couvertes du sang de Shaney jusqu'aux poignets. Du sang qui a certainement éclaboussé son torse et son visage également, quand il a arraché les dents, et ça ne peut pas être de l'huile hydraulique, il n'y en a pas autant dans la Road King.

Impossible de ne pas remarquer le contraste entre le rouge et le blanc de la serviette.

« Tout va bien ? » demande Peta, les yeux fixés sur lui, en descendant de l'échelle, sans même regarder où elle met les pieds.

Sans doute craint-elle qu'il se soit blessé, assez grièvement pour se trouver en état de choc, et c'est comme ça que ça se produit, c'est *pour ça* que ça se produit : parce qu'elle a peur qu'il se soit coupé quelque part. Le bout de sa chaussure gauche, des chaussures de sécurité auxquelles elle ne fait plus attention, loupe le barreau suivant, alors que son pied droit était déjà dans le vide, et elle sait qu'elle ne doit pas se retenir à l'échelle pour ne pas l'entraîner dans sa chute, car il y a déjà une entaille dans le mur.

Instinctivement, sans doute, ses mains se tendent vers le plafond, pour essayer de trouver une prise.

Ce qu'elle trouve, c'est le manche du couteau glissé sur le côté du spot. Elle l'emporte avec elle et, au lieu de traverser le salon en un éclair pour la projeter contre le mur, comme le ferait un bon mari, Lewis reste planté là, tenant sa serviette autour de la taille, pour assister à la scène qui semble se dérouler au ralenti, le plus lent de tous les temps.

Toute autre que Petra se retrouverait empêtrée dans les barreaux et verrait sa chute interrompue par sa maladresse élémentaire.

Mais Peta a été perchiste. Elle sait comment se dégager, en cambrant son corps.

Le mouvement est parfaitement exécuté, et Peta étant ce qu'elle est, elle parvient même à lancer le couteau au loin pour ne pas s'empaler dessus en retombant, comme Lewis s'y attend, puisque tout va mal.

Mais Peta est habituée à chuter sur d'immenses tapis de sol. Pas sur le coin en brique de la cheminée, l'arrière du crâne en avant.

Celui-ci se fend avec un bruit bien net, et définitif. Lewis a beau détourner le regard, ça ne l'aide pas à intégrer, ni à accepter, cet accident.

Comme avec Harley, il ne se précipite pas pour serrer sa femme dans ses bras durant ses derniers instants.

Il la regarde, sous le choc.

Peta est secouée de spasmes, sa respiration hoquette pendant dix secondes peut-être, ses yeux se fixent sur lui comme si elle essayait de lui communiquer quelque chose, comme si… elle essayait de revivre leurs dix dernières années de vie commune ? Comme si, maintenant, elle pouvait retourner s'asseoir sur ce banc de pique-nique d'East Glacier, et recommencer leur histoire, la revivre jusqu'à aujourd'hui. Que dessinait-elle ce jour-là ? La maison de ses rêves, avec une petite cheminée en brique, et le mot « âtre » écrit au-dessus ? Savait-elle, depuis le début, que c'était ce qui allait se passer, mais elle l'avait fait quand même, parce que ces dix années en valaient la peine ?

« Peta », dit-il enfin, quelques secondes et toute une vie trop tard.

Elle esquisse un sourire et puis, inévitablement, ses lèvres meurent avec tout le reste, comme si l'électricité quittait son corps pour pénétrer dans la terre, ou ailleurs.

Lewis reste planté là.

Les cheveux blonds de Peta virent au rouge, le sang se répand sur la moquette pâle. Ce n'est pas une tache qu'il pourra effacer. Ils ne récupéreront pas leur caution.

« Hé », fait-il dès qu'il le peut, une fois certain que c'est trop tard, certain qu'elle ne répondra pas.

Elle a les pupilles figées et dilatées, et jamais de son vivant elle ne serait restée la bouche ouverte comme ça.

Dix ans, songe Lewis. Ils ont tenu dix ans.

C'est pas mal, hein ? Pour un Indien et une Blanche, surtout qu'elle le surclassait largement, et que lui se trimbalait les tares habituelles.

Et… peut-être qu'il avait vu juste dès le départ. Il essaie de s'en convaincre. Peut-être qu'elle est apparue l'été qui a suivi le Thanksgiving classique pour une bonne raison ; parce qu'elle voulait déménager de maison en maison avec lui, l'inciter à investir toute sa vie en elle, puis mettre en scène une fin grandiose, dont il ne pourrait jamais se remettre, et qu'il chercherait à fuir en permanence.

Ne serait-ce pas la meilleure vengeance ? La mort, c'est trop facile. Mieux vaut faire de chaque instant de la vie une souffrance.

Comme avec Shaney, il existe un moyen de vérifier. Un moyen de savoir.

Lewis grimpe à l'échelle pour retirer le couteau planté dans le mur. En brisant la mâchoire de Shaney comme il l'a fait, elle a planté ses dents dans ses poignets : une morsure d'outre-tombe. Avec Peta, il agrippe le menton de l'extérieur, appuie son genou sur son front et brise la charnière de cette manière.

Ses dents viennent beaucoup plus facilement. Toutes en même temps, à croire qu'elles attendaient, à peine fixées. C'est peut-être une différence entre les Blancs et les Indiens ?

Lewis aligne les dents dans la fissure irrégulière d'un joint entre les briques de la cheminée.

Aucune n'est en ivoire.

Il s'assoit par terre, les jambes ramenées contre lui, et pose son menton dans le creux entre les genoux.

C'est lui qui a fait ça, sans aucun doute.

Des avions vont certainement s'écraser sur le terminal maintenant, pendant des mois, le courrier va s'entasser sur le quai du bureau de poste.

En outre, deux femmes sont mortes, qui n'auraient pas dû mourir, probablement.

Lewis contemple l'endroit où brûlerait un feu si la cheminée n'était pas condamnée – le bail le précisait bien : pas de feux, uniquement des grils à gaz –, et il n'a d'autre choix que de sourire lorsque le spot au plafond clignote et s'allume, même sans le couteau pour le coincer.

Il projette sa lumière vive sur Peta. Sur son… estomac ? Son ventre ?

Parce que tout a un sens désormais, Lewis fixe son regard sur cette cicatrice verticale qui existe ou n'existe pas sur le ventre de Shaney, là-bas dans le garage.

Une cicatrice que ne possède pas Peta, il en est certain. N'empêche, s'il y pense, ce n'est pas sans raison, hein ? Si le monde le lui a montré dans l'allée ce jour-là, ce n'est pas sans raison.

Très vite, cette raison tend le tissu moulant de la chemise d'uniforme de Peta.

Quelque chose se débat là-dessous. Quelque chose bouge.

C'est comme… lorsque Andy s'est retrouvé pris au piège dans le ventre de ce mammouth mort, mais pour Lewis, là maintenant, ce n'est pas un mammouth qui se trouve à l'intérieur, hein ?

« Les Indiens aiment monter à cru », s'entend-il réciter, et ça le fait ricaner.

Certains de ses saumons étaient des sacrés nageurs, finalement.

D'accord, ça fait juste… combien ? Deux soirs ? Mais c'est suffisant. Neuf mois, ce serait du luxe, un petit plaisir, et sans doute qu'il oublierait après tout ce temps. De toute façon, Peta aurait commencé à se désagréger d'ici là.

Quarante-huit heures de gestation, ça lui semble parfait.

Il voit même un membre minuscule appuyer contre la peau de Peta maintenant. Il y a là, à l'intérieur, quelque chose qui étouffe, qui se noie, qui lutte pour survivre.

Son plan initial, à moitié formé, mais c'est sa façon de faire, consistait à se lever après avoir attendu encore quelques minutes, pour sortir à tâtons, escalader la clôture, s'asseoir entre les deux rails de la voie ferrée, et attendre que le Thunderball Express arrive pour rendre son jugement, à cent kilomètres-heure, le vacarme de son klaxon emplissant le monde entier.

Mais ça, c'est un élément inattendu, un élément merveilleux.

Lewis n'a jamais pensé qu'il pourrait être père.

Il y a encore de l'espoir, hein ?

Tout peut encore s'arranger.

En utilisant le même couteau émoussé avec lequel il a arraché les dents de Peta, avec lequel il a éventré cette jeune femelle caribou dix ans plus tôt, il fend la peau tendue du ventre gonflé de Peta.

Une fine jambe marron jaillit ; il s'en saisit et la suit jusqu'à son extrémité.

Un sabot, un minuscule sabot noir.

Lewis hoche la tête devant le bien-fondé de cette apparition et tire délicatement sur la jambe ; son autre main se tient prête.

Deux jours plus tard, son bébé caribou enveloppé dans la peau vieille de dix ans, de sa mère, il se réveille sous une corniche rocheuse située à mi-chemin entre la maison de Great Falls et la réserve qu'il appelle encore *sa* réserve.

La Toyota jaune de Shaney est garée à quatre ou cinq kilomètres de là, dans la plaine, à l'écart de la station-service où quelqu'un l'a fait venir, il en est certain, à l'écart de tous les gros titres qui ont circulé mercredi : UN AMÉRINDIEN PRIS DE FOLIE MEURTRIÈRE : DEUX MORTS JUSQU'À PRÉSENT. UN BÉBÉ PORTÉ DISPARU.

L'article en page 12 parle de lui, ici, dormant dehors, dans le froid, comme au temps des arcs et des flèches. L'article en page 12 raconte qu'il lève les yeux vers les énormes flocons blancs qui tombent du ciel, comme le jour du Thanksgiving classique.

Il tend le visage vers ces flocons froids et mouillés, ferme les yeux et serre contre sa poitrine ce bébé caribou qu'il appelle sa fille. Elle n'a pas grandi aussi vite qu'Andy et elle n'a pas bougé depuis qu'elle a tendu sa jambe à l'extérieur, mais ça viendra, il le sait. Il suffit qu'il la conduise chez elle, sur la terre qu'elle connaît, dans l'herbe dont elle se souvient. Il la regardera grandir jusqu'à la fin de l'année, il repoussera les coyotes, les loups et les ours, et quand elle en sera capable, il la laissera partir seule, et il restera là, à pleurer, de tristesse et de joie. Et puis, tout sera terminé. Les histoires indiennes reviennent toujours au point de départ, n'est-ce pas ? Les bonnes histoires, en tout cas.

Lewis sourit, il la serre plus fort contre lui, il souffle de l'air chaud sur ses fines oreilles. Sur la corniche au-dessus de lui, quatre hommes le calent dans le viseur de leurs fusils. Il lève les yeux vers eux, ses lèvres remuent, il essaie de leur expliquer ce qu'il fait ; ça peut marcher, leur dit-il, il n'est pas trop tard, ils ne sont pas obligés de faire ça, les journaux se trompent, il n'est pas cet Indien, il n'est que lui, prisonnier du déroulement de cette histoire, mais il a trouvé son chemin, enfin, et tout va s'arranger.

Lorsqu'ils ouvrent le feu, il ressent enfin ce qu'il attendait, ce sur quoi il avait misé, pour quoi il avait prié : de longues pattes fragiles plaquées contre sa poitrine, qui s'agitent, une fois, deux fois, encore. Cette petite tête enfouie dans son cou, et les longs cils de ces gros yeux ronds qui caressent sa joue quand ils s'ouvrent, puis se referment face à la brume de sang qui, à cet instant, représente tout son monde.

Dans la langue des Blackfeet, elle s'appelle Po'noka.

Ce qui veut dire caribou.

Trois morts un blessé dans une chasse à l'homme

Quatre habitants de Shelby ont été attaqués la nuit dernière à la suite de l'arrestation de Lewis. A. Clarke (voir notre édition de mercredi), le fugitif qui voulait apparemment rejoindre la réserve de ses ancêtres. Clarke était le principal suspect du double meurtre de sa femme et d'une collègue fonctionnaire.

Il semblerait que ce groupe de quatre chasseurs ait participé toute la journée aux recherches. Des représentants de la police de la route précisent que si des patrouilles d'hommes armés de ce type peuvent apparaître comme utiles, il est préférable en réalité, dans l'intérêt des opérations de recherche et d'arrestation, de demeurer à l'écart.

Les affirmations selon lesquelles ces quatre habitants de Shelby auraient repéré Clarke, maintenant décédé, n'ont pas été confirmées.

D'après des sources à l'hôpital, qui ont pu interroger l'unique survivant avant son opération, les quatre hommes transportaient à l'arrière de leur pick-up à la fois Clarke et le bébé cerf, ou caribou, qu'il avait avec lui pour une raison inconnue.

Alors qu'ils rentraient en ville, toujours d'après ce survivant, quelqu'un s'est levé à l'arrière du pick-up en mouvement. Une fillette de douze ou quatorze ans, une Indienne. On pense qu'elle avait grimpé à bord du véhicule précédemment, lorsqu'il roulait vers l'ouest.

Tandis que le chauffeur ralentissait pour l'empêcher de tomber ou de sauter en marche et alertait ses trois passagers, raconte le survivant, « la fille a bondi par-dessus la boîte à outils » et « a traversé la vitre arrière de la cabine ». Ainsi s'achève le récit du témoin oculaire.

Quiconque aperçoit une adolescente indienne, en train de faire du stop ou de traîner, doit alerter les autorités.

Les identités des trois hommes décédés et du blessé n'ont pas été dévoilées, en attendant que leurs familles aient été prévenues

Nous vous tiendrons informés des nouveaux développements.

LE MASSACRE DE LA HUTTE DE SUDATION

Vendredi

Pour protéger ton petit, tu donnes des grands coups de sabots. C'est ce que ta mère a fait pour toi, là-haut dans les montagnes, lors de ton premier hiver. Son sabot noir qui jaillissait et venait frapper ces bouches grimaçantes était si rapide, si pur, insaisissable ; il laissait dans son sillage un arc parfait de gouttelettes rouges. Mais les sabots ne suffisent pas toujours. S'il le faut, tu peux mordre et déchirer avec tes dents. Et tu peux courir plus lentement que tu en es capable. Si rien de tout cela ne fonctionne, si les balles sont trop épaisses, tes oreilles trop pleines de bruit, ton nez trop plein de sang, s'ils ont déjà pris ton petit, tu peux encore faire une dernière chose.

Tu te caches au milieu du troupeau. Tu attends. Tu n'oublies jamais.

Et après avoir effectué ton retour dans le monde, péniblement, tu te postes au bord de la dernière route qui mène chez toi, enveloppée dans une couverture arrachée à l'épave d'un pick-up. Tes pieds glacés ne sont plus des sabots durs, au bout de tes mains poussent des doigts que tu sens craquer, tellement ils grandissent vite maintenant. La famille de quatre personnes qui s'arrête pour te prendre est nerveuse et silencieuse ; ni le père, ni la mère, ni le fils ne s'expriment avec leurs bouches, uniquement avec leurs yeux, et le bébé dort. Ils te font une place sur la banquette arrière car s'ils ne s'arrêtent pas, quelqu'un d'autre le fera, et le père qui conduit dit que ça se termine toujours mal pour les Indiennes de quatorze ans affamées et vêtues uniquement d'une fine couverture.

Tu as quatorze ans, donc. Déjà.

Quelques heures plus tôt, tu es certaine que tu avais ce qu'il aurait appelé « douze ans ». Et une heure avant cela, tu étais un bébé caribou que tenait dans ses bras un meurtrier fuyant vers la réserve ; et avant cela encore tu n'étais qu'une conscience répandue dans tout le troupeau, un souvenir qui passait d'un corps marron à l'autre, présent dans chaque battement de queue, chaque renâclement, chaque regard scrutateur au pied d'une pente herbeuse.

Mais tu t'es fondue, tu t'es figée, tu as surpris un des meurtriers sur le point d'insuffler la vie dans un autre corps, une vie dans laquelle tu pouvais te faufiler, pour regarder à l'extérieur. Et avant cela, il devait être préparé, puis acculé et isolé.

Un jeu d'enfant. Il était si fragile, si instable, si peu préparé à affronter ce qu'il avait fait.

Tu te cales dans le siège moelleux et odorant de la voiture qui te ramène chez toi. Au volant, le père ne cesse de tourner le bouton de la radio dans un sens et dans l'autre, à la recherche d'une chanson qui peut-être n'existe pas, et à côté de lui, la mère qui tient le faon – on dit bébé, bébé bébé *bébé* – contre sa poitrine regarde par la vitre, peut-être l'herbe sèche qui défile.

Le garçon assis à l'arrière avec toi a une odeur de produits chimiques. Ils irradient de sa peau et ses yeux sont mouillés, enragés, derrière les cheveux qui lui descendent jusqu'à la taille, et on sent en lui tous ses ancêtres. Tu t'étonnes qu'il ne te reconnaisse pas.

Tu lui dis quelque chose dans ton langage. Cette bouche, ces dents, cette gorge et cette langue ne sont pas adaptées à la forme de ces mots, et le garçon te regarde longuement, d'un air hébété, puis il demande : « Tu es quoi ? » et il pivote sur son siège pour te tourner le dos.

Il te perçoit, donc. Mais d'une manière qu'il ne peut pas comprendre.

Tant mieux, tant mieux.

Si tu ne peux pas entrer en contact avec lui, alors entre en contact avec la prairie qui défile si aisément. Penche-toi vers le milieu de la banquette pour voir les montagnes blanches qui approchent. Tu as l'impression de te précipiter, ton corps est distendu et tu cours. Tu ne peux retenir un petit sourire sous l'effet de cette sensation, de la vitesse. Ton premier sourire sur ce visage. Mais dans la dernière descente vers la ville, ton sourire s'efface lorsque le souvenir indispensable surgit, en voyant la voie ferrée de cette façon, de loin et d'en haut.

C'est un souvenir ancien, qui remonte à plusieurs générations, une chose qui s'est produite là-bas, dans le sud, juste après la dernière clôture. C'est le souvenir de la manière dont le troupeau est descendu ici en pleine nuit. Comment ils ont trouvé de la bonne herbe, de plus en plus près des maisons, où aucun animal, ou presque, ne venait brouter, et ils ont continué à manger, à manger, à s'en dilater les flancs car ils avaient besoin de ça pour survivre à l'hiver qui approchait.

Mais les chasseurs sont sortis sur leurs terrasses, ils ont aperçu les grands corps marron dans la lumière jaune ondulante, et ils sont rentrés chercher leurs fusils.

Toute la matinée ils ont approché à plat ventre, et le troupeau savait qu'ils étaient là, tant leur odeur était âcre, leurs déplacements bruyants, mais l'herbe était bonne et l'horizon dégagé dans la direction opposée. Les caribous pouvaient décamper d'un coup en cas de besoin, ancrer leurs sabots dans le sol, s'accroupir, puis bondir pour traverser la prairie tel un nuage de fumée brune et se rassembler dans une ravine qu'ils connaissaient. L'eau qui courait sur ce fond rocailleux s'écoulait déjà dans leurs têtes. Son goût leur indiquait exactement d'où elle venait, et ils connaissaient l'histoire qui l'avait menée là.

En revanche, ils ne connaissaient pas les trains. Contrairement aux chasseurs.

Quand la locomotive et tous ses wagons passèrent dans un vacarme d'enfer et une odeur de métal brûlant, ce fut comme si ces rails s'étaient dressés dans l'herbe. Ils devinrent un mur mouvant, d'étincelles et de vent, qu'aucun caribou ne pouvait traverser (l'un d'eux essaya) et les crissements, les lacérations de ces énormes roues métalliques couvrirent les détonations des fusils des chasseurs qui tiraient sans discontinuer, jusqu'à ce que le vacarme des fusils et celui du train n'en forment plus qu'un, et sur le siège arrière de cette voiture incroyablement rapide, le goût âcre de ce souvenir te fait chanceler, et pousse le garçon à l'odeur chimique à s'éloigner encore un peu plus de toi, mais c'était logique, ce qui s'était passé ce jour-là, le troupeau était le seul fautif.

Dès que vous flairez la présence des chasseurs, vous fuyez, non ? Dès que vous *pensez* reconnaître leur vilaine odeur. Quelques brins d'herbe en plus n'en valent pas la peine. Aussi bonne et riche soit-elle. Même si vous en avez besoin plus que tout.

La connaissance de cette journée était inscrite dans le troupeau, elle se transmettait comme d'autres : la signification des phares, ces blocs de sel ne sont pas destinés aux caribous dans la journée, l'odeur de la fumée signifie qu'il faut changer d'endroit, lentement, tête baissée, le pas léger. Concernant les trains, le prix de la connaissance avait été élevé, et l'hiver qui approchait plus dur, car moins de sabots, ça voulait dire plus de loups, mais désormais le troupeau ne se nourrissait plus à proximité de la ville, et il se méfiait des rails partout où il en voyait ; il savait qu'il risquait de se retrouver soudain devant un mur.

Au lieu de cela, les caribous demeuraient dans les hauteurs, dans ces lieux isolés où l'air sentait les arbres, le froid et les bêtes, les lieux où les véhicules ne pénétraient jamais en titubant.

Jusqu'à ce que l'un d'eux le fasse.

Sur la banquette arrière de cette voiture lancée à toute allure, tu pinces les lèvres, en repensant à cette journée.

Une maman caribou, acculée, lacérera avec ses sabots, déchiquettera avec ses dents, allant jusqu'à offrir l'espoir de ses jarrets, et si rien de tout cela fonctionne, elle se relèvera des années et des années plus tard, car ce n'est jamais terminé, c'est un éternel recommencement.

Le père te dépose sur le parking de l'épicerie où, lui as-tu expliqué avec ta nouvelle voix, tu pourrais appeler ta tante, mais en réalité, tu es là pour sauter dans une autre voiture qui n'est même pas fermée à clé. Tu en ressors avec un sac en toile rempli de vêtements, sans te soucier des chiens affamés qui t'encerclent maintenant, en montrant les crocs et mordant l'air, les poils rêches de leurs dos sont hérissés, leurs queues repliées sous leurs ventres.

Tu réponds en faisant claquer tes dents, et tu les regardes bouillonner d'une rage écumante, se tortiller de désir car ils te veulent plus que tout, ils veulent ta mort.

La ville est un drôle d'endroit, non ?

Tu ne peux pas te débarrasser du désagrément provoqué par ces chiens sans provoquer de nouveaux désagréments. Mais tu n'as pas l'intention de t'éterniser ici.

Encore une chose que le troupeau a toujours su : il ne faut jamais rester au même endroit. Il faut bouger, encore et toujours.

Avant cela, toutefois, un de leurs faons, une femelle, est assise en cours de géographie de quatrième. Non, on ne dit pas faon, on dit *fille*, fille fille fille. Et cette fille a un père dont tu te souviens, et ce père a un ami dont tu te souviens également, car en levant les yeux vers le sommet de cette longue pente enneigée, tu as vu leurs silhouettes monstrueuses se découper sur le fond du ciel.

Pour eux, dix ans, c'était dans une autre vie.

Pour toi, c'était hier.

La fille

Elle s'appelle Denorah. Son père racontait qu'elle aurait dû s'appeler *Deborah*, car c'était le prénom d'une de ses tantes décédées, mais il n'avait jamais très bien su écrire, et il concluait son explication par ce sourire en coin qui avait sans doute fait des malheurs au lycée, il y avait de ça cent mille bières.

Son père est Gabriel Cross Guns. C'est lui qui t'a tiré une balle dans le dos, qui t'a volé tes pattes.

Dans ce cours de géographie de quatrième, six jours avant Thanksgiving, M. Massey explique que tous les détails ne sont pas connus, c'est peut-être la police de la route qui a abattu cet Amérindien près de la réserve, ce ne sont pas forcément les membres d'une milice, même si cet État regorge des seconds, qui tous espèrent rejoindre les premiers.

« *Un Amérindien ?* lance Tone Def à M. Massey. Je croyais que c'était un Blackfeet. »

« Tone Def[1] » est le surnom hip-hop d'Amos After Buffalo.

Toute la classe se range derrière lui, contre M. Massey. Ils s'en fichent, en vérité, mais c'est amusant de s'en prendre au professeur blanc.

1. Pour *tone-deaf* : qui n'a aucune oreille musicale.

Tone Def Amos – un nom qu'il a mérité – se lève et demande s'il y a une grosse *différence* entre des *state troopers* et des abrutis armés, et c'est à ce moment-là que Christina, ou un des élèves assis près de la fenêtre, rétorque que cet Indien mort dont personne ne se souvient véritablement sur la réserve a tué sa femme, il lui a arraché son bébé de son ventre et toutes ses dents, non ? Alors, quelle importance de savoir qui l'a tué ? Des voix se font entendre, d'autres élèves se lèvent, deux d'entre eux pleurent à cause de cette tragédie. Le cours de géographie est sans doute terminé pour aujourd'hui.

Denorah ouvre son cahier à spirale à une page blanche et se demande si elle se souvient de ce Blackfeet qui a été tué. Son nom, oui, bien sûr. C'était une plaisanterie, héritée de ses parents, qui l'avaient sans doute trouvé en cours d'histoire, au bout du couloir. Mais difficile de faire le tri entre ce dont elle se souvient et ce qu'on lui a raconté vingt ou trente fois.

Elle revoit cette image floue de son père et Cassidy, comme il aime se faire appeler maintenant, bien que ce soit un prénom de fille. Ils traversent le salon un samedi matin, avant l'aube ; Denorah dort dans le canapé, ce n'est encore qu'une enfant, elle ne va même pas à la maternelle. À la porte, il y a deux Indiens qui ne sont pas morts pour l'instant : celui au nom débile, qui vient de se faire descendre près de Shelby, et Ricky Boss, dont elle est prête à parier qu'il a été tabassé à mort devant un bar dans le Dakota du Nord. Ou peut-être que c'était quelqu'un d'autre. Mais pour le Dakota du Nord, elle en est sûre.

Bref, Denorah se souvient du salon au petit matin car c'était le samedi avant Thanksgiving, et non pas parce que son vrai père et Cassidy faisaient trop de bruit en buvant leur café trop chaud. Ni parce que les coups frappés à la porte l'avaient réveillée. Son vrai père était passé devant elle à grandes enjambées pour faire taire la porte, suivi de Cassidy. C'étaient Ricky Boss et l'autre mort, Lewis, leurs fusils à l'épaule et le sommeil dans les yeux. L'unique raison pour laquelle Denorah se souvient de ce jour, dix ans plus tard, c'est parce que Ricky Boss, pendant qu'il buvait bruyamment son café, la regardait fixement sur le canapé, à travers la fumée qui formait un voile devant son visage, comme s'il savait ce qui allait se passer ce jour-là, à la chasse, et aurait préféré rester là, pour finir son café.

C'était une chose qu'elle aurait essayé de dessiner autrefois. Quand elle dessinait encore.

Cela avait commencé en sixième, le dessin, deux ans plus tôt donc, avant qu'elle se consacre sérieusement au basket. Juste après la visite au musée. Une sortie scolaire. Peu importe qu'ils dessinent tous dans des cahiers à spirale maintenant. Mme Pease, devenue sa tante depuis, leur avait expliqué que, dans le temps, les « grands livres »[1] étaient les cahiers à spirale d'aujourd'hui.

Denorah ne voudrait jamais l'admettre, mais elle avait cru Mme Pease ce jour-là. Assise au deuxième rang, elle n'avait même pas eu besoin de fermer les yeux pour se représenter une hutte d'autrefois, et à l'intérieur, toutes sortes de choses à vendre : des peaux de castor, des pipes, des tresses de foin d'odeur, des gros morceaux de viande de bison bouillie, dans lesquels on avait passé des ficelles marron (pour les suspendre à des crochets), des bandes de pemmican aplaties (beurk), des sacs ornés de perles comme ceux que le comptoir vendait aux touristes, dont les rabats trop grands cachent le travail des perles, et, au fond dans un coin, une pile de grands livres vierges. Elle savait qu'il lui suffisait d'appuyer sur le bouton d'avance rapide jusqu'à ce que cette hutte s'élargisse et se transforme en un bâtiment, une boutique, avec une allée

1. L'art du grand livre, chez les Indiens des plaines principalement, rassemble des illustrations sur papier ou sur tissu.

consacrée aux fournitures scolaires. Oui, les grands livres sont devenus des cahiers à spirale, comme l'affirmait Mme Pease.

Ce jour-là, en classe, c'était magique d'ouvrir ce cahier à une page blanche, ce registre des temps modernes. Elle l'imaginait dans un musée, elle se représentait même des élèves de sixième faisant la queue devant la vitrine, un jour, pour voir comment s'y prenaient les anciens, à l'époque où les cahiers à spirale étaient répandus, durant ces quelques années où les Indiens n'avaient que des réserves, avant de récupérer toute l'Amérique.

C'était le jour où sa grande sœur, Trace, la fille de son nouveau père, avait marqué dix points rien que dans le premier quart-temps, puis huit points dans le deuxième ; et après la mi-temps, six paniers encore, soit douze points de plus. Dans le dernier quart-temps, alors que le score était serré, que tous les spectateurs dans le gymnase hurlaient et tapaient du pied, alors que l'équipe adverse avait trouvé comment la bloquer avec deux joueuses dès qu'elle touchait le ballon, elle avait réussi à se démarquer à chaque fois et à faire une passe à une équipière forcément seule, pour un total de neuf assistances dévastatrices en un seul quart-temps. Le camp d'en face scandait « Rentrez chez vous, les Indiens », mais Trace était chez elle ; elle était chez elle partout, et encore plus sur un terrain de basket durant les trente dernières secondes.

Ce que Denorah avait dessiné ce jour-là, en sixième, dans le coin inférieur droit de la feuille à lignes bleues, qu'elle avait partagée en quatre cases, c'était sa sœur à la fin du match, au moment où elle tirait son unique lancer franc de la partie, à la suite d'une faute technique pour défense illégale. Mais la manière dont Denorah avait dessiné les bras n'allait pas du tout. Sa grande sœur avait les bras tendus et levés comme si elle tenait un arc, comme si le ballon posé en équilibre au creux de sa main était une flèche, pointée sur le monde entier.

Trace a transformé ce lancer franc historique, ce match, cette victoire en une bourse universitaire de quatre ans, dans le Wyoming, et Denorah lui parle toutes les semaines au téléphone. La grande sœur et la petite sœur, sans « demi » entre elles. Ce jour-là, quand Denorah eut terminé de remplir son grand livre, quand Mme Pease griffonna un B - dans le coin supérieur droit – « Est-ce vraiment la culture indienne, D ? Est-ce que tu ne devrais pas plutôt honorer ton *héritage* ? » –, elle l'envoya à Trace par la poste, en prenant bien soin de plier la feuille selon les lignes, et Trace lui dit qu'elle avait vu juste, ça s'était passé exactement comme ça, merci merci, elle devrait continuer à s'exercer, personne à douze ans n'avait le droit de jouer aussi bien, elle en parlerait à sa coach, elle l'obligerait à écouter. Ça méritait A +. A ++.

Mais deux ans se sont écoulés depuis ce B -.

Denorah n'a pas dessiné depuis l'été dernier probablement. Depuis que ses mains sont devenues assez grandes pour donner l'impression qu'un ballon de basket va partir dans un sens, alors qu'il part dans une direction totalement différente.

Elle est vraiment douée, en effet. Ce n'est pas juste un truc que lui répète sa sœur. La coach a dit la même chose après l'entraînement, au nouveau père de Denorah, et quand il rentrera à la maison dans deux ou trois mois, après sa période chargée, il a promis de l'emmener au gymnase chaque soir pour qu'elle s'entraîne, pour qu'elle travaille ses attaques à gauche, à condition qu'elle ait des bonnes notes à l'école. Parce que les bourses, ils ne les distribuaient pas comme des petits pains.

Le nouveau père : « Et pourquoi il faut que tu sois certaine d'aller à la fac ? »

La fille : « Parce qu'on ne mange pas des ballons de basket quand on est adulte. »

Même si, secrètement, Denorah pense en être capable.

Mais elle sait qu'elle ne sera jamais assez bonne pour vivre du basket si elle ne fait pas tous ces exercices, et elle ne pourra pas faire tous ces exercices si elle ne conserve pas un B de moyenne.

Dans la marge de gauche, D inscrit ses notes au crayon à papier, sans appuyer. Une façon de se rappeler qu'elles ne sont pas figées, qu'elles peuvent changer d'un instant à l'autre, à la moindre interro :

Mathématiques : B -
Biologie : C +
Anglais : B +
Géographie : A
Sport : AAA +
Santé : ?

Santé. Quand cette unité de six semaines sera comptabilisée, ça peut faire toute la différence, calcule Denorah. Elle dessine trois cœurs à côté de « Santé », comme des points de vie, noircit le premier et la moitié du deuxième. Elle imagine que le trait rouge de la marge est un poteau, le long duquel elle fait descendre une ombre spectaculaire. Elle se dit qu'une bonne meneuse de jeu emprisonne les yeux de la joueuse d'en face, pour l'empêcher de regarder le ballon. Elle se souvient de l'époque où les cahiers à spirale étaient des cahiers Big Chief, quand elle croyait qu'ils venaient de Chief Mountain et que sa réserve était la seule à en avoir. Elle se concentre sur M. Massey, qui essaie de défendre à la fois la police de la route et les miliciens de Shelby, de retourner cette discussion sur le dos, comme une tortue, pour découvrir les véritables problèmes gravés sur son ventre, mais il n'y a rien que Denorah n'a pas déjà entendu durant ses trois premiers cours, alors elle ferme son cahier à spirale et regarde par la fenêtre le container de stockage mobile, complètement enfoncé sur le côté depuis le jour où un élève de terminale a voulu le renverser avec le pick-up de son père. Il a été renvoyé, il s'est engagé chez les pompiers et il est mort brûlé avant d'avoir décroché son diplôme.

Mais… tiens donc.

Elle aperçoit une silhouette dans l'ombre irrégulière du container. Deux yeux qui clignent, puis prennent l'apparence d'un visage vide qui ressemble beaucoup à celui de Denorah : les cheveux longs non tressés, une chasuble de sport d'un blanc éclatant, un short, des mi-bas. *Ma tenue d'entraînement qui était dans la voiture ?* songe Denorah en se penchant vers la vitre.

Tu la regardes toi aussi, tes cheveux se soulèvent sur tes épaules.

Elle ne te connaît pas encore.

Ça va venir.

Le Couloir de la mort

Gabriel Cross Guns[1], juste avant le déjeuner.

Au moment où sa fille qu'il n'a pas vue depuis bientôt quinze jours tressaute sur sa chaise en cours de géographie, attirant l'attention de son professeur, il sort un fusil poussiéreux du placard, dans le salon de son père, mine de rien.

Le fusil est un vieux Mauser que son père chargeait de chevrotine pour en faire une véritable arme contre les souris[2]. Les plinthes du salon, grêlées et rayées, en gardent le souvenir, et Gabe a près de l'œil droit un cratère qui ne doit rien à l'acné, mais à un ricochet, dont il n'a jamais su si c'était un plomb, du sel, un éclat d'os de souris, une esquille ou autre chose ; il sait juste que la douleur avait été cinglante, et suffisamment proche de son œil pour qu'il mette une claque à cette brûlure soudaine, par réflexe, ce qui avait sans doute eu pour conséquence de l'enfoncer un peu plus. Conclusion, il avait du sel, du plomb, un morceau de plinthe ou un peu de rongeur dans le visage. Une ponctuation dans sa vie, qu'il touche en permanence. Ça lui donne l'impression d'être Cyclope dans les X-Men, comme s'il lui suffisait d'appuyer avec son doigt sur ce point, ce bouton, ce ressort, pour envoyer une décharge

1. Les fusils ou les pistolets croisés.
2. Jeu autour de Mauser et *mouser*, un animal qui attrape des souris.

optique couleur rubis sur la cible de son choix, et l'expédier si loin que personne ne la rattrapera jamais.

Il n'a pas lu de bande-dessinée depuis des années, mais il y pense depuis deux week-ends, dans un canapé enfumé sur lequel il était assis et où, il en est quasiment sûr, le petit frère de Ricky est mort. Noyé, techniquement parlant. Gabe était assis sur ce canapé car il s'était réveillé dessus, avec ses bottes aux pieds, et en se redressant, il avait délicatement extrait son bras enfoncé entre les coussins, là où le matelas fin et bosselé était replié trois fois.

Sa main était ressortie avec une BD, et il s'était demandé s'il pourrait en tirer quelque chose chez les prêteurs sur gages de Kalispell ; et l'idée de foutre des merdes au clou l'avait fait penser à ce vieux Mauser dont son père disait toujours qu'il le vendrait s'il avait besoin de fric rapidement. C'est une arme historique, paraît-il, qui date de la Première ou de la Seconde Guerre, héritée d'un de ses oncles, qui l'avait trouvée sur le champ de bataille.

Gabe se demande si à force de tirer sur des souris avec de la chevrotine, cela a abîmé le fusil. Pour le savoir, il ouvre la culasse, lève la crosse dans la lumière qui entre par la fenêtre de devant et examine l'intérieur du canon.

Comme s'il était capable d'évaluer si le rainurage était usé ou tout neuf. Qu'est-ce qu'il croyait, hein ? C'est un vieux fusil, de toute façon. Une arme qui a quatre-vingts ans environ et qui a peut-être appartenu à un Allemand, pendant la guerre, est forcément usée, non ? Et puis, l'état du rainurage, c'est pas ça qui fera vendre ce fusil. Ce qui le fera vendre, c'est ce fût ridicule qui s'affine presque jusqu'au bout du canon, décoré d'un motif en damier qu'on dirait sculpté à la main.

Gabe épaule le fusil et suit une antilope imaginaire qui bondit de-ci de-là.

Il ferme l'œil gauche pour viser avec le droit, mais s'arrête brusquement sur le visage agacé de son père.

Celui-ci écarte le canon avec sa paume et actionne la culasse pour s'assurer que le fusil n'est pas chargé.

« Tu crois que je suis débile ? demande Gabe en pivotant sur le côté pour passer devant son père et atteindre le frigo.

– Je t'interdis de prendre le trophée de guerre de mon oncle.

– J'en veux pas, il est trop vieux », réplique Gabe en dévissant le bouchon d'une petite bouteille de V8.

Il n'aime pas la manière dont le jus de tomate tapisse sa bouche, comme une sauce de spaghettis froide, ni la manière dont elle coule dans sa gorge, comme du vomi qu'il est obligé de ravaler ; il n'aime pas trop, non plus, la manière dont elle s'accumule dans son estomac et bouillonne dans ses boyaux, mais techniquement parlant, ce n'est pas de la nourriture, car il est censé jeûner aujourd'hui, avant la sudation de ce soir. Les pierres sont déjà en train de chauffer dans le feu. Au crépuscule, elles grouilleront d'une chaleur écarlate, prêtes à se briser si le responsable ne fait pas attention ; d'autant que ces pierres – Gabe ne l'a pas dit à Cass, et sans doute qu'il ne le dira pas non plus à Victor Yellow Tail qui a gentiment claqué cent dollars pour la cérémonie – proviennent d'anciens anneaux de tipis, éparpillés, qu'il a découverts à Del Bonito en août dernier. Ce qui veut dire qu'ils ne seront pas les premiers Blackfeet à les utiliser. Du coup, peut-être qu'elles seront meilleures ou plus chaudes ou une connerie comme ça, non ?

Tout est bon à prendre.

Ce n'est pas la première sudation qu'il organise, mais c'est la première qu'il organise en l'honneur d'un ami abattu la veille.

Quant à savoir ce qu'a bien pu faire Lewis pour qu'on l'abatte, ça reste un mystère. Il est devenu fou parce qu'il a épousé une femme blonde comme le général Custer, pense Gabe, mais il se garde bien de le dire à voix haute… pour le moment. Il attend quelques mois. Dans quelques mois, la plaisanterie circulera dans toute la réserve.

Les meilleures blagues sont celles qui contiennent une forme de message. Un avertissement. Mieux vaut rester chez soi, dans ce cas précis. Ne pas péter les plombs.

Comme craint de le faire Gabe à cet instant, à cause de son père qui le suit pas à pas, comme s'il avait toujours seize ans, et qu'il était venu là uniquement pour faucher tout ce qui n'était pas fixé au sol.

« Ça va au recyclage, dit son père, à propos de la bouteille en plastique que Gabe vient de jeter dans la poubelle blanche à côté de la porte de derrière.

– Ah, ouais, répond Gaby en inspectant de nouveau le contenu du frigo. Nous autres, les Indiens, on utilise tout dans le V8, hein ? »

Son père émet un grognement, pose le Mauser dans le coin, près de la porte, traverse le linoléum en s'appuyant sur sa canne, et récupère la bouteille en plastique transparent dans la poubelle.

Gabe claque la porte du réfrigérateur en signe de frustration.

« Ça fait combien de temps que tu as pas flingué une souris ? demande-t-il. Ce fusil reste posé là. Tu le sais bien.

– Pourquoi tu portes ce truc ? » répond son père.

Il parle du bandana noir noué autour du bras gauche de Gabe, le nœud à l'extérieur pour que ça ressemble plus à un bandeau dans les cheveux, mais au bras.

Gabe se redresse de toute sa hauteur : il se sent toujours plus proche des traditions quand il se tient droit comme un i… Quand on dirait qu'il a un bâton dans le cul, en tout cas.

« Tu es au courant pour Lewis ? demande-t-il. Tu te souviens de lui, hein ? »

Son père baisse la tête comme s'il introduisait la bonne

cassette dans une fente à l'intérieur de son crâne, puis il la relève en affichant un sourire de vieillard, et demande :

« Le petit Meriwether[1] ?

– C'est toujours pas drôle, dit Gabe. La police de la route lui a tiré dessus hier. Là, là et là », dit-il montrant les impacts de balles.

Il guette une vague réaction sur le visage de son père, mais celui-ci demande :

« Il est pas déjà mort une fois ?

– Hein ? Non. Tu confonds avec Ricky, papa. Ricky Boss.

– Boss Ribs Richard, dit son père en accompagnant chaque nom d'une grimace.

– Lewis essayait de rentrer au bercail, enfin, dit Gabe.

– Pour l'élan de Thanksgiving ? » répond son père avec un sourire.

Ah, oui, le Jour de la Dinde c'était dans moins d'une semaine, hein ?

« Tout le monde porte ça autour du bras ? demande son père en enserrant son biceps gauche avec sa main.

– C'était mon ami, papa. Cass le porte aussi.

– C'est juste vous deux, alors ?

– Lewis était parti depuis longtemps. »

Le père de Gabe regarde par la fenêtre de la cuisine, le mur de la maison voisine, peut-être. Qui sait ce que regardent les vieux ?

« Est-ce qu'il y a des souris en hiver, d'abord ? demande Gabe.

– C'était le fusil de mon oncle Gerry.

– Il ne reviendra pas le chercher, papa.

– Il tirait sur des chiens de prairie avec, ajoute son père

1. Allusion à Meriwether Lewis, un des deux explorateurs de l'expédition Lewis & Clark à travers le futur territoire des États-Unis.

et l'ombre d'un sourire retrousse ses lèvres. Mais seulement ceux qui portaient des casques allemands. »

Gabe en a trop entendu déjà.

« Sa femme aussi est morte, dit-il. La femme de Lewis.

– Il l'a parée comme un animal », précise son père.

Donc, les nouvelles circulent dans le Couloir de la mort. Super. Formidable. Parfait.

« Ils ne savent pas encore ce qui s'est passé, dit Gabe.

– Meriwether…, répète son père, en inspectant le contenu du réfrigérateur à son tour, sans doute pour dresser l'inventaire de tout ce que Gabe a pu faucher. C'est lui qui a vendu de la viande de raton laveur un jour, non ?

– Je ne sais même pas pourquoi je viens ici », lâche Gabe en frôlant son père pour sortir par la porte à laquelle il s'était pendu une fois, après avoir bu trop de bières.

Mais ce n'est pas à cause de lui si elle est tordue. Celui qui a fait l'encadrement ne devait pas avoir d'équerre. Ou alors, c'est la faute du gars qui a coulé les fondations. Ou de celui qui a inventé l'idée de « portes ».

Gabe fait rugir le moteur de son pick-up et recule sans regarder. Il trouve les trois pignons de transmission encore intacts qui permettent de passer la première, et porte deux doigts à son front pour saluer son père, en supposant qu'il regarde.

Deux maisons plus loin, il tapote le Mauser appuyé contre le plancher du côté passager, canon vers le bas. Son père n'a rien vu quand il l'a fauché, au moment où il le frôlait pour sortir. Un jour, dans une réunion d'aide aux toxicomanes, ordonnée par le tribunal (totalement inutile, mais légèrement préférable à trois mois derrière les barreaux), Neesh avait expliqué au groupe de dix petits Indiens le concept de *counting coup*[1]. C'était un peu ce qu'ils étaient déjà en train de faire, disait-il, est-ce qu'ils s'en rendaient compte ?

Vingt yeux amorphes s'étaient posés sur lui.

Compter les coups, expliqua-t-il en se servant de ses vieilles mains pour former chaque mot, pour mimer ce qu'il disait, ça consistait à se ruer sur l'ennemi le plus redoutable, pour lui donner une petite tape, et à repartir avant que cet ennemi ait le temps de vous tabasser avec n'importe quoi.

Exactement ce que chaque personne de ce groupe avait déjà fait, ajouta-t-il avec le plus grand respect. À savoir se précipiter vers des overdoses, mourir de froid en étant défoncé, planter une voiture à cause des réflexes déminués, se noyer dans son vomi en dormant… Ne voyaient-ils pas que l'addiction était l'ennemi numéro un ? Le fait qu'ils soient réunis ici signifiait qu'ils avaient déjà tous couru vers elle, ils lui avaient donné une tape, ils avaient « compté un coup » et réussi à en réchapper. La question maintenant était de savoir s'ils allaient regagner leur tribu, fiers d'avoir frôlé la mort, ou s'ils allaient y retourner, encore et encore, jusqu'à ce que l'ennemi plante ses griffes en eux, au plus profond, et les abandonne dans un fossé quelque part.

Gabe n'avait jamais oublié ça. « Compter les coups. » C'est un peu sa façon de vivre, non ? Qu'il s'agisse de ses femmes et de ses petites amies, du boulot, de la loi, de la quantité d'essence restant dans le réservoir. Et de ce qui venait de se passer avec son père : il l'avait frôlé en passant, pendant qu'il s'emparait du fusil, d'une main, et le poussait vers l'avant avec sa jambe gauche jusqu'à ce que la crosse cogne contre la coque en acier de sa chaussure, comme le pied de Denorah, quand il lui avait appris les danses de cow-boy.

---

1. Chez les Indiens des plaines, gagner du prestige lors d'une bataille en accomplissant un acte de bravoure, en touchant son adversaire et en s'enfuyant sans être blessé.

Mais il sait qu'il ne doit pas penser à elle.

Non pas parce qu'il n'en a pas envie, mais parce qu'il ne s'arrêtera plus ensuite ; il sera obligé de sortir et de trouver un moyen de ne plus y penser. Ou alors, il ira frapper à la porte de Trina, encore une fois, pour s'excuser, supplier, lui demander de donner quelque chose à Den de sa part. Une simple bouteille de Sprite peut-être, avec une capsule gagnante, si ça se trouve.

C'est là qu'il a droit au sermon : il ne peut pas continuer à débarquer comme ça, elle est à l'entraînement, mais interdiction d'y aller, et arrête de l'appeler comme ça, elle s'appelle *Denorah*, pas Den, OK ?

Mieux encore, ne l'appelle plus *du tout*.

Gabe tapote le fusil et le retourne pour que le damier sculpté à la main ne frotte pas contre le siège.

La neige tourbillonne sur la chaussée, et puis merde, Trina n'a pas d'ordres à lui donner. D est sa fille à lui aussi, non ?

Gabe donne un grand coup de volant pour prendre le virage qui conduit à l'école. Il veut juste passer devant. D connaît son pick-up. Tout le monde le connaît. Ils devraient l'inviter à rouler au pas pendant le défilé, et l'autoriser à lancer des bonbons par la vitre.

Mais sur le chemin de l'école, alors que son esprit cogite pour savoir qui pourrait avoir des munitions pour un fusil aussi vieux et bizarre, il voit une fille marcher de l'autre côté de la chaussée, en s'éloignant de l'école.

« D ? » dit-il en relâchant l'accélérateur.

Elle porte une chasuble et un short, sans doute va-t-elle s'entraîner pour le match de demain, mais elle a les cheveux défaits, contrairement à Denorah depuis qu'elle prend le basket au sérieux.

Ça ne peut pas être elle, si ?

Gabe la dépasse et tourne la tête simplement. Si jamais ce

n'est pas elle, il n'a aucune envie qu'on raconte que Gabriel Cross Guns rôde autour des lycéennes.

C'est elle ou pas ? Elle n'a pas froid habillée comme ça ?

Juste au moment où il baisse sa vitre pour mieux voir, tu lèves la tête, tu plonges tes yeux dans les siens à travers tes cheveux noirs qui voltigent en tous sens. C'est la première fois que tu le revois depuis ce fameux jour, l'air est assourdissant, ton nez n'inhale que du sang, ton petit halète en toi, tes pattes se dérobent.

Ne détourne pas le regard.

Oblige-le à baisser les yeux le premier.

Écoute son véhicule partir en accélérant.

Peu importe qu'il t'ait vue. La prochaine fois qu'il posera les yeux sur toi, tu seras plus grande, différente, plus forte. Déjà, tu te sens à l'étroit dans ces vêtements volés.

Celui qui voit des caribous

Cassidy change de nom une fois de plus.

Désormais, et tant que ça durera, il s'appellera *Cashy*, se dit-il.

C'est jour de paie dans la maison des Thinks Twice[1]. Ou plus exactement dans la caravane des Thinks Twice. Évidemment, Thinks Twice n'est pas son nom de naissance non plus ; c'était ainsi que l'appelait sa tata Jaylene, comme pour lui rappeler ce qu'il devait faire, et c'est resté, dans sa tête en tout cas.

En plus de son chèque, encaissé sous forme de grosses coupures, Gabe lui a filé quarante dollars pour retaper sa vieille hutte de sudation et alimenter le feu toute la journée. Autrefois, c'est-à-dire jusqu'au mois dernier, un bonus de quarante dollars se serait transformé en une glacière remplie de bières. Comme ça, *pof* ! Magie indienne. Même pas besoin d'éventail en plumes d'aigle ou de cris de faucons, il suffisait de tourner la tête assez longtemps.

Mais depuis Jo, Cassidy est un autre homme. Détenteur d'un emploi rémunéré – encore plus légal une fois qu'il aura passé le test de conduite –, il rentre chez lui une heure après

1. Littéralement : réfléchit à deux fois.

la tombée de la nuit, presque tous les soirs, et se lève avec le soleil, comme s'ils étaient reliés par une longue et solide corde. Qui aurait imaginé qu'une Crow interviendrait pour sauver sa peau de bon à rien ? Malgré toute la sauge qu'elle plantait autour de la caravane, malgré toutes ses purifications par la fumée, quelque chose de maléfique le poursuivait. Il avait dû finir par le reconnaître. Mais ce n'était pas indien. Enfin, si, c'était même très indien, supposait-il : un mandat d'amener. Mais ce n'était pas pour un motif grave, juste une amende non payée, ce qui pouvait arriver à tout le monde.

N'empêche, il voit bien que Jo s'attend au pire. Quand il l'emmène aux matchs de basket du lycée pour qu'elle fasse la connaissance de tout le monde, il voit bien qu'elle regarde à droite et à gauche ; elle guette un ténor de quinze ans aux yeux clairs comme lui, même s'il peut affirmer qu'il n'a jamais mis une nana en cloque ; s'il devait verser une pension alimentaire à quelqu'un, il en aurait entendu parler.

Il se dit qu'il tire à blanc, comme tous les Indiens quand ils affrontent John Wayne, et il accuse – ou remercie – l'uranium contenu dans l'eau. Gabe, Ricky et Lewis ont grandi à Browning où l'eau n'est pas parfaite, mais vous pouvez quand même la boire généralement. Cassidy, lui, a passé la majeure partie de sa vie chez son père à East Glacier, où l'eau est trouble, sans qu'on sache pourquoi. Mais il a toujours trouvé ça bizarre. À eux tous, Gabe, Ricky, Lewis et lui n'avaient qu'un seul gamin ? Il se dit que Lewis et cette blonde avec laquelle il a fichu le camp attendent peut-être le bon moment, comme le font les Blancs, ou peut-être qu'elle a déjà eu des enfants avant Lewis et qu'elle n'en veut plus. Mais que Ricky n'ait jamais eu de gamin avant de mourir… c'était pas comme s'il faisait supergaffe, hein ? Le seul d'entre eux qui laissera un gamin derrière lui, pour l'instant, c'est Gabe, et ça remonte à quand, putain ? Quatorze ans, déjà ? Trina et lui, c'est déjà si vieux ? En tout cas, il a fait les choses bien. Denorah Cross

Guns assure au basket. Pendant les matchs, c'est toujours elle que Jo encourage en lui criant : « Tire ! Tire ! Tu es la plus forte. »

Et elle a raison, évidemment. Sur le terrain, cette fille possède toute la volonté de Trina ; elle ne partage pas l'intérêt de Gabe pour tout ce qui se passe en coulisse, mais n'empêche, la première fois que Jo avait jailli de son siège de cette façon, sans tourner la tête pour demander la permission ou voir si elle était la seule à avoir conscience de la magie qui se déroulait en tête de raquette, Cassidy avait su qu'elle trouverait sa place. C'était complètement idiot en même temps : Jo n'était qu'une Crow à qui il avait parlé durant le pow-wow de l'été dernier. À elle et à sa cousine, plus exactement. Il avait oublié son nom. Elles s'amusaient à surgir devant les objectifs des touristes au moment où ils allaient prendre la photo parfaite de la Grande Entrée. Elles ne faisaient pas ça pour protéger les Blackfeet, ni rien, c'était juste pour le plaisir. Cassidy avait trouvé ça amusant, alors il s'était empressé de les rejoindre, et puis, avant qu'il comprenne ce qui se passait, voilà qu'il se rendait sur sa réserve un week-end sur deux, en voiture, puis tous les week-ends, puis tous les jours quand il pouvait se libérer. Finalement, après une grosse dispute entre elle et sa mère, après que sa cousine était partie vivre dans le Sud en emportant le canapé de Jo, Cassidy était revenu avec toutes les affaires de Jo empilées à l'arrière de son pick-up, en traînant derrière eux un van pour chevaux qu'on lui avait prêté.

C'était un accident, Jo et lui, et en même temps, on avait l'impression que c'était écrit. Comme s'il avait découvert la meilleure chose au monde, alors que tout ce qu'il avait trouvé à faire, c'était de glander au pow-wow. Mais c'est peut-être comme ça que ça marche quand c'est du sérieux ?

Cassidy glisse dans sa poche de pantalon la liasse de billets pliée en deux et envisage d'entrer dans la caravane pour réveiller Jo, juste pour s'assurer qu'elle est bien là, qu'il n'est pas en train de rêver, mais… elle travaille la nuit, comme employée de rayon : la seule et unique Crow qui a jamais travaillé à la nouvelle épicerie jusqu'à présent, et elle a besoin de dormir, il le sait. Alors, il regagne le vieux pick-up, où dorment les chiens. La pile de sacs de couchage, de couvertures et de vieilles vestes ne va pas leur manquer pour une nuit, hein ? Juste pour une sudation ?

Peut-être qu'il leur achètera pour quarante dollars de bouffe.

Bon, d'accord, vingt.

Il sort une brassée de couvertures et les laisse tomber sur le sol. Il repère un coin ici, un côté là, une manche qui dépasse comme si elle réclamait de l'aide. Cassidy les sépare, les secoue et les transporte jusqu'à la vieille hutte. Les poteaux sont encore en bon état. Ils proviennent d'une tente de gamin, devine-t-il, et sont maintenus par des barres d'acier attachées entre elles, aux quatre coins. Non pas pour respecter des coutumes indiennes à la con mais parce que, premièrement, le jour où Cassidy avait monté cette hutte, il n'avait réussi à récupérer que huit barres de fer, deux par poteau, croisées, et deuxièmement, la structure était conçue pour soutenir une tente de gamin, pas vingt kilos de couvertures pour chiens.

C'est une bonne chose que Gabe veuille faire ça en hiver. Car en été, Cassidy ayant eu la riche idée d'enterrer la hutte à quarante centimètres de profondeur, le sol est parfois gorgé d'eau. Mais gelé comme il l'est aujourd'hui, ce sera parfait. En tout cas, ça suffira pour évacuer l'année écoulée en transpirant. Une réinitialisation, en quelque sorte. Les Indiens d'autrefois avaient tout compris, songe Cassidy.

Il resserre tous les lacets qui rassemblent les poteaux et les barres d'acier, puis secoue individuellement chaque couverture, chaque sac de couchage, chaque veste, avant de les étaler sur l'ossature en plastique blanc de la hutte, en gardant le vieux manteau militaire de son frère de prison pour le rabat. Le sac de couchage à la doublure argentée qui brille au soleil effraie les chevaux. Cassidy le remarque et décide de le mettre sur le dessus, en songeant qu'il effraiera peut-être les pies également. L'été dernier, elles ont chapardé des fils de sa chemise préférée qui était suspendue sur la corde entre la caravane et les enclos. Quelque part dans les arbres, il y avait un nid aux accents pittoresques, et il trouvait ça très bien, mais pas au point de sacrifier sa chemise préférée. Pour protéger les vêtements de Jo, qu'il devrait sans doute décrocher pour qu'ils ne sentent pas la fumée, il a enroulé des guirlandes de Noël autour de la corde. Pour l'instant, les pies trouvent ça joli, c'est tout. Elles braillent pour le remercier d'avoir décoré le jardin, de mettre un peu d'animation.

La hutte étant assemblée (on dirait un igloo fait avec des sans-abri), Cassidy se rend dans la sellerie, farfouille et revient avec un maillet et suffisamment de piquets de tente merdiques pour faire en sorte qu'aucun rabat ne se soulève ce soir, à l'exception de celui de la porte. Mais il a choisi une vieille veste de treillis toute grasse, lestée par une pierre dans une des poches, alors ça devrait aller.

Ensuite, il s'attaque à ce qu'il aurait dû faire en premier : balayer le sol. S'il avait commencé par ça, il aurait pu utiliser un balai normal. Maintenant, il doit se servir d'une tête de balai cassée, et d'un plateau comme ceux des cafétérias. Il n'a aucune idée d'où il vient, mais ça fait l'affaire.

Quand il tape le plateau contre la barrière de l'enclos, les chevaux prennent peur encore une fois.

« Comment ça se fait que vous êtes trouillards comme ça aujourd'hui ? » leur lance Cassidy.

L'Appaloosa répond par un hennissement en frappant le sol avec son sabot avant comme s'il essayait de réduire la distance entre eux, et Cassidy retourne à l'intérieur de la hutte pour un dernier coup de balai. Un peu de poussière ne le gêne pas, mais c'est la première sudation du jeune Yellow Tail, et sans doute qu'il va coller son visage au sol, pour essayer de respirer. *La chaleur monte, petit. C'est comme ça. Désolé.* Mais peut-être que ça va bien le purifier. C'est une autre façon de se défoncer, non ?

« On va passer la nuit ici », dit-il aux chevaux et aux chiens en leur adressant un petit geste de la main, nonchalant. L'Appaloosa répond en balançant sa queue digne d'une pub pour shampoing. Les chiens font mine de garder une autre caravane. Dont ils seraient plus fiers.

Cassidy se retourne pour contempler son monde. Sur des kilomètres à la ronde il n'y a que de l'herbe jaune, de la neige craquante et, dans les plis de la colline, où les graines peuvent se déposer et où l'eau peut couler, des bosquets. La seule chose qui indique qu'on n'est pas en 1800 ou dans les siècles précédents, ce sont les poteaux qui relient les câbles électriques à la caravane. Il devine que celle-ci n'est pas vraiment antérieure à l'arrivée des Blancs elle non plus. Ni les chevaux.

Concernant les chiens, il s'est toujours interrogé. Dans le temps, ils tiraient parfois de petits travois, non ? Il est quasiment sûr d'avoir vu des dessins. Mais ces chiens-là n'étaient-ils pas que des loups domestiqués ? En même temps, tous ces chiens errants qui vivaient dans les rues étaient peut-être au départ des saint-bernards, des labradors, ou des rottweilers, mais pour pouvoir supporter l'hiver, se battre pour le moindre déchet, ils ont le poil plus épais, ils montrent les dents d'emblée et leurs oreilles ne pendent pas comme celles des petits toutous attrapeurs de frisbee dont ils descendent. Comme si, en raison de leurs conditions de vie, ils redevenaient des loups.

Parfaite illustration : les trois femelles de Cassidy, chacune plus prompte que l'autre à vous mordre la main. La noire avec la tache blanche, Ladybear, est la mère des deux autres.

Avant, il y avait un mâle, nommé Stout[1], parce qu'il l'était, mais le problème des mâles c'est qu'ils ne veulent jamais rester près de la caravane. Un jour, Stout avait décidé de partir en patrouille. En vérité, devinait Cassidy, il cherchait des chiennes en chaleur, ou la bagarre, et il avait dû trouver l'un ou l'autre car quand Cassidy l'avait revu, alors que Jo et lui se promenaient à cheval à quelques kilomètres de là pour tuer le temps, Stout n'était plus qu'un paillasson de poils miteux et d'os.

« Je me suis toujours demandé où il était allé », avait dit Jo.

Sa monture dansait et tournoyait sous elle.

« Pas très loin », avait répondu Cassidy.

Ça devait être deux mois seulement après qu'elle s'était installée chez lui, à l'époque où il essayait encore de lui prouver qu'il était un Véritable Indien. Preuve numéro un : je monte à cheval sur la terre de mes ancêtres.

En tout cas, ça avait fonctionné, suppose-t-il. Qu'importe qu'elle soit deux fois meilleure cavalière que lui et probablement trois fois plus indienne.

Ce n'était pas pour autant qu'elle pourrait entrer dans la hutte ce soir. S'ils n'étaient que tous les deux, bien sûr, volontiers, pas de problème. Mais Gabe avait lu dans un de ses bouquins que les femmes et les hommes ne se mélangeaient pas dans les huttes de sudation, et de toute façon, il y avait le gamin. Cassidy se souvient encore de sa première expérience. C'était déjà pénible de se retrouver dans cette chaleur obscure au milieu d'un groupe d'oncles nus. Si vous introduisiez une femme dans ce mélange – surtout une femme comme Jo : injustement plus grande que Cassidy de cinq centimètres, pulpeuse et robuste, avec de longs cheveux noirs, ça n'avait plus rien d'une cérémonie, ça devenait une

1. Robuste.

compétition : *Regarde comme je suis résistant, c'est rien du tout cette chaleur. Je peux tenir plus longtemps que tous ces vieux de la vieille.*

Et sans doute qu'il n'aurait pas chanté non plus, s'il y avait eu une femme. Les huttes de sudation, ça ne devait pas ressembler à un bar, pensait-il.

Mais maintenant que celle-ci est construite, ils pourront faire chauffer les pierres quand ils veulent, se purifier, et merde au bouquin de Gabe. La police indienne allait descendre du ciel dans un grondement de tonnerre, sur des éclairs, et coller une amende à Cassidy pour avoir laissé entrer une femme dans la hutte sacrée ?

Dans ce cas, peut-être qu'il les interrogerait sur leurs chiens. Et il leur demanderait comment ils se débrouillaient pour avoir de l'eau, avant l'invention du seau.

En ville, Cassidy pourrait tirer un tuyau, le faire passer sous une couverture et asperger les pierres quand ils avaient besoin de plus de vapeur. Mais aussi loin de la ville, aussi haut, aussi isolé, l'eau était stockée dans un réservoir de deux mille litres, derrière les enclos, et ça lui coûtait un réservoir d'essence pour la transporter jusqu'ici.

Comment faisaient ces anciens Indiens ?

Sans doute qu'ils construisaient leurs huttes de sudation près des ruisseaux, suppose Cassidy, ou bien là où la neige fondue coulait à flanc de colline. Sa solution à lui… la vieille glacière verte et blanche qui n'a plus de couvercle, dans laquelle boivent les chiens.

« Désolé », leur dit-il en la renversant.

Miss Lefty frappe le sol avec sa queue, une seule fois, en guise de réponse. Elle s'appelle Miss Lefty parce que c'est un nom amusant pour un chien[1].

1. Lefty : gauchère.

Cassidy traîne la glacière dans l'épaisse couche de neige qui réside dans l'ombre de l'abri des chevaux. Tous tendent l'oreille vers lui.

Après avoir installé la glacière dans la hutte, il ne lui reste plus qu'à trouver une pelle pour Victor, désigné responsable des pierres ce soir. Il fait le tour de la caravane en trottinant. Il ne sait plus où il a vu cette pelle pour la dernière fois, mais une chose est sûre : il ne peut pas utiliser la pelle plate avec laquelle ils nettoient les stalles. Il ne respecte pas à cent pour cent tout le rituel, mais il n'a aucune envie de se retrouver à côté de cette pelle pleine de merde.

Il s'avère que Jo est derrière la caravane, en train de mouiller entre ses lèvres l'aiguille du gonfleur, avant de l'introduire dans le ballon de basket, et tirer quelques milliers de paniers sur le petit terrain, de la taille d'un camping-car peut-être, derrière les chiottes au fond du jardin. En vérité, ce sont les fondations de la maison qui se trouvait là avant, et qui a été abattue. Cass n'a eu qu'à broyer toutes les canalisations d'eau, au niveau du béton, et visser un vieux panneau de basket sur le poteau électrique laissé par la tribu. Il avait passé une journée à creuser le trou, et encore une journée à faire tenir le panneau droit.

Jo est assise sur le banc de musculation que Cassidy a récupéré chez un de ses petits cousins, un pied posé sur le socle de la pompe à vélo pour l'empêcher de basculer.

Elle enfonce l'aiguille et tente de coincer le ballon entre ses genoux, tout en actionnant le piston de la pompe qui grince. Cassidy a envie d'aller l'aider, pour tenir le ballon ou la pompe, mais ce qu'il y a avec Jo, c'est qu'elle veut toujours y arriver seule, quitte à en crever.

« J'arrivais pas à dormir, dit-elle en vérifiant la pression.

– Qui a besoin de dormir quand on peut jouer au basket ? répond Cassidy.

– Les macaronis sont en train de cuire, dit Jo en passant la tête à l'intérieur.

– Avec des saucisses ?

– Quand tu les auras coupées en morceaux pour les mettre dedans, répond-elle, puis, à propos de la hutte : C'est pour qui ?

– Lewis. Tu sais… ce type. Avec qui j'ai grandi. Et qui s'est fait flinguer hier ?

– C'est comme ça que vous faites par ici ? C'est une veillée funèbre chez les Blackfeet ?

– C'est une commémoration. L'idée vient de Gabe.

– Gabe, dit Jo, aussi sèchement qu'on peut prononcer un nom.

– Et il y aura ce gamin aussi. »

Jo hoche la tête, pour signifier qu'il n'a pas besoin de tout lui expliquer encore une fois : le gamin de Victor Yellow Tail avait besoin d'un truc traditionnel pour le cadrer, l'empêcher de se détruire avec de la came ou de l'alcool à quatre-vingt-dix.

« J'ai failli oublier, dit Cassidy. C'est jour de paie. »

Il sort le fric de sa poche, juste assez pour lui montrer un peu de vert.

« Bravo. »

Sur ce, Jo entreprend de graisser la pompe à vélo, alors Cassidy retourne dans la caravane pour couper des saucisses dans les macaronis, et aussi des dés de Velveeta, tout petits pour qu'ils fondent bien. Et il apporte un bol plein à Jo, avec une cuillère plantée dedans. Le fromage est si épais qu'elle ne cogne même pas contre le bol.

« Ça manque de ketchup », dit-elle après la première bouchée.

Ils sont assis près du feu, à l'écart de la fumée.

Les chiens n'ont toujours pas bougé ; ils savent que ce déjeuner n'est pas pour eux. Les chevaux sont alignés derrière la clôture, leurs mâchoires appuyées contre la barrière du haut ; ils balancent leurs queues comme des chats.

« On devrait les monter demain », dit Cassidy en parlant de son Appaloosa et de l'alezan. Le hongre couleur souris n'est pas encore assez débourré, il ne le sera peut-être jamais.

Jo tourne la tête, attend que Cassidy mastique une grosse bouchée de macaronis avant de demander :

« Tu as le droit de manger aujourd'hui ? »

Cassidy finit de mâcher, déglutit et répond, comme s'il posait une question :

« J'ai déjà sauté le petit déjeuner, non ?

– Tu ne prends jamais de petit déj'. ?

– Encore moins aujourd'hui. »

Jo secoue la tête, avale une autre bouchée de macaronis et demande :

« Où tu vas planquer cette liasse de dealer ?

– Dans le coffre-fort », répond Cassidy et, dans un même mouvement, tous les deux se tournent vers le pick-up qu'il a remorqué jusqu'ici quelques mois plus tôt. Ce n'était pas un vol, a-t-il affirmé à Jo, ni même de la récupération d'épave : c'était *son* pick-up. Simplement, il s'en était éloigné pendant quelques années. Mais autrefois, ça avait été un brave cheval et il méritait de rouiller sur place, près des gens, au lieu de rester tout seul.

Le coffre-fort dont il parle est un thermos noir qu'il a fourré à l'intérieur d'un silencieux pourri, sous le pick-up. Pourri parce que lorsqu'il avait retiré le moteur, il y a très longtemps, il avait laissé les collecteurs avaler toute la pluie et toute la neige que le ciel pouvait y déverser. Le résultat, c'est un système d'échappement que personne n'essaiera jamais de faucher, de crainte qu'il se désagrège. En outre, tout ce qui méritait d'être volé sur ce véhicule, pour être installé sur un autre, a disparu depuis des années.

Et un véritable coffre-fort, glissé sous le lit à l'intérieur de la caravane, en haut d'un placard, ou dans une cachette astucieuse dans le mur ? C'était exactement ce qu'un cambrioleur chercherait, et il l'emporterait pour l'ouvrir dans l'atelier de son pote. Car Jo et lui ne peuvent pas rester dans la caravane à toute heure de la journée et, isolés comme ils le sont, les chiens et les chevaux ne vont pas empêcher quelqu'un de forcer leur porte fragile avec un pied-de-biche.

En revanche, personne n'ira jamais regarder à l'intérieur d'un vieux silencieux à peine fixé sous un pick-up sans moteur, sans roues, avec un seul déflecteur, dont les quatre tambours de frein reposent sur des parpaings. Ce thermos contient déjà six cents dollars, en grosses coupures, et, enfouie sous tout ce vert, une petite bourse de chaman renferme une bague secrète, pour Jo.

Celle-ci peine à avaler une autre bouchée de macaronis, apparemment trop secs et elle tend son bol à Cassidy en disant :

« Je vais t'apprendre le goût, même si ça prend toute la vie. »

Et elle retourne dans la caravane pour chercher du ketchup.

Toute la vie, répète Cassidy en plongeant sa cuillère dans son bol. Ça lui plaît.

C'est pas si sec que ça.

L'Appaloosa collé à la clôture secoue la tête à cause de ses trop nombreuses pensées de cheval qui s'entrechoquent à l'intérieur, et Cassidy l'imite, pour tenter de le faire réagir. Il est si intelligent que ça marche parfois.

Mais pas aujourd'hui.

Il regarde quelque chose derrière Cassidy.

Celui-ci se retourne, se lève lentement, et laisse tomber les deux bols.

« Putain de merde. »

Il est obligé de se balancer de droite à gauche pour éviter les chiens qui se ruent sur ce déjeuner renversé.

Il s'en fiche maintenant.

Déployés derrière lui, au pied de la pente, il y a là probablement quatre-vingts ou quatre-vingt-dix caribous. Cent peut-être.

Tous le regardent, pas une queue ne bouge, pas un œil ne cille.

Cassidy déglutit difficilement. Plus que tout, il regrette de ne pas avoir son fusil. Le nom qu'il portait à la naissance n'est pas Thinks Twice, même si c'est ce qu'il est en train de faire – Où est mon fusil, où est mon fusil ? – mais Cassidy Sees Elk[1].

Les noms, c'est débile.

Bientôt, il n'aura plus besoin du sien.

---

1. Celui qui voit des caribous.

Quatre comme dans le temps

Debout devant la tombe de Ricky, derrière la vieille hutte, il partage avec lui une bière d'après déjeuner, en buvant quelques gorgées pour Cheeto également. Et alors ? Ce n'est pas donner de l'alcool à un mineur quand ce mineur est six pieds sous terre. Gabe pense encore à cette basketteuse qu'il a vue marcher dans la neige près de l'école, sans blouson.

Il a réussi à se convaincre que ça ne pouvait pas être Denorah. Den est aussi collet monté que sa mère, jamais elle ne se promènerait avec les cheveux au vent tel un démon indien. Et puis, elle avait cours à cette heure-là, non ? Or, il y a une règle qu'elle continue à respecter, il en est certain : si elle sèche les cours, interdiction de jouer au basket. Une sorte de système donnant-donnant. Une journée de cours séchés, c'est un match sur le banc, même s'il y a beaucoup plus de jours d'école que de matchs dans une année. Raison pour laquelle Gabe estime qu'il n'a jamais été la star du basket qu'il aurait pu devenir.

Il fait non de la tête, encore une fois : ça ne pouvait pas être elle. Et il n'est pas un mauvais père parce qu'il ne s'est pas arrêté pour la faire monter, au chaud, et la conduire là où elle allait. Ça veut dire aussi que c'était sûrement une autre joueuse, en short malgré le froid. Peut-être qu'il n'est pas un bon Indien, voilà tout.

Mais ça aussi c'est des conneries.

Gabe finit sa bière et coince le goulot de la bouteille dans le grillage de la clôture de Boss Ribs.

Et si Den était en guerre contre Trina ? Elles se ressemblent. Denorah est un petit clone de la fille que Gabe a foutue en cloque il y a quatorze ans – quinze, en réalité –, mais ce petit clone a aussi du Cross Guns dans ses veines. Ce que ça veut dire, il le sait bien, c'est qu'elle va bientôt atteindre un âge où elle voudra planter ses dents dans ce monde et tirer jusqu'à ce qu'elle réussisse à en arracher un gros morceau. Ensuite, que ce morceau soit bon ou mauvais, que ce soit une bourse universitaire ou cinq ans derrière les barreaux, ou deux gamins en autant d'années, elle restera assise dans un coin, toute seule, à le mâchonner, mettant au défi quiconque d'affirmer que ce n'était pas exactement ce qu'elle voulait.

Elle va devenir comme lui, il le sait. C'est en elle. Son sourire, elle ne le tient pas de Trina. Gabe l'a bien vu quand elle joue, malgré la mesure d'éloignement. Cette mesure ne lui interdit pas d'approcher à moins de cinq cents mètres de Denorah, ni de Trina, même s'il s'impose lui-même cette restriction par instinct de conservation ; il lui interdit en revanche d'assister aux matchs à domicile. Pour cause d'indiscipline, alors qu'il ne faisait qu'encourager sa fille. Pour cause de bagarre, alors que ce n'était pas sa faute. Pour cause d'ivresse sur la voie publique, alors que c'était arrivé juste cette fois-là.

Mais avec un blouson, une casquette et des lunettes de soleil, il peut se glisser parmi les visiteurs, à condition de ne pas attirer l'attention. Il est quasiment certain que Victor, le flic de la réserve qui lui a filé du fric en douce pour le rituel de ce soir, l'a aperçu au match, incognito, mais Gabe garde ses mains dans ses poches et il n'explose pas chaque fois que Denorah provoque une faute offensive, alors Victor ne réveille pas ce chien qui dort.

N'empêche, c'est pas facile de rester tranquille.

Denorah est une joueuse exceptionnelle, comme il en existe une seule par génération. Bon d'accord, c'est sa fille, mais tout le monde le dit, y compris ce journaliste. Elle possède tout ce que possédait sa sœur, mais Trace, elle, jouait à la fac, avec toutes les bases qu'on lui avait fait répéter, et de l'avis de Gabe, tout cela a tué l'Indienne en elle, et l'a laissée sur le parquet du gymnase.

Den possède ces bases à la perfection. Tous les jours à l'entraînement, elle suit les ordres de la coach. Mais pendant le match, quand ça tournait au vinaigre, comme disait Cass lorsqu'il était encore Cass (et rien d'autre), quand deux joueuses de l'équipe adverse se liguaient contre cette petite Indienne venue de Browning, c'est là qu'elle faisait ce sourire que Gabe est obligé d'imiter.

L'air de dire : rien ne m'arrête, l'air de dire : viens me chercher, l'air de dire : c'est parti.

Au lieu de contourner cette défense combinée comme on le lui a appris, Den recule devant ses deux adversaires, elle les regarde l'une après l'autre, puis elle désynchronise ses dribbles et ses placements de pieds, juste assez pour déséquilibrer les joueuses et se faufiler entre les deux.

Lors du deuxième match de la saison, elle a même fait passer le ballon entre les grandes jambes d'une fille et l'a rattrapé avant le deuxième rebond, pour foncer comme une flèche vers le panier.

C'était au cours de ce match qu'ils avaient dû escorter Gabe jusqu'à la sortie et lui interdire l'accès au gymnase jusqu'à la fin de la saison. S'ils l'avaient expulsé, c'était parce que la coach avait renvoyé Den sur le banc, sous prétexte qu'elle avait frimé. Parce que c'était une Blackfeet, oui ! Ça lui rappelait ce qu'il avait lu dans ce bouquin. Ces deux Cheyennes d'autrefois qui avaient été capturés par la cavalerie et condamnés à mort, mais qui avaient demandé s'ils pouvaient choisir la manière dont ils allaient mourir.

D'accord, avaient répondu ces stupides Custer.

Ce que voulaient ces deux Cheyennes, c'était mourir sur leurs chevaux, sous le feu des soldats.

La première fois, ils sont passés entre les balles.

Idem lors de la seconde fois.

Finalement, ils ont été obligés d'avancer au pas pour laisser une chance à ces ploucs de soldats.

C'était exactement ce que la coach avait fait à Den : l'obliger à ralentir, alors qu'elle était plus rapide que n'importe qui d'autre, plus farouche aussi.

Gabe songe qu'il devrait peut-être faire un petit tour en ville avant d'aller chez Cass, pour voir si D allait bien, s'assurer que ce n'était pas elle qu'il avait vue marcher dans le froid.

Leur premier match amical a lieu demain, non ? Il n'y a qu'un seul endroit où elle peut être.

« Elle va bien, mec », dit-il à Ricky, en décapsulant une deuxième bière, qu'il boit d'un trait celle-ci, comme au bon vieux temps.

Il coince la bouteille dans le grillage, à côté de la première. On dirait deux bouteilles sur le côté de la cage d'un hamster. Une pour lui, une pour Ricky.

Gabe en ouvre une troisième, la regarde : la mousse blanche monte dans le goulot en verre marron.

« Demande à Lewis c'était quoi ce bordel, si jamais tu le vois », dit-il à Ricky en buvant la première gorgée à sa santé, à la leur, à la santé de tous les Indiens morts. Mais à la santé de Lewis avant tout.

Ce n'était pas le meilleur d'entre eux, c'était peut-être même le plus bête, à vrai dire, toujours plongé dans un bouquin, mais ce n'est pas pour cette raison que les flics devaient le buter de cette façon.

Cela étant – il lève la tête, yeux plissés, et suit un nuage qui file au-dessus des arbres, dans le ciel gris qui s'étend à l'infini –, pourquoi Lewis se baladait-il avec un bébé caribou mort ? Gabe avait cru avoir mal entendu tout d'abord, mais le journal l'avait confirmé : lorsque le pick-up à l'arrière duquel se trouvait le corps de Lewis s'était planté, un bébé caribou avait bel et bien été projeté à côté de lui, parce qu'il le trimbalait avec lui, preuve que c'était un Indien.

Simplement, quand les secours ont débarqué sur le lieu de l'accident, ils se sont intéressés aux *personnes* mortes, pas aux animaux morts, qui se trouvaient déjà dans le fossé, si ça se trouve. Le temps qu'ils comprennent que c'était un indice et qu'ils reviennent chercher le petit caribou, les coyotes l'avaient certainement emporté pour s'offrir un bon repas.

Tant mieux pour eux.

Ça n'explique pas ce que Lewis foutait avec cet animal, au départ.

Pour Gabe, la seule chose qui peut expliquer ça, plus ou moins, c'est la réaction larmoyante de Lewis à cause de cette femelle caribou toute maigre, le jour où ils avaient décimé ce troupeau dans la zone réservée aux anciens.

Lewis savait bien qu'ils devaient foutre le camp après avoir découpé les cuissots, mais il avait insisté pour emporter cette femelle en entier, y compris la tête, qu'il serait obligé de balancer une fois en ville, non ? Il avait retiré la peau et il l'avait emportée aussi, roulée et toute mouillée, sous son bras comme un ballon de football, comme s'il était le futur Jim Thorpe. Comme si c'était vraiment un Thanksgiving classique. Gabe hoche la tête, il revoit la scène : Lewis qui en bave pour remonter jusqu'au sommet de la colline, face à l'adversité.

Il leur avait expliqué qu'il avait besoin de la tête car il voulait récupérer la cervelle, pour tanner la peau. Alors qu'il n'y connaissait rien en cuir. Alors que cette peau avait été foutue en l'air des années plus tôt, comme toutes les autres peaux qu'ils avaient gardées. Alors que cet animal n'avait même plus de cervelle à ce stade.

Bien joué, Lewis.

Gabe le salut en levant sa bière numéro trois, la vide et l'aligne avec les deux précédentes dans le grillage. Une bouteille pour Ricky, une pour Lewis, une pour lui. Elles s'entrechoquent, puis s'immobilisent.

Il en sort une autre de la petite glacière, pour Cass, même s'il va le voir bientôt. Quatre bières, c'est trop à trois heures et demie de l'après-midi, le ventre vide, mais il s'en fout. Ce soir, il va évacuer tout ça en transpirant, et même plus.

C'était ça que Lewis voulait rapporter en douce chez lui, cette vieille peau ? Il l'avait emportée en ville, il l'avait gardée au congélo pendant tout ce temps, et il avait tenté de la rapporter dans la réserve ? Les flics n'étaient pas capables de faire la différence entre une peau décongelée vieille de dix ans et un bébé caribou ? L'avaient-ils tellement canardé que la confusion était possible ?

Mais pourquoi ?

Lewis voulait-il l'apporter à Denny, au Bureau des gardes-chasses, pour expliquer qu'il avait fait pénitence, est-ce qu'il pouvait revenir chasser sur la réserve maintenant, s'il vous plaît, s'il vous plaît.

Tu n'as pas besoin de demander, dit Gabe à Lewis. *Du moment que tu ne te fais pas choper.*

Au cours de ces dix années d'interdiction, ce qui n'est pas très long pour un *bannissement*, devine-t-il, Gabe a sans doute tué deux fois plus de caribous qu'ils en ont buté ce jour-là. À tel point que lorsqu'il avait voulu planquer une partie de la viande dans le congélo de son père, il y a quelques mois de ça – c'était le petit à une corne, encore recouverte de velours –, il avait été obligé de faire de la place en balançant toute la vieille barbaque collée aux parois.

Les chiens de la réserve s'étaient régalés ce soir-là.

Gabe les avait observés jusqu'à ce qu'ils aient tout mangé,

le papier y compris, et il leur avait adressé un signe de tête car ils avaient une dette envers lui désormais, hein ?

Ils le savaient. Ils s'en souviendraient.

« Prévenez-moi quand les ennuis arriveront, leur avait-il dit. Vous le saurez. »

Et il avait ri. Comme maintenant.

Gabe doit attendre de pouvoir effacer son sourire avant d'attaquer la quatrième bière. Il regarde l'heure.

Il attend, pour être sûr de savoir où trouver Denorah. Qu'il appellera *Den* si ça lui chante, *D* si elle est en défense, *Tueuse* sinon.

Il coince la bouteille dans le grillage avec les autres, comme au bon vieux temps, quand ils étaient toujours tous les quatre, en laissant un peu de bière au fond pour les hamsters indiens morts. À mi-chemin du pick-up, il se retourne vers la tombe, ôte le bandana noir noué autour de son bras et l'attache au grillage lui aussi, comme une prière qu'il ne peut pas réciter avec des mots. Elle parle de Lewis. Et de Ricky. De ce qu'ils avaient été.

Alors qu'il descend lentement la route forestière, en première, le pied sur l'embrayage, il freine soudain et se penche par-dessus le tableau de bord pour être sûr de bien voir ce qu'il voit.

Il doit tirer le frein à main et descendre pour en avoir le cœur net.

Des empreintes de caribou dans la neige. Une grosse femelle, qui marche sur la route comme si elle le suivait pour voir Ricky, une femelle très lourde également. Gabe enfonce son index dans l'empreinte de sabot en se demandant si ce n'est pas plutôt un petit cheval avec des pattes de caribou qui transporte un cavalier.

Il se relève et regarde droit devant pour essayer d'apercevoir ce spectacle ridicule, mais la route tourne à droite presque immédiatement.

N'empêche. C'est bon signe, non ? Un traitement de choc, comme disait Neesh ? Le rituel de ce soir fera du bien au gamin. Ça leur fera du bien à tous.

Gabe remonte dans son pick-up et repart, les yeux fixés sur le chemin, si bien qu'il ne voit pas l'éclair noir dans le rétroviseur quand une femme adulte, vêtue d'une chasuble trop serrée, jaillit des arbres et saute à l'arrière de la camionnette, ses longs cheveux noirs tournoyant dans son sillage.

C'est là que les chasseurs déposent les animaux qu'ils tuent, non ? C'est là qu'ils t'ont déposée, il y a dix ans. Ne souris pas trop, glisse-toi sous la boîte à outils.

La nuit sera bientôt là. Celle que tu attends.

Vieilles ruses d'Indiens

C'est une question de posture, la coach a raison, tout le monde le sait, mais ce que lui a appris sa grande sœur, en lui montrant des heures de vidéos, avec avance et retour rapide, c'est qu'il faut également conserver le même rituel chaque fois que vous approchez de la ligne.

Et ce rituel, ce n'est pas seulement la seconde et demie ou les deux secondes du lancer franc.

Ça commence avec la manière dont tu approches de la ligne. Pour Denorah, c'est toujours le pied droit d'abord, jusqu'au trait peint, puis elle recule de la largeur d'un lacet car le point sera annulé si elle mord le trait. Pour une bonne shooteuse comme elle ce n'est pas la fin du monde car vous avez généralement droit à une seconde chance au lycée, mais si vous avez manqué votre tir et qu'une des grandes récupère le ballon au rebond et se trouve en position pour marquer deux points faciles, eh bien, vous aurez merdé, non ?

Alors, sur cette dalle de béton, derrière l'hectare de terrain que possède sa famille à l'orée de la ville, où son nouveau père a installé des projecteurs pour l'été, où elle a dû mesurer et peindre elle-même la ligne de lancer franc, Denorah tire, tire et tire encore, et tant pis si elle voit son souffle dans l'air froid.

Quatre-vingt-six sur cent, puis soixante-dix-neuf, ce qui la rend dingue et l'empêche de respirer, puis un quatre-vingt-dix.

Le match amical ayant lieu un samedi cette semaine – demain soir, donc – et comme il n'y a jamais d'entraînement la veille d'un match, pour que tout le monde soit frais physiquement et prêt mentalement, cette journée est consacrée aux lancers francs.

Ça n'a jamais été le point faible de Denorah, mais jamais au cours d'un match elle n'a réussi tous ses lancers francs sans toucher le cercle. Du coup, elle peut encore s'améliorer. Comme avec Trace, son avenir repose peut-être sur sa capacité à marquer un seul point les doigts dans le nez, pendant que toute la salle gronde et s'écroule autour d'elle, le sol tremble sous ses pieds, la sueur coule dans ses yeux.

À l'entraînement, la coach ne les fait jamais commencer par des lancers francs, elle les garde pour la fin, quand elles sont épuisées et n'ont qu'une seule envie : balancer le ballon vers le panier en récitant une prière.

Mais Denorah doit garder du jus pour demain, alors elle compense en essayant de faire cinq cents tirs avant la nuit. Quitte à devoir redescendre à la maison pour dîner et revenir après pour finir.

Poser le bout du pied droit sur la ligne, reculer très légèrement par mesure de sécurité, puis avancer le pied gauche, jusqu'à ce qu'il soit à la même hauteur que le droit. Faire tourner le ballon à l'envers, entre les pouces, faire deux dribbles, rapides et forts, avec la main droite, en engageant toute l'épaule, en décollant bien le coude. Reprendre le ballon, lever les yeux vers le cercle, fléchir les genoux, le dos droit, le cul en arrière, et pousser avec le devant des cuisses, tendre le bras droit, la main gauche n'est là que pour assurer la stabilité, les mollets poussent juste à la fin quand le majeur de la main droite s'accroche à la pastille de caoutchouc de la valve pour imprimer le mouvement de rotation parfait.

Swish, swish, swish, fait le ballon en entrant sans toucher le cercle.

La fille machine est en mode automatique. Chargée et verrouillée. Elle n'a même plus besoin de se concentrer. Faire une faute sur elle au moment où elle va tirer, ça revient à ajouter deux points de plus au score de son équipe.

« Allez, vas-y », s'encourage Denorah en prenant place devant la ligne encore une fois.

La seule chose qu'elle regrette dans le basket, par rapport au football, et même au golf, c'est que les joueurs et les joueuses n'ont pas de peintures de guerre sous les yeux.

Ce que leur répète la coach dans le vestiaire, avant chaque match, c'est que leurs peintures de guerre sont *à l'intérieur* de leurs visages, dans leur port de tête, dans la manière dont elles regardent les autres filles, droit dans les yeux. Les dribbles, les passes et les tirs, ce sont juste des faits de matchs enregistrés dans les statistiques. Ce qui compte aussi, c'est d'en vouloir plus que l'autre.

Afin de se blinder contre le genre de conneries que les équipes indiennes doivent subir quand le match est serré, Denorah essaie de s'inoculer toutes les saloperies que scandera la moitié du gymnase.

C'est un jour idéal pour mourir.
Je ne me battrai plus éternellement.
Un bon Indien est un Indien mort.
Tuez l'Indien, sauvez l'homme.
Enterrez la hache de guerre.
Tous dans les réserves.
Rentrez chez vous.
Interdit aux Indiens et aux chiens.

Sa sœur a entendu tout ça à son époque, elle l'a lu sur des banderoles, illustrées généralement. Tracé au cirage sur les vitres des cars. Le slogan le plus courant était : *Massacrez les Indiens !*

Allez, vas-y, s'encourage Denorah, mentalement, et elle marque un autre panier direct. Si un bon Indien est un Indien mort, elle sera la pire Indienne qui a jamais existé.

Qu'elles perdent ou qu'elles gagnent demain, elle se promet de revenir ici aussitôt après le match pour travailler les tirs qu'elle aura manqués.

Ces bourses, ils ne les distribuent pas comme des petits pains.

Elle récupère le rebond, regagne la ligne au trot et, sans prendre la peine de faire tourner le ballon entre ses mains, elle marque de la tête de raquette, avec l'aide du panneau cette fois. Du moins, ce serait la tête de raquette si elle l'avait mesurée et tracée.

Son rêve, c'est d'agrandir cette dalle de béton pour qu'il y ait une limite de tirs à trois points.

Un jour.

Pas aujourd'hui.

Aujourd'hui, c'est uniquement des lancers francs.

Swish, swish, un bruit dans l'herbe dans son dos, mais elle ne peut pas regarder, c'est sans doute sa mère, tout simplement, qui rentre plus tôt du boulot et… un bruit de moteur et de ferraille.

Denorah commence à se retourner pour voir qui lui a fait manquer son tir, mais elle se souvient, au tout dernier moment, que c'est *elle* qui a manqué son tir, elle s'est laissé déconcentrer, elle n'a pas respecté le rituel.

« Hé, *Finals Girl* », lance une voix d'homme derrière elle, sans aucune trace d'humour, quelques secondes après l'arrêt d'un moteur de pick-up.

Finals Girl.

C'est comme ça que l'appelle son vrai père quand elle évolue sur le terrain, depuis qu'elle est devenue son porte-bonheur, quand elle avait quatre ans et qu'il la gardait au mois de juin durant les phases finales de la NBA.

Elle regarde derrière elle, en tournant juste la tête.

Il est assis dans son pick-up, vitre baissée, son bras tapote l'extérieur de la portière, comme s'il chevauchait un cheval, au lieu de conduire un pick-up avec lequel il avait roulé dans l'herbe.

« La fosse septique est par là, dit Denorah en montrant d'un mouvement de tête l'herbe grasse à côté des tuyaux éparpillés à côté desquels il avait dû passer.

– C'est pour ça que j'ai un 4x4, dit son père en repoussant le levier de vitesse. La pente. »

Il a picolé. Elle le voit dans ses yeux. Ils se promènent dans sa tête, trop heureux si tôt dans la journée.

« Je voulais juste te souhaiter bonne chance pour demain. »

Denorah cherche le ballon et trace une ligne droite pour aller le récupérer.

« Tu n'as pas le droit d'être là », dit-elle.

Il la coupe en faisant un moulinet avec sa main.

« Ton nouveau père, si important, trouve que j'ai une mauvaise influence, bla-bla-bla… »

Denorah marche jusqu'au trait, aligne son pied gauche sur son pied droit, en tournant le dos à son père.

Il ne descendra pas de son pick-up. Car il pourrait être obligé de décamper.

« Tu vas les massacrer demain, dit-il. Ce soir, on fait une sudation pour… aider l'équipe, genre. »

C'est du baratin, se dit Denorah. Elle croirait entendre une foule qui scande : *Rentrez chez vous les Indiens.*

Du bruit, rien de plus.

Swish.

« Impec ! s'exclame son père en tapotant sa portière de nouveau, en guise d'applaudissements.

– Avec qui tu fais cette sudation ? demande-t-elle en risquant un coup d'œil dans sa direction, au moment où elle récupère le ballon d'un geste brusque dans les herbes hautes.

– Avec Cass, répond son père. Tu sais, tu devrais avoir une chanson en tête pendant que tu tires des lancers francs. Et toujours lancer le ballon sur le même rythme. Une vieille ruse d'Indien. »

Denorah est obligée de faire deux dribbles supplémentaires, pour empêcher la musique d'entrer dans ses oreilles.

Clunk. Le cercle.

« C'est rien, c'est rien », dit son père.

Rebond. Recommencer.

Ça faisait dix-neuf sur vingt ou sur vingt et un ?

Merde. Vingt et un, alors. Quand on perd le compte, on doit ajouter un tir.

« Je crois qu'il se fait appeler Cassidy maintenant, dit-elle, comme ça.

– Little Miss Cross Guns. »

C'est ainsi que son père l'appelle quand il trouve qu'elle ressemble à sa mère.

« Des fois, je vois la nouvelle nana qu'il se tape, quand je vais au Glacier Family Foods, dit Denorah en prononçant le nom du magasin en entier car elle trouve que ça sonne bien.

– Qu'est-ce que tu y connais, toi ? demande son père, sans tapoter sur sa portière.

– Elle vend des légumes maintenant », ajoute Denorah, et un grand sourire que son père ne peut pas voir réchauffe ses lèvres.

Swish.

« Sûrement une végétarienne, hein ? » répond Gabe d'un ton ironique qui indique combien Jolene la Crow apprécie qu'il participe à une sudation avec son mec.

« Je savais pas qu'il avait une hutte là-bas », dit-elle.

Dribbler, dribbler, trouver le trou de la valve au toucher.

Juste au moment où elle se redresse pour tirer, son père klaxonne. Malgré cela : *swish.*

« Très bien, très bien », commente-t-il.

En regagnant la ligne pour le tir numéro vingt-trois, elle voit une touffe de tes poils noirs dépasser à l'arrière du pick-up et se fige un instant, le ballon appuyé contre le ventre.

Son père s'en aperçoit, il se penche à l'extérieur pour regarder derrière.

« Quoi ?

– Tu n'as pas le droit de chasser, dit Denorah, et elle n'a pas du tout envie de rire.

– Tu es officiellement garde-chasse adjointe maintenant ? » ironise-t-il en se rasseyant au volant pour ramasser quelque chose sur le plancher du pick-up.

La chose en question n'apparaît pas au-dessus du tableau de bord. Denorah est prête à parier que c'est froid et en forme de bouteille de bière.

Et alors ? Peut-être qu'il ne ment pas.

Les caribous et les cerfs n'ont pas de crinières. Il est peut-être devenu chasseur de chevaux, pense-t-elle, et elle est obligée de se retourner vers le panier pour qu'il ne voie pas le sourire dans ses yeux. Mais avoir le dos tourné ne l'empêche pas d'entendre la bouteille qu'on ouvre tout doucement.

Le bruit, le bruit. La folie s'empare du gymnase.

« C'est la même sudation où le père de Nathan Yellow Tail l'oblige à aller ? » demande-t-elle. Le ballon tourne autour du cercle… et tombe à l'intérieur.

« Ouais, on le laisse venir avec nous, répond Gabe sur un ton de défi, comme pour inciter sa fille à mettre en doute sa gentillesse, ses manières, le but réel de cette sudation, Nathan ou le match.

– La coach dit qu'elle t'a vu aux matches », dit Denorah en marchant vers les herbes hautes pour récupérer le ballon.

Pas de réponse.

Elle se retourne vers son père.

« Chaque jour, dit-il, tu ressembles un peu plus à ta mère. »

Trina Trigo, championne de *grass dance* au lycée ; elle figurait même sur un calendrier de pow-wow à l'époque. Mais Denorah ne sait pas s'il s'agit d'un compliment ou si elle ressemble à sa mère parce qu'elle dit des trucs que son père n'a pas envie d'entendre.

Elle se met en position et vise les quarante-cinq centimètres de métal orange là-haut. Elle se souvient : plus haute est la trajectoire du ballon, plus le cercle est rond.

Le ballon, lui, mesure environ vingt-trois centimètres. Ce qui laisse pas mal de place. Et permet pas mal de rebonds chanceux.

Mais tout commence par une bonne posture. Plus vous vous entraînez, plus vous avez de la chance.

Le rituel, la cérémonie.

Double dribble, les cuisses, l'extension, faire tourner le ballon avec le trou de la valve, maintenir cet enchaînement.

Swish.

« Si tu recommences, ça mérite vingt dollars », dit son père, derrière elle, à voix basse, comme s'il transmettait une invitation confidentielle.

Quand elle se retourne, il a le dos collé contre le dossier de son siège pour glisser la main dans sa poche de pantalon. Du moins, jusqu'à ce que le truc froid en forme de bouteille de bière qu'il serre entre ses cuisses se renverse.

« Tu as vingt dollars ? réplique Denorah.

– Je les aurai ce soir. Quand l'agent Yellow Tail me paiera.

– Oh, c'est donc ça.

– C'est un pourboire. Il est très généreux.

– On double la mise si j'en mets dix sur dix. »

Son père hausse les sourcils.

« Tu es ma *Finals Girl*, non ? »

Elle lui adresse ce sourire dont elle sait qu'il vient de lui, et qu'elle n'y peut rien ; elle dribble deux fois et met un panier en se servant du panneau, pour la frime.

« Que quelqu'un apporte des dés à cette jeune femme », dit son père.

Mais ce n'est pas de la chance. C'est un don. C'est de l'entraînement.

« Un », compte Denorah et elle tourne le dos à son père de nouveau, elle imagine un gymnase autour d'elle, un mur de Blancs qui lui crient : *Go home, go home.*

Elle fait tourner le ballon entre ses mains, vers elle, dribble deux fois et vise.

Le soleil s'est couché

Cassidy se lève de sa chaise de jardin lorsque le pick-up de Gabe franchit dans un vacarme métallique le passage canadien. Les chiens, langue pendante après avoir chassé ce troupeau de caribous, entourent le véhicule avant même que Gabe ait le temps d'ouvrir la portière. Ils croient peut-être qu'il rapporte les caribous, à l'arrière de sa camionnette.

Les chiens sont idiots.

« Ho, ho ! » leur crie Cassidy en tapant sur ses cuisses.

Gabe ouvre sa portière d'un coup de pied pour les disperser, mais ils continuent à gueuler bêtement. Il descend en tenant un fusil au-dessus de sa tête, comme si c'était ce que convoitaient les chiens.

« Tu leur files pas à bouffer ou quoi ? braille-t-il pour couvrir le boucan.

– Ils aiment la viande *rouge*, répond Cassidy en marchant vers lui.

– Comme si ma caisse était pas assez rayée, dit Gabe en se glissant entre les chiens et le plateau de son pick-up.

– Qu'est-ce que tu trimbales là-dedans ? demande Cassidy.

– Pas de la bouffe pour chien. À moins qu'ils mangent les vieux pneus maintenant ? »

Avant que Cassidy puisse approcher, Ladybear mord la main gauche de Gabe. En réaction, Gabe abat le fût du fusil sur la truffe de la chienne. Puis il avance vers elle, la forçant à reculer, les lèvres pincées comme si ça risquait de mal finir.

Ladybear gémit et s'en va, imitée par les deux autres.

« Putain de merde », dit Gabe en secouant la main.

Il rouvre sa portière pour examiner la morsure à la lumière du plafonnier.

Cassidy se penche pour regarder. La paume gauche de Gabe saigne. Deux petits trous bien nets, enflés.

« Je vais choper la rage, dit Gabe en essuyant le sang sur la couverture de selle qui couvre le siège. Tes clebs sont du côté de JoJo maintenant ? Elle a réussi à les braquer contre moi ?

– Fais gaffe aux chevaux aussi, c'est tout ce que j'ai à dire », répond Cassidy et il regagne sa chaise de jardin.

Le feu n'est presque plus qu'un tapis de braises.

Gabe le rejoint, se laisse tomber sur l'autre chaise, en tenant toujours sa main, et pose le fusil en travers de ses genoux.

« Ces pierres font l'affaire ? demande-t-il.

– C'est des pierres.

– Tu as de la flotte pour la sudation ?

– À l'intérieur, répond Cassidy en montrant la hutte avec son menton. Et toi, tu as le fric ?

– À ce propos… », dit Gabe.

Cassidy ricane, secoue la tête, porte la bouteille d'eau à sa bouche et boit autant qu'il le peut sans se noyer. Il n'a pas soif, mais ça va venir.

« Elle est là ? »

Gabe penche la tête vers la caravane dont les fenêtres restent noires dans l'obscurité naissante.

« Elle est au boulot.

– J'ai jamais fait ça le soir, dit Gabe en se renversant contre le dossier de la chaise de Joe, qui ne ploie pas. Pour le moment.

– Une sudation ?

– Y a rien qui interdit de faire ça la nuit, si ? demande Gabe.

– Attends, je vais consulter le grand livre des règles indiennes… Ah, voilà. Tu ne peux pas faire n'importe quoi. Il faut tout faire comme il y a deux cents ans.

– Deux mille. »

Ils rient en chœur.

Cassidy sort de la glacière une bouteille d'eau et la lance à Gabe, en cloche, par-dessus le feu. Les gouttelettes qui s'envolent font grésiller les braises et naître des petits geysers de vapeur.

« Qu'est-ce que tu sais de ce gamin ? demande Cassidy.

– Nate Yellow Tail ? C'est toi et moi il y a vingt ans. C'est Ricky et Lewis.

– La moitié d'entre nous sont morts.

– Ouais, ou un de nous deux est déjà à moitié mort », répond Gabe et il balance une giclée d'eau en direction de Cassidy, pour montrer qu'il ne parle pas sérieusement. Ou plutôt, pour se faire pardonner d'avoir dit ça.

« Peut-être que ça lui fera du bien, dit Cassidy. Que ça l'aidera.

– Les flèches sont droites, mais elles doivent se tordre aussi », déclare Gabe, d'une voix plus grave pour imiter la statue en bois de l'Indien prononçant le vieux dicton de Neesh. Le vieux concluait toujours les séances par cette phrase. Il y avait même une série d'affiches sur un des murs du centre pour toxicos. Une flèche qui paraît toute tordue au moment où la corde de l'arc se détend, on dirait qu'elle va se fendre, se briser, éclater. Mais non. Sur la première affiche, elle est tordue, mais sur la deuxième, elle se redresse, à une cinquantaine de centimètres de l'arc. Après, elle poursuit sa course en se tordant *dans l'autre sens*, et jusqu'à la dernière seconde, juste avant d'atteindre la cible, elle tremblote comme ça dans l'air, pour essayer de redevenir droite.

Ils étaient censés ressembler à cette flèche. À quinze ans, ils auraient dû être comme cette flèche. On les avait projetés dans l'adolescence et maintenant ils zigzaguaient en tous sens pour essayer de trouver le droit chemin. S'ils y arrivaient ? En plein dans le mille, mon pote. Une vie heureuse.

Sinon ?

On trouvait des exemples devant chaque maison en ville, buvant au goulot dans des sacs en papier. Des croix blanches au bord de toutes les routes. Des mères éplorées un peu partout.

« Il va tout évacuer en transpirant, dit Cassidy. Et en chantant.

– Dommage qu'on n'ait pas un tambour.

– J'ai des enregistrements.

– Garde-les tes enregistrements. C'est aussi pour Lewis, non ? Mais ne dis rien à Victor-Vector.

– Peut-être que tu devrais pas l'appeler comme ça, dit Cassidy.

– C'est pas méchant, si ?

– À Lewis », dit Cassidy en levant sa bouteille d'eau.

Gabe fait de même.

« Il a toujours été un peu con, non ?

– Moins que toi, en tout cas, réplique Gabe. Il a foutu le camp d'ici.

– Ouais, mais il a essayé de revenir. » Cassidy boit une gorgée d'eau et déglutit difficilement. « C'est quand il a voulu revenir qu'ils l'ont buté.

– Il voulait rentrer chez lui, c'est tout. Ils l'auraient buté quand même s'il était resté où il était.

– Pourquoi il a fait ça, à ton avis ? demande Gabe. Sa femme, cette Flathead ?

– C'était une Crow.

– Sans rire ?

– Sans doute qu'il aurait pas pu t'expliquer, même sur le coup, dit Cassidy, plongé dans l'observation de la transparence de sa bouteille d'eau.

– N'empêche », dit Gabe en finissant la sienne et en la jetant dans le feu.

Le plastique se ratatine avant que l'étiquette s'enflamme.

« Super, lâche Cassidy. Tu pollues les pierres qu'on va utiliser.

– C'est pas ça qui va abîmer davantage mes poumons, réplique Gabe.

– Ça sort d'où, cette antiquité ? demande Cassidy à propos du fusil posé sur les genoux de Gabe.

– Mon vieux s'en est enfin séparé », dit Gabe en le tendant à Cassidy, au-dessus du feu.

Cassidy actionne la culasse et étudie la longue crosse ridicule.

« Il est fait pour les joueurs de la NBA, dit Gabe. Le fût est assez long pour qu'ils soient pas obligés de trop plier les bras.

– Il tire droit ? »

Cassidy épaule le fusil et le braque sur l'obscurité, un œil fermé.

« De toute façon, plus personne n'a de munitions pour un truc aussi vieux, dit Gabe. Mon père tirait uniquement des chevrotines et du gros sel avec.

– La Grande Guerre contre les souris, dit Cassidy, en faisant mine de presser la détente. Je parie que j'ai un truc qui pourrait marcher. Tu sais, quand Ricky… Bref, je suis allé récupérer ses affaires à Williston.

– Ouais. Et alors, qu'est-ce qu'il avait ?

– Rien. Son père disait qu'il était censé avoir tous leurs fusils, mais toutes ses merdes avaient disparu depuis un bail.

– La grande lessive.

– Des flingues, il restait juste un sac de munitions mélangées. Je crois qu'elles sont encore dans la boîte à gants. Avec le bouquin pour mômes qu'il lisait à ce moment-là. »

Gabe se penche en avant pour regarder le vieux Chevy posé sur les parpaings.

« C’est bien d’avoir foutu ce vieux cheval dans un pré, commente-t-il. Il traînait partout. »

Cassidy appuie le fusil contre la poubelle, à l’écart du feu.

« Je vais le retaper, dit-il. La carrosserie est encore bonne, dans l’ensemble. Faut juste dégoter un capot et un châssis. Peut-être des ailes aussi. Et un moteur. Des pneus.

– Tu planques toujours ton shit à l’intérieur ? »

Cassidy inspire et se tourne vers l’œil brillant d’un des chevaux, qui les observe. Sans doute que ses grandes oreilles entendent tout ce qu’ils disent, et qu’il enregistre, pour plus tard.

« J’arrive même pas à empêcher les spermophiles d’entrer », répond-il, avec un temps de retard, il le sait.

Gabe connaît l’existence du thermos ? Comment ?

« J’ai récupéré ce fusil juste pour m’occuper des rongeurs, dit Gabe en montrant le Mauser d’un mouvement de tête. Prends-le à la place du fric, pour ça.

– Tu crois vraiment qu’il tire encore ?

– Y a pas de raison.

– Attends un peu, dit Cassidy. Je dois choisir entre un vieux fusil bousillé et volé, et toi qui es trop fauché pour me filer le fric que tu me dois.

– Ha, ha, ha, ha, fait Gabe, la bouche grande ouverte, suffisamment pour un rire aussi faux. Tu peux en tirer cent cinquante, je parie. Peut-être plus si c’est une antiquité.

– Et quand ton père viendra le chercher ?

– Vends-lui, s’il le veut toujours. Mais il me l’a filé, gratos. Parole de scout. »

Gabe fait des oreilles de lapin avec son index et son majeur, puis il replie l’index, et fait pivoter sa main pour adresser un doigt d’honneur à Cassidy, sous son nez.

« OK, laisse-le-moi. Je m’en fous, dit celui-ci.

– Seulement si JoJo est d’accord.

– Elle n’aime pas que tu l’appelles comme ça, dit Cassidy pour la cinquantième fois ce mois-ci.

– C’est comme yo-yo, mais avec deux J », rétorque Gabe.

Cassidy ne sait pas s’il compare Jo à un jouet ou s’il parle de joints. Dans un cas comme dans l’autre, il lui rend son doigt d’honneur, des deux mains, au moment où des phares les illuminent l’un et l’autre, comme un flash d’appareil photo.

Chemises et peaux

Ce n'est pas la voiture qui t'a conduite à la réserve hier, mais c'est le même père, le même fils.

Le père se tient devant la portière ouverte ; les phares inondent d'une lumière blanche Gabriel et Cassidy, obligés de lever les mains pour protéger leurs yeux, et projettent leurs ombres sur l'amas de linge sale moisi derrière eux, l'enclos des chevaux et toute l'obscurité au-delà, là où tu attends, dans le souffle d'air chaud de la voiture qui soulève l'extrémité de tes longs poils.

« On se rend ! On se rend ! » s'écrie Gabriel, en essayant d'échapper à cette lumière aveuglante.

Le père éteint les phares, et pendant qu'il est penché à l'intérieur de la voiture, son fils secoue la tête, un peu dégoûté.

« Ces clowns sont des tradis ?

– La sudation, c'est pas la question », répond son père, sans vraiment utiliser ses lèvres, juste sa voix.

La sudation, c'est pas la question, répètes-tu, en essayant de garder un visage figé, pareil. Et tu y arrives presque, mais tu es quasiment certaine que tes yeux sourient.

La nuit va bientôt commencer.

« C'est quoi, alors ? » demande le garçon.

Le père se rassoit au volant et ouvre la console centrale comme s'il avait oublié quelque chose.

« Regarde-moi ces deux tocards, dit-il, tête baissée. Il y a vingt ans, c'était toi. »

Cassidy crache de l'eau sur Gabriel entre ses dents et en voulant esquiver le jet, Gabriel bascule sur le côté de sa chaise, pendant que Cassidy essaie d'éviter que le sien se replie.

Le garçon ne peut s'empêcher de pouffer.

« Ils sont vivants !

– Ils étaient quatre dans le temps », dit son père.

Le garçon ouvre sa portière, sort une jambe et repousse ses cheveux par-dessus son épaule gauche.

« On va tous tenir là-dedans ? demande-t-il à propos de l'amoncellement de sacs de couchage qu'est la hutte.

– Vous trois seulement, répond son père. Moi, je m'occupe des pierres, c'est mon rôle.

– Combien de temps ?

– Le temps nécessaire. »

Ils referment leur portière simultanément : un accident sonore qui fait se redresser le garçon, comme s'il s'agissait d'un mauvais présage.

Gabriel s'arrache à son siège cassé pour les accueillir. L'eau crachée par Cassidy fait luire son visage.

« Le butin va au vainqueur..., cite-t-il en essuyant sa joue avec sa manche.

– Qu'est-ce que ça veut dire ? demande le garçon à son père.

– Il a lu ça dans un bouquin à la con, explique Cassidy, de son fauteuil. Faites pas attention.

– Messieurs, dit le père en serrant la main que tend Gabriel.

– Victor-Vector parle comme un flic même quand il est pas en service, dit Gabriel avec un demi-sourire.

– Je suis toujours en service », réplique le père, en montrant d'un mouvement de tête la voiture de police qu'il conduit.

Le garçon ne regarde pas la voiture, comme Gabriel et Cassidy, mais la caravane. Toutes les fenêtres sont noires.

« Ça fait combien de temps que tu as pas transpiré, toi ? demande Gabriel au père.

– C'est pour lui, pas pour moi », répond le père, et tous les yeux se posent sur le garçon. « Nathan », annonce-t-il, en guise de présentations.

Le garçon ne quitte pas la caravane des yeux, comme s'il se demandait comment il pourrait la démonter. Ou alors… il ne peut pas apercevoir ton reflet dans une fenêtre, si ? Ta silhouette, ton ombre, peut-être ? Ton véritable visage ?

Si le garçon tendait le menton vers toi, pour signaler ta présence à son père, à cet instant, et si son père se penchait en avant pour regarder à travers l'obscurité la femme aux cheveux hirsutes, au-delà de la lumière, tout cela se terminerait rapidement, n'est-ce pas ?

Mais il est préférable que personne ne te voie. Pour le moment.

Finalement, le garçon détache son regard de la caravane.

« Tu joues au basket, hein ? lui demande Cassidy, en montrant le maillot que le garçon porte à l'envers.

– Si je jouais au basket, je serais torse nu.

– Y a un petit terrain là-bas, dit Cassidy avec un mouvement du menton sur la gauche de la caravane, vers la route. Peut-être qu'on pourrait aller jouer après, pour se rafraîchir.

– Vous avez des ballons fluo ? rétorque le garçon.

– Fiston, intervient son père.

– On t'appelle Nate, c'est ça ? » demande Gabriel.

Le garçon hausse une épaule et dit :

« Gabe, *c'est ça* ? Je vous ai déjà croisé. »

Gabriel fait la bouche en cul de poule pendant une fraction de seconde.

« Tu l'as camé pour le ramener de Shelby ou quoi ? demande Cassidy au père.

– C'est plus loin qu'on est jamais allé, dit Gabriel en se retournant avec ostentation pour voir enfin ce qui fascine le garçon. Il a déjà fait une sudation ? demande-t-il au père sans le regarder.

– Vous pouvez me parler directement, dit le garçon.

– Tu as déjà fait ça ? » demande alors Gabriel, en montrant qu'il fait un gros effort pour parler *directement* au garçon.

Celui-ci hausse les épaules.

Gabriel explique : « L'idée, c'est la purification. Tu peux voir ça comme un lave-vaisselle, OK ? La vaisselle, c'est nous. Et grâce à la vapeur, on ressort nickel.

– C'est pour ça que votre pote Lewis and Clark voulait revenir ? Pour nettoyer son âme ? »

Gabriel lui adresse un sourire tolérant et se tourne vers Cassidy, qui lève les yeux au ciel, comme pour demander : qu'est-ce qu'ils espéraient ?

« C'est toi que ça concerne, lui dit son père. Pas tout ça. Compris ? »

Le garçon regarde le cheval Appaloosa au-delà du feu qui s'éteint.

« Vous saviez tous que Lewis venait par ici, hein ? demande le père aux deux hommes.

– Toujours en service..., chantonne Gabriel. À essayer de résoudre un crime et d'envoyer un Indien derrière les barreaux.

– Lewis n'est plus là, c'était un fantôme, répond Cassidy.

– Une épouse blanche, ajoute Gabe, comme si ça expliquait tout.

– Et une postière, ajoute le père en regardant autour de lui. C'était une Crow, non ? J'ai vu sa photo dans le journal. Je parie que sa femme l'avait surprise en train de rôder autour de son tipi.

– Lewis aurait jamais fait ça, dit Cassidy.

– Quoi donc ? demande le garçon. Tromper sa femme ou tuer deux personnes ? »

Gabriel touche le côté de son visage, près de l'œil.

Le père continue à regarder autour de lui.

« Où sont tes clebs, Cass ? » demande-t-il finalement.

Cassidy scrute les environs, comme si ses chiens lui manquaient subitement.

« Les clebs de Cass, c'est une race de criminels, déclare Gabriel en déboutonnant sa chemise de cow-boy. Dès qu'ils aperçoivent un représentant de la police tribale, *pfff*, ils foutent le camp dans les collines. Toute personne qui porte un insigne, je veux dire. Pareil avec les gardes-chasses. Ils savent pas faire la différence entre Denny Pease et un flic. Connards de chiens. »

Cassidy commence à déboutonner sa chemise lui aussi.

« Tu n'as rien mangé aujourd'hui ? » demande-t-il au garçon.

Ses paroles à la résonance ancienne et indienne sonnent faux.

« Juste de l'eau, répond le père à la place de son fils.

– Pareil », dit Gabriel.

Cassidy hoche la tête pour dire que lui aussi.

« ESPN ça commence à onze heures, hein ? demande le garçon à son père.

– Et ça repasse à deux heures, répond le père.

– Puisqu'on parle de chiffres… », dit Gabriel, en grimaçant, comme si c'était un sujet douloureux.

Le père lui tend cinq billets. Cassidy suit du regard le trajet de l'argent jusque dans la poche du jean de Gabriel, plié sur le bras de la chaise de jardin.

« Vous vous êtes déjà demandé d'où venait l'expression *buck naked*[1] ? demande Gabriel, qui n'a plus que son caleçon distendu.

– Écoutez bien, prévient Cassidy en ôtant ses bottes, vous allez entendre de sacrés mensonges.

– Les colons installés en territoire indien nous appelaient des *bucks*[2] en ce temps-là, explique Gabriel avec autorité en cherchant autour de lui quelque chose pour s'appuyer pendant qu'il enlève son caleçon. Parce qu'on était toujours excités, je suppose. Ils savaient de quoi ils parlaient puisqu'on se baladait à poil. Le Levi's n'avait pas encore été inventé. Alors, quand les Indiens débarquaient au comptoir : *Oh, Jim, ils sont entièrement nus, encore une fois. Qu'est-ce qu'on va faire ? Regarde ça. Cachez les femmes, ces bucks sont nus, ils sont* buck-naked…

– Je vous avais prévenus, dit Cassidy en pliant son pantalon sur le dossier de sa chaise.

– Généralement, il n'y a pas des chants ou un tambour, un truc comme ça ? demande le père en examinant le monticule de la hutte.

– C'est pas obligatoire », répond Gabriel.

Il met son caleçon en boule, en veillant à ce que chaque doigt touche le tissu, constate le garçon avec dégoût.

« J'ai des cassettes, dit Cassidy en faisant mine de se diriger vers sa caravane.

– T'embête pas, dit le père.

– Elles sont juste… »

Le père tend la main droite, paume vers le sol, et fait un mouvement de droite à gauche pour couper court à cette idée. Un signal que le garçon – ça se sent sur lui, ça se voit sur son

---

1. À poil. Cul nu.
2. Animal mâle.

visage – se souvient avoir vu dans un livre d'images à l'école primaire : la manière dont les Blackfeet communiquaient en utilisant le langage des signes en cas de besoin.

Il déteste être ici. Il aime ça et, en même temps, il déteste ça, plus que tout.

« Envoie-nous ton fils quand il sera prêt, dit Gabriel, nu, comme une provocation, et il soulève le rabat de la hutte de sudation pour laisser entrer Cassidy. OK ? »

Le père répond par un bref hochement de tête et, après avoir offert une brève vision de son cul, Gabriel pénètre à son tour dans la hutte. Le manteau militaire retombe derrière lui.

« Tu es sérieux, là ? demande le garçon à son père.

– Il a toujours eu une meute de chiens par ici… », répond le père en promenant sa lampe électrique aux alentours, à hauteur d'épaule comme le flic qu'il ne peut pas s'empêcher d'être, même pour un soir.

Le garçon s'appuie contre la voiture et ôte son maillot immédiatement, en le retournant, si bien qu'il est d'un blanc éclatant maintenant. Il le plie soigneusement sur son bras, malgré tout, comme si son but était vraiment de le retourner. Le froid lui donne la chair de poule. Il frictionne ses bras et souffle entre ses dents.

« Ce cheval me regarde.

– J'ai plutôt l'impression que c'est toi qui regardes le cheval, répond son père, qui continue à scruter la nuit pour essayer d'apercevoir les chiens.

– Qu'est-ce que je suis censé faire là-dedans ?

– Tu verras bien.

– C'est des conneries tout ça.

– Quand j'avais quatorze ans, je savais tout moi aussi. »

Le garçon secoue la tête, se débarrasse de ses chaussures d'un coup de pied. Il compte déjà les secondes.

Trois petits Indiens

« Cette hutte sent *l'herbe*, Nate », déclare Gabe lorsque la silhouette de Nate assombrit enfin l'ouverture. Il lui avait réservé cette plaisanterie, pour que le gamin puisse déverser sa colère. Il était bon de les focaliser sur quelque chose.

« Mon nom, c'est Nathan », rectifie le jeune en s'asseyant sur la dernière pointe du triangle.

Le petit creuset ébréché installé entre eux disparaissait déjà dans l'obscurité maintenant que le rabat est retombé. Apparemment, Victor l'avait maintenu ouvert pour faire entrer son fils. Sans doute voulait-il s'assurer que Gabe n'avait pas introduit de la marijuana à l'intérieur. C'était une hutte de sudation, pas un bong à taille humaine.

« Bienvenue », dit Cass, qui continuait à jouer le vieil Indien.

Gabe lui assène un coup dans la poitrine, du plat de la main.

« La première fois que j'ai fait ça, je portais un maillot de bain, déclare Gabe pour tenter de les ramener dans le temps présent, et non pas cent ans plus tôt.

– Je croyais qu'il devait faire chaud là-dedans, dit Nate.

– Tu es prêt ? demande Cass.

– On peut pas te voir hocher la tête, mec, dit Gabe. Si tu hoches la tête, évidemment.

– Oui, prêt, dit Nate.

– C'est pas le concours de l'Indien le plus résistant au monde, ajoute Cass. Tu es censé avoir chaud, mais pas au point de perdre connaissance.

– Pourtant, c'est à ce moment-là que viennent les visions, dit Gabe. Mais peu importe.

– Je crois que ça ira.

– Tu vas me trouver débile de dire ça maintenant, ajoute Gabe. Mais l'air frais se trouve au niveau du sol, si tu as besoin de respirer un bon coup.

– C'est aussi fait pour prier, dit Cass. Pour parler aux personnes à qui tu veux parler, tout ça.

– Avec mon père qui écoute dehors ?

– Y a trop de sacs de couchage, répond Cass. Y a que nous trois ici.

– On va parler à quelques-uns de nos amis, précise Gabe. Pour que tu le saches.

– Lequel ? Le tueur ou celui qui s'est fait tuer ? »

Gabe passe sa langue sur ses lèvres et plonge le regard dans l'obscurité de ses genoux. Semblable à celle qui a envahi toute la hutte.

« Quand on avait ton âge et qu'on faisait ça, dit-il, notre… animateur, ce vieux bonhomme, Neesh…

– C'est son grand-père, intervient Cass.

– Tu es en train de me montrer Nate, je suppose ?

– Nathan, corrige Nate.

– Neesh Yellow Tail était son grand-père, oui.

– Sans déconner ?

– Sans déconner, dit Nate.

– Bref, reprend Gabe. Neesh, grand-père ou appelez-le comme vous voulez, nous expliquait qu'aucune des vieilles histoires ne parle d'Indiens sur le sentier de la guerre qui attaquent pendant une sudation. Ce ne serait pas seulement très mal vu, ce serait la pire des choses. Et on ne s'en prend pas à quelqu'un juste après, quand il sort en titubant, affaibli, purifié et tout ça. C'est comme un lieu saint. Ça veut dire que cet endroit où on est, là, c'est l'endroit le plus sûr dans le monde des Indiens. »

Nate ricane.

« L'endroit le plus sûr dans le monde des Indiens ? Ça veut dire qu'on a seulement quatre-vingts pour cent de chances de mourir au lieu de quatre-vingt-dix ?

– Personne ne meurt pendant une sudation, répond Cass. Pas même les vieux. En tout cas, je l'ai jamais entendu dire.

– C'est là qu'on bouffe des champignons ? »

Gabe renverse la tête en arrière et sourit à l'idée que ce plafond en forme de dôme étouffe leurs voix. Il dit :

« Dans une autre tribu.

– À moins que tu aies commandé une pizza, plaisante Cass, rejoignant enfin le siècle actuel.

– On peut ?

– Oui, après, bien sûr. J'aime bien les Meat Lovers. C'est de la vraie pizza indienne.

– Plus personne n'emploie le mot "Indien" », dit Nate, d'un ton partagé entre l'insulte et la déception.

Gabe ferme les yeux et récite :

« Un petit, deux petits, trois petits autochtones. » Il laisse ces mots tomber et mourir entre eux et demande : « Ça sonne pas terrible, hein ?

– On a grandi en étant des Indiens, ajoute Cass, et quelque chose dans son élocution donne l'impression qu'il a les bras croisés. Autochtones, c'est bon pour vous, les jeunes.

– Indigènes ou aborigènes ou…

– Ça fait partie du truc ? l'interrompt Nate. Je suis censé transpirer juste en écoutant ce cours d'histoire ?

– Tu n'as pas mis de déodorant, hein ? » demande Cass, comme si de rien n'était.

Silence.

« C'est important ? » demande finalement Gabe, d'un ton plus doux.

Cass appelle Victor d'un *ho !* sonore.

« Il ne faut pas oublier de le remercier chaque fois qu'il nous apporte une pierre, dit Gabe, en retrouvant un volume normal. Sinon – c'est ton grand-père qui nous l'a expliqué –, s'il ne se sent pas apprécié, il pourrait nous apporter une bouse de bison chaude, pour qu'on l'asperge de flotte et qu'on l'inspirc dans nos poumons.

– Histoire de merde.

– Oui, exactement, réplique Gabe du tac au tac.

– Bon », dit Cass en passant la main derrière Gabe pour prendre le… club de golf de cérémonie. Évidemment. Il s'en sert pour soulever le rabat, juste assez pour que Victor puisse glisser une jambe à l'intérieur de la hutte. Un soupir d'air frais entre en même temps.

« Attention », dit Victor en s'assurant que le chemin est dégagé.

Il tend la pelle. Dessus est posée une pierre si chaude que des vers de lave grouillent à la surface.

« Merci, gardien du feu », déclare Gabe d'un ton un peu trop solennel.

Dans cette gerbe de lumière, Nate, qui s'est éloigné du feu, remercie son père d'un bref hochement de tête.

Victor tourne le manche de la pelle entre ses mains pour faire tomber la pierre, en même temps que les braises et les cendres qu'il a ramassées. Un vortex d'étincelles monte sous le plafond voûté.

Gabe se penche vers Cass pour demander :

« Tu as pensé à mouiller les sacs de couchage ?

– Non, ça sentirait trop le chien. »

Gabe hoche la tête et vérifie une fois encore les parois en tissu autour d'eux.

« Ça brûle, les poils de chien ? » se demande-t-il, à voix haute.

« Merci, dit Cass à Victor.

– Y en a une autre. »

Une fois les pierres déposées dans le creuset – il y a de la place pour en accueillir trois autres encore –, le rabat retombé, leurs visages éclairés par en dessous d'une lumière rouge terne, Gabe regarde Nate et dit :

« Dernière chance, mon gars. »

Nate fait non de la tête.

Cass tend la main dans son dos pour faire glisser la glacière vers lui. La louche est en aluminium. Il se met à fredonner un battement de tambour dans sa poitrine. Gabe se cale sur son rythme. Quand ils avaient l'âge de ce gamin, ils se moquaient des cercles de tambour, qu'ils appelaient les cercles de crétins. Et voilà qu'aujourd'hui, ils donnent le tempo.

Gabe secoue la tête, stupéfié par tout ça, et il accélère le rythme de son fredonnement, sans pouvoir réprimer un sourire. Il y a cinq billets de vingt dollars dans la poche de son pantalon, dehors sur la chaise de jardin, dont trois au moins lui appartiennent, ce qui ferait quatre-vingts dollars, mais Denorah est une pro des lancers francs, hein ?

« C'est parti », dit Cass, interrompant un court instant son rythme de tambour, et il verse une louche d'eau sur les deux pierres chaudes.

La vapeur siffle et fait bouillir l'air.

Gabe risque un coup d'œil en direction de Nate, et pour la première fois il perçoit un soupçon de doute dans le regard du gamin. Durant une fraction de seconde accidentelle, il aperçoit son reflet dans le rétroviseur de son pick-up, quand D lui a demandé s'il avait recommencé à chasser, et qu'il avait cru voir des poils noirs se dresser derrière lui, sur le plateau.

Mais c'était impossible. Et les chiens avaient cru sentir quelque chose. C'étaient juste des chiens idiots.

Gabe inhale la chaleur, profondément, et la garde dans ses poumons, longtemps, les yeux fermés.

La mort, aussi, pour le Yellow Tail

Victor plante la pelle dans la terre à côté du feu, après avoir livré une autre pierre – il doit s'y reprendre à deux fois pour la faire tenir –, puis regagne sa voiture. Non pas pour s'adosser à l'aile en attendant qu'on le rappelle, mais pour s'asseoir à l'avant et allumer le tableau de bord, d'un tour de clé. Il se penche en avant, vers la boîte à gants, et remonte avec une cassette. Il la lève dans la lumière du plafonnier, plisse les yeux, choisit le bon côté et l'introduit dans le lecteur.

Des martèlements de tambour s'élèvent à l'intérieur de la voiture. Des tambours et des chants. Depuis une demi-heure, il fait suffisamment chaud dans la hutte pour qu'il n'y ait plus aucun chant, aucun bavardage, rien. La dernière fois qu'il s'est glissé derrière le rabat, il a regardé les trois visages en sueur, les jaugeant l'un après l'autre, puis il a hoché la tête, renversé la pelle, et laissé retomber la veste kaki.

Peut-être que ça fonctionne ? Peut-être que tout cela aura été une bonne chose ?

Il regarde les lumières vertes du tableau de bord, décroche le micro en dessous et appuie sur le bouton pour établir la connexion.

Des grésillements jaillissent du toit de la voiture de patrouille, et plus précisément du haut-parleur installé à cet endroit. Un néant bruyant, rempli de vide et de distance.

Victor coupe le son avec son pouce et actionne une succession de touches jusqu'à ce que les tambours et les chants se déversent du toit du véhicule, avec une soudaineté qui le fait tressaillir. Le son enfle, envahit la nuit.

À l'intérieur de la hutte, l'un des trois pousse un double jappement pour fêter cette arrivée.

Victor hoche la tête, satisfait.

Il retourne près du feu, l'attise avec la pelle et constate que les étincelles s'envolent vers le maillot de son fils. Pour le protéger des centaines de braises aéroportées, il le plie et le dépose sur la chaise de jardin cassée, placée à côté de la hutte telle une table d'appoint. Ainsi, Nathan le trouvera en sortant. Il continue à attiser le feu et regarde les étincelles s'élever en tournoyant, de plus en plus haut, comme aspirées par une cheminée invisible. Il appuie la pelle contre la poubelle pour examiner le fusil.

Après s'être assuré qu'il n'est pas chargé, il actionne la culasse, deux fois, et balaie les alentours comme s'il suivait quelque chose à la trace, et soudain, parmi tous les endroits où il aurait pu pointer le canon, celui-ci s'arrête pile sur toi, sur ta tête toujours tournée sur le côté. Ton œil droit remonte le long du canon, jusqu'à lui.

Sans même réfléchir – c'est ce qu'il faut faire quand on est dans le viseur d'un chasseur –, tu décampes.

Malgré cela, il t'a vue… pas toi, mais ton déplacement. Une idée.

Il baisse le fusil et scrute la nuit.

« Jolene ? s'écrie-t-il. C'est toi ? »

Comme tu ne réponds pas, il pince les lèvres et émet un sifflement aigu, en tapant deux fois sur les jambes de son jean.

Tu n'es pas un chien.

D'ailleurs, il n'y a plus de chiens.

Il repose le fusil à sa place, sans cesser d'observer l'obscurité. Se déplaçant presque à tâtons, il extirpe trois bûches du tas de bois et les introduit au milieu des braises. Quelques secondes plus tard, l'une d'elles darde une langue de feu, puis toutes les trois s'enflamment, orange et brûlantes.

Victor demeure immobile devant le feu, la silhouette sombre d'un chasseur, les yeux toujours fixés sur l'obscurité. Le fusil a retrouvé le chemin de ses mains, comme un réflexe, canon vers le sol.

Un autre *ho !* s'échappe de la hutte, de la bouche de Nathan. C'est la première fois qu'il réclame davantage de chaleur.

Victor considère l'obscurité, puis s'en détourne. Il troque le fusil contre la pelle, la glisse sous les bûches incandescentes et en extrait une pierre. Il agite la pelle pour faire tomber les cendres et les braises ; sa main gauche, gantée, remonte vers l'extrémité du manche, et il marche vers la hutte, en crabe.

Avec sa hanche, il donne un petit coup dans le rabat, qui se soulève, maintenu par une sorte de tringle argentée et brillante.

À l'intérieur, les trois visages ruisselants sont déjà épuisés. Victor dépose son chargement rougeoyant, et juste au moment où il ressort sa pelle, un des chevaux pousse un hennissement, au milieu de nulle part. Victor sursaute, si brutalement qu'il aurait fait tomber la pierre brûlante quelques secondes plus tôt. Mais ce n'est qu'un cheval stupide.

Malgré cela, il examine la nuit autour de lui, ses yeux scrutent et balaient, essayant de discerner une forme.

S'il était intelligent, s'il écoutait les chevaux, il aurait déjà fichu le camp.

Mais *toi* non plus, tu ne partirais pas, hein ? Tu ne pourrais pas.

Tu restes devant ton petit, jusqu'à ce que tu ne tiennes plus debout, alors tu te laisses tomber de manière à le protéger avec ton corps. Et tu reviens dix ans plus tard, devant ce feu ; tes mains douces s'ouvrent et se ferment le long de tes jambes, tes yeux cillent à peine.

Pas plus que toi, il ne peut quitter son petit.

Pour la seconde fois, il s'écarte de sa voiture. Armé d'un faisceau lumineux pour transpercer la nuit.

Tu te plaques au sol, tu laisses cette chaleur courir sur ton dos.

Mais il sait. Tu le devines à l'odeur du pistolet sur sa hanche. Le goût graisseux, écœurant, de l'arme est dans sa main maintenant.

« Montre-toi ! »

Ses paroles se déversent dans l'obscurité et retournent au néant.

Les chevaux lui indiquent ta présence de nouveau ; leur mise en garde est claire, pressante, simple et précise.

Il a eu sa chance, non ? C'est sa faute. Il n'aurait pas dû venir ici.

Le faisceau de sa lampe disparaît derrière la caravane, par à-coups : il fait deux pas, promène la lumière autour de lui, puis repart brutalement, et recommence.

Lorsqu'il disparaît au coin, tu peux enfin pénétrer dans l'éclat vacillant du feu. Le cheval blanc et brun, le plus futé des trois, piaffe et secoue la tête.

Tu en fais autant.

Les deux qui t'intéressent sont juste là, dans cette hutte, à trois pas, nus et impuissants. Gabriel Cross Guns, Cassidy Sees Elk. Les deux seuls survivants de ce jour-là, dans la neige.

Mais tu ne veux pas qu'on te tire dans le dos. Tu sens encore la douleur de la fois précédente, tu ne veux pas que ce père rouvre la plaie avant que tu aies terminé.

Quand il contourne la caravane, tu le suis. Son odeur flotte dans l'air, si nette que tu pourrais fermer les yeux sans risquer de le perdre. Néanmoins, tu prends la peine de rester à l'écart de la caravane pour éviter qu'il t'emprisonne soudain dans un halo de lumière jaune. Une caravane, ce n'est pas un train qui passe dans un hurlement et te prend au piège, mais c'est tout comme.

Quand il approche à petits pas des toilettes, convaincu que tu te caches derrière, les muscles de tes jambes se contractent pour…

Il pivote brusquement et te pétrifie dans le faisceau de sa lampe. Ton esprit s'égare dans cttc luminosité.

« Qu'est-ce… ? » Il remet son pistolet dans son étui à sa ceinture. « Tu veux que je fasse une crise cardiaque, Jolene ? »

C'est sa chemise et son pantalon que tu as volés sur la corde à linge.

« Jolene », dis-tu, d'une voix enrouée car ta gorge est neuve.

Tu veux éclaircir ta voix, mais un bruit fait intrusion dans cet instant. Tous les deux vous regardez en direction de la route.

Un véhicule gravit péniblement la route.

« Hé, attends un peu, tu n'es pas… » Victor se penche vers toi pour mieux voir. « Tu es la Crow du journal, hein ? Celle qui… qui… » Il porte sa main gauche à son front pour illustrer ses paroles : « Qu'est-ce qui est arrivé à ton œil ? »

On m'a tiré dessus. Voilà ce que tu ne dis pas. *Deux fois.*

Il recule d'un pas néanmoins.

« Je croyais que tu… que Lewis t'avait… il n'a pas… Qu'est-ce que tu fais ici ? »

En guise de réponse, tu te retournes vers lui, le regard fou, les cheveux dressés en tous sens.

« Ça », réponds-tu, et tu te précipites pour lui montrer.

Dans le temps ça déchirait

Cassidy aurait dû faire ça depuis des années. Les sudations devraient être une habitude. C'était sûrement ce que leur disait Neesh dans le temps.

Mais dans le temps, ç'aurait été une épreuve de plus pour tous les quatre, une épreuve de plus qui les séparait du week-end. Une sudation n'était jamais un rituel alors, toujours un calvaire.

Cassidy hoche la tête dans son coin. Oui, il va entretenir cette hutte, et peut-être même qu'il fera un retour dans le temps en remplaçant les sacs de couchage par une superposition de véritables peaux. Et peut-être qu'il adressera une demande à Denny pour récupérer ses droits de chasse ? Pourquoi pas ? Denny s'est calmé, il est marié, il assiste même à tous les matchs de basket. Dix ans, c'est une peine suffisante pour neuf caribous. Et dix ans à filer droit. Enfin, ça aurait fait dix ans demain, très exactement. Pendant tout ce temps, Cassidy n'a tué quasiment aucun animal, juste deux ou trois cerfs mulets en plaine, plus ce caribou qui ne demandait que ça, et un cerf de Virginie de temps en temps. Mais c'était plutôt de la régulation, se dit-il. De la régulation et de la survie. C'est son droit en tant que membre d'une tribu, non ? On ne peut pas lui retirer tout ça parce qu'un jour il a pénétré dans le secteur des anciens.

Et si Denny refuse, eh bah… Une fois que Jo et lui seront légalement mariés, elle obtiendra des droits de chasse, c'est quasiment sûr. Ou alors, si le mariage ne suffit pas, Cassidy se dit qu'elle pourra certainement transférer ses privilèges de Crow jusqu'ici, si elle y renonce là-bas. Et ensuite, tant qu'elle se trimballera avec sa plaque, chaque fois qu'il butera un caribou ou autre chose, Denny ne pourra rien dire. Ou peut-être qu'elle abattra elle-même un gros mâle.

À côté de lui, Gabe recule sur les fesses pour s'éloigner de la chaleur que dégagent les pierres et, pendant un instant, il protège son visage avec son avant-bras. À force de suer, vous avez besoin d'un peu de répit. Mais il faut tenir bon.

« Ça va ? » demande Cassidy à Nathan assis face à lui.

Le garçon a les genoux contre la poitrine, la tête baissée.

Il marmonne un oui. Ou bien, c'est une sorte de râle apathique. Un ultime spasme.

Cassidy penche la glacière sur le côté pour récolter une dernière louche d'eau.

« Pour Ricky », dit-il en versant quelques gouttes sur les pierres avant de boire.

L'eau est aussi chaude qu'un café servi il y a dix minutes.

Il tend la louche à Gabe, qui s'en saisit comme à chaque fois.

« Pour Lewis. »

Il verse quelques gouttes et passe la louche sans boire. C'est pas la louche de la bouffe des chiens ? a-t-il demandé un peu plus tôt.

Non, des chevaux. Cassidy n'a pas rectifié. Et uniquement de l'avoine, par-dessus le marché, car l'Appaloosa de Jo a été habitué à manger autre chose que de la paille et du pain dur. Mais Gabe ne connaît pas les chevaux, il ne sait pas que les flocons d'avoine sont inertes, et que cette louche est sans doute plus propre que les cuillères du *diner* en ville.

Nathan prend la louche, sa main tremble, ses cheveux sont collés sur son visage.

« Pour Tre », dit-il.

Il fait tomber un peu d'eau.

C'est le premier mot qu'il prononce depuis presque une heure, autant que Cassidy peut en juger.

Le gamin se ravise. Il brise l'armure. Il joue le jeu.

Tant mieux.

Tre était le prof de lycée pour qui une veillée funèbre a été organisée il y a une quinzaine de jours. Maintenant qu'il y repense, ça correspond plus ou moins au moment où Nathan a fugué pour s'enfuir dans les contrées sauvages d'Amérique. Il n'est pas allé plus loin qu'une caravane pourrie de l'autre côté de Shelby, mais quand même.

Tre, Tre, Tre. C'était lors de cette veillée que Cassidy avait appris comment s'écrivait ce nom. Il avait toujours cru qu'il y avait quatre lettres, comme le truc qui sert à porter la bouffe à la cafète[1].

De quoi était-il mort, déjà ? Cassidy n'arrive pas à s'en souvenir, avec cette chaleur qui transforme son cerveau en mélasse. C'était pas le neveu de Grease, par hasard ? Non, impossible. Grease est trop jeune. Georgie, alors ? Quelqu'un qui était en terminale quand Cassidy était en troisième.

« Finis-la », dit Gabe à Nathan, en parlant de la dernière gorgée d'eau, et après avoir interrogé Cassidy du regard – il n'a plus la force de parler –, Nathan porte la louche à sa bouche, la vide et la rend à Cassidy.

Ce qu'il y a de bien avec l'aluminium, c'est que ça ne chauffe pas. Qu'est-ce qu'ils utilisaient dans le temps ? Du bois ? De la corne ? Une vessie ? Un crâne de glouton ? Car dans le temps, ça déchirait.

---

1. Il confond avec *tray*, un plateau.

Peu importe. On n'est plus au temps jadis. Pièce à conviction numéro un : dehors, la cassette de Victor se tait, arrivée au bout de la bande. S'ensuivent quelques secondes de silence, le temps que le lecteur cherche la première chanson de l'autre face.

« Encore ce morceau ? »

Gabe trouve assez de souffle pour prononcer ces mots car il trouve ça hilarant.

« Essayez donc de partir en voyage avec lui », répond Nathan, la poitrine secouée par deux soubresauts, dans lesquels Cassidy voit une faible tentative pour rire. Avortée.

Gabe est obligé de chanceler pour rester assis. Mais il tiendra jusqu'au lever du soleil, Cassidy le sait. De tous les quatre, Gabe était toujours celui qui restait assis sur la boîte à outils, à l'arrière du pick-up, alors que tout le monde était affalé, dans le coma. Comme s'il attendait quelque chose. Comme s'il craignait, en se laissant aller, en fermant les yeux, de manquer un truc, ou de rester en plan.

De tous les quatre – Gabe répugne à dire ça –, Gabe est celui qui avait le moins de chances d'être encore en vie aujourd'hui. Il a toujours été le premier à braver le danger, qu'il s'agisse de sauter dans l'eau du haut d'une falaise ou de se dresser sur le chemin d'un cow-boy qui sortait d'un bar.

« Comme ça », est-il en train d'expliquer à Nathan en approchant sa bouche tout près du sol pour avaler de l'air, en gonflant sa poitrine de manière théâtrale afin de montrer que l'air tout en bas était beaucoup plus frais, plus rafraîchissant.

« Là où des milliers de culs se sont assis, dit Nathan.

– N'oublie pas la pisse de chien », dit Gabe en s'allongeant sur le sol.

Cassidy sourit. Sa vue se trouble pendant une seconde, peut-être deux.

C'est pour Lewis, se dit-il. Lewis, qui essayait de rentrer au bercail.

C'était amusant, si l'on peut dire : Lewis se précipite vers chez lui et meurt en chemin. Ricky s'enfuit de chez lui et meurt en chemin. Gabe et lui restent ici, et ils sont toujours en vie.

« Hé, dit Cassidy à Gabe.

– Je repose mes yeux », marmonne Gabe.

Nathan laisse retomber sa tête, ses longs cheveux forment un rideau mouillé. Tout le reste n'est qu'une silhouette dans l'obscurité humide et cendreuse.

« Au sujet de Lewis », dit Cassidy.

Gabe prend appui derrière lui pour se redresser en position assise. La terre colle à ses doigts tellement il transpire, et parce que le sol est en train de décongeler sous eux.

« On n'a vraiment plus d'eau ? demande-t-il.

– Ils disent qu'il avait un bébé caribou avec lui, hein ? » demande Cassidy.

Gabe pose son regard instable sur Nathan, mais le garçon demeure immobile. Il n'écoute pas, ou bien il écoute et il s'en fiche.

« Sérieusement, dit Gabe en parlant de la cassette de Victor. J'aime les tambours autant que n'importe quel Peau-Rouge buveur de bière…

– Il rentrait chez lui avec un bébé caribou, insiste Cassidy.

– C'est pas la saison, répond Gabe en repoussant cette remarque d'un geste. Ça devait être une vache domestique.

– Pas la saison non plus.

– Un cheval.

– Tu te trimballes pas avec un poulain, c'est trop lourd. »

Gabe change de position, mais l'air est chaud lui aussi.

« Je te l'ai jamais dit », reprend Cassidy.

Gabe se fige, il se tourne vers Nathan de nouveau, puis revient sur Cassidy.

« La dernière partie de chasse, dit Cassidy. Le Thanksgiving classique ou je ne sais plus comment Ricky avait appelé ça.

– Je croyais que c'était *moi*.

– Cette petite femelle que Lewis a abattue. Elle avait un polichinelle dans le tiroir.

– Je croyais l'avoir tuée…

– Vous avez le cerveau ramolli », dit Nathan.

Gabe hausse les épaules, comme si le gamin avait raison, et il s'adresse à Cassidy : « C'était… c'était Thanksgiving, mec. Peut-être que ce caribou avait une dinde au four. »

Il se tapote le ventre pour montrer de quoi il parle.

« C'était le samedi avant Thanksgiving, rectifie Cassidy.

– Demain, dit Gabe avec un sourire idiot, en regardant la montre qu'il ne porte pas, ni aujourd'hui ni jamais, et qu'il ne porterait pas de toute façon, à cause de la transpiration.

– Lewis l'a *enterré*, dit Cassidy. Ce… ce bébé caribou mort-né ou je sais pas quoi. »

Gabe demeure bouche bée.

« C'est la femelle rachitique qu'il nous a fait traîner jusqu'en haut de la colline ? dit-il finalement. À cause de laquelle on s'est fait choper par Denny ?

– On était repérés de toute façon.

– C'est le jour où vous avez flingué tout ce troupeau ? » demande Nathan.

Cassidy et Gabe se retournent vers lui.

« C'est Denorah qui m'a raconté », précise-t-il comme s'ils exigeaient qu'il s'explique.

Cassidy regarde Gabe :

« Tu l'as raconté à ta fille ?

– Qui d'autre aurait pu lui dire, à ton avis ? » répond Gabe aussitôt, et il remue les lèvres comme s'il allait cracher sur les pierres, mais il n'a plus assez de salive, alors il se penche en avant comme un vieillard ivre qui confie un secret au sol.

« Ouais, je vois », dit Cassidy.

Denny. Denny Pease. Il a dû raconter cette histoire à Denorah, évidemment. Tout était bon pour donner une mauvaise image de Gabe, pire que la réalité.

« Où tu veux en venir ? demande Gabe, en revenant à cette idée de bébé caribou. Que Lewis était complètement à la masse ? Que tous ces bouquins avec des elfes, ça avait fini par lui griller le cerveau ? Et que ça l'avait poussé à tuer deux femmes et à foutre le camp avec un bébé caribou jusqu'à ce que les soldats le flinguent ?

– C'est pas les bouquins, dit Cassidy.

– Des elfes ? » demande Nathan.

Il a relevé la tête et il les regarde tous les deux.

« Respire, respire, tu entends des voix, dit Gabe.

– Combien de temps encore ? interroge Nathan.

– Tu es guéri ?

– De quoi ? D'être un Indien ? »

Gabe ricane, sans vraiment sourire. Un son que Cassidy connaît bien. Il appuie l'extrémité de ses doigts contre la poitrine de Gabe pour le soutenir, et s'adresse à Nathan :

« Tu peux sortir quand tu veux, mon gars.

– Quand tu auras été *purifié* », ajoute Gabe, inutilement, avant de se pencher en avant pour cracher un poumon. Ou deux.

Après presque une minute de crachotements, Nathan demande à Cassidy :

« Ça va aller ? »

Cassidy observe Gabe, à quatre pattes maintenant, sur le point de vomir.

« C'est l'un ou l'autre. »

Nathan secoue la tête d'un air amusé.

« Mon père dit qu'il l'a arrêté un nombre incalculable de fois.

– C'est la loi des Blancs, répond Cassidy. S'il se fait arrêter, ça prouve juste qu'il est indien.

– Il dit qu'il vous a arrêté vous aussi.

– Ton père est un bon flic, dans l'ensemble, dit Cassidy. Mais des fois, il déconne un peu. »

Après une ou deux secondes, un sourire traverse le visage de Nathan.

« Il est là, dehors, comme une statue d'Indien devant une boutique de cigares.

– Il s'est fait porter pâle un vendredi soir rien que pour ça. Du coup, il va devoir se taper le boulot merdique pendant un mois. Il fait tout ça pour toi, mon gars.

– Il est pas obligé.

– Dis-lui.

– Il comprend rien.

– Il a été le premier à entrer dans la maison des Dickey après que… Tina, avec le fusil ? » Ce souvenir fait grimacer Cassidy. « Il a ramassé tellement de gamins sur l'asphalte qu'il pourrait sûrement écrire un manuel pour expliquer la meilleure façon de les déplacer en un seul morceau. Il a été obligé d'apporter des bébés drogués à leurs grands-mères et il a dû s'aventurer en pleine cambrousse pour retrouver d'autres grands-mères. Certains des ivrognes qu'il secoue le matin pour les réveiller sont morts, et il se souvient d'être allé à l'école avec eux. Pour sa première semaine dans la police, ils l'ont obligé à récupérer Junior Big Plume dans les marais, alors que son visage était… Il a envoyé mon frère Arthur en prison, figure-toi. Il ne veut pas que tu finisses là-bas toi aussi…

– Je suis pas comme lui et grand-père, le coupe Nathan, obligé de mordre sa lèvre inférieure pour l'empêcher de trembler.

– Il restera là, dehors, et il entretiendra le feu pour toi, aussi longtemps que nécessaire. C'est tout ce que je dis. Tous les pères indiens ne sont pas comme ça. Tu as tiré le bon numéro, mon gars.

– Ça va devenir une vieille histoire indienne », intervient Gabe, d'une voix affaiblie par la toux. Il prend appui sur l'épaule de Cassidy pour se lever. « L'histoire du père qui attend devant la hutte pendant sept jours, et qui doit aller de plus en plus loin dans la forêt pour alimenter le feu, puis il demande aux castors de lui apporter du bois, ça veut dire qu'il aura une dette envers eux, et quand le feu manque de s'éteindre, il doit trouver de quoi le raviver… alors il appelle un faucon pour qu'il lui apporte de la mousse séchée, et il lui sera redevable à lui aussi. Et ensuite, il y a un truc avec un rat musqué. Et puis… »

La suite se perd dans une nouvelle quinte de toux.

Cassidy regarde Nathan en haussant les épaules, l'air de dire : *Eh oui.*

« On n'est pas censés chanter, prier et tout ça ? demande le garçon.

– Si », répond Cassidy.

Après cet échange, tous les trois se plongent dans la contemplation des pierres rougeoyantes.

« Il nous faut de l'eau, déclare Gabe, finalement. Peut-être qu'on devrait prendre des trucs genre des pistolets à eau ? Les Indiens de jadis ont jamais pensé à ça, je parie. »

Avec son pouce et son index, il fait mine de tirer des jets d'eau fraîche sur Cassidy, sur Nathan, puis dans sa bouche, jusqu'à plus soif.

« Tu aurais pu boire l'eau de la glacière, lui dit Cassidy.

– J'ai… des principes.

– Je vais demander à mon père », dit Nathan.

Tous les prétextes sont bons pour s'échapper.

C'est à ce moment-là que le rabat se gonfle vers l'intérieur, comme lorsque Victor le pousse avec sa hanche ou son coude. Mais pas de Victor. Les chiens sont revenus ?

« Tiens », dit Gabe à Cassidy et il dépose la glacière sur ses genoux.

Gabe se penche pour ramasser le club de golf sacré, le pointe sur le rabat et pousse.

Dehors, les jambes épaisses de Victor ont été remplacées par des jambes de femme. Longues et très jolies.

Nathan, nu et âgé de quatorze ans, recule dans l'obscurité en poussant sur ses talons.

« La vache, dit Gabe à Nate, impressionné. Tu as vraiment commandé une pizza. » Puis, s'adressant à Cassidy : « Town Pump livre jusqu'ici ? Est-ce qu'ils livrent, d'ailleurs ?

– J'y vais. »

Cassidy pose la glacière sur le côté et sort de la hutte.

« Comment ça se passe là-dedans ? demande Jo.

– Chaudement, répond Cassidy en ébouriffant ses cheveux et en regardant son ventre et le reste. Et à poil, aussi. »

Jo recule pour éviter les gouttelettes de sueur qu'il fait jaillir de ses cheveux.

Cassidy examine sa main. Elle est mouillée, comme tout son corps. Il regarde autour de lui. Généralement, quand il transpire, les chiens le considèrent comme une sucette géante. Mais avec ce froid, la sueur ne va pas rester longtemps. Dans quelques minutes, c'est la pneumonie assurée.

« Tu as vu Victor en arrivant ? »

Jo se retourne vers l'obscurité qui les entoure et dit :

« Merci d'avoir rentré mes fringues. »

Cassidy s'interroge, perplexe. Peut-être qu'il est un super petit ami, en fait, mais il a oublié ?

« Tout se passe bien à la boutique ? »

Ce qui signifie : *Pourquoi tu es ici, alors que tu devrais être là-bas ?*

Jo déglutit, elle rassemble les mots dans sa bouche et elle est sur le point de dire ce qu'elle a à dire quand Gabe lance un faible *Ho !* à l'intérieur de la hutte.

Cassidy continue de la dévisager.

« Tu n'y es pour rien, dit-elle finalement. Je veux que ce soit bien clair. Mais… j'ai appelé à la maison pendant ma pause. »

Cassidy hoche la tête, il sait qu'elle profite de sa pause pour téléphoner à sa sœur car personne ne surveille le poste de la salle de repos.

« Tu sais, ton ami… celui qui a été tué ?

– Lequel ?

– Près de Shelby. Hier.

– Lewis.

– Il a tué sa femme et la fille avec qui il travaillait ? »

Cassidy acquiesce. Il n'aime pas le tour que prend cette discussion.

Jo cale son coude droit dans sa paume gauche pour pouvoir plaquer sa main sur sa bouche, et tourne la tête encore une fois.

« Cette fille… avec qui il travaillait. À la poste, je crois. C'était ma cousine Shaney. Shaney Holds. Ma sœur vient de l'apprendre.

– Oh, merde, dit Cassidy. Merde. »

Jo essaie de faire comme si de rien n'était, sans y parvenir. Cassidy veut la prendre dans ses bras, mais à la toute dernière seconde, il se souvient qu'il est dégoûtant.

« Alors… qu'est-ce que ça veut dire ? demande-t-il.

– Ça veut dire qu'elle est morte, répond Jo, qui semble sur le point de pleurer. Ma tante, sa mère, elle… Shaney était sa dernière.

– Sur combien ?

– La dernière toujours vivante, je veux dire. »

Jo repousse les mèches de cheveux qui barrent son visage pour voir les yeux de Cassidy.

« Merde », répète-t-il.

C'est tout ce qu'il trouve à dire.

« J'ai parlé avec Ross, reprend Joe. Il m'a dit que je pouvais prendre trois jours. Un jour pour y aller, un jour sur place, un jour pour rentrer.

– Ne t'inquiète pas pour Ross. Gabe était en taule avec lui. Prends toute la semaine si tu veux. Quinze jours même.

– Je sais que tu ne peux pas partir…

– Si, je peux…

– Tu as un nouveau boulot depuis trois semaines et tu demandes déjà un congé ? »

Jo le laisse réfléchir aux conséquences.

Elle a raison.

« Je voulais y aller directement, dit-elle. Mais si je n'étais pas rentrée demain matin, j'avais peur que tu…

– Merci. J'aurais flippé, j'aurais fait du baroufe en ville.

– Je te connais, dit Jo avec un sourire.

– Faut ce qu'il faut », dit Cassidy, heureux de lui avoir fait oublier sa cousine l'espace d'un instant.

Jo s'éloigne de la hutte, entraînant Cassidy avec elle.

« Comment il réagit là-dedans ?

– Nathan ?

Il est en troisième ?

– En quatrième, je crois. Ça se passe bien, très bien. Je regrette de… à l'époque, j'aurais dû être plus attentif quand son grand-père a fait tout ça pour moi. Comme ça, j'aurais pu mieux transmettre.

– Son grand-père ?

– Oui, c'était le… Peu importe. Il faut que tu y ailles. Tu as besoin d'argent.

– Je peux…

– Prends-le, dit Cassidy en se tournant vers le pick-up posé sur les parpaings et le thermos rempli d'argent liquide caché dans le pot d'échappement rouillé. On l'a mis de côté pour ça, non ? »

Il s'approche du pick-up, agrippe la calandre pour se glisser sous le châssis, puis s'arrête au dernier moment. Il vient de se souvenir, encore une fois, qu'il est tout transpirant. Et nu comme un ver. Et combien les petits éclats de rouille sont tranchants.

Jo l'a rejoint déjà, elle lui prend le bras. Et l'attire contre elle.

Ils s'étreignent, malgré la sueur ; ses cheveux détachés se collent sur la poitrine de Cassidy.

« Tu vas être obligée de prendre une douche maintenant.

– Ça me plaît.

– Attends, je vais chercher ma salopette.

– Je ne suis pas totalement bonne à rien, tu sais. Je peux très bien récupérer l'argent.

– C'est mon ami qui l'a tuée.

– Tu as nourri Cali ? demande Jo en parlant de son Appaloosa.

– Je refuse de l'appeler comme ça.

– Dans ta tête, tu le feras. »

Elle prend le visage de Cassidy entre ses mains et l'attire vers elle pour l'embrasser. Elle l'étreint, les yeux fermés.

« Attention, dit-il. Je suis nu. »

Elle fait glisser sa main vers le bas, ce qui n'arrange rien.

« Deux jours, dit-elle en reculant.

– Lundi.

– Je laisserai des serviettes à côté du feu. Les garçons ne pensent jamais à l'après. »

Cassidy se retourne vers la hutte, il est obligé de hausser les épaules. Jo a raison. Sans elle, ils auraient séché à l'air libre. Dans le froid glacial. Debout dans la neige.

« Tu es en état de conduire ? » lui lance-t-il.

Jo est sur les marches de la caravane.

« C'est pas si loin que ça », répond-elle. Puis, à propos des sons de tambour qui s'échappent de la voiture de Victor : « C'est une de tes cassettes ? »

Cassidy fait non de la tête et Jo disparaît à l'intérieur, pour faire sa valise. La caravane craque et grince, toutes les vitres sont jaunes maintenant, ce qui signifie que l'unique lumière est allumée. Mais elle semble vivante, et du coup, ça donne l'impression que tout cela vaut le coup.

Quelque part dans l'obscurité, les chevaux piaffent et renâclent.

« Vous inquiétez pas », leur dit Cassidy. Puis, se parlant à lui-même : « Je vais vous rendre votre louche, chut. »

Mais où est Victor ?

Cassidy scrute l'obscurité pendant dix, vingt secondes, de plus en plus froides, et il siffle, le plus fort possible, pour faire revenir les chiens.

Ces imbéciles de chiens. Ces imbéciles de chevaux. Cet imbécile de Victor.

En pressant le pas à mesure qu'il approche de la hutte, son souffle formant un nuage blanc devant son visage, il ramasse deux pleines poignées de neige dégoulinante, soulève le rabat avec sa jambe, entre en pivotant lentement sur lui-même, tendant à bout de bras ces deux poignées de neige fondue.

« Noix de coco ? » demande Gabe, ivre de chaleur. Il prend sa part de neige et se tourne vers Nathan pour achever sa plaisanterie : « Il sait que c'est mon parfum de granité préféré. »

Le garçon prend sa boule de neige, l'écrase sur son visage et laisse ses mains plaquées pour tenter de prolonger la sensation de fraîcheur.

« *Boules* de coco », dit Cassidy en agitant les siennes avant de se rasseoir, pendant que Gabe observe sa poignée de neige fondue, longtemps, puis la verse sur les pierres.

La vapeur s'élève, faisant grimper la température d'un degré insupportable, voire deux.

« Ho ! » crie-t-il à Victor, mais il n'y a plus de Victor pour l'entendre, uniquement des tambours et l'obscurité, des chevaux et des voitures et, juste là, tout près maintenant, il y a toi.

Cassidy laisse retomber le rabat.

Voilà comment on apprend à danser le break-dance

Les trois choses qui se bousculent dans la tête de Gabe pour se faire une petite place sont :

1. boire un verre,
2. faire pipi,
3. Jo est là, dehors.

Sa présence signifie que s'il veut sortir dans l'air glacé d'un pas chancelant pour aller pisser comme il en a terriblement envie, alors qu'il n'a absolument pas bu pendant toute la sudation (il doit être dans le négatif au niveau des fluides), sa présence signifie… qu'il a besoin d'une serviette ? Une feuille de vigne ? Une bible pour cacher sa nudité ? Pas un de ces petits bouquins verts, mais un bon gros livre saint relié en cuir.

Mais… comme s'il n'y avait jamais eu un seul type à poil dans la réserve des Crows ? Gabe ricane tout seul et ses doigts s'approchent de sa bouche, au ralenti, pour palper ses lèvres qui sourient, car son visage ne lui indique rien du tout pour le moment.

« Qu'est-ce qu'il y a ? » demande Cass.

Gabe oscille de droite à gauche, sa tête mouillée trace des huit en secret.

Le gamin a la bouche collée à la terre qui fond pour téter sa fraîcheur vaporeuse.

Cass lui passe la glacière. Le gamin la porte à ses lèvres comme une tasse géante et fait couler dans son gosier l'ultime souvenir de l'eau.

« J'ai l'impression d'avoir déjà entendu cette musique..., dit Gabe, penché vers Cass, à propos des stupides tambours de Victor.

– Chut », fait Cass, les yeux fermés comme s'il essayait de se réfugier en lui-même, d'entrer réellement dans ce rituel.

Ouais, super.

Gabe ferme les yeux lui aussi, il nage dans cette obscurité brûlante et poudreuse, et sent ses épaules fondre, ses côtes se creuser quand il expire tout ce qui est en lui ; les extrémités de ses doigts sont bulbeuses et lourdes, ses pieds et ses jambes sont ailleurs.

C'est peut-être comme ça que ça marche, se dit-il, et en même temps, il essaie de faire le silence à l'intérieur de sa tête car quand on se parle à soi-même, c'est pour ça que ça *ne marche pas.* Le corps qui s'échappe, c'est ce qui permet à tout le reste de décoller, de s'envoler, de s'évader. Et peut-être de voir des trucs pour une fois, hein ?

Mais la vision sur laquelle s'arrête Gabe n'est pas réelle, il le sait. C'est impossible.

C'est celle de son père, assis dans son fauteuil, dans son salon du Couloir de la mort.

Il regarde toujours la même chaîne : celle de la caméra fixée sur le parking de l'IGA.

Sur son petit écran rond, il n'y a rien, puis rien et encore rien, mais soudain... un grand chien passe en trottinant, en route pour quelque mission canine.

Le père de Gabe émet un grognement approbateur, et Gabe se tourne vers lui avec l'air de dire : Hein ? C'est ça que tu appelles de l'action ?

D'un mouvement du menton, son père l'oblige à reporter son attention sur l'écran.

Toujours le même néant, comme si des braqueurs de banque avaient détourné les images afin de s'introduire dans l'IGA et de faucher toutes les laitues pour leur grande entreprise de salades.

Gabe ricane.

« Écoute… », dit-il en s'apprêtant à partir, pour être n'importe où ailleurs, il y a forcément de meilleures visions quelque part, mais soudain, un déluge de mouvement s'abat sur l'écran.

Cette fois, ce ne sont pas des chiens. Mais des garçons. Au nombre de quatre.

La peau autour de ses yeux se plisse. Il est dans la hutte de sudation ou dans le salon de son père, il ne sait plus, et ça n'a pas d'importance.

Ils avaient douze ans alors. Lewis, Cass, Ricky et lui.

Leur seule richesse est un walkman et cette unique cassette que Cass a volée à son grand frère Arthur.

Honneur à Lewis.

Il met le casque sur ses oreilles, Cass tient le walkman et le câble. Lewis hoche la tête au rythme du synthétiseur, puis il regarde ses trois amis, le visage grave ; il laisse ses mouvements de tête contaminer le reste de son corps.

Lorsque le rythme trouve ses mains, l'extrémité de ses doigts se tend sur le côté, dans une pose à l'égyptienne, qui déjà remonte le long de son bras, atteint son cou et projette sa tête sur le côté comme s'il ne pouvait rien y faire. Autour de lui, Cass, Ricky et Gabe sautillent en chœur.

Voilà comment on apprend le break-dance.

Gabe sourit en les regardant tous les quatre, il y a si longtemps. Lewis passe le casque au danseur suivant en tenant le walkman lui-même, la musique est encore dans sa tête.

Elle y restera toujours, avait pensé Gabe, il s'en souvient. C'était une certitude. Une promesse.

Aujourd'hui, à côté de lui, son père regarde, au-delà du téléviseur, les murs du salon, les plinthes qui grouillent de…

C'est Cass qui est assis à côté de lui, pas son père. Et ils sont dans la hutte de sudation.

Gabe inspire profondément, l'air brûlant tourbillonne dans sa poitrine, le cuit de l'intérieur ; il essaie de grimacer un sourire car ce sont eux les dindes dans le four maintenant, non ? Mais ses lèvres le trahissent, ce sont deux limaces, très loin de son visage. Quand il regarde en face de lui pour s'assurer que le gamin ne s'est pas évanoui sur les pierres, il voit deux autres silhouettes assises là. Leurs yeux pénètrent au cœur de la chaleur.

Ricky.

Lewis.

Toutefois… le visage de Ricky est affaissé, amoché, piétiné. Quant à Lewis, lorsqu'il commence à relever la tête, des trous de lumière transpercent sa poitrine et… et…

Gabe se redresse d'un bond, sa tête heurte le plafond de la hutte et des poils de chien dégringolent.

Certains, en tombant sur les pierres chaudes, produisent un grésillement et un goût amer dans l'air.

« Je dois… Je dois… », dit-il en se baissant, une main posée sur l'épaule de Cass, qui ne l'empêche pas de se déplacer à tâtons jusqu'au rabat, pour se mettre lui-même au monde, nu, dans l'air nocturne.

Une seconde plus tard, avalant des bouffées de fraîcheur, les tambours de Victor emplissant tous les vides dans l'obscurité, la glacière franchit le rabat à son tour, pour qu'il la remplisse. Car, d'une certaine manière, cette épreuve n'est pas encore terminée.

Penché en arrière, Gabe contemple l'étendue étoilée.

Que Jo rapplique, qu'elle le regarde de la tête aux pieds, et secoue la tête. Il n'est pas l'Indien le plus résistant au monde.

Mais il est le plus assoiffé, aucun doute. Et il ne veut pas boire l'eau croupie du réservoir de Cass.

Il a sa propre glacière là-bas dans son pick-up, non ?

Il trouve le Mauser à côté des poubelles et l'utilise comme une canne pour faire quelques pas ; il l'appuie contre la voiture de patrouille de Victor, tapote le capot comme pour la remercier d'avoir gardé ça pour lui. Il prend appui sur une des chaises de jardin et regarde autour de lui ; il enregistre tout.

Exception faite de la caravane et des véhicules, on pourrait être deux cents ans en arrière, songe-t-il. Pas une seule lumière électrique à des kilomètres à la ronde. Néanmoins, il se réjouit de ne pas être deux cents ans en arrière. Car deux cents ans en arrière, des bières glacées ne l'attendraient pas dans la cabine de son pick-up.

Lorsqu'il se détache de la chaise pour aller chercher les bières en question, la chemise de Cass se prend dans ses doigts mouillés. Il la plaque sur son bas-ventre au cas où Jo jaillirait de derrière la voiture de Victor.

En parlant du loup :

« Ohé, gardien du feu ? » lance-t-il à la cantonade.

Pas de réponse.

« Hmmmm. »

Son regard se pose sur les toilettes extérieures, derrière la caravane, et il hoche la tête en voyant la lumière jaune de la lanterne suspendue.

Victor est aux chiottes.

Gabe affiche un sourire qui dit « On s'en fout » et, d'un coup de reins, se décolle de la voiture de patrouille contre laquelle il est retombé sans s'en apercevoir.

Il fait si frais dehors. C'est parfait. La neige qui craque sous ses pieds est ce qu'il a connu de mieux.

Arrivé devant son pick-up, il tend le bras par la vitre ouverte du passager, soulève le couvercle de la glacière et plonge la main dans les glaçons transformés en eau. Il reste encore quelques morceaux.

Il sort une bière, frotte la bouteille froide contre son visage, sa poitrine, ses bras. Le sifflement produit par l'ouverture est merveilleux, la mousse qui monte la plus belle des promesses.

« Je pensais à toi », murmure Gabe dans le goulot et renverse la bouteille en essayant de boire lentement pour ne pas vomir.

Tout en buvant, il pisse de la main gauche. Cass interdit qu'on pisse trop près de la caravane, il exige qu'on aille au milieu des arbres ou qu'on utilise les toilettes ; il dit que ça va puer si tout le monde pisse partout. Fait chier. Victor est aux chiottes et Gabe ne peut pas attendre.

Liquide qui entre, liquide qui sort.

Dans un hoquet, il interrompt enfin son long baiser avec la bouteille, essuie sa bouche avec la chemise de Cass, zut, et parvient à regarder sur quoi il est en train de pisser.

C'est un des chiens.

Il dévie son jet, attend qu'il crache ses dernières gouttes et se secoue, sans avoir besoin de remonter sa braguette, compte tenu des circonstances.

Il se tourne vers la caravane, toutes les lumières sont allumées. Puis vers les toilettes, accroupies au-dessus de leur trou profond. Et vers la voiture de Victor qui continue à marteler la nuit avec ses tambours.

Et il regarde le chien.

C'est une des deux petites chiennes, pas Miss Lefty, mais… Dancer, oui.

Dancer la chienne morte, on ne peut plus morte.

Gabe s'accroupit timidement, hésitant, et touche le pelage collé de l'animal.

« Qu'est-ce qui t'a marché dessus, ma petite ? » demande-t-il en caressant l'arrière-train.

Ses viscères forment une boule sous la peau d'une de ses pattes arrière. Gabe a déjà vu ça, chez des chiens écrasés.

Mais cette chienne, elle semble avoir été… piétinée ?

Sa poitrine a été broyée elle aussi. Les poumons, le cœur et le foie n'ayant nulle part où aller, presque tout a jailli par la gueule sous la forme d'une longue giclée grumeleuse. La langue qui pend à l'extérieur n'est pas encore enflée.

« Nom de Dieu », dit Gabe en se redressant pour scruter l'obscurité, au lieu de regarder derrière lui, là où tu te trouves, de l'autre côté du pick-up, pour l'observer. Le foudroyer du regard, poing serrés.

Mais il ne se retourne pas, et il ne le fera pas. Toute sa vie, il a regardé au mauvais endroit. Pourquoi serait-ce différent ce soir ?

« Cass, dit-il comme s'il faisait un essai de voix. Un de tes chevaux s'est échappé, je crois. Et il aime pas tes chiens. »

Il contourne prudemment l'animal et s'enfonce dans la nuit.

Deux pas lents plus tard, il trouve les deux autres chiennes.

Ladybear est morte, mais Miss Lefty essaie encore.

« Merde. »

Gabe met un genou à terre.

Miss Lefty geint.

« Merde merde merde. »

Il pose sa bière dans la neige et la tient un instant pour s'assurer qu'elle ne va pas tomber s'il la lâche.

Sa main cherche une pierre à tâtons, elle en trouve une grosse, tandis que sa main gauche localise la tête de la chienne.

Voilà, elle est bien morte maintenant.

Il repose la pierre et laisse ses fesses retomber sur ses pieds.

Quand il se relève, c'est sans sa bière, sans la chemise. Quand il se retourne vers son pick-up, il n'y a personne de l'autre côté du tunnel formé par les vitres. En revenant sur ses pas, il repousse les cheveux qui lui tombent devant les yeux et macule son visage de sang.

C'est presque risible.

De retour à son pick-up, il ramasse un chiffon sous le siège pour essuyer son visage et ses mains, tandis qu'avec l'autre main, il libère une bière de la glacière. Il la vide d'un trait, se retourne et prend son élan pour lancer la bouteille le plus loin possible dans l'obscurité.

Elle reste suspendue en l'air pendant de longues secondes, et retombe enfin sans se briser. Avec juste un bruit sourd.

Cass ne va pas aimer ça, il le sait. Personne n'aime voir tous ses chiens mourir en même temps. Mais Gabe n'y est pour rien. Et puis… s'il part aussitôt après la cérémonie, il ne sera même pas mêlé à cette histoire, hein ?

« Tu n'es jamais venu là, d'ailleurs », se dit-il à voix haute, en regardant autour de lui pour s'assurer que Jo n'est pas apparue soudain, dans son dos, pour l'espionner.

Pourquoi est-ce qu'il pense à ça ?

« Tu deviens nerveux avec l'âge », marmonne-t-il et il fait passer la glacière remplie d'eau encore fraîche par la vitre.

Ce sera meilleur que la flotte du réservoir de Cass. Et il leur faut quelque chose de mieux que cette louche.

Il dépose la glacière sur le capot, ouvre la portière du passager et glisse la main derrière le siège, en regardant droit devant lui pour permettre à ses doigts d'aller plus loin. Enfin, il parvient à ramener le thermos qui se trouvait là. Il dévisse le bouchon, le laisse tomber sur le plancher et souffle à l'intérieur du thermos, énergiquement, en tournant la tête sur le côté.

Aucun squelette de souris ni carcasse d'insecte ne lui saute au visage.

Il le renverse, le cogne contre le pneu avant pour décrocher d'éventuels entêtés et comme rien ne sort – ce serait juste du café, non ? –, il coince le bord du goulot entre ses lèvres et l'emporte de cette façon pour pouvoir tenir la glacière à deux mains, telle la plus grosse, la plus carrée et la plus rafraîchissante des feuilles de vigne.

Il va devenir un héros, celui qui rapporte de l'eau avec des restes de glaçons qui flottent encore. Et les chiens morts dans la neige ? Ça ne s'est pas encore passé, ils ne sont pas réels.

En regagnant la hutte, il accompagne les chanteurs, à tue-tête, et marche au rythme des tambours, à l'indienne.

Histoires indiennes de Blackfeet

Nathan se souvient d'un stupide programme d'été, il y a des années de cela, où tous les enfants de dix ans étaient censés apprendre des trucs traditionnels. C'était l'époque où il arborait trois tresses et où on le préparait à devenir un All-Star Indian. Avant qu'il commence à être celui qu'il était réellement.

Tre était là lui aussi, et il portait des tresses traditionnelles également.

Durant cette semaine, ce qu'ils apprenaient, ce n'était pas à monter à cheval, à tirer à l'arc ou à faire des trucs cool, mais à faire sécher de la viande sur des claies.

Assis dans la chaleur de cette hutte, c'est exactement l'impression qui l'habite : il se sent comme une de ces fines lanières de viande posées sur ces brindilles, au-dessus d'un feu doux, sous un soleil de plomb.

Mais un mot tourne en boucle dans sa tête, libéré par la vapeur. Du temps où son grand-père lui enseignait le langage. Du temps où parler de cette manière avait un sens.

Kuto'yiss.

Kuto'yisss" ko'maapii.

Po'noka.

Kuto'yisss, c'est là d'où son père l'a ramené en voiture hier, quasiment. Les Sweetgrass Hills. Utilise ce mot dans une phrase : *Je suis allé à* Kuto'yisss *peut-être pour mourir, grand-père. Pour être avec Tre. Mais ton abruti de fils est venu me chercher. Je suis allé là-bas parce que tu me parlais toujours de l'argent de Sweetgrass, tu t'en souviens ? Ce que l'Amérique refusait de nous payer pour les collines qu'elle nous avait volées.*

Utilise ce mot dans une autre phrase : *Je préfère mourir à* Kuto'yiss *que sous une voiture renversée dans Cutbank Creek, comme Tre.*

Et *Kuto'yisss" ko'maapii* ? Ce n'était pas Sweetgrass Hills plus *"ko'maapii*, ce qu'il avait du mal à comprendre à l'époque. Aujourd'hui aussi.

Ce que ça signifie, c'est Blood-Clot Boy, le gamin héros né d'un caillot de sang, à l'époque où des conneries de ce genre arrivaient tout le temps, d'après son grand-père du moins, qui faisait signe à un autre gamin d'entrer dans la hutte à l'heure des histoires.

Nathan ne l'avait jamais dit à quiconque, mais dans le temps, au cours élémentaire peut-être, quand son père lui faisait ses tresses chaque jour avant l'école, il avait toujours su secrètement qu'il était *Kuto'yisss" ko'maapii.* Qu'il était là pour sauver les gens, pour devenir une étoile dans le ciel. Et puis, en classe de cinquième, M. Massey lui avait expliqué que chaque jeune Indien croyait être la réincarnation de Crazy Horse.

Denorah Cross Guns avait poignardé le vide avec sa main en entendant ça, et Nathan s'était retourné pour la regarder en douce, comme toujours.

« Pas les filles, avait-elle dit.

– Vous, vous croyez être… *Sacajawea* », avait répondu M. Massey avec un haussement d'épaules, laissant ces syllabes dégringoler de sa bouche comme une excellente blague.

Denorah Cross Guns ne connaissait pas suffisamment d'Indiens d'autrefois pour choisir un meilleur modèle, quelqu'un qui n'était pas un traître, alors elle avait gardé ça en elle, pour le match du soir, et elle avait été exclue pour faute personnelle. Il avait fallu l'entraîner hors du terrain à la suite d'une bagarre et son nouveau père avait dû empêcher son vrai père de descendre des gradins.

Nathan était là lui aussi et il hurlait avec toute la foule, pour prendre sa défense, pour dire qu'elle n'avait commis aucune faute. Et même si ça avait été le cas, hein ?

Denorah Cross Guns n'est la *Sacajawea* de personne. Et Nathan n'est ni Crazy Horse ni Blood-Clot Boy, le garçon né d'un caillot. Il le sait désormais. L'époque des trois tresses est révolue. Qu'importe toutes ces conneries de hutte de sudation. Qu'importent les tambours de son père à l'extérieur.

Quand Gabriel lui tend la glacière, Nathan la porte à ses lèvres et se sert du thermos en métal noir pour prendre un peu de cette eau si froide qu'elle en devient presque douloureuse.

Cass lui fait signe de continuer, il se débrouille bien.

Nathan verse un peu d'eau sur les pierres. La vapeur jaillit entre eux trois, les enfermant dans leur propre hutte individuelle, presque.

Est-il normal que les pierres soient aussi chaudes ?

Nathan ne le pense pas.

Personne ne pourrait supporter ça plus d'une heure ou deux. Sans ressortir complètement rôti. Une ou deux fournées plus tôt, Gabriel avait déclaré qu'il avait déjà été *cuit,* mais là, c'était tout autre chose.

Le thermos est encore à moitié plein.

Nathan fait tournoyer l'eau à l'intérieur, encore une fois, et alors qu'il s'apprête à boire, il repense à la règle : honore tes ancêtres. Ce qui voulait dire prononcer le nom de quelqu'un, simplement, avait expliqué Gabriel. Quelqu'un qui, sans cela, n'aurait peut-être pas à boire.

« Grand-père », dit Nathan, assez fort pour que les deux clowns, de l'autre côté de la vapeur, l'entendent, et il verse sur les pierres la moitié de ce qu'il s'apprêtait à boire.

Il est quasiment certain de voir, en face de lui, Cass hocher la tête : c'est bien, c'est bien. Maintenant, continue.

De retour à sa place dans leur cercle triangulaire, Gabriel est assis à côté de la glacière. Celle qu'il vient de rapporter.

« Neesh », dit-il, comme s'il était d'accord avec Nathan, et il balance une giclée d'eau, sans boire. Ce qui signifie qu'il a sans doute bu son content dehors.

« Tu crois qu'il en a eu assez ? » demande-t-il, de manière vague, en passant la glacière à Cass.

Celui-ci lève la tête, sans rien dire, alors Gabriel explique :

« Son grand-père, mec. Il a déjà bu deux fois. Bientôt, il va devoir aller pisser. »

Il sourit de sa plaisanterie, la bouche pendante comme si son visage fondait.

« À votre avis, ça sent quoi, la pisse de fantôme ? enchaîne-t-il. Vous croyez qu'il y en a partout, tout le temps ? »

Il essaie de lever son pied jusqu'à son nez pour sentir la pisse de fantôme.

« C'est pas assez chaud pour toi ? » demande Cass, avant de tourner la tête vers le rabat et de lancer un *ho !* sonore pour réclamer une autre pierre chaude, même si la précédente n'est pas encore arrivée.

En guise de réponse, Gabriel s'avachit et lève les yeux vers le plafond comme s'il cherchait quelque chose pour le sauver. Le grand méchant agent Yellow Tail avait raison, Nathan le devine : Gabriel et Cass, c'est effectivement lui et Tre, vingt ans plus tôt. Ou ce serait eux, si Tre était toujours vivant. Ou s'il était avec Tre maintenant.

On n'a besoin de rien d'autre, si ? Juste un bon ami. Quelqu'un avec qui faire l'idiot. Quelqu'un qui vous ramassera par terre et vous plaquera contre le mur.

Exemple numéro cinquante-huit, environ : Gabriel a fait de sa main une lame avec laquelle il touche l'épaule de Cassidy, juste assez pour provoquer une décharge électrique qui irradie dans tout son bras et l'oblige à pencher la tête sur le côté de manière stupide, comme un robot.

« Chut, c'est sérieux, mec », glisse Cass à Gabriel, et Nathan secoue la tête en regardant ces deux types, l'un qui se trémousse sur son cul nu, et l'autre qui plonge la nouvelle louche dans l'eau, solennellement, et la tient devant lui comme s'il fallait se concentrer dessus avant d'en verser un peu pour faire boire les morts.

Mais il ne le fait pas.

Il continue à examiner ce thermos noir, qui avait coûté cher.

« Qu'est-ce qu'il y a ? interroge Gabriel en interrompant ses ondulations au ralenti. Je sais que c'est pas une louche pour la bouffe de chien, mais certaines personnes ont des goûts plus…

– Où tu as trouvé ça ? » demande Cass, on ne peut plus sérieux.

Gabriel hausse les épaules, sans répondre ; il reprend son balancement de camé et tourne la tête seulement lorsque Cass se lève et sort de la hutte en emportant le thermos noir.

« Ça veut dire que c'est terminé ? » demande Nathan, et Gabe se reconnecte à l'intérieur de la loge, qu'il balaie du regard, pour s'arrêter finalement sur la glacière que Cass a renversée en sortant.

« Vite, petit, lance-t-il à Nathan à propos de l'eau qui s'écoule. Prononce les noms de tous les Indiens morts que tu connais, je reviens tout de suite », et il disparaît à son tour.

Nathan comprend que c'était le plan depuis le début : le laisser seul avec ses pensées, et ses démons. Avec son grand-père.

Il secoue la tête devant tant de bêtise.

Que ferait Crazy Horse ? se demande-t-il. Sans doute qu'il resterait ici toute la nuit, et il toiserait tout le monde en sortant, nu, quand toutes les pierres auraient refroidi, ayant survécu.

Ou bien il compterait jusqu'à cent et il mettrait fin à ces conneries indiennes.

Ils diffusent les meilleurs moments à onze heures, rappelle-t-il à son père, dehors quelque part.

Et si on rentrait ?

Et il n'en resta qu'un

Dix ans, et te voilà enfin ici.

Grâce au troupeau, tu as l'odeur, le goût et le son de Richard Boss Ribs se faisant tabasser à mort sur ce parking dans le Dakota du Nord, et tu as senti les balles s'enfoncer dans la poitrine de Lewis Clarke, son corps danser contre le tien, ses bras serrés autour de toi comme si tu étais la seule chose qui comptait. Mais cette fois, tu vas *voir* ce qui se passe.

Ce sera différent. Ce sera encore mieux. Ton attente sera récompensée.

Avant, tu étais près des enclos à chevaux, à proximité des chiens. Maintenant, tu es de l'autre côté de l'allée, après t'être éloignée des toilettes extérieures, le menton et la bouche noirs de sang.

Ces deux-là, les deux derniers, ne savent pas que tu existes. Ce jour où ils t'ont tuée, dans la neige, n'était qu'un jour comme les autres pour eux, une simple partie de chasse.

Voilà pourquoi il faut que ça se passe de cette manière.

Tu aurais pu les éliminer à n'importe quel moment hier, mais ce serait un châtiment beaucoup trop doux. Il faut qu'ils éprouvent ce que tu as éprouvé. Leur monde tout entier doit être arraché de leur ventre et jeté dans un trou.

Le premier qui sort de la hutte est le nommé Sees Elk. Cassidy. Ce nom à lui seul te laisse un mauvais goût dans la bouche. Il s'arrête devant la chaise de jardin sur laquelle il a posé ses vêtements. Il a commencé par prendre le maillot d'un blanc éclatant du garçon, car il se trouvait près de la hutte, mais il l'a reposé, en essayant même de le replier. Sa chemise n'est plus sur la chaise, son pantalon, si. Il essaie de l'enfiler, mais il transpire et c'est un pantalon moulant, alors il n'y arrive pas.

Il pousse un grognement de frustration, s'assoit dans le fauteuil et tend les jambes, essayant d'aplatir son corps pour qu'il offre moins de résistance. Mais le problème, ce n'est pas l'angle, c'est l'adhérence. La chaise de jardin se replie, les deux pieds gauches, en aluminium creux, cèdent.

Il se relève de cet enchevêtrement, le pantalon à mi-cuisses, fait tournoyer la chaise et l'expédie le plus loin possible, au-delà des enclos.

C'est parce qu'il la regarde retomber qu'il voit sa chemise : une tache dans l'obscurité, au-delà des enclos.

« Je vais flinguer ces clébards. »

Il ramasse le thermos noir et s'éloigne.

Quelques secondes plus tard, l'autre – Cross Guns, *Gabriel* –, le premier à avoir ouvert le feu sur le troupeau, ce jour-là dans la neige, apparaît devant la hutte, nu. Il regarde son ami s'enfoncer dans l'obscurité, d'un pas décidé.

Pour une fois, il ne dit rien.

Peu à peu, il s'aperçoit que les lumières de la caravane sont toujours allumées et qu'il est nu. Il se cache avec ses mains et se précipite vers sa chaise, tombée et repliée elle aussi, et exécute la même danse du pantalon que le précédent.

« Victor ? » s'écrie-t-il, d'une voix grave, comme si cela pouvait compenser sa nudité.

Il roule les manches de sa chemise, et tu te souviens de ce qu'a dit le garçon, à propos des deux équipes : les maillots et les torses nus.

« Je suppose que la cérémonie est terminée », dit Gabriel, en continuant à regarder son ami.

Il a tort. La cérémonie vient juste de commencer.

Concentre-toi sur l'autre maintenant.

Cassidy ramasse sa chemise d'un geste rageur et essaie d'introduire son bras droit dans la manche, mais… elle est mouillée, imbibée de quelque chose qui n'est pas simplement de la neige.

Il ressort son bras et examine la tache qui s'étend.

Du sang.

Il découvre qu'il se tient au milieu de…

Les chiens. *Ses* chiens.

Il venait juste pour se glisser sous son pick-up et examiner le silencieux, vérifier que son thermos noir était toujours là, que c'était juste une coïncidence si son ami avait rapporté d'on ne sait où un thermos exactement semblable. Cassidy n'essaie pas de résoudre ce grand mystère : qu'est-il arrivé à ses chiens ? Cinq secondes plus tôt, il n'y avait pas de grand mystère. Les chiens n'étaient que des chiens, partis faire des trucs de chiens.

Mourir, par exemple.

Se faire broyer la tête par… Les chevaux s'étaient-ils libérés, pour les piétiner ? Les chiens ne cessaient de les harceler. Mais quand même.

Cassidy se retourne, les yeux des chevaux brillent dans la lueur terne du feu mourant, les naseaux dilatés par l'odeur de mort qui flotte dans l'air. Ils sont toujours dans leur enclos, ça ne peut pas être eux.

Alors…

Il revient vers le chien le plus proche et découvre la pierre coupable. Il s'agenouille, ses orteils s'écrasent contre la neige croûtée. Juste à côté de la pierre maculée de sang séché, il découvre une des bouteilles de bière de Gabriel.

Cassidy a du mal à respirer maintenant.

Il se retourne vers le feu, vers la hutte. Vers Gabriel, obligé de sautiller d'un pied sur l'autre pour réussir à boutonner son pantalon.

Ça n'a plus rien de drôle.

On peut lire les pensées de Cassidy sur son visage, dans la manière dont sa lèvre supérieure se relève d'un côté : *Gabe le bon vivant. Gabe le tueur de chiens. Gabe le braqueur de banques.*

Cassidy referme sa main sur la pierre et, au moment de la soulever, il ressent une présence, comme Victor Yellow Tail avant lui. Ce n'est pas toi, cette fois, mais deux yeux qui ont jailli de façon soudaine et incongrue, et qui l'observent, à quelques mètres de là.

La Crow, celle qui vit ici, celle qui répand son odeur partout, surtout sur ses vêtements. Elle est sous le pick-up, comme elle l'avait annoncé ; elle a glissé une main dans le châssis, à la recherche du silencieux, mais elle s'est figée ; elle ignore ce que réserve cette nuit.

« Il est là ? » lui demande Cassidy, tout bas pour que Gabriel ne l'entende pas, mais la Crow ne répond pas. « Peu importe, dit-il en se relevant, avec le thermos noir à la main. Je sais. »

Il marche jusqu'au pick-up de Gabriel.

Il ouvre la portière du passager pour allumer le plafonnier.

Gabriel regarde par-dessus son épaule.

« Cass ?

– Tu croyais que je m'en apercevrais pas ? »

Gabriel s'approche, yeux plissés.

Il a déjà entendu son ami prendre ce ton, mais jamais avec lui, et pas depuis des années, pas depuis… concentre-toi pour tout enregistrer… depuis que le grand frère de Cassidy a été envoyé en prison, la fois où Cassidy a bu une bouteille entière et s'est introduit dans le lycée de nuit, pour arracher la porte du vieux casier de son frère, en souvenir.

« Quoi donc ? demande Gabriel en continuant à avancer. Que j'ai rapporté une tonne de flotte glacée dans ta hutte pourrie, et que tu as tout renversé ? »

Un rire mauvais secoue tout le corps de Cassidy.

Il le ponctue en frappant le rétroviseur du pick-up de Gabriel avec le thermos. Le miroir vole en éclats et le cadre se balance au support, resté vissé dans la portière. Le bras long du rétroviseur a laissé une rayure en arc-de-cercle sur la peinture.

« Qu'est-ce qui te prend, bordel ? » s'écrie Gabriel, tout près maintenant, poitrine en avant.

Cassidy lui tient tête pour une fois.

« Fais voir ta main. »

Gabriel recule.

Cassidy saisit sa main gauche et la retourne.

« Elle t'avait à peine mordu, dit-il en regardant les deux petits trous un peu tuméfiés.

– Qu'est-ce que tu…

– C'est l'excuse que tu as trouvée ?

– Le… » Soudain, Gabe voit les choses avec les yeux de Cassidy. « Les chiens… Non… enfin, si… Je veux dire… C'était pas… Je voulais pas…

– Je parle pas des chiens. Le fric, Gabe ! Y avait neuf cents dollars là-dedans.

– Dans quoi ? »

Cassidy lance le thermos dans la poitrine de Gabe.

« Tu le sais très bien. »

Gabe rattrape le thermos par réflexe et le pose brutalement sur le capot de son pick-up.

« Tu crois que j'ai neuf cents dollars sur moi ? s'exclame-t-il, hébété. Tu crois que j'ai déjà eu neuf cents dollars un jour, d'un coup ? »

Pour prouver son innocence, il enfonce ses mains dans ses poches et retourne les deux en même temps. Cinq billets de vingt en tombent.

« C'est Victor qui vient de me les filer. Tu l'as vu, tu étais là.

– Et ça ? » demande Cassidy en montrant l'autre main, serrée autour de ce qui se trouvait dans cette poche.

Gabriel regarde sa main comme s'il voulait savoir lui aussi. Mais il le sent dans sa paume, non ?

Il recule devant Cassidy.

« Je ne… C'est pas à moi… C'était pas là quand j'ai retiré mon froc.

– Quoi donc ? »

Cassidy tend la main.

Gabriel recule de nouveau.

« Est-ce que c'est mon froc, d'abord ? dit-il en regardant son pantalon.

– Montre-moi », ordonne Cassidy d'une voix sourde, qui ne plaisante pas.

Gabriel soutient son regard.

« Écoute. Je comprends pas ce… »

Il tend la main entre eux, paume vers le haut, et ouvre les doigts, en jetant un coup d'œil à ce qu'ils renferment.

C'est la bague. Celle que Cassidy cachait au fond du thermos, pour l'offrir à la Crow.

« Tout ça parce que tu ne veux pas que je sois avec elle ? »

Cassidy émet une sorte de rire, dans un souffle.

« Non, non, attends, je ne… »

Gabriel pose délicatement la bague sur le capot, pour montrer qu'elle ne l'intéresse pas. Et que par conséquent il ne l'a pas volée.

« Et tu as tué mes chiens par-dessus le marché ? Tu es devenu aussi dingue que Lewis ? Je comprends pas ce qui t'arrive, enfoiré de Gabriel Cross Guns. Explique-moi pourquoi tu fais ça… Non, non, n'essaie même pas. Dis-moi juste où est le fric.

– Écoute. Quelqu'un… Je sais pas ce que tu… »

Cassidy l'interrompt en s'emparant du thermos sur le capot et, le retournant dans sa main, il l'abat sur le pare-brise du pick-up de Gabriel, provoquant un profond cratère blanc, au centre duquel la bouteille isotherme ressemble à un objet descendu du ciel pour frapper ce véhicule et uniquement celui-ci. Gabriel regarde successivement son pare-brise et Cassidy. Son regard s'embrase cette fois.

« Ah oui ? » dit-il en haussant la voix à son tour.

Il s'avance, finit d'arracher le rétroviseur et, le tenant par le support, il frappe sur la gouttière de la cabine, jusqu'à ce que le toit s'enfonce, laissant une profonde entaille irréparable.

« Allez, viens ! encourage-t-il. On va le bousiller, OK ? Putain de pick-up à la con ! Toujours en panne quand… quand… »

Voyant que Cassidy ne réagit pas, Gabriel balance le rétroviseur dans l'obscurité. Il fait face à Cassidy maintenant. Il respire fort.

« Mais c'est pas le seul pick-up qui reste sans bouger, hein ? » dit Gabriel.

Il bouscule Cassidy pour passer, d'un pas décidé, et il se met à courir avant que Cassidy puisse le rattraper.

« Non ! » braille celui-ci.

Il plonge et ses doigts réussissent à accrocher la poche arrière de Gabriel.

Ce dernier se trouve ralenti, mais la poche se déchire et il finit le cul à l'air.

« Gabe. Gabriel, non ! » hurle Cassidy, couché à terre.

Trop tard.

Si l'un des deux regardait dans l'obscurité, à seulement deux mètres de là, sur la droite, il verrait l'éclair blanc de ton sourire.

Et voilà. C'est parti.

Gabriel bifurque pour attaquer le vieux pick-up par le côté et il le percute d'un coup d'épaule, de toutes ses forces.

Gabriel ne pèse pas très lourd, mais c'est suffisant.

Cassidy s'est relevé pour se mettre à courir, mais il n'a pas boutonné son pantalon, et sans bottes, l'ourlet est trop long. Du coup, il n'arrive pas à temps. De toute façon, il n'aurait jamais pu arriver à temps.

Le pick-up penche d'un côté, puis de l'autre. Gabriel accompagne le mouvement et le repousse, avec assez de force pour qu'un des parpaings sous le carter d'essieu avant explose. Le véhicule s'affaisse du côté conducteur, comme un cheval qui pose un genou à terre. Non : comme un caribou qui s'est fait tirer dessus et qui s'écroule, sans comprendre.

« Non ! » hurle Cassidy, et il glisse la main dans le passage de roue, du côté passager, juste au moment où ce parpaing cède à son tour, par étapes, entraînant la chute des deux parpaings placés sous l'essieu arrière.

Pendant un instant improbable, Cassidy retient le pick-up, en hurlant, la bouche grande ouverte, comme jamais, assez pour provoquer l'affolement de Gabriel qui, imitant Cassidy, glisse les mains sous l'aile, comme si empêcher le pick-up de tomber était devenu soudain la chose la plus importante au monde.

Mais le pick-up l'ignore, évidemment. Il continue à s'affaisser en effritant le parpaing, pour finalement s'écraser sur le sol, d'un coup.

Cassidy, entraîné par le mouvement, plaque sa joue contre la neige pour regarder sous le véhicule, mais il n'y a plus de pneus, plus de roues, même les tambours de frein ont disparu. Par conséquent, le pick-up repose sur le châssis. Impossible de regarder dessous.

Il martèle le sol avec son poing, devant Gabriel qui ne bouge pas.

« J'ai un cric dans la bagnole, on peut… », dit-il, mais Cassidy se relève d'un bond et le repousse violemment.

Gabriel tombe à la renverse. Assis sur les fesses, il observe Cassidy qui… essaie d'ouvrir le capot, en force.

« Attends », dit Gabriel.

Il se lève pour venir l'aider, mais Cassidy le repousse de nouveau.

« Qu'est-ce qui te prend ? » demande Gabriel.

Cassidy pleure maintenant, il postillonne, il n'arrive pas à reprendre son souffle.

Gabriel revient à la charge. Avec son coude, il appuie sur le capot voilé, une fois, deux fois, pour essayer de rappeler aux ressorts comment ils fonctionnent.

Enfin, l'antique système de verrouillage cède et le capot se soulève de quelques centimètres.

Cassidy glisse la main par l'ouverture, force le crochet figé par la rouille à se déplacer vers la droite et, avec son autre main, il soulève entièrement le capot, dans un grincement métallique. Il recule en titubant, les mains sur le visage pour ne pas voir ce qu'il y a l'intérieur.

Gabriel détache les yeux de cette boule de douleur qu'est Cassidy pour regarder le pick-up. Comme il n'y a plus de moteur, il aperçoit le sol.

C'est la Crow. Une partie, du moins. Ses cheveux baignent dans un mélange de sang et de cervelle qui imbibe une jolie couverture en laine de la baie d'Hudson. Apparemment, la traverse, à l'arrière du compartiment moteur, là où devrait se trouver l'avant de la transmission, lui a broyé le crâne.

Elle a essayé de se recroqueviller à l'intérieur du compartiment moteur, devine Gabriel. Elle savait que le pick-up allait s'effondrer, alors elle a rampé vers l'avant, en s'accrochant à tout ce qu'elle pouvait.

Ça aurait pu marcher. Ça aurait dû marcher.

Hélas, ils n'ont pas réussi à retenir le pick-up assez longtemps. Ce pick-up qui n'avait aucune raison de tomber, pour commencer, si ce n'est pour faire une démonstration débile.

Si ce n'est pour se venger de Cassidy qui avait brisé un pare-brise, pour une histoire d'argent, et de chiens, dans laquelle Gabriel n'avait rien à voir.

N'empêche.

Gabriel plaque ses mains sur sa bouche ; ses poumons n'arrivent plus à avaler de l'air correctement.

Cassidy revient de la voiture de patrouille. Avec le Mauser.

Gabriel s'écarte de son chemin, tombe à genoux, il s'offre en pâture, mais Cassidy le contourne, pour regagner le pick-up qui repose maintenant sur la Crow.

Il ouvre la portière du passager et se penche à l'intérieur. Un énorme nuage de poussière envahit la cabine.

« Cass, dit Gabriel. J'ai pas… Qu'est-ce qu'elle… »

Il comprend ce qu'est en train de faire son ami. Il se souvient de ce qu'il a dit… Il avait sûrement, quelque part, une balle qui irait dans ce vieux fusil. Parmi celles qui se trouvaient dans le sac en plastique de Ricky, plein de munitions volées.

Cassidy essaie une première cartouche. Voyant qu'elle ne rentre pas, il la laisse tomber et passe à la suivante.

« Tu savais que c'était là que je planquais mon fric, dit-il, en guise d'explication.

– Hé, mec, mec. »

Gabriel se relève, les mains tendues devant lui, comme pour repousser cette accusation, comme si elles pouvaient arrêter les balles, comme si elles pouvaient donner un sens à tout ça.

Cassidy introduit une autre balle dans la culasse, l'éjecte et la balance.

« Ferme-la, ordonne-t-il. Faut toujours que tu la ramènes. Tu sais pas te taire. Si tu écoutais pour une fois dans ta vie…

– *Jamais je lui aurais fait du mal !* »

Tous les deux entendent le bruit caractéristique lorsque la cartouche suivante coulisse parfaitement : elle semble avoir été faite exprès pour cet instant. Cassidy referme la culasse et ressort de la cabine du pick-up, le fusil plaqué contre la poitrine, la tête pendante comme s'il se préparait véritablement à passer à l'acte.

« On a grandi ensemble, dit-il, au bord des larmes, essayant de contrôler le tremblement de ses lèvres. Je t'aimais, mec. Tu m'as sauvé la vie si souvent, et moi aussi. Mais… c'était elle maintenant. Tu ne comprends pas ça ? C'est *elle* que j'aimais maintenant. C'est elle qui me sauvait la vie. Et je sauvais la sienne ! Tout marchait bien pour une fois ! Tu piges ? Et maintenant… maintenant… »

Il épaule le fusil et recule suffisamment pour pointer le canon sur le visage de Gabriel.

Celui-ci respire par à-coups, en secouant la tête : non, non.

Ne pouvant aller nulle part sans que Cassidy l'atteigne d'un coup de fusil, il tombe à genoux une seconde fois. Le canon le suit, il est attaché à l'arête de son nez.

« Vas-y, mec. Fais-le, bordel ! Je mérite pas de… *Fais-le, je te dis !* Personne le saura. Personne me regrettera ! Tu aurais été le seul. Si… si tu es… *Fais-le !* »

Pour faciliter les choses, il lève le menton et regarde droit devant lui. Puis il se met à chanter, avec les tambours qui continuent à se déverser sur le toit de la voiture de patrouille de Victor, mais pas seulement. Il y a autre chose.

« Ta gueule ! » hurle Cassidy, en reculant devant ce geste, devant ce qu'il est obligé de faire.

Mais il revoit la Crow aussi, sous le compartiment moteur, sous le pick-up que *Gabriel* a renversé.

« Qu'est-ce que tu fous ? braille-t-il.

– C'est mon chant funèbre, bredouille Gabriel. Chut. Le couplet suivant est compliqué.

– Tu inventes ! Tous ces trucs d'Indiens, tu les inventes !

– Faut bien que quelqu'un le fasse, bordel. »

Gabriel reprend sa chanson.

Il n'y a pas de mots, juste ce son de jadis, qui monte de plus en plus haut, puis retombe, avant de s'élever de nouveau.

« Je ne… Je ne… », dit Cassidy en baissant son arme.

Il regarde son ami à genoux, les larmes qui coulent sur son visage de traître, le long de ses oreilles, dans son cou, sous sa chemise.

Cassidy pleure lui aussi.

Il essuie ses larmes, relève le canon du fusil ; il a du mal à le tenir fermement, mais il n'est qu'à trois mètres. C'est la distance à laquelle se trouvait Lewis quand il t'a tiré dessus la deuxième fois, dans la tête. Et la troisième fois.

La distance parfaite. La distance qu'ils ont méritée.

Hélas, le type au fusil perd sa détermination, et sa colère, il sombre dans un puits de chagrin. Mais il est à cran ; le canon de son arme se redresse comme s'il était décidé, puis retombe. Il a les nerfs à fleur de peau. Par conséquent, lorsque Cassidy perçoit des remous blancs juste derrière Gabriel, il a un mouvement de recul, surpris, et tente de presser la détente en même temps, une détente qu'il ne connaît pas vraiment.

C'est comme un coup de tonnerre, grave et profond, irrégulier. Il scinde la nuit en deux parties, très nettes, laissant Gabriel dans le silence qui les sépare.

Il regarde sa poitrine, pensant y découvrir un trou. Il palpe son visage, timidement. Pour finir, il tapote le côté de son crâne et retire une main ensanglantée.

Son oreille. Son oreille a une nouvelle encoche.

L'étonnement le fait sourire. Il regarde Cassidy, mais celui-ci lâche son fusil et fait non de la tête ; sa respiration est hachée de nouveau. À cause de la peur cette fois.

« Quoi ? » fait Gabriel, incapable encore d'entendre sa propre voix et il se retourne pour voir ce qui fait secouer la tête à Cassidy.

Ce qu'il voit alors – il essaie de l'intégrer, il essaie d'y résister – c'est ce qu'il craignait par-dessus tout de voir un jour : la fille au ballon de basket, la *Finals Girl*. Sa fille avec son maillot blanc. Son nom se forme sur ses lèvres, peu à peu, comme s'il essayait de recréer l'ensemble : *D, Den, Denorah.*

Elle est toujours debout, les cheveux devant le visage, tête baissée comme pour vérifier que le sang qui s'étale sur son maillot blanc éclatant est bien réel, que ça arrive pour de bon.

Gabriel tombe à la renverse, sans sentir ses doigts heurter le sol, sans avoir conscience de quoi que ce soit, hormis ce qui vient de se produire, ce qui ne peut pas être effacé, ce qui ne pourra jamais être défait.

Sa fille chérie. Plus tôt dans la journée, sur cette dalle de béton derrière sa maison, elle s'était avancée pas à pas vers la ligne des lancers francs, elle avait adopté la position parfaite et avait marqué pour quarante dollars de paniers, sans toucher le cercle.

C'était impossible, aucun gamin ne pouvait tirer comme ça. Mais elle, si. Pour quarante dollars.

« Je te les apporterai demain, au match », lui avait-il lancé par la vitre de son pick-up, dont le moteur tournait déjà, pour l'amener ici.

« Demain, ils auront disparu, avait-elle répondu avec les intonations de sa mère. Et puis, est-ce que tu as encore le droit de venir au match ?

– C'est un match de préparation.

– Si je joue, c'est un match.

– Je les ai pas pour le moment, avait dit Gabriel, en haussant les épaules comme si c'était la vérité, toute la vérité, rien que la vérité.

– Qui va te les donner ?

– Victor Yellow Tail. Ce soir. L'argent de la police. Y a pas mieux, hein ?

– Pour la sudation de Nathan ? »

Oui.

Denorah avait enregistré l'information, il le sait maintenant, mais il ne veut pas le savoir ; elle avait enregistré l'information, elle avait pesé le pour et le contre, elle avait réfléchi et décidé de se faire conduire jusqu'ici pour récupérer son argent avant que son loser de père dépense ce qu'il lui devait. Avant qu'il laisse cet argent s'envoler dans la neige.

Mais Cassidy l'a abattue avec une balle de .7.62 avant qu'elle ait le temps de s'annoncer, il l'a abattue de manière si propre et nette que la balle ne l'avait même pas projetée en arrière dans la hutte, elle avait simplement arraché un morceau de viande, une sorte de bouchon irrégulier.

Mais ce n'est pas de la viande, c'est ma fille, se dit Gabriel. Il hurle intérieurement, il ne peut plus s'arrêter de hurler intérieurement.

Exactement, lui réponds-tu.

Gabriel s'élance pour la retenir, mais Denorah bascule la tête la première avant qu'il puisse faire deux pas. Il tombe à genoux à côté de son pick-up et enfonce son visage dans le sol, les lèvres en contact avec la terre que tous les pneus ont débarrassée de la neige.

Sa fille, son bébé. Elle aurait emmené son équipe jusqu'aux championnats régionaux, elle aurait emmené toute la tribu chez les pros, vers la légende. Tout le monde aurait cessé de peindre des bisons et des empreintes d'ours sur les huttes ; les gens auraient dû apprendre à tracer les lignes d'un ballon de basket. Elle seule pouvait planter ses pieds dans le sol, viser le cercle et marquer dix lancers francs d'affilée. Vingt. Cinquante. Cent.

Elle aurait fichu le camp d'ici, contrairement à Gabriel qui n'y était jamais parvenu. Comme personne n'y était jamais parvenu. Pièce à conviction numéro un : Ricky. Pièce à conviction numéro deux : Lewis.

Était-ce véritablement elle qu'il avait vue aujourd'hui, à l'heure du déjeuner, s'éloignant du lycée, dans le froid, avec ce même maillot blanc ? Était-ce un avertissement ? Une vision ? Trina est-elle garée devant le passage canadien ? A-t-elle entendu la détonation ? Debout devant la portière ouverte de sa voiture, guette-t-elle avec des oreilles de mère le prochain coup de feu ? Des pas qui courent dans la nuit ? Son ex qui essaie de trouver une excuse de plus ?

Merde. Merde merde merde.

Et : *non.*

Il n'y a aucune excuse. Pas pour ça.

Lorsque Cassidy tombe à genoux à côté de Gabriel, l'air de dire : *Qu'est-ce qu'on a fait ?,* Gabriel le repousse, si violemment que Cassidy bascule sur le flanc et glisse sur le sol, si violemment que le recul projette Gabriel contre son pick-up.

« Tu lui as tiré dessus ! » hurle-t-il, en se relevant, poings serrés. Il pleure plus fort encore. Mais en même temps, il est fou de colère, fou de colère au point de tendre la main vers son pare-brise enfoncé pour récupérer le thermos noir.

« Et toi… tu as fait tomber un pick-up sur Jo…, accuse Cassidy.

– Sans le vouloir ! » réplique Gabriel.

Et puis, comme s'il était censé le faire, il avance dans l'obscurité, vers son meilleur ami depuis toujours, et lorsque Cassidy recule en rampant sur le sol, pour empêcher que la chose se produise, Gabriel presse le pas, jusqu'à se laisser tomber à genoux, à cheval sur Cassidy.

Le thermos est vivant dans sa main ; c'est à la fois la chose la plus légère et la plus lourde au monde. Il le fait rouler entre ses doigts pour assurer sa prise, l'ultime prise, la meilleure pour faire ce genre de chose.

« Tu l'as tuée, mec », dit-il comme s'il suppliait. Comme s'il essayait d'expliquer. « Tu as tué *Denorah.* Tu as tué ma petite fille… »

Cassidy a levé ses mains devant son visage. Il hoche la tête. Oui, il l'a tuée.

Son corps tressaute sous Gabriel, comme si un courant les reliait. Comme si, redevenus enfants, ils apprenaient le break-dance.

« Désolé », dit Gabriel, et il abat le thermos avec toute la force de leurs longues années d'amitié.

Mais parce qu'il le tient mal, son auriculaire se retrouve coincé entre le thermos et le sourcil de Cassidy.

Il rebondit et va se planter dans la neige croûteuse.

Cassidy baisse les mains, le sang forme un voile devant son visage.

Il observe Gabriel à travers. Tous les deux pleurent ; ils peinent à respirer, ils ne veulent plus respirer.

D'une main tremblante, à tâtons, Cassidy parvient à récupérer le thermos dans la neige et le rend à Gabriel. Tu es obligée de plaquer ta paume sur ta bouche ensanglantée car même dans tes rêves les plus secrets tu n'aurais pu imaginer cela, si ?

C'est parfait, c'est stupéfiant.

Gabriel prend le thermos, leurs doigts se touchent sur le métal noir, et Gabriel se souvient de tout : D, hier, qui se tourne vers lui avec ce sourire éclatant, sans regarder le lancer franc numéro dix, comme Jordan, et c'est si douloureux qu'il ferme les yeux, et abat de nouveau le thermos. Dans un craquement. Le craquement suivant est plus mouillé, le suivant plus profond, il pénètre dans un espace plus sombre.

Les muscles les plus proches du tibia de Cassidy sont les derniers à mourir.

Gabriel se penche en arrière et chancelle, forme humaine immatérielle.

Derrière la tête de Cassidy il y a un chien mort, et une bouteille de bière, toujours droite.

Gabriel rampe et troque le thermos ensanglanté contre la bière, qu'il vide d'un trait.

Il a toujours du mal à respirer. Sa main droite est luisante de sang, son visage et sa chemise en sont maculés, et il ne sait pas s'il doit rire ou mourir, véritablement. Les deux options lui paraissent raisonnables.

Il se débat pour ôter sa chemise, qui résiste, alors il la déchire, la roule en boule et la lance le plus loin possible. Mais elle claque au vent et retombe aussitôt. Il rebrousse chemin dans la neige pour regagner son pick-up et tombe sur le Mauser. Il est torse nu maintenant, comme Cassidy, ce qui signifie qu'ils sont dans la même équipe, depuis toujours.

Il observe le fusil, puis l'observe encore. Sa respiration revient enfin ; elle envahit l'intérieur de sa tête, provoquant des vertiges.

Oui, le Mauser, décide-t-il. Le Mauser, pour la vermine qu'il est. Il peut… il peut entrer dans les statistiques, il peut confirmer ce que disent les brochures sur le suicide des Indiens. Il peut valider les chiffres, éviter aux gens d'imprimer de nouvelles brochures. Il peut partir… il peut partir avec Cassidy. Peut-être même le rattraper.

Il ramasse le Mauser, se traîne jusqu'au vieux pick-up, sous lequel la Crow est morte écrasée, il sort l'une après l'autre toutes les cartouches contenues dans le sac en plastique de Richard, puis s'arrête en remarquant l'œil qui l'observe.

« Jo », dit-il, forcément.

Le trou qu'il a fait en tirant dans le plancher du pick-up de Cassidy, il y a si longtemps, est tombé pile sur le visage de la Crow, et son œil passe à travers. Gabriel détourne le regard et fait non de la tête. Ses doigts tremblants l'empêchent de charger le fusil. Il laisse tomber dans la neige la balle de .7.62 qu'il a enfin dénichée. Un rire secoue sa poitrine. Même ça, il en est incapable. Il lâche le fusil et se retourne vers le feu, les yeux plissés comme pour mieux le voir. Ou pour mieux voir une chose qui se trouve au-delà.

Denorah. Den. D.

Il s'écarte du pick-up et s'oblige à marcher jusqu'à elle. Pour la serrer dans ses bras. Il veut lui répéter ses statistiques de la saison, et lui raconter ce qu'aurait été son année de première dans l'équipe du lycée, son année de terminale dans les tournois régionaux. Il veut lui parler de tous les matchs qu'elle aurait gagnés, de tous les posters qu'ils auraient imprimés avec elle dessus. Les lignes de chaussures qui auraient porté son nom.

Hé, t'as vu les nouvelles Cross Guns ? Démentes.

Est-ce que je lui ressemble quand je me dresse sur la pointe des pieds, comme ça ?

Et voilà qu'il approche, en contournant le feu.

« D ? » demande-t-il.

Non pas parce que c'est elle. Parce que ce n'est pas elle. Ça ne l'a jamais été.

Gabriel se retourne vers ce monticule dans la neige qu'est son ami, puis revient sur Denorah qui n'est pas Denorah.

C'est le… le *gamin* ? Vêtu de ce maillot qu'il n'a aucune raison de porter, noir à l'extérieur, secrètement blanc à l'intérieur. Ses cheveux sont en bataille, ça pourrait être les cheveux de Denorah, *c'étaient* les cheveux de Denorah.

« N… Nate ? *Nathan ?* »

Le tir de Mauser l'a atteint au flanc gauche, en bas. Pas dans la zone mortelle, mais presque. Le genre de tir qui vous oblige à suivre votre cible dans les bois, et à attendre qu'elle s'écroule, arrivée au bout de sa piste sanglante.

Mais il n'est pas encore mort. Pas tout à fait.

« Tu n'es pas facile à abattre, hein ? » dit Gabriel, en souriant presque.

Il secoue le garçon pour le réveiller et, peut-être parce que Gabriel se tient au-dessus de lui, les mains en sang, le visage en sang, le garçon recule brusquement, en poussant sur ses talons, en faisant non, non, de la tête ; les syllabes et les sons se déversent à toute vitesse, une déferlante incessante.

Po'noka ?

Gabe plisse les yeux. Il doit fouiller dans les tréfonds de sa mémoire pour retrouver ce vieux mot, avant de se figer dans ses pensées, et d'attendre qu'il émerge de la neige, forme brune dans tout ce blanc.

« *Caribou ?* » demande-t-il.

Suivant le regard du garçon, il se retourne, il scrute les environs, mais tu n'es plus là.

Lorsque Gabriel revient sur le garçon, celui-ci essaie encore de fuir, en laissant de plus en plus de sang dans la neige sale.

« Attends, attends. Je vais chercher ton père », dit Gabriel en tombant à genoux dans la neige.

Il lève ses mains rouges pour montrer qu'il n'est pas une menace.

Ça n'arrange pas les choses.

Le garçon continue à reculer sur les fesses. Il dépasse la hutte, il se glisse sous le rail le plus bas de l'enclos, en laissant des traînées sombres sur le métal.

« Non, non, écoute-moi… »

Gabriel tente à la fois de le suivre et de ne pas l'effrayer, mais il se fige en entendant les hennissements des chevaux, paniqués de sentir cet intrus dans leurs jambes.

« Du calme », leur dit-il en entrant dans l'enclos.

Mais son odeur les fait reculer, se cabrer, se dresser et retomber dans l'obscurité. Il n'y a pas suffisamment de place dans cet enclos pour tous les quatre, si ? Quand ils retombent, leur poids fait trembler le sol et Gabriel tourne la tête, comme paralysé. Il se retrouve en train de contempler un caillot de sang que le garçon a laissé dans son sillage. Un caillot de sang dont il a probablement besoin, ou dont il aurait eu besoin si les chevaux ne lui avaient pas fait ce qu'ils lui avaient fait.

« Encore du beau travail », commente Gabriel en s'éloignant.

Il shoote dans la neige, pieds nus ; il passe ses mains dans ses cheveux. Il s'assoit sur le capot de la voiture de patrouille de Victor Yellow Tail et plonge son regard dans le feu. Les tambours martèlent, les voix s'élèvent, son esprit cogite, sa bouche murmure : Pourquoi a-t-il cru que ce gamin était D ? Il n'y avait aucune raison. C'était… parce qu'il portait un maillot *noir*, c'est ça ? Et la dernière fois que Gabriel avait vu sa fille, elle portait un maillot blanc.

N'empêche, c'était un maillot réversible, plus les longs cheveux noirs. Était-ce suffisant pour penser que Nate était Denorah ? Avait-il du mal à réfléchir parce que Cass lui avait arraché un petit bout d'oreille ? Parce que Jo… Que faisait-elle *sous* ce pick-up, d'abord ? Que faisait-elle à la maison ? Elle ne travaillait pas presque tous les soirs ?

« Qu'est-ce qui se passe ici, ce soir, bordel ? » demande Gabriel en se décollant de la voiture et en scrutant les environs.

« Po'noka ? »

Il essaie ce mot comme si c'était la clé qui pouvait tout ouvrir.

Mais que viendrait faire un caribou dans tout ça ? Comment un caribou pourrait-il les pousser à s'entre-tuer ? Pourquoi un caribou se soucierait-il d'un bipède, à moins que ces bipèdes leur tirent dessus ?

Et d'abord, pourquoi pense-t-il en ces termes ? Bipèdes ? A-t-il plongé si profondément en lui qu'il est de nouveau assis dans la hutte de Neesh, à écouter ces vieilles histoires à la con ? Mais s'il est retourné là-bas, ça veut dire qu'il est avec Cass, Lewis et Ricky. À l'époque où ils étaient encore tous les quatre.

Il masse cette marque près de son œil.

« Un petit, deux petits, trois petits Indiens », chantonne-t-il, et le rire et les pleurs mêlés se transforment de nouveau en quinte de toux. Voyant que ça ne s'arrête pas, il titube jusqu'à la caravane, tente d'ouvrir la porte verrouillée, en vain, et tâtonne jusqu'aux toilettes. Il a besoin d'un mouchoir, d'un peu de papier-toilette, quelque chose pour se moucher, sinon il va suffoquer.

En ouvrant la porte des toilettes, il découvre Victor Yellow Tail. Un bavoir de sang s'étale sur sa chemise d'uniforme, sa tête pend, il tient son pistolet à la main comme s'il avait un plan.

Une maman caribou se servira de ses sabots si elle le peut, mais en cas de besoin, elle mordra.

Gabriel ferme les yeux, les rouvre. Victor Yellow Tail est toujours là, toujours mort.

« Et puis, il ne resta que moi », marmonne Gabriel en esquissant un sourire, et il ferme la porte. Elle s'ouvre, alors il la referme, et ainsi plusieurs fois de suite. Il la claque, pour que ça s'arrête.

Mais ça continue.

Il est le seul encore plongé jusqu'au cou dans toute cette histoire, il le sait. Ils diront que c'est lui qui a fait ça, sans chercher la raison. Parce que c'est un Indien avec de Mauvais Antécédents. Parce qu'un officier de la police tribale s'est déplacé. Parce qu'il n'aimait pas la fiancée de son autre ami. Parce que le rite de sudation avait mis son cerveau en ébullition. Parce que son ami meurtrier venait de se faire tuer. Parce que le Grand Beau-père Blanc avait volé toutes leurs terres et leur avait fait manger de la mauvaise viande. Parce que le garde-chasse lui avait interdit de garder *sa* viande. Parce que son père l'avait dénoncé pour le vol d'un fusil. Parce que ce fusil était hanté par la guerre. Parce que parce que parce que. Il l'avait fait pour toutes ces raisons et toutes les autres que pourraient inventer les journaux.

À moins qu'il s'enfuie.

À moins qu'il parte vivre dans les montagnes, comme jadis, sans jamais redescendre, pas même pour une bière. Ou alors, peut-être juste pour assister à un match de sa fille ? Pour s'approcher de la grille de la tombe de Boss Ribs ? Et là où sera enterré Cass ? Et Lewis ?

Il marche vers le feu, d'un pas traînant, et tend les paumes vers cette merveilleuse chaleur. Il grelotte, ses dents s'entrechoquent. Il se retourne vers la hutte, aspergée du sang de Nate, et il s'en veut de se réjouir que ce ne soit pas le sang de sa fille, puis il examine le vieux pick-up, la carrosserie posée sur le sol. Finalement, ses yeux s'arrêtent sur les petits monticules dans la neige.

Il s'y rend, passe devant les chiens, et se laisse tomber à genoux à côté de son meilleur ami.

« Il n'y a plus que toi et moi, mec. »

Il s'assoit. La neige n'est même plus froide, bien qu'une fesse de son pantalon soit arrachée. Il glisse ses jambes sous la tête de Cassidy, prend son visage entre ses mains, appuie son front sur ce qui reste de celui de son ami, puis relève la tête brutalement pour regarder le ciel, le plus loin possible.

« C'était pas elle, mec. » Son front cogne contre celui de Cassidy, deux fois, assez violemment. Des tapes affectueuses. « C'était pas D. »

Cassidy le fixe. Ses yeux ne regardent plus dans la même direction. Mort, il ressemble à un iguane. Gabriel se prépare à voir sa bouche s'ouvrir et une grande langue se dérouler, pour attraper quelque chose.

Ce ne serait pas ce que cette nuit a de pire à offrir.

« Je… je dis adieu, mec. Je vais… Ils croiront que c'est moi. Et sûrement que oui, pour Jo. Pour le gamin aussi. Et pour toi. Sans aucun doute. Tu aurais dû… tu aurais dû tirer deux centimètres plus à gauche. »

Il enfonce l'extrémité charnue de son majeur dans la cicatrice proche de son œil droit, cet endroit qu'il touche depuis qu'il est gamin.

« Tu n'as jamais su tirer. » Il ferme les yeux de toutes ses forces. « Mais c'était pas D, murmure-t-il, heureux d'annoncer cette nouvelle. C'était pas D. C'est l'essentiel. Elle va bien. Et maintenant… je vais devoir vivre avec le… »

Lorsqu'il lève la tête en entendant la neige craquer, puis cesser de craquer, tu es là devant lui, le Mauser appuyé sur les hanches, la main gauche tout en haut du fût, sur le damier irrégulier. Ça te fait mal de le toucher, rien que l'idée de toucher *un fusil*, mais il n'y a plus d'autre solution désormais.

Tu sens que tes yeux ont la couleur noisette et jaune qui convient, et qu'ils sont peut-être un tantinet trop grands pour ce visage.

Gabe hoche la tête et demande :

« C'est toi qui as fait tout ça, hein ? Et Lewis aussi ? »

Tu ne lui dois aucune réponse. Tu ne lui dois rien.

« On t'a déjà dit que tu avais des yeux de caribou ? Pas la... pas la couleur. Mais... quelque chose. Je ne sais pas. »

Au pied de la colline, le troupeau t'attend déjà ; ils sont arrivés tels des fantômes, sans un cri, sans un grognement. Sous leurs pattes, le sol est labouré, sombre, à vif. L'odeur est merveilleuse. Tu ne te lasses pas de l'inhaler.

« Le gamin t'a vue, hein ? demande Gabe en riant pour être plus convaincant. P... Po'noka, c'est bien ça ?

– Ponokaotokaan*aakii.* La femme à Tête de Caribou. »

Gabriel réfléchit, comprend plus ou moins, lève les yeux vers toi et hoche la tête pour dire qu'il le voit, en effet.

Tu lui tends le fusil. Une offrande.

« Pourquoi ? » demande-t-il en reculant, mais il est obligé de l'attraper lorsque tu le lances dans sa direction.

Il plante la crosse du Mauser dans la neige pour se redresser, et demande : « Pourquoi tu fais tout ça ? »

Si tu lui réponds, il mourra en sachant qu'il y avait une raison derrière tout cela, que c'était un cercle. Qui se referme. Tu n'as pas eu droit à autant, ce jour-là dans la neige.

D'un mouvement de tête, tu montres le fusil qu'il tient à la main, et dis dans son anglais cruel :

« Fais-le ou je m'occupe de ta petite pour de bon. »

Il t'observe pendant peut-être cinq secondes, puis regarde le fusil.

« J'ai fait tomber la balle dans la neige.

– C'est nul, réponds-tu en plissant le nez.

– Tu la laisseras tranquille, c'est vrai ? » Tu te redresses lorsqu'il actionne la culasse d'un geste brusque. « Tu ne la toucheras pas ? Elle… Tu sais qu'elle va s'en aller d'ici, hein ? Tu as compris ? »

Il lui serait si facile de pointer ce canon sur toi, n'est-ce pas ?

Mais il ne pense plus comme un chasseur. Il pense comme un père.

« OK, OK, dit-il finalement, et il retourne le fusil encombrant, le canon heurte son menton et il doit lever la tête. De cette façon ? »

Sa respiration est rapide, hachée, comme s'il se préparait, puis il ferme les yeux et presse la détente immédiatement.

Clic.

« Oh, merde. »

Il retourne le fusil, avec un petit rire. Le canon est pointé droit sur toi maintenant, son index est toujours posé sur la détente, son pouce trouve le chemin du cran de sûreté, bien visible.

« Tu me promets de ne pas t'en prendre à elle ? » demande-t-il encore une fois.

Tu fais non de la tête, et il replace le canon sous son menton. Mais il s'arrête et demande :

« Attends un peu. Ça veut dire que tu vas t'en prendre à elle ou pas ? »

Il sourit quand ton regard pénètre en lui. Il se penche légèrement en arrière et dit : « J'ai toujours… J'ai toujours rêvé d'être comme ces deux Cheyennes, dans ce bouquin. Je voulais chevaucher devant tous ces soldats, pour que ce soit… héroïque. Comme au bon vieux temps. Et pas comme… pas comme ça.

– Maintenant.

– OK, OK. La vache. Laisse-moi au moins… »

Au lieu d'utiliser sa propre main, il introduit l'index mort de son ami entre le pontet et la queue de détente.

« J'ai tué sa presque-femme, explique-t-il en positionnant le doigt correctement. Alors… il va pouvoir se venger, en un sens. C'est un truc d'Indiens. Tu comprendrais si tu étais… *une personne*. »

Il ouvre la bouche et avale le canon, si profondément qu'il en a les larmes aux yeux. Le métal cogne contre ses dents. Il a du mal à respirer, comme si ça avait encore de l'importance, la quantité d'air qu'il avale.

« D, D, D », répète-t-il autour du canon, et il hoche la tête, pour donner le tempo, puis encore une fois, pour être sûr, et la troisième fois, il pose ses doigts sur la main de son ami, et les fait galoper l'un après l'autre, jusqu'au dernier, celui qui presse la détente, et au moment même où la détonation fait apparaître au sommet de son crâne un trou de la grosseur d'un poing, tu t'aperçois qu'il a transformé ses doigts en sabots de cheval : c'est la cavalerie qui lui a tiré dessus. Et elle a eu de la chance, enfin.

Le fusil est orienté loin de toi, mais la brume rouge qui a jailli de lui s'envole, tel un panache de fumée, et tapisse ton visage.

Tu ôtes le sang avec ta main, au lieu de le lécher, et tu regardes, au bout de cette idée de route, le passage canadien, là-bas dans l'obscurité profonde.

Il n'en reste plus qu'une, celle que tu as promis d'épargner.

Tuer un petit est la pire chose qui soit, tu le sais.

Et puis, rompre une promesse, ce n'est rien, en réalité.

Rien du tout.

Le bruit qui court

Supposons que nous soyons tous dans un film de John Wayne. Supposons que votre fidèle reporter ait collé son oreille aux rails de chemin de fer pour écouter l'avenir.

Qu'est-ce que j'entends ? demandez-vous.

Les pneus du bus de Havre qui quitte le parking pour le grand match de ce soir, avec les filles, évidemment. Mais pas besoin d'être un authentique Indien pour savoir que les Blue Ponies débarquent en ville pour une rencontre acharnée, afin de prouver que leur victoire dans le tournoi l'an dernier était due uniquement au talent, pas aux blessures.

Mais vous lisez cette rubrique pour connaître les vrais ragots, pas vrai ? Alors, écoutez-moi. Et comme toujours, ce n'est pas moi qui vous l'ai dit, d'accord ?

On raconte qu'un gros recruteur universitaire a été aperçu en veste orange fluo au dîner. On raconte également que, une fois son heure de déjeuner connue, il est tout à fait possible qu'un certain coach se soit approché de sa table, ou pas, pour évoquer l'endroit où se trouvaient les caribous depuis une semaine ou deux, et relier cette information, dirons-nous, à un certain match amical qui a lieu ce soir.

L'idée étant que si un certain recruteur pouvait rafler son trophée de chasse suffisamment tôt dans la journée, il serait libre dans la soirée, non ?

Et s'il était suffisamment libre, pourquoi ne pas en profiter pour aller voir le match des lycéennes ? Vous pensiez que je parlais d'un certain coach de lycée, pas celle qui porte des couettes ?

Honte à vous.

Les coachs de collège savent aussi bien que les coachs de lycée que tous les caribous sont regroupés vers Duck Lake durant toute la semaine. Les gardes-chasses ont tenté de les disperser dans tout le parc ou sur les terres des anciens, mais les caribous sont des caribous, hein ?

Je ne tiens pas la rubrique Pêche et chasse, cependant. Voici ce que vous n'entendrez nulle part ailleurs, à moins de coller votre oreille aux rails, comme moi. Croyez-moi, une certaine coach a persuadé, ou pas, un important recruteur universitaire de venir voir sa joueuse vedette. Vous savez de qui je parle. Vous l'avez vue après l'entraînement, humilier les membres de l'équipe universitaire, les garçons comme les filles ? On n'a jamais eu une joueuse comme elle, niiksookowaks. L'histoire est en train de s'écrire sous vos yeux. Je serai présent, pour essayer de lire par-dessus l'épaule du recruteur.

Et n'oubliez pas, ce n'est pas moi qui vous l'ai dit.

C'EST VENU DE LA RÉSERVE

Samedi

Denorah est capable de dire dans quel ordre sont arrivés les participants à la sudation hier soir.

Cassidy était là le premier, évidemment. C'est chez lui. Il n'est pas vraiment arrivé, puisqu'il n'est jamais parti. Son père était le suivant. Les pneus avant de son pick-up forment ce qu'il appelle un angle stylé, comme s'il s'était arrêté au beau milieu d'un dérapage fou, et avait dû attendre que la poussière retombe avant d'ouvrir sa portière d'un coup de pied pour descendre, en ôtant ses lunettes de soleil, une branche après l'autre. Après cette entrée théâtrale, ou pas, Victor et Nathan Yellow Tail avaient fait leur apparition. Le nez de la voiture de patrouille était presque collé au feu de camp, comme si elle voulait se l'approprier, et les traces de pneus indiquaient qu'il avait été obligé de sortir du semblant de route pour contourner tous ces pick-up qui se croyaient si importants.

Plus tard, ce matin probablement, son service terminé, Jolene les a rejoints ; elle s'est garée derrière le vieux pick-up de Cassidy, posé sur des parpaings autrefois. Maintenant, il est tapi sur le sol, comme s'il avait honte d'une chose qu'il avait faite.

Aucun des participants n'est levé. Denorah pourrait penser que c'est pour la raison habituelle – les bières d'après-cérémonie, ce que son père appelait la « réhydratation » –, mais dans ce cas, la voiture de Victor ne serait plus là. Impossible d'imaginer que *l'agent* Yellow Tail laisse son fils *mineur* boire avec son père et Cassidy, même si celui-ci s'était un peu assagi, à en croire la mère de Denorah.

« Hé oh ? »

Elle est encore loin de la scène. Elle aurait pu brailler si elle avait voulu. Apparemment, l'endroit est totalement mort. La hutte elle-même s'est écroulée. La fumée et les ondes de chaleur brouillent l'air au-dessus ; les couvertures, ou on ne sait quoi, se consument. La hutte n'est plus qu'une fosse à ordures. La prochaine fois, la sudation aura lieu ailleurs.

Heureusement que sa mère n'a pas vu la fumée.

« Je t'autorise à faire ça uniquement parce que la fille de l'épicerie, la Crow, est là, avait-elle dit à Deborah devant le passage canadien, après avoir eu confirmation que le véhicule de Jolene était là. Je reviens te chercher dans une heure, compris ? Tu as de la chance que je doive rapporter ça à Mona. »

« Ça », c'était le plat qui avait cheminé entre le domicile de Tre et celui de Denorah car Trina allait très souvent fumer des cigarettes avec Mona dans sa nouvelle caravane. Au printemps, il y a un vieil ours qui s'attaque aux mûriers juste derrière la caravane et la mère de Denorah parle sans cesse de ce « vieil ours idiot » comme elle l'appelle. Idiot ou pas, cet ours lui sert de prétexte pour fumer une cigarette de plus, un paquet de plus, une cartouche de plus. À croire qu'elle était la prisonnière la plus consentante du petit coin fenêtre de Mona, dont Denorah trouve qu'il ressemble au cockpit d'un vaisseau spatial, comme si toutes les deux projetaient une grande évasion, dès que Denorah aurait quitté la maison.

« Une heure, ici même », avait-elle répondu à sa mère.

Ça fait un peu militaire de répéter les ordres de cette manière, mais ça semble éviter les problèmes, alors elle joue le jeu.

Vue du passage canadien, la propriété de Cassidy ressemble à une ville fantôme ou à une décharge. Il n'y a même pas de chiens. Pas de chiens ? Denorah se retourne vers la route, pour essayer d'apercevoir la voiture de sa mère. Au-delà de la route qui bifurque vers la droite, il y a que de la neige, et encore de la neige, puis le scintillement du lac, là où un des meilleurs amis de son père est mort, lui a-t-il dit, il y a longtemps.

Mais son père a une histoire pour chaque endroit de la réserve, pas vrai ? Si ce n'était pas quelqu'un qu'il avait connu au lycée, c'était un ravin où il avait tué un cerf à queue noire un jour, une crête sur laquelle il avait découvert une petite pyramide de balles en cuivre pour un fusil à bisons, un endroit où il avait vu un blaireau détaler dans l'herbe, et un aigle s'abattre sur lui, en piqué, comme s'il croyait attaquer le plus gros chien de prairie au monde.

Quand elle était petite, Denorah avalait toutes ces histoires, jusqu'à ce qu'un jour sa mère la mette en garde : elle ne devait pas tout prendre pour argent comptant. Toutefois, les histoires d'amis morts, elle continuait à y croire. Mentir à ce sujet, ça porterait malheur, pense-t-elle, et son père est superstitieux, même s'il croit que personne ne s'en aperçoit. Parfaite illustration : la fois où Ricky, Cassidy, Lewis et lui ont tué tous ces caribous, dans ce secteur où ils n'avaient pas le droit d'aller, près du lac ? Il ne lui en a jamais parlé, pas une seule fois, pas même pour se défendre, pour lui raconter la version complète. Non, ce n'était pas ce qu'on pouvait croire, l'histoire que racontait son beau-père, ce n'était pas la vérité, des pieds sur le sol et de la fumée dans l'air, bang bang bang. La raison pour laquelle il ne lui a jamais rien dit, elle en est certaine, c'est parce que s'il en parlait, il viserait à côté la prochaine fois qu'il aurait un caribou illégal dans sa ligne de mire, les seuls qu'il peut encore chasser désormais.

De même, il ne lui a jamais raconté sa version du massacre des caribous, ni *comment* son ami était mort dans le lac. Il a juste indiqué que son corps se trouvait à cet endroit. Parler de ce qui s'était réellement passé pourrait le placer dans le collimateur de la Mort, de la façon dont il voit les choses. Et donc, parce qu'il refuse d'évoquer directement cette histoire, Denorah y croit, en dépit de l'avertissement de sa mère. Quoi qu'il en soit son père *pense* forcément à cet ami mort, non ? Même s'il n'en parle pas. Comment pourrait-il en être autrement ? Chaque fois qu'il vient ici pour voir Cassidy, sans doute qu'il s'arrête à l'entrée de la propriété pour se retourner vers Duck Lake. Il raconte que lorsque cet *autre* ami mort, Ricky, a trouvé son ami mort dans le lac, on l'a emmené en prison. Non pas parce qu'il l'avait tué – tout le monde connaissait le coupable – mais parce qu'il avait dû s'introduire par effraction dans une résidence d'été, au bord du lac, pour signaler le corps, et la police ne pouvait pas fermer les yeux sur une effraction, surtout qu'il y avait des dégâts.

Tout cela faisait partie de la leçon que son père essayait de lui inculquer, Denorah en est quasiment convaincue ; sans qu'elle sache cependant contre quel danger il voulait la mettre en garde, au juste : le fait de prévenir la police ou de trouver un cadavre ? Les deux sans doute. L'idée, c'était peut-être : si tu vois flotter un cadavre, passe ton chemin. Laisse quelqu'un d'autre le découvrir. Ou personne.

Elle connaît cette plaisanterie qui compare les Indiens à des crabes dans un seau, qui tirent vers le bas celui qui est sur le point d'en sortir, mais à ses yeux, ce sont plutôt des vieux chevaux de labour, à l'ancienne : chacun avance dans sa rangée, en essayant de ne pas voir ce qui se passe à côté de lui.

En parlant de chevaux… Où sont ceux de Cassidy ?

La dernière fois qu'elle était venue ici, son père l'avait laissée monter sur cet Appaloosa que Jolene appelle Calico, comme un chat, mais c'était… l'été dernier ? Jolene vivait déjà ici à l'époque ? Oui. Son père l'appelait encore Dolly[1] en ce temps-là, et il trouvait ça tordant. Cassidy avait même joué le jeu au début : il faisait semblant de porter une barbe, genre, si sa petite amie s'appelait Dolly, ça voulait dire qu'il était Kenny, ha ha ha. C'était tellement débile que Denorah avait du mal à ne pas sourire. En les regardant faire les idiots de manière si naturelle, elle avait l'impression de voir son père et Cassidy vingt ans plus tôt. Ça avait été une belle journée. Mais aujourd'hui, les enclos sont vides, le portillon claque. Cassidy n'a pas pu vendre ses poneys indiens. Sans doute sont-ils en train de paître dans un pré quelconque, et ils ne regagneront l'écurie qu'à la nuit tombée.

Et puis : quelle importance ?

Denorah est ici pour récupérer ses quarante dollars, pas pour recenser les chevaux.

Elle s'encourage d'un hochement de tête et gravit le chemin en suivant la boucle qui redescend, en restant dans les ornières où la neige est plus dure, car elle ne voudrait pas se faire une entorse au genou avant le match de ce soir.

Elle a presque atteint le véhicule de Jolene lorsque la portière du conducteur s'ouvre, et Jolene pose son pied droit sur l'accoudoir raffistolé avec du ruban adhésif pour resserrer le lacet de sa basket.

Ses cheveux longs balaient son genou.

« Hé ! » s'exclame Denorah, pour éviter de se faire tirer dessus.

Jolene se retourne en sursautant, et repousse ses cheveux, qui masquaient son œil droit rouge et enflé. Ce n'est pas Jolene.

« Ouah », fait Denorah en s'arrêtant net.

Elle regarde autour d'elle pour s'assurer qu'elle est bien chez Cassidy.

1. Allusion au duo formé par Kenny Rogers et Dolly Parton.

Celle qui n'est pas Jo ricane, et continue à lacer ses baskets.

« Vous êtes qui ? demande Denorah.

– T'inquiète pas, petite, c'est pas une invasion.

– Petite ?

– Jeune femme ? »

L'inconnue descend du pick-up, se cambre, tend les bras à l'horizontale, poignets cassés, pour s'étirer. Un bâillement de tout le corps. Elle porte un short noir et un tee-shirt jaune délavé, aux manches et au col découpés, sur un soutien-gorge de sport bordeaux.

« Où est Jolene ? demande Denorah sans chercher à masquer son ton accusateur.

– Tu es la fille de Gabriel, dit la femme, en penchant la tête sur le côté pour examiner Denorah. Tu lui ressembles. Et c'est pas une insulte.

– Vous êtes une Crow, hein ?

– Ton père aurait été mignon… si ça avait été une fille, je veux dire. Je m'appelle Shaney. Shaney Holds. La meilleure cousine de Jolene. Peut-être même la meilleure cousine de tous les temps, le jury n'a pas encore tranché.

– Qu'est-ce que vous faites ici ?

– Je me fais interroger par une gamine ? » répond cette « Shaney » avec un sourire, et elle tend le bras à l'intérieur du pick-up de Jo pour en sortir un ballon de basket, qu'elle fait rebondir devant elle comme si une chose importante venait de débuter.

« Tu joues, hein ? dit-elle en lançant le ballon à Denorah. Ton père affirme que tu es très douée.

– Vous savez où il est ? »

Denorah balaie les environs du regard une troisième fois.

Shaney sourit.

« Bonne chance pour le trouver.

– Qu'est-ce que ça veut dire ?

– Ce gamin… Nate ?

– Nathan Yellow Tail.

– Il a entendu les chiens aboyer après quelque chose, par là-bas, dit Shaney en tendant le menton vers le pied de la colline, à la naissance des arbres. Son père, le grand flic balèze, il a trouvé que ça ferait super indien s'ils prenaient les chevaux pour aller voir.

– Mon père sait monter à cheval ?

– Je suis contente qu'ils soient partis. Je n'arrive pas à tirer quand les chevaux sont dans leur enclos. Je crois que l'un d'eux est vachement craintif. J'ai l'impression. En tout cas, ça les énerve. Mais maintenant qu'ils sont plus là… »

Elle ouvre la main pour réclamer le ballon. Denorah le lui lance, à la cuillère.

« Pourquoi est-ce que la hutte fume ? demande-t-elle.

– Ils ont utilisé du plastique pour la structure, explique Shaney en secouant la tête d'un air amusé. Et ça a fondu avec la chaleur, j'imagine. Tout s'est écroulé sur les pierres. Ils m'ont demandé de vérifier que l'herbe ne prenait pas feu. »

Denorah acquiesce. Ça ressemble bien à son père.

« Nathan est monté sur un cheval lui aussi ? s'étonne-t-elle. C'est plutôt le genre gangster.

– Il y a deux cents ans, les gangsters montaient des chevaux ornés de peintures de guerre. » Shaney ferme la portière du pick-up avec sa hanche. « On se fait un petit un contre un en attendant qu'ils reviennent ? Je suis curieuse de savoir si ton père a menti au sujet de tes prouesses. »

Denorah regarde le panier de basket qui dépasse de l'herbe à une quinzaine de mètres sur leur gauche, après les toilettes. Un simple panneau de bois carré à moitié vermoulu, cloué sur un poteau électrique de la réserve. Sur ce genre de terrain, si vous ne partez pas de la ligne de fond pour faire un double pas, vous retombez au milieu des débris de créosote.

« J'ai un match en fin de journée », dit Denorah.

Shaney hoche la tête, et se retourne vers les arbres gris, là où sont allés les hommes.

« Si tu as froid, tu peux attendre dans la caravane, dit-elle. Ou t'asseoir dans le pick-up. Je crois qu'ils ont pété toutes les chaises de jardin autour du feu la nuit dernière. »

Elle a raison : la chaise près du feu éteint est repliée, celle près de la hutte est tordue et l'autre, couchée sur le côté, a été balancée dans l'herbe et la neige.

« Tu as joué ? demande Denorah. Au lycée, je veux dire.

– Les ballons de basket, je les *bouffais,* ma petite », répond Shaney en faisant claquer le ballon entre ses mains, et Denorah sait à cet instant qu'elle ne va pas aller s'asseoir dans une caravane ou derrière le volant d'un pick-up.

« Un petit un contre un, alors, dit-elle. Jusqu'à ce qu'ils reviennent.

– Tu es sûre que ta coach ne va rien dire ?

– Pas si je joue à ma manière.

– Tu as quel âge ? »

L'amusement fait ressortir les pattes-d'oie autour des yeux de Shaney.

« Et toi ? » réplique aussitôt Denorah.

D'un mouvement de tête, Shaney lui fait signe de la suivre, et Denorah s'exécute. En tournant le dos à l'allée, elle remarque que le pare-brise du pick-up de son père est enfoncé du côté passager. Elle s'arrête un instant, mais ça peut être n'importe quoi. Connaissant son père, il a déjà six histoires toutes prêtes pour expliquer ce qui s'est passé, chacune plus épique et invraisemblable que la précédente, mais aucune n'engageant sa responsabilité.

En conclusion, il expliquera certainement qu'il a besoin des quarante dollars pour réparer son pare-brise. Sa *Finals Girl* voudrait-elle qu'il se les gèle au mois de janvier ?

Denorah suit le chemin que trace Shaney à travers la neige dure. Il faut sauter de pierre en plaque sèche, mais elles atteignent le panier sans se mouiller les pieds ni s'écorcher les tibias.

Shaney fait rebondir le ballon sur le béton et le suit du regard pendant qu'elle ôte le chouchou enroulé autour de son poignet pour rassembler ses cheveux dans sa nuque. Au troisième rebond, elle s'élance, récupère le ballon en l'air et fonce vers le panier, puis s'arrête brusquement, feinte et exécute un *fadeaway* qui entre direct.

« Ta coach te laissait faire une Reggie Miller comme ça, avec ton pied gauche ? demande Denorah, un genou au sol pour relacer sa chaussure droite.

– C'est le basket à la Crow, répond Shaney. Comment vous jouez par ici ? À fond sur les fondamentaux et tous ces trucs chiants ? »

Denorah passe à la chaussure gauche. Elle la serre bien, en s'assurant que les boucles soient de longueurs égales. Non pas par superstition, mais parce que c'est logique.

« Tu as fini de gagner du temps ? »

Postée sous le panneau, Shaney lui adresse une passe appuyée.

Denorah doit se relever à toute vitesse pour saisir le ballon avant de le recevoir en plein visage.

Shaney mesure au moins dix centimètres de plus, estime-t-elle. Mais les grandes joueuses ne sont jamais les meneuses de jeu, du moins pas dans les petites écoles, pas dans les écoles de la réserve. Les grandes apprennent à récupérer la balle au rebond, à la protéger et à faire des écrans, en jouant des coudes et des hanches. Tout ce dont une équipe a besoin pour gagner, bien sûr. Mais ce n'est pas très utile en un contre un où il faut foncer, feinter et tirer.

Denorah dribble, une seule fois, pour se familiariser avec le ballon, le terrain.

« Un petit échauffement ? » propose Shaney en sautant sur place.

Denorah lui renvoie le ballon, sèchement, et dit :

« Pour que tu repères ma main dominante et ma position préférée dans la raquette ? »

Shaney ricane.

« Il n'y a pas de raquette ici, petite. Rien que toi et moi.

– La Blackfeet et la Crow…

– Oui, si tu veux. »

Shaney s'avance vers la ligne de lancer franc imaginaire et attend que Denorah vienne se placer face à elle.

Celle-ci prend son temps, elle ne veut pas se laisser brusquer.

« Il ne faut pas que tu te fatigues avant ton grand match de ce soir », dit Shaney avec une pointe de sarcasme, en lâchant la balle devant Denorah.

Celle-ci s'en saisit à deux mains, la fait tournoyer vers elle et regarde autour d'elle avec insistance.

« Je ne vois pas d'autre joueuse dans le coin, si ?

– Présomptueuse. J'aime ça. » Shaney lui reprend le ballon. « Comme ton père.

– Tu as fini de gagner du temps ? »

Denorah s'accroupit, paumes ouvertes, ses avant-bras frappent l'extérieur de ses genoux, deux fois, comme si elle activait le mode défense.

Shaney dribble, au niveau de sa hanche droite, se retourne, présentant son cul à Denorah, l'obligeant déjà à reculer. Logique quand vous avez l'avantage de la taille.

Mais quand vous êtes en position de désavantage, vous pouvez attendre le bon moment, puis tendre le bras d'un seul coup, par-devant, pour taper dans le ballon.

Denorah cède du terrain, comme si elle acceptait ce rôle, et puis, lorsque Shaney recule de nouveau, son dos arrondi collé contre la poitrine de Denorah, celle-ci s'écarte brusquement – son coach appelle ça « retirer la chaise » – et contourne

Shaney en projetant sa main droite vers cette tache floue de cuir orange.

Mais Shaney ne voulait pas l'obliger à reculer. C'était un piège.

Elle part dans la direction opposée. Sur ses longues jambes. Elle exécute un long dribble qui va l'obliger à courir, mais Denorah est déjà prise à contrepied, elle ne peut qu'assister à la suite.

Jamais on ne l'a feintée de cette manière.

Et comme si ça ne suffisait pas, Shaney ne se contente pas de faire un double pas pour marquer. Elle rattrape le ballon à deux mains, projette son coude à droite, pose son pied sur le poteau à hauteur de poitrine, se sert de cet appui pour s'élever encore plus haut et pivote en l'air en guidant le ballon d'une seule main, pour contourner le filet par-dessous, comme si elle était obligée de se frayer un chemin à travers les arbres.

Elle dépose délicatement le ballon dans le cercle, à deux mains, et retombe sur le sol en reculant déjà au petit trot.

Putain de merde.

Denorah sait que c'est le commentaire qu'on peut lire sur son visage.

Le match promet d'être intéressant.

Un Thanksgiving classique

15-15. Denorah n'est plus obligée d'écarter ses cheveux de son visage. Ils sont plaqués sur son front par la sueur.

Elle dribble vers la gauche, Shaney est collée à elle, mais leurs pieds réussissent à ne pas s'emmêler. Elle s'arrête et fait mine de sauter, pour que le long corps de Shaney s'élève dans les airs. C'est une des deux seules stratégies efficaces qu'elle a trouvées face à cette joueuse aussi grande que tranchante. Le truc, c'est qu'un long corps qui se déplie met plus de temps à se replier, pour pouvoir changer de direction.

Au lieu de décoller les pieds du sol, Denorah ramène le ballon contre elle, à deux mains, pour éviter que Shaney l'expédie dans la neige d'une claque, une fois de plus. Et elle se penche à droite pour passer sous le bras de la géante, qui s'abat déjà.

Le placement, oui. Quand vous êtes surpassé par la puissance de feu, vous devez vous en remettre au placement. Certes, il n'y a pas d'arbitre pour siffler, mais même une Crow sait que donner un coup de coude dans le cou ou l'épaule d'un adversaire au moment où il tire, c'est faute.

Cette fois, Denorah laisse ses pieds décoller du sol, en se propulsant vers l'avant, sous l'envergure de Shaney, et elle exécute un *teardrop*, tout en finesse, car ce putain de panneau en contreplaqué n'est pas fiable, pour quelqu'un qui n'a pas

vu défiler un millier de couchers de soleil ici, la pendule égrenant ses trois dernières secondes.

« Facile, lâche Shaney, en passant.

– Seize », répond Denorah.

Elle récupère le ballon au rebond avant qu'il se mouille dans la neige.

Elle regagne l'extrémité opposée du terrain en dribblant lentement et envoie le ballon à Shaney, qui, constate-t-elle avec satisfaction, est essoufflée elle aussi, enfin. Sa bouche remue comme si elle faisait partie de ces joueuses et joueurs qui ont l'habitude de mâcher du chewing-gum. Ou de l'herbe, ha ha.

« Ça fait longtemps que tu joues ? demande Shaney. Ton père ne me l'a pas dit.

– Je suis née sur un terrain. »

Shaney pose le ballon sur le sol en béton et le fait rouler lentement entre elles pour lui laisser le temps de se précipiter.

« Alors, c'est ce qu'il y a de plus important pour toi ? Le basket ? C'est la chose qui compte le plus ? »

Denorah fixe Shaney du regard, comme si elle faisait le point sur la situation.

« Et tu crois que tu peux m'enlever ça ? demande-t-elle. Que tu peux briser ma fierté avant le match de ce soir ? Toi, une Blue Pony déguisée ?

– L'avantage de jouer à domicile, ma petite.

– Tu es loin de chez toi », réplique Denorah en position de « triple menace », visage en avant. À l'entraînement, la coach plaquait sa grosse main sur le front de Deborah pendant qu'elle dribblait d'une main à l'autre, dans son dos, pour faire une passe, tirer ou dribbler. Shaney l'imite. Sa paume rêche appuie entre les sourcils de Denorah. C'est un geste illégal, une faute qui serait sifflée au cours de n'importe quel match arbitré, mais il a pour effet de ralentir le monde, et permet à Deborah d'analyser la situation, non pas dans sa position de

« triple menace », mais de biais, dans le grand livre, comme si cette bataille entre elles était si épique qu'on l'avait représentée sur la paroi d'une hutte, et à l'intérieur. Un vieil homme aux courtes tresses fines raconte l'histoire de cette Fille qui, un jour, a joué pour toute la tribu. Chacun de ses dribbles faisait trembler la terre, si fort que dans le parc, la neige se détachait des flancs des grandes montagnes, dégringolait et rasait les arbres des contreforts. Chaque fois que le ballon s'élevait dans le ciel, il fusionnait avec le soleil, et retombait presque sous la forme d'une comète, qui transperçait le cercle orange. Chacune de ses feintes était tellement convaincante que le vent s'engouffrait pour prendre la place de la joueuse, mais il était vexé car elle était déjà revenue occuper cet espace, pour repartir dans l'autre sens. Sa trajectoire était aussi zigzagante et vive qu'un éclair.

Cette victoire n'est pas qu'une question de fierté, se dit Denorah, afin de pousser plus fort, d'être plus rapide, de sauter plus haut. C'est pour sa tribu, son peuple, pour tous les Blackfeet du passé, et du futur.

« Tu ne gagneras pas aujourd'hui, dit-elle en s'adressant au poignet de Shaney.

– Et toi, oui ? rétorque Shaney, dressée sur la pointe des pieds pour anticiper ce qu'elle pense être la prochaine manœuvre de son adversaire.

– Oui », répond Denorah, et son front repousse violemment la main de Shaney, qui recule, juste assez pour ouvrir un espace.

Denorah en profite. Elle se retrouve dans une posture inappropriée, inconvenante même, et il est quasiment impossible de reproduire toutes les variables d'un tel tir en reculant, mais on ne peut pas toujours appliquer les règles du manuel. Dans certains matchs, vous êtes Reggie Miller. Et si vous êtes vraiment douée, vous pouvez peut-être même être Cheryl, sa sœur.

Denorah s'élève et s'élève encore. Shaney baisse les bras, pour mieux les relever, suffisamment haut pour bloquer le ballon, mais cette fraction de seconde pendant laquelle elle s'accroupit pour sauter offre à Denorah une fenêtre de tir suffisante.

Malgré tout, à cause de la taille de son adversaire, elle est obligée d'ajuster son lancer au tout dernier moment et d'envoyer le ballon plus haut qu'elle l'aurait souhaité, transformant ce tir en prière.

Il frôle l'extrémité des doigts de Shaney.

Déséquilibrée, Denorah tombe le cul dans la neige, une seconde entière avant que le ballon heurte le devant du cercle, faisant trembler l'ensemble du panneau. Il rebondit, deux fois, hésite puis traverse le panier. Denorah exécute trois roues pour fêter ça, dans la neige et l'herbe sèche. Elle a passé plus de temps sur les terrains de basket qu'en dehors, elle est prête à le parier ; elle a joué contre des filles de son âge ou plus âgées, des garçons aussi, le dimanche soir quand le gymnase restait ouvert ; c'était à elle que l'on confiait le dernier tir, plus souvent qu'à n'importe quelle autre joueuse de l'équipe, mais ce shoot, quand même, ce coup de bol, ça dépasse tout le reste.

« Deux points ! » s'écrie-t-elle car c'est ainsi qu'elles jouent, et Shaney est tellement furieuse qu'elle arrache le chouchou qui maintient sa queue-de-cheval et court jusqu'au bord du terrain pour le lancer le plus loin possible. Mais c'est un chouchou. Il flotte un court instant, puis retombe, tout près.

« Tu ne peux pas me battre », dit-elle.

Grogne-t-elle.

« Dix-huit », annonce Denorah en se relevant, tout en gardant un œil sur Shaney.

Dans son état d'énervement, il y a quelque chose de presque animal en elle. Au cours d'un match, c'est une occasion que Denorah pourrait utiliser pour obtenir des lancers francs. Ici, à des kilomètres de toute âme qui vive, elle risque plutôt de recevoir un coup de coude dans les côtes.

Mais ça signifie qu'elle est en train de remporter le véritable match.

Shaney lui rend le ballon et vient se coller à elle, si près que Denorah a une vision macro de son front plissé et balafré. Elle fait semblant de reculer pour répéter ce tir miraculeux en déséquilibre, mais Shaney ne mord pas à l'hameçon cette fois, et elle se jette sur Denorah dès que celle-ci tente de se démarquer.

Malgré cela, elle réussit à passer – on peut toujours passer quand on le veut réellement – et elle envoie le ballon assez loin devant pour pouvoir le récupérer au dernier moment, avant que son deuxième pied touche le sol.

C'est un geste superbe, mais Shaney a le ballon dans le collimateur depuis l'engagement. Elle ne se contente pas de taper dedans, elle s'en saisit, l'enveloppe, le couve, comme un défenseur, et heurte le poteau en reculant, si brutalement que des morceaux de bois du panneau vermoulu pleuvent sur sa tête.

Elle les chasse d'un geste et se secoue pour repousser la douleur ; ses cheveux masquent presque entièrement son visage, ses dents brillent au milieu de ce linceul noir.

« Ça va ? demande Denorah.

– À toi », répond Shaney en posant le ballon au sol, comme s'il la dégoûtait.

Denorah utilise le bout de sa chaussure droite pour l'expédier dans ses mains. Un geste qui ferait réagir la coach – les mains, les mains, le basket se joue avec *les mains* ! – et en regagnant la tête de raquette, elle jette un coup d'œil par-dessus son épaule, en direction du feu éteint, de la hutte fumante, de l'enclos et des pick-up abandonnés. La caravane, les toilettes. Et la réserve en toile de fond.

« Où ils sont ? demande-t-elle, en criant presque.

– C’est pas eux qui vont te sauver, ma petite », répond Shaney, déjà en place.

Pas même un *chien* n’est revenu ? Et qu’est-il arrivé au pare-brise du pick-up de son père ?

« Je ne suis pas ta petite », rétorque Denorah.

Shaney va pour dire quelque chose, mais elle ravale ses paroles.

« Ma mère vient me chercher dans un quart d’heure, ajoute Denorah.

– Elle pourra prendre la gagnante », répond Shaney en frappant dans ses mains pour réclamer le ballon.

Denorah le fait rouler vers elle, si lentement que les lignes ne sont même pas floues.

Shaney le ramasse dès qu’il est à sa portée et suit l’inclinaison de son corps vers l’avant, pour foncer tête baissée, comme si l’heure n’était plus aux finasseries. Cette fois, elle allait *traverser* Denorah.

Parce qu’elle ne peut pas prendre trop de coups, à cause de *l’autre* match qu’elle doit jouer aujourd’hui, Denorah recule, prête à céder du terrain et à sacrifier un point pour épargner son corps, mais au tout dernier moment, Shaney plonge à droite, exactement comme Denorah vient de le faire avec elle. Elle passe devant, se détend et dépose le ballon dans le cercle.

Si ça n’a pas marché avec Denorah, c’est parce qu’elle ne possède pas l’allonge de Shaney.

Un seul dribble, presque invisible, puis Shaney tire.

Le ballon heurte le haut du panneau, puis redescend lentement, et traverse le panier. Le filet se rétracte après son passage, exactement comme les lèvres d’un vieil homme qui s’est penché pour cracher.

« Bien joué », commente Denorah en calant le ballon sous son bras.

Ses jambes tremblent, vidées, ses poumons sont en feu, le sang bat à ses tempes. Ce n’est pas une bonne préparation pour le match de ce soir. Néanmoins, si elle voit la voiture de sa mère franchir le passage canadien, elle lui fera signe de s'arrêter, elle lui demandera d'attendre, il faut qu'elle termine cette partie.

Quarante dollars ou pas, le véritable enjeu est là.

« Seize à dix-huit, annonce Shaney.

– Tu peux abandonner, si tu veux, répond Denorah. Il n'y a pas de honte. Je suis plus jeune, plus rapide. Je joue tous les jours. Personne n'aurait tenu aussi longtemps. »

Shaney répond par un ricanement.

« Tu devrais dormir à cette heure-là, ajoute Denorah. Non ? À moins que tu aies des horaires décalés comme Jo ?

– J'ai dormi dix ans. »

Après une pause, le temps d'essayer de comprendre – cette femme n'a pas mis les pieds sur un terrain de basket pendant une décennie et elle joue comme ça ? –, Denorah lui lance le ballon en le faisant rebondir sur le sol.

Parce qu'elle est essoufflée, Shaney le récupère en position de triple menace, version crow, dont Denorah se dit de plus en plus que c'est une sorte de quadruple menace, et se retourne pour obliger son adversaire à céder du terrain, sans doute pour tenter de passer en force en pivotant sur une jambe pour tirer. Ce n'est pas très spectaculaire, mais, s'il n'y a pas de violation de la règle des trois secondes, c'est généralement efficace dans un duel de ce type.

Denorah sait maintenant qu'elle ne doit pas essayer de taper dans le ballon par-devant. C'est exactement ce qu'attend Shaney. Sans doute fait-elle semblant d'être fatiguée, et elle est prête à la contourner pour sauter sous le panier et marquer.

Denorah pince les lèvres et montre les dents, sans que Shaney puisse la voir. Elle fait non de la tête : ça n'arrivera pas. Pas contre elle. Pas dans ce match.

Néanmoins, quand Shaney la bouscule en reculant, elle ne peut s'empêcher de céder plusieurs centimètres. Un pas.

Et encore, encore.

Elle regagne du terrain, les hanches en avant car c'est là où les femmes sont les plus solides, dit toujours la coach, et quand les cheveux défaits de Shaney entrent dans sa bouche, elle les recrache simplement, sans les écarter avec sa main car l'écœurement ne compte pas : un point est en jeu.

Mais…

Denorah sent quelque chose de mouillé sur son menton.

Cette fois, elle l'essuie avec le dos de sa main.

Du sang ?

Elle s'est mordu la langue ? Fendu la lèvre ?

Non.

Elle recule d'un pas, volontairement, pour examiner le dos de Shaney.

« Hé, dit-elle en arrêtant de jouer. Tu saignes. »

Tout le dos du maillot jaune pâle de Shaney est rouge et dégoulinant, ses cheveux sont collés.

« C'est quand tu t'es cognée contre le poteau. »

Shaney continue à dribbler, le ballon est un métronome. Son visage est voilé par ses cheveux en bataille.

« On joue, dit-elle.

– Mais… »

Shaney pivote face au vide. Enragée, elle joue contre un adversaire imaginaire.

Elle passe devant Denorah, en un éclair, tout en faisant remonter le ballon sous son bras et dans son dos, comme pour le protéger d'une attaque, mais parce qu'elle en a la possibilité, parce qu'elle n'est plus sur le reculoir, Denorah n'a qu'à tendre la main pour faire tomber le ballon dans le dos de Shaney ; elle n'a même pas besoin de bouger.

Ce n'est pas un geste défensif, c'est un temps mort.

Le ballon rebondit sur le genou de Shaney et roule dans l'herbe et la neige craquantes. Emportée par son élan, Shaney n'a d'autre choix que de poursuivre sa course et, pour la seconde fois consécutive, elle vient percuter le poteau, ébranlant le panneau pourri, d'où tombent d'autres échardes et des débris de nids d'oiseaux. Denorah fait un pas de côté pour éviter cette sale pluie et voit son adversaire faire une chute brutale et maladroite sur le dos, comme quelqu'un qu'on a fauché en l'air.

Elle se retourne rapidement, à quatre pattes, et enroule ses épaules ; ses cheveux encadrent son visage. Et elle se met à hurler, à quelques centimètres du béton. Elle hurle, plus longtemps qu'il peut y avoir d'air dans ses poumons.

Denorah tourne la tête, comme si, vue sous un angle légèrement différent, cette scène pouvait avoir un sens.

« Hé, hé, est-ce que tu… »

Elle se penche en avant, main tendue, pour l'aider, mais Shaney se relève, sans peine, de manière énergique : son corps est redevenu une machine agile et dangereuse.

Elle écarte ses cheveux pour dégager son visage et… ses yeux. Ils sont différents. Ils sont jaunes maintenant et des stries couleur noisette irradient du trou noir de la pupille. Surtout, ils sont trop gros pour son visage.

Denorah se laisse tomber sur les fesses, sur le sol en béton, presque de tout son poids, le reste reposant sur le bout de ses doigts.

Elle ne participera pas au match de ce soir, elle le sait.

« Qu'est-ce… Tu es quoi ? » demande-t-elle, le souffle court, non pas à cause de la fatigue, mais de la peur.

« Je suis la fin de la partie, ma petite. »

Shaney tourne brusquement la tête vers la caravane de Cassidy.

Papa ? dit Denorah, au plus profond d'elle-même, le cœur palpitant d'espoir.

Elle regarde vers la droite, essayant de faire apparaître par la pensée trois ou quatre cavaliers entre les arbres gris, précédés de chiens qui remuent la queue.

Mais elle ne voit rien.

« La fin de *ta* partie, du moins, ajoute Shaney.

– Pourquoi vous faites ça ? demande Denorah d'une voix plus tremblante qu'elle l'aurait souhaité.

– Pose la question à ton père, répond du tac au tac Shaney, sans cesser de regarder ce qui a attiré son attention, là-bas vers la caravane, la hutte ou la voiture de police.

– Mon père ? Pourquoi ? Qu'est-ce qu'il a fait ? Il ne vous connaît même pas.

– On s'est rencontrés il y a dix ans. Il avait une arme. Pas moi. »

En guise de preuve, elle écarte les cheveux qui tombent devant son front abîmé et se penche en avant pour que Denorah puisse mieux voir.

« Il… Jamais il ne ferait…

– Il l'a fait.

– Laissez-moi partir. Vous avez gagné, OK ? On peut… c'est entre vous et lui, non ? Qu'est-ce que vous me voulez ? »

Shaney pose ses yeux bizarres sur Denorah.

« Tu es son faon, dit-elle, comme si cela expliquait tout.

– Vous n'êtes pas vraiment une Crow, hein ?

– Je suis un caribou, répond Shaney avec un grand sourire.

– Ma mère va arriver.

– Tant mieux. »

Denorah la regarde d'un air abasourdi.

« Et si je gagne ? demande-t-elle finalement.

– Tu ne gagneras pas. Impossible.

– Je gagnais. Dix-huit à seize. »

Denorah se lève, sans détacher son regard du visage cauchemardesque de Shaney.

« Je me fous de savoir qui vous êtes. Quand vous êtes sur ce terrain, vous êtes à moi.

– C'est précisément ce que je viens te prendre. Avant de prendre tout le reste. »

Denorah lui tourne le dos et marche dans la neige pour aller chercher le ballon. Elle revient sur la dalle de béton et essuie les semelles de ses chaussures sur les jambes opposées de son short.

« À moi la balle, non ? »

Shaney ne dit ni oui ni non. Elle se contente d'un hochement de tête.

Denorah vient se placer face au panneau et dit :

« J'ai la balle… » Elle montre le panier avec ses lèvres. « Je vais marquer et vous ne pourrez absolument rien y faire. »

C'est mot pour mot ce que lui disait son père quand elle était petite et qu'ils jouaient dans l'allée de son grand-père. Elle avait du mal à tenir le ballon, et il devait la prendre par les aisselles à la fin de son double pas pour la hisser jusqu'au panier.

Mais parfois, il la faisait jouer en défense. Il enroulait ses épaules, secouait la tête d'avant en arrière, levait les yeux vers le panier et déclarait qu'il allait marquer, sans que Denorah puisse y faire quoi que ce soit.

C'est là que tout a commencé, elle le sait.

« Qu'est-ce qui vous arrive dans le dos ? »

Denorah arrête sous sa chaussure droite le ballon que fait rouler Shaney.

« Je vais mourir, dit Shaney, avec naturel.

– Sérieux ?

– Mais pas tout de suite, rassure-toi. »

Ne sachant pas trop quoi penser, Denorah regarde les deux coins opposés du terrain, comme pour obtenir le feu vert de ses coéquipières, et elle sent le sourire insouciant de son père retrousser ses lèvres. Elle ignore ce qui va se passer, mais c'est maintenant.

Shaney, ou quelle que soit cette créature – un démon indien surgi d'un lointain passé, un monstre que son père avait déterré sur une colline quelconque, un fantôme qu'il avait abandonné à bord d'une voiture accidentée –, s'avance, se met en position défensive. Ses longs doigts sont prêts, ses dents visibles.

Denorah pivote sur le côté, en dribblant de la main gauche ; elle jauge la situation. Dans sa tête, elle adresse une prière à sa coach, pour le move qu'elle va tenter.

Ce qu'on peut dire de la coach, c'est qu'elle croit aux fondamentaux. Pas d'esbroufe, pas de fantaisie. Cette saison, Denorah s'est déjà retrouvée trois fois sur le banc pour avoir frimé. Une fois pour avoir fait tourner le ballon autour de ses hanches avant un double pas, lors d'une contre-attaque, même si tous les spectateurs se sont levés. Une deuxième fois pour avoir dribblé entre les jambes d'une adversaire. Du coup, la fille était tellement énervée qu'elle a été exclue dans le dernier quart-temps.

Enfin, la coach l'a envoyée sur le banc une troisième fois pour avoir dribblé dans son dos alors que cela n'avait aucun intérêt. Et la coach avait raison : c'était juste pour la frime, pour le plaisir, et parce qu'elle en était capable.

Peu importe qu'elle ait failli perdre le ballon.

Seule sur le petit terrain derrière chez elle, elle a mis au point un nouvel enchaînement.

Une fois sur trois environ, en l'absence de défenseur, quand la chance est de son côté et que le vent souffle en sa faveur, elle y arrive.

Bon, d'accord, une fois seulement elle y est parvenue, plus ou moins. Sauf le tir à la fin.

N'empêche.

« Je parie qu'ils n'enseignent pas ça à l'école des caribous », dit-elle et, avant que Shaney puisse réagir, mettant à profit ce bref instant de confusion, elle fait passer le ballon autour de sa hanche gauche avec sa main droite. Ça ressemble plus à une passe appuyée qu'à un dribble, et elle doit effectuer un léger mouvement de hula hoop.

Le ballon rebondit une fois, avant de foncer vers le coin droit de la dalle de béton et Denorah s'est déjà élancée pour sauter dessus, faisant obstacle à Shaney avec son corps. Quand elle a essayé cette ruse chez elle, deux fois sur trois – bon, d'accord, dix-neuf fois sur vingt – elle n'a pas réussi à rattraper le ballon, qui a fini sa course dans l'herbe et la neige. C'est quasiment impossible de le rattraper, et à plus forte raison de le ramener vers le panier. Voilà un move que la coach aurait interdit à coup sûr. Mais les spectateurs, eux, feraient trembler les murs de la salle. Plus important, c'est un move capable de briser le cœur de n'importe quel défenseur, Denorah le sait. Surtout, c'est la dernière flèche dans son carquois, et déjà elle file à travers le terrain ; elle va rebondir hors des limites si Deborah ne…

Elle parvient tout juste à poser le bout des doigts sur cette boule de cuir qui tournoie. Shaney est si près que ses cheveux tombent sur le visage de Denorah. Rassemblant tout son poids, ses muscles et ses espoirs, faisant appel à toutes les heures d'entraînement pendant lesquelles elle a sué sang et eau, Denorah fait remonter le ballon jusqu'à ses côtes, en le serrant des deux mains pour qu'on ne puisse pas le faire tomber et elle pivote sur l'extrémité de son pied gauche, alors que son pied droit se lève…

Mais elle est déjà trop près du panier. Ce terrain est trop petit. Le sprint qu'elle a dû réaliser pour rattraper le ballon l'a conduite sous le panneau, où la seule chose qu'elle peut faire, c'est la première chose que lui a faite Shaney : prendre appui sur le poteau avec son pied droit, le plus haut possible, et attendre que le poids de son corps suive. Il lui apporte une adhérence suffisante pour que la semelle de sa chaussure colle au poteau lorsqu'elle pousse sur sa jambe afin de propulser dans les airs son corps qui pivote déjà. Le filet frotte contre son visage, sa bouche s'ouvre pour pousser, non pas un hurlement, mais un cri de guerre. Son visage disparaît sous les cheveux de Shaney car elle est juste là, elle s'élève dans les airs elle aussi, et aussi haut que monte Denorah, Shaney sera là pour taper dans le ballon.

La seule solution pour Denorah, son seul espoir, c'est d'éloigner le ballon le plus possible de son corps, *derrière* Shaney, là où aucun défenseur ne l'attend ; ce qui signifie qu'elle tient le ballon d'une seule main maintenant, avec juste assez d'adhérence pour l'expédier en douceur de l'autre côté du panneau, avant qu'elle retombe vers le sol, une descente de plusieurs kilomètres, vers la légende.

Le sol en béton l'électrise du coccyx à la nuque ; elle crache le sang de sa langue et un peu de cartilage de sa joue, mais cela ne l'empêche pas de voir le ballon traverser le filet ; un joli petit changement de main, de la part d'une joueuse qui ne devrait même pas avoir ce genre d'allonge, ce genre de détente.

Tout est une question de cœur, aimait à répéter la coach.

Quand Denorah sourit, elle est certaine que ses dents sont rouges.

« Dix-neuf », annonce-t-elle, menton dressé, comme pour demander à Shaney si elle a quelque chose à dire, mais elle a un mouvement de recul soudain, face… face à…

Des esquilles qui tombent du ciel ?

Et un bruit. Qui emplit sa tête.

Un coup de feu.

Elle suit la direction du regard furieux de Shaney.

La caravane de Cassidy.

Non, les toilettes.

Victor Yellow Tail chancelle à quelques pas de la porte ouverte, derrière lui, son torse est imbibé de sang, un pistolet brille dans sa main droite.

Il a tiré sur le poteau électrique.

Le panneau de basket continue à déverser ses morceaux de bois pourri.

Shaney montre les dents, tout son corps tremble.

« Je t'ai tué, dit-elle à Victor.

– *Où est mon fils ?* », répond Victor dans une sorte de murmure rauque car il n'a plus de gorge.

Il lève son arme de nouveau en visant approximativement et tire.

Cette fois, des éclats de béton jaillissent au pied de Shaney. Sa jambe recule vivement, et Denorah devine qu'elle meurt d'envie de détaler, loin d'ici, et de courir, courir à des kilomètres.

Victor tombe à genoux, épuisé après avoir tiré, hurlé et perdu autant de sang. Malgré cela, il continue à pointer son pistolet devant lui, tant bien que mal.

Shaney tourne la tête sur le côté comme pour dire : tu n'as pas intérêt. Mais il presse la détente.

La balle l'atteint à l'épaule droite et la projette hors du terrain, dans l'herbe gelée et la neige.

Denorah reste immobile, elle ne sait pas quoi faire.

Au lieu de demeurer couchée sur le sol et de souffrir, comme le voudrait la logique, Shaney se contorsionne dans la neige ; elle hurle de douleur, les doigts de sa main gauche s'enfoncent dans son épaule et… non.

Son visage.

Sa tête.

Elle se cambre, ses doigts pénètrent dans la chair et les muscles de son épaule, l'effort *allonge* son visage.

Ses joues et son menton se déchirent avec un bruit humide, les os craquent et se recomposent.

À la fin du processus, ses longs cheveux s'envolent, ils ne sont plus reliés à son crâne. Et son visage… elle est…

Pas un cheval, comme le croit tout d'abord Denorah.

Non, pas un cheval, un *caribou.*

La Femme à Tête de Caribou.

Denorah tombe, se relève, pour se mettre à courir, pour s'enfuir, pour ne pas assister à la suite.

Et elle se précipite vers Victor, le policier, celui qui a une arme.

Elle rampe à genoux devant lui, s'y accroche ; la main droite de Victor retombe dans son dos ; elle sent le pistolet brûlant à la base de sa colonne vertébrale.

« N… N… Nate, parvient-il à articuler.

– C'est quoi cette chose ? » gémit Denorah, agrippée à la chemise ensanglantée du policier, mais avec sa main gauche, Victor l'écarte, il la pousse derrière lui.

La Femme à Tête de Caribou s'est relevée, elle marche vers eux ; sa tête disgracieuse est tournée sur le côté pour que son œil droit les voie mieux.

« File, murmure Victor à Denorah. Cours. »

Ce qu'elle fait, à quatre pattes essentiellement, et lorsque le pistolet de Victor rugit de nouveau, elle se trouve projetée vers l'avant, sous l'effet de la détonation massive. Elle bascule dans la hutte fumante.

Une fosse remplie de cadavres.

Le premier qu'elle voit est un chien, la gueule ouverte, les yeux fixant le vide.

Elle recule, elle essaie de s'extraire de ce trou, puis elle découvre Cassidy, le visage enfoncé, à moitié calciné.

Denorah hurle, elle ne peut plus respirer, ni rien faire d'autre.

Ces cheveux dans sa main, c'est… c'est son père.

Elle ouvre la bouche, mais il ne lui reste plus aucun son.

Derrière elle, et tout autour, Victor hurle à travers sa gorge ensanglantée à cause de ce que lui fait subir la Femme à Tête de Caribou.

Denorah roule sur elle-même, elle aperçoit juste le ciel gris au-dessus d'elle, puis sa paume droite trouve une braise. Elle ôte vivement sa main et la plaque contre sa poitrine. Agissant par automatisme, par instinct, elle s'arrache à la hutte. Ses genoux, ses vêtements, tout son corps sont collants de cendre et de sang.

De l'autre côté de la hutte, derrière l'écran de fumée, la Femme à Tête de Caribou la dévisage.

« *Vous les avez tous tués !* hurle Denorah à travers la fumée, sa main gauche tenant sa main droite. Vous avez tué mon… mon… »

Au lieu de répondre (sa bouche n'est plus adaptée aux mots humains), la créature avance, en enjambant ce qui reste du corps brisé de Victor. La tête du policier ne tient plus que par les tendons. Si elle est obligée de regarder où elle met les pieds, c'est parce que ses yeux sont placés sur les côtés de son visage maintenant.

Denorah recule, tombe et se relève, en courant déjà.

À l'entraînement, la coach leur fait faire un exercice une fois par semaine. Plus souvent, elles seraient trop fatiguées pour le match. Mais une fois par semaine, elle dispose toutes les filles sur la ligne de touche et passe parmi elles, pour qu'elles tentent de lui arracher le ballon des mains.

Et avant de souffler dans son sifflet, elle leur crie, à la manière d'un sergent instructeur : *Est-ce que vous le voulez vraiment ? Est-ce que vous le voulez vraiment ?*

À la fin d'un match ou au début, peu importe, ce n'est jamais la joueuse la plus rapide ou la plus puissante qui rattrape le ballon. C'est celle qui plonge avec le plus de détermination. Quelle que soit celle qui se bat pour le ballon. Qui ne laisse personne le lui prendre. Qui se contrefiche de ses cheveux, de sa peau et de ses dents, tous si précieux. Ce qui compte, c'est de vouloir le ballon plus que les autres.

Tel est l'exercice auquel doit se livrer Denorah.

Mais aujourd'hui, ce n'est pas un exercice.

Un seul petit Indien

Le premier endroit auquel pense Denorah, c'est chez Mona. Si elle peut passer à travers champs et trouver la route, celle-ci la conduira directement à la caravane de Mona et, et, et peut-être que ce vieil ours sera là, peut-être qu'il n'a pas hiverné cette année, peut-être qu'il flairera l'odeur du caribou et qu'il se lèvera, qu'il en oubliera d'attendre l'apparition des baies.

C'est un bon plan – un plan stupide, complètement stupide – jusqu'à ce que, après moins de deux kilomètres peut-être, les poumons en feu, les tibias ensanglantés par la neige durcie, les pieds trempés et ankylosés à tout jamais, elle s'arrête net au bord d'un précipice rocheux d'une trentaine de mètres de haut.

Le vent qui monte du fond rocailleux et la repousse lui a sauvé la vie.

Tout en bas, elle aperçoit un vieux corral et une vague construction en pierre, mais plus personne ne vit là depuis quatre-vingts ou cent ans. C'est un des allotissements lointains que quelqu'un a essayé d'exploiter, mais les Blackfeet ne sont pas des fermiers, les Blackfeet ne sont pas des éleveurs de bétail.

« Noooon ! » hurle Denorah dans cet immense gouffre qu'elle ne peut pas franchir.

Elle se retourne, comme si elle s'interdisait de le faire, et à cinq cents mètres en arrière, même pas, on dirait d'abord un cheval qui apparaît au sommet d'une crête. Son cœur enfle, elle croit voir son père sur un des chevaux de Cassidy, mais c'était un mensonge, bien sûr, les hommes ne sont pas allés voir ce qui faisait aboyer les chiens. Les chiens étaient déjà morts, ils étaient tous morts.

Et puis, ce n'est pas une tête de cheval.

C'est Shaney, ou on ne sait quoi. La Femme à Tête de Caribou.

Elle avance, elle possède des épaules humaines, des bras humains, dont l'un est rougi par le sang qui s'échappe de son épaule. Elle porte un long short de sport et des chaussettes montantes. Ses yeux écarquillés sont fixés sur Denorah.

« Pourquoi vous courez même pas ! » lui crie Denorah.

La Femme à Tête de Caribou continue à avancer.

Denorah se redresse d'un bond, tournant le dos à cet à-pic vertigineux ; elle regarde à droite et à gauche. Ses deux seules options.

À droite, c'est un décor identique : de la neige à perte de vue, jusqu'au parc, creusée ici et là par des ravines profondes et soudaines. À gauche, la même neige s'étend sur un peu plus d'un kilomètre peut-être, mais ensuite, on aperçoit un lac. Celui dans lequel l'ami de son père s'est noyé, ou un truc dans le genre. Et… c'est là aussi où son autre ami a été arrêté…

« Oui, oui », dit-elle.

Au bord du lac, il y aura des maisons. Des cabanes aux toits pentus, avec des canoës attachés sur la terrasse, en travers de la porte, comme si cela pouvait réellement empêcher quelqu'un d'entrer. L'ami de son père, Ricky, s'était introduit par effraction dans une de ces maisons pour signaler la présence d'un cadavre qui flottait dans l'eau… pour appeler la police et signaler la présence d'un corps.

Ça voulait dire : un téléphone.

Denorah pourra appeler Mora, elle pourra appeler le Bureau des gardes-chasses, son père, son nouveau père ; elle pourra signaler le massacre et déclarer qu'un officier de police est en difficulté, en grande difficulté.

Elle se retourne vers la Femme à Tête de Caribou. Invisible de nouveau. Celle-ci piétine dans la neige profonde, dans les creux entre les collines, en ligne droite, comme s'il était indigne d'elle de suivre une arête, de laisser le relief lui imposer sa volonté.

Choisissant avec soin les endroits où elle pose les pieds, pour marcher là où le vent a raclé la neige, Denorah part à gauche, pliée en deux, en veillant à rester derrière les buissons, du côté qui menace de la précipiter dans le vide, plutôt que de l'autre côté, exposé aux regards.

Elle se souvient d'une prof à l'école primaire – Mlle Grace, une blonde venue du Canada, avec un accent français – qui leur racontait que les cheveux longs des Indiens les aidaient à chasser. Les cheveux qui pendaient devant leurs visages se balançaient comme de l'herbe et cachaient leurs traits humains reconnaissables.

C'étaient des conneries, évidemment – les cheveux, ce n'est pas de l'herbe, et un visage reste un visage –, mais Denorah n'a jamais oublié cette histoire.

Sans cesser de courir, penchée vers l'avant, presque certaine que la Femme à Tête de Caribou a anticipé le choix de sa proie, qu'elle a coupé en diagonale et va bientôt surgir de derrière cette crête, juste là, Denorah arrache le bandeau qui maintient sa tresse et passe ses doigts dans ses cheveux pour les libérer.

Mentalement, elle récite ce qu'elle va dire au téléphone.

Mon père, Cassidy… elle les a tous tués. Il faut que…

Non. Mieux valait commencer par Victor.

Votre… votre flic, votre officier, le père de Nathan Yellow Tail, il a essayé de l'abattre, mais elle… elle…

Et puis : *Elle est blessée au dos. C'est là qu'il faut viser. Si vous tirez devant, elle arrachera la balle.* Comme si elle avait une chance de passer cet appel.

Comme si elle pouvait parcourir les trois kilomètres jusqu'au lac. Sans tomber une fois de trop, sans rouler sur elle-même et découvrir la Femme à la Tête de Caribou au-dessus d'elle.

Pourquoi est-ce qu'un téléphone, là-bas, resterait branché en plein hiver ?

Mais a-t-elle le choix ?

Denorah secoue la tête, ses cheveux se balancent maintenant.

Elle imagine la coach derrière elle, son sifflet à la bouche.

Lorsqu'elle se retourne, une fois de plus, elle ne voit apparaître aucune tête de caribou. Mais ça ne veut rien dire.

Cours, cours.

Ce qu'elle fait, plus vite, et c'est une bonne chose. Car lorsqu'elle regarde en arrière de nouveau, la Femme à Tête de Caribou est juste là, à moins de cinquante mètres.

Elle se fige et fait pivoter sa tête pour emprisonner Denorah dans son œil énorme.

« Je t'ai battue », murmure Denorah, pas assez fort pour se faire entendre, et elle s'oblige à gravir une pente raide.

Arrivée en haut, en traînant les pieds, elle découvre…

Une ancienne habitation. Une maison basse, en piteux état. Toutes les fenêtres ont disparu et les murs s'effritent. Deux vieilles berlines à hayon semblent avoir été abandonnées à l'endroit où elles ont rendu l'âme. D'une grange ou d'un atelier, il ne reste qu'un coin. Les seules structures encore debout, en dépit du vent, de la neige et de la solitude, sont trois wagons de marchandises violets et rouillés, garés les uns derrière les autres, du genre de ceux que les gens utilisent pour le stockage, et que son beau-père conseille à tous les habitants de la réserve car c'est à peu près la seule chose dans laquelle les ours ne peuvent pas pénétrer. Celui qui les a installés là aimait jouer avec un gros train électrique, on dirait. Mais non, évidemment : le but était de bloquer la neige. De dresser un obstacle pour l'empêcher de s'accumuler contre la maison, et ces wagons sont hauts comme des trains car ils reposent sur des parpaings ou de véritables roues.

« Hé oh ! » fait Denorah, mais cet endroit est manifestement abandonné.

Et… Ce sont des pas qu'elle entend derrière elle ? Des bruits de sabots ?

Elle plonge dans la pente, en glissant sur les fesses et ses paumes. Lorsqu'elle se retourne cette fois, la Femme à Tête de Caribou descend la colline en ligne droite, sans déraper, car les caribous savent toujours où poser les pieds.

Denorah se retourne, paniquée ; elle envisage de se cacher derrière une des berlines, tandis que la Femme à Tête de Caribou passe de l'autre côté, mais pour perdre à ce jeu, il suffit de trébucher, juste une fois. Quant à la maison… en y entrant, elle se retrouverait acculée dans une chambre, et elle y mourrait, si la Femme à Tête de Caribou bloquait la porte.

Denorah fait non de la tête : il n'y a rien pour elle ici. C'est un endroit qu'il faut traverser, simplement. Ce qu'elle fait, en décidant au tout dernier moment que si elle se terre sous le wagon du milieu, elle pourra peut-être ralentir sa poursuivante. Si celle-ci avance en ligne droite, peut-être qu'elle ne se penche pas pour regarder sous les obstacles, si ?

Une hypothèse qui en vaut bien une autre, hein ?

Denorah s'élance. La Femme à Tête de Caribou n'est plus qu'à deux longueurs de wagons derrière. Elle s'oblige à traverser la croûte de neige compacte, balayée par le vent, entre les… ce ne sont sûrement pas des roues, mais tant pis.

Elle regrette immédiatement de s'être enfermée de cette façon. Prise de panique, elle creuse la neige avec ses mains, elle donne des coups de pied jusqu'à ce qu'elle débouche dans… une grotte sèche sous le wagon. Une sorte de lieu magique. Silencieux, mais pas totalement obscur : le soleil parvient à s'insinuer entre les milliards de cristaux entassés autour d'elle, faisant miroiter les parois d'une lueur bleutée comme de la glace.

Non, ce n'est pas une grotte, se dit Denorah. C'est une tombe.

Rassemblant toute sa volonté, elle s'enfonce dans le mur bleu le plus éloigné, en prenant une grande inspiration pour le traverser, mais chaque fois qu'elle écarte la neige avec ses bras, s'attendant à ressortir à l'air libre, elle rencontre toujours plus de neige, encore et encore. Ses halètements vident ses poumons, elle essaie d'avaler de l'oxygène, mais il n'y a que de la neige, partout, jusque dans sa bouche. Elle suffoque, elle rue, replie ses pieds sous elle, le plus possible, et *pousse*. Dans la neige, toujours.

Mais sa main… elle est passée, elle est dehors.

Elle nage maintenant, elle nage dans de la neige fondue ; elle n'a pas encore refait surface, mais elle provoque l'effondrement d'un bloc de neige croûtée qui laisse apparaître au-dessus d'elle une doline à ciel ouvert. La bouche collée au fond de cet entonnoir, elle avale autant d'air qu'elle le peut. Et encore.

Comme l'avait prévu la personne qui avait installé ces wagons, contrairement à Denorah, la neige s'est accumulée à cet endroit, et forme une pente d'une dizaine de mètres.

Denorah progresse péniblement. La croûte glacée entaille son cou, puis sa poitrine, son ventre, ses cuisses, ses tibias.

Arrivée enfin au niveau du sol, elle s'accroupit, en appui sur ses doigts, secoue ses cheveux qui tombent devant ses yeux et se retourne pour regarder à l'intérieur de la faille qu'elle vient de creuser, et qui va certainement tenir quelques minutes encore.

Les baskets et les chaussettes montantes de la Femme à Tête de Caribou apparaissent à l'autre extrémité, floues à travers la paroi de neige gelée. Mais elles ne bougent pas. Pour la première fois, elles ne bougent pas.

Pourquoi ? se demande Denorah.

Elle se relève, prête à courir, mais ne le fait pas. Elle continue à regarder.

Les baskets et les chaussures montantes sont toujours là. Immobiles.

« C'est quoi, ce bordel ? » dit Deborah en regardant à droite et à gauche pour s'assurer qu'il ne s'agit pas d'une ruse, que sa poursuivante ne va pas surgir d'un côté ou de l'autre.

Est-ce que… Shaney est devenue stupide en prenant l'apparence d'un caribou ? Est-ce qu'elle se comporte plus comme un caribou que comme un être humain, maintenant ?

Denorah observe l'arrière de la congère d'où elle vient d'émerger.

Elle voit dépasser l'échelle du wagon, qui monte jusqu'au toit.

C'est ce que font les filles intelligentes, se dit-elle. Quand le meurtrier est à leurs trousses, elles grimpent quelque part, d'où elles ne peuvent plus redescendre.

Mais il faut qu'elle voie. Il faut qu'elle sache.

Elle s'adresse un hochement de tête, un deuxième, puis recule et fonce pour escalader la congère glacée et agripper d'une main le premier barreau.

Elle parvient à faire trois pas avant que la congère l'avale de nouveau, tout entière.

Dix secondes plus tard, en crachotant, elle crève la surface blanche au milieu de l'échelle ; elle referme la main sur le barreau juste au-dessus et se hisse à l'air libre.

Elle grimpe jusqu'en haut, coince une jambe de l'autre côté et essaie de respirer, rien de plus.

Elle est trempée de la tête aux pieds maintenant, ce qui n'est pas génial car il y a plus de vent ici, en hauteur, évidemment.

Les bras noués autour de ses épaules, elle avance peu à peu, en testant chaque pas avant de faire peser le poids de tout son corps. Il ne manquerait plus qu'elle passe à travers et tombe dans ce qui reste à l'intérieur de ce wagon.

Elle parcourt le dernier mètre à plat ventre, ses cheveux enroulés dans sa main pour éviter qu'ils pendent dans le vide, devant elle, et la trahissent.

Denorah sourit.

Tu as peur des trains. Elle ne le dit pas à voix haute. Mais c'est la vérité.

Les caribous – et cette femme en est un, quelque part en elle, de plus en plus peut-être à chaque pas – craignent les trains. C'est son père qui le lui a dit. C'est une histoire que racontait un de ses grands-oncles. Jadis, tous les hommes du coin avaient acculé un troupeau de caribous le long de la voie ferrée et les avaient décimés au moment où le train passait. Leur but n'était pas d'utiliser le train comme une barrière ; ils voulaient juste que le bruit couvre les détonations car ils n'avaient pas le droit de chasser en ville, mais le train avait quand même fait office d'obstacle. Un ou deux caribous en avaient réchappé, racontait son père, et ils avaient raconté aux autres la Vérité sur les Trains, et depuis ce jour, les voies ferrées ne pouvaient plus servir à chasser.

À l'évidence, les trains étaient encore plus effrayants, qu'importe que celui-ci n'ait pas de roues. Qu'importe que les wagons ne soient pas reliés. Qu'importe qu'il n'y ait même pas de rails.

Les caribous peuvent être coriaces et rapides, se dit Denorah, mais apparemment, ils ne sont pas très futés. Néanmoins, cette Femme à Tête de Caribou va finir par comprendre que ce train n'a que trois wagons, qu'il ne produit aucune étincelle et ne remplit pas le monde de son vacarme.

Elle ouvre la bouche et émet un bêlement grave, comme si elle évaluait la situation, criait son hésitation et réclamait l'aide du troupeau. N'obtenant aucune réponse, elle recule. L'état de transe provoqué par le train semble relâcher son emprise.

Denorah se retourne, rampe jusqu'à l'échelle et, une main après l'autre, elle redescend à l'intérieur de la congère, ressort de l'autre côté et rebrousse chemin dans la neige piétinée.

Toujours pas de Femme à Tête de Caribou.

« Tchou-tchou, la folle », dit Denorah en mimant un salut militaire avec son majeur, encore une chose que lui a apprise son père, chaque fois qu'ils passaient devant un flic.

Le lac, se dit-elle intérieurement.

Elle peut atteindre Duck Lake maintenant.

La seule fois où elle se retourne, aucune Femme à Tête de Caribou n'apparaît derrière l'un ou l'autre des wagons. Mais elle va resurgir, Denorah le sait. Elle va resurgir.

Denorah presse le pas.

Le garçon caillot de sang

Denorah sait qu'elle aurait dû croiser cette indispensable route de terre il y a dix minutes déjà. Vingt.

C'est comme si… toutes les routes avaient disparu. Comme si la réserve avait fait un bond en arrière de cent ans, avant l'apparition des voitures. Comme si ce corral, là-bas, derrière elle, était toujours debout, à côté d'une maison de pierre, d'où s'échappait de la fumée.

Ou bien, en authentique fille de la ville, Denorah connaît chaque centimètre du terrain de basket, mais les grands espaces, beaucoup moins.

Chaque arbre ressemble à celui d'à côté. Et cette neige, c'est la même partout.

Le lac, en revanche.

Tous les cent ou deux cents mètres, elle se traîne jusqu'au sommet d'une crête et le voit scintiller au loin.

À quelle heure tombe la nuit ? Quatre heures ?

La coach va flipper en voyant que sa joueuse vedette n'est pas là une heure avant le match. Tant mieux. Non, attendez. Peu importe. D'ici là, sa mère aura alerté la garde nationale sans doute. Elle aura remonté la longue allée de Cassidy et découvert tous ces cadavres calcinés, elle aura vu le terrain de basket éclaboussé de sang et Victor Yellow Tail, tué deux fois.

Et… il y a bien des traces dans la neige, non ? Denorah se retourne pour en être sûre.

Avec un peu de chance, la Femme à Tête de Caribou est toujours bloquée du mauvais côté du train fantôme. Mais n'y compte pas trop, se dit Denorah. Elle doit être tout près d'ici déjà. Non, ne regarde pas tout de suite.

Elle se laisse tomber à genoux, s'oblige à se relever, et à continuer.

Elle était déjà essoufflée avant même que la caravane de Cassidy soit hors de vue. Son second souffle, elle ne l'avait même pas vu passer. Seul le pur instinct de survie lui permet de tenir. L'instinct de survie et le conditionnement, dont la coach dit qu'il peut faire basculer un match.

Plus une petite touche d'espoir : les maisons au bord du lac.

Peut-être un pêcheur sous glace un peu fou vivant en ermite, bloqué par la neige. Ou bien des lycéens entrés par effraction dans un de ces chalets, comme toujours, pour faire la fête ce week-end. Elle pourra alors… sauter sur une de leurs motoneiges et foutre le camp d'ici, fuir vers le Canada.

Y a-t-il des voies ferrées entre ici et là-bas ? Elle ne compte plus sur les ours pour la sauver, mais sur les voies ferrées.

Cours, cours, se dit-elle.

Les trois dernières secondes de la partie. Allez, vas-y. Encore.

Ses poumons ne sont plus en feu, mais glacés. C'est du sang qu'elle sent au fond de sa gorge, elle en est sûre. La coach appelle ça « les poumons de fromager ». Mais Denorah aurait dû expulser tout ça il y a deux mois déjà, à la reprise de l'entraînement. De toute façon, elle est intolérante au lactose, pense-t-elle, pour essayer de faire une plaisanterie. La plus triste, la plus désespérée des plaisanteries.

Elle avale un long cheveu et doit s'arrêter pour le recracher, en vomissant un peu.

Elle n'y arrivera pas.

Le lac est-il toujours à la même distance ? Impossible.

Denorah ferme les yeux pour faire un reset, pour se retrouver dans toute cette douleur, ce froid. De loin, comme si elle regardait quelqu'un d'autre, elle a conscience d'être à genoux, le visage dans les mains.

La route est forcément là-haut quelque part. Oui, elle est là-haut.

Ce qui se passe, c'est qu'elle se croit en voiture, où les distances défilent. Alors qu'elle marche sur ses pieds trempés et gelés, et elle n'avance pas en ligne droite, loin de là. Et la route tourne dans l'autre sens, qui plus est.

Ne panique pas, ma grande. Ramasse le ballon, rassemble tes esprits et regarde la pendule.

Denorah abaisse les mains et lève les yeux vers le soleil brumeux.

Il lui reste au moins trois heures, décide-t-elle. Trois heures avant que la Femme à Tête de Caribou jaillisse de chaque zone d'obscurité, quand il n'y aura plus que ça.

Mais tu seras morte depuis longtemps, se rappelle-t-elle, et elle baisse le regard. Pour découvrir une tête brune allongée qui l'observe à sept ou huit mètres de là, juste derrière la prochaine crête.

Denorah sait qu'elle ne doit pas tressaillir, elle ne doit pas crier, mais malgré cela, à l'intérieur, tous ses jolis plans dégringolent de leurs étagères métalliques fragiles et tombent avec fracas au creux de son estomac.

Et voilà, c'est la fin.

Denorah se relève, ses cheveux se dressent autour d'elle, ses mains s'ouvrent et se ferment à hauteur de ses cuisses car elle s'apprête à crever des yeux et à arracher des oreilles, tout ce qu'elle peut attraper… Si tu t'en prends à une fille de la réserve, apporte une boîte de pansements… Mais soudain… soudain…

C'est un cerf. Un mâle. Elle le sait car lorsqu'elle était encore obligée de se tenir debout sur le siège du pick-up de son père pour voir par-dessus le tableau de bord, il lui avait appris à différencier les cerf des chevreuils. La taille, évidemment, et la forme des ramures quand ce sont des mâles, mais avant tout cela, la couleur. Les cerfs sont d'un brun poussiéreux, à force de vivre dans les plaines, et ils ont moins d'anneaux blancs autour de la bouche et du nez. D'après son père, ils ont meilleur goût également, mais c'est plus facile de regarder la couleur que d'en abattre un pour en manger un morceau.

Celui-ci considère Denorah avec ses grands yeux noirs comme des billes. Il attend de pouvoir l'identifier ; sa queue marque les secondes.

Et puis, voilà qu'il regarde derrière elle.

« Non… », dit Denorah, en se retournant malgré tout.

La Femme à Tête de Caribou fonce, son large front en avant.

Denorah se retourne vers le cerf pour lui dire de fuir, mais il dévale déjà le lit d'une rivière gelée, sans doute… ouais. Il bondit à point nommé, comme propulsé par un trampoline invisible et parcourt dans les airs une distance qui rend jalouse Denorah. À peine retombe-t-il sur le sol que ses sabots s'enfoncent dans la terre pour le projeter vers l'avant.

« Fonce, mon vieux », dit-elle en s'élançant à son tour.

Il y a peut-être cinq cents mètres, même pas, entre elle et la Femme à Tête de Caribou.

Quelle était cette histoire enfantine que lui racontait son père au sujet des chevreuils ? Il disait la tenir de son grand-père, mais Denorah avait appris plus tard qu'il n'avait jamais connu son grand-père : leurs vies ne s'étaient pas chevauchées. Il tenait cette histoire d'*un* grand-père. En tout cas, quand il racontait, elle paraissait vraie. D'après lui, si les chevreuils avaient ce cercle blanc autour de la bouche et du nez, c'était parce qu'ils avaient la manie de s'introduire en douce en ville, à Browning, pour boire dans les bols de lait que les gens laissaient dehors, à l'époque où il n'y avait pas de chiens dans les réserves, uniquement des chats. Voilà pourquoi ils pouvaient entrer en ville comme ça : ils n'aboyaient pas. Mais les chats étaient si forts qu'ils faisaient peur aux souris, alors les souris sont devenues intelligentes, et elles ont commencé à vivre à l'intérieur des murs des maisons, du coup les chats ne pouvaient plus les attraper ; et finalement, ils sont tous partis. Deux ou trois jours après, le premier chien a fait son apparition en ville, avec un sourire idiot sur le visage, cherchant un endroit où il pourrait pisser.

Denorah s'en veut d'avoir cru à cette histoire, dans le temps. Et maintenant qu'elle n'y croit plus, ça lui donne envie de pleurer.

Oui, les cerfs buvaient du lait, voilà pourquoi ils avaient un cercle blanc autour de la bouche.

Et puis merde.

Cours, cours.

Elle se dit qu'elle ne doit pas le faire, mais elle se retourne quand même.

Pas de Femme à Tête de Caribou. Cela signifie que Denorah peut attendre qu'elle remonte péniblement du creux dans lequel elle doit se trouver, ou bien couvrir encore un peu plus de terrain.

Elle avance, elle avance.

Ce qu'elle espère maintenant, étant donné que le lac ne se rapproche pas, c'est dénicher la route avant que sa mère la descende, la guetter et lui faire signe, monter à bord sans lui laisser le temps de s'arrêter totalement, verrouiller les portières et lui ordonner de repartir. Vite, vite, je t'expliquerai plus tard.

Denorah tombe, se relève, tombe de nouveau, se relève de nouveau. L'horizon tremble maintenant. Pas à cause de la chaleur, mais de la fatigue. Du froid. De l'absence d'adrénaline. De toutes ces trois dernières secondes.

Mais… la Femme à Tête de Caribou est une Crow, n'est-ce pas ?

Denorah se relève et repart, elle s'oblige à courir.

Une Crow ne peut pas gagner. Pas aujourd'hui, pas ici.

Même si le monde est flou. Même si ses poumons sont hors service. Même si elle ne sent plus du tout ses jambes. Même si elle voit le grand livre s'animer devant elle.

Elle ralentit, secoue la tête, essaie d'éclaircir sa vision.

L'illustration du grand livre demeure. Il est là, à moins de cinq mètres d'elle.

Un Indien à l'agonie, avachi sur un cheval. Ce qu'elle voit dans tous les stands lors de tous les pow-wows : la fin de la piste. Seule différence : le cheval de guerre est généralement représenté sous forme de silhouette, ou tout blanc, pour faire ressortir la jambe nue de l'Indien mourant, sur le côté.

Ce cheval est un Appaloosa.

Il lève la tête et adresse un hennissement obligatoire en voyant Denorah.

« Calico ? » demande-t-elle d'une toute petite voix.

Une vision de l'au-delà sans doute.

Calico hennit faiblement, en faisant vibrer sa bouche à la fin. Denorah glisse sa main dans son cou.

Entremêlés dans sa longue crinière, elle sent des doigts. Et derrière, sur le dos de Calico, tapissant de son sang le flanc de l'animal, il y a le cavalier mourant…

« Nathan ! » hurle Denorah en se jetant sur lui, remarquant à peine qu'ils se trouvent sur la route qu'elle cherchait.

Sa main sur la jambe gauche de Nathan le réveille. Il regarde autour de lui, puis pose les yeux sur elle.

« D, dit-il avec un sourire grimaçant.

– Tu… qu'est-ce… »

Elle ne sait pas par quoi commencer, ni comment.

Calico fait un pas sur le côté pour s'éloigner de Denorah.

« Po'noka », dit Nathan en se redressant, droit comme un i.

Denorah suit la direction de son regard : derrière elle.

Elle se retourne, en faisant déjà non de la tête.

La Femme à Tête de Caribou.

Si près.

À une distance de deux lancers francs, elle avance en suivant une ligne droite furieuse. Sans doute parce que Nathan devrait être mort, et non pas agonisant.

« Fonce, fonce ! » lui crie Denorah.

Il tend le bras vers elle pour la hisser sur Calico, mais cet effort manque de le désarçonner. S'il tente de s'accrocher à elle, il va se déchirer en deux, à l'évidence. Encore plus. Denorah le rassoit sur le dos de Calico, des deux mains, et le maintient dans cette position.

« Non, dit-elle. Je… je vais l'entraîner vers le lac. Dis à mon… retourne en ville. Tu en es capable ? Grouille-toi d'aller en ville et dis-leur… à tous… Tu sais où est le Bureau des gardes-chasses ? Juste… Trouve mon père et dis-lui que je vais au lac, là où est mort ce type, Junior. Dis-lui…

– Ton… ton père, parvient à dire Nathan. Il… il est pas mort ?

– Mon *autre* père ! »

Denorah prend la tête de Calico, l'oblige à faire demi-tour et lui donne une grande tape sur l'arrière-train, en hurlant.

Calico part comme un boulet de canon, en patinant un peu au départ. Denorah sait qu'il y a un mot pour désigner ce phénomène chez les chevaux, mais elle n'a pas le temps de le chercher. Il n'y a plus le temps.

La Femme à Tête de Caribou s'avance sur la route en terre battue.

Elle regarde Nathan et Calico au loin, elle les observe.

« Hé, toi ! lui crie Denorah, pour inciter ce long visage à se retourner. Dix-neuf à seize, dit-elle en martelant sa poitrine et en la montrant du doigt ensuite. Je crois qu'on a un match à terminer. »

Denorah a réussi à capter toute l'attention d'un de ces gros yeux jaunes. Sans attendre, elle se met à courir.

Ce n'est pas un deuxième ni même un quatorzième souffle. Il faut courir sur de la neige dure en ne sentant plus ses pieds. Il faut dévaler la colline, vers l'eau.

Ce sont les véritables trois dernières secondes.

Là où vont les anciens

Ça n'a aucun sens de courir vers ce lac, où qu'il soit. Elle court depuis des *années*, elle le sait. Depuis sa naissance peut-être. Mais elle ne court pas en permanence, cependant. Trois fois au moins elle s'est affalée et brûlée sur le sol, étendue à plat ventre, prête à abandonner. Elle a le menton éraflé à force, les paumes en sang, et elle ne se réjouit pas de sentir ses pieds de nouveau. Transpercés par des aiguilles.

Mentalement, Denorah marmonne des excuses adressées à la coach. Les joueuses sont censées économiser leurs forces les jours de match. Elle ne pourra pas marcher pendant une semaine, elle le sait. Et encore.

Avant cela, il faut encore qu'elle survive.

La dernière fois qu'elle est tombée et a décidé de reposer ses yeux un instant, de souffler, le sol dur était agréable, parfait contre sa joue, elle a repris connaissance brusquement, saisie de panique, et en roulant sur elle-même, elle a découvert la Femme à Tête de Caribou à seulement deux poteaux de clôture derrière elle.

Elle marche sur la route maintenant, même si celle-ci fait des coudes et des zigzags, en devers. Si la partie était équitable, la Femme à Tête de Caribou respecterait ses propres règles : elle continuerait à avancer en ligne droite, pas vrai ?

Et elle se retrouverait enlisée dans la neige profonde. Car les caribous s'enlisaient eux aussi, non ?

Mais celle-ci marche sur la route également, Denorah le sait. Elle l'a vue, au bout d'une longue ligne droite, tête baissée, comme si c'était le Dust Bowl des Caribous, la Grande Dépression des Caribous.

« Qu'cst-cc quc tu me veux ? » hurle-t-elle derrière elle, arrêtée, le buste penché en avant par la violence de son cri. « Qu'est-ce que je t'ai fait ? »

Pour la première fois, la Femme à Tête de Caribou presse le pas.

Denorah se retourne et repart ; elle se remet à courir.

Comment lui échapper ? Que faire de plus ? Comment a-t-elle pu laisser passer sa mère sans la voir ? Il n'y a pas d'autre route, hein ? Ah, si seulement son père était là. Il connaissait tous les chemins de braconniers, tous les raccourcis pour 4x4.

Denorah tombe une fois encore, elle laisse un peu plus de chair de main et de genou sur la route, un peu plus de sang de bouche, puis se relève. Elle ne court plus, elle trébuche.

Elle n'atteindra pas le lac avant la tombée de la nuit. Elle ne l'atteindra jamais.

Et Nathan… Sans doute qu'il a chuté de Calico au bout de cent mètres. Il ne connaît pas mieux les chevaux qu'elle, et de toute façon, il était déjà à moitié mort.

Il n'y a plus qu'elle et la Femme à Tête de Caribou. Un contre un.

Elle recule de quelques pas ; elle aperçoit cette crête caractéristique sur le dessus du crâne, les oreilles plaquées en arrière.

Elle secoue la tête – non, non, par pitié – et manque de retomber ; elle doit prendre appui sur une de ses mains à vif et se relever d'un bond, avant de s'endormir pour toujours.

Dix, vingt pas plus tard, elle aperçoit une trouée dans les arbres gris sur le côté. Une… une *barrière.*

Denorah se retourne : sa poursuivante a disparu pour le moment. Pas le temps de réfléchir, alors. Elle avance sur le côté du gros tube argenté et ondulé qui passe sous cet embranchement et, de là, elle saute par-dessus le fil de fer de la barrière et bascule immédiatement de l'autre côté, sans le vouloir, en priant pour ne laisser aucune trace. Sans se retourner, elle progresse d'un pas titubant, en palpant de sa main engourdie le point douloureux dans son ventre. Un barbelé sans doute. Mais peu importe à ce stade. Ce chemin creusé d'une double trace de pneus n'a pas servi depuis les nombreuses chutes de neige de cette année.

Denorah essaye de rester sur la partie bombée et solide du centre, mais très vite, elle perd le tracé ; elle se retrouve au milieu des arbres, dont elle se sert pour rester debout, pour continuer.

Ne te retourne pas, ne te retourne pas. Avance, continue d'avancer.

Il y aura peut-être une cabine téléphonique là-bas, se dit-elle. Ses pensées deviennent délirantes ; les arbres, flous, ressemblent à un mur de rondins dressés. Elle suit ce mur à tâtons, à la recherche d'une ouverture. Lorsqu'elle la trouve enfin, elle était tellement convaincue que ce mur était infini, qu'elle bascule par l'ouverture et dévale la pente, roulant au milieu des pierres, des buissons et des branches mortes.

Elle s'arrête dix secondes plus tard peut-être, dans une boule de douleur, et lève les yeux.

Oh. Elle marchait sur une crête. La route tournait certainement vers la droite pour éviter que la même chose survienne à tous les véhicules. Mais contrairement à un véhicule, elle a continué tout droit.

Elle se relève en prenant appui sur un buisson qui égratigne tout son visage, y compris ses lèvres. Est-ce cela que son père appelle un *buckbrush* ? Appelait, corrige-t-elle.

« Mais je suis un faon », se dit-elle, ivre de toute cette douleur.

Elle place un pied devant l'autre et répète cette opération compliquée ; après quelques mètres, elle comprend que la mort ressemble à ça, n'est-ce pas ?

Vous souffrez, vous souffrez, et puis vous ne souffrez plus.

À la fin, tout s'apaise. Pas seulement la douleur, le monde aussi.

Au moins, elle mourra avec cette idée : le monde la tue. Pas la Crow. Pas la Femme à Tête de Caribou. Pas cette chose qui a tué son père.

« Je suis désolée », dit-elle à cette image paternelle.

Non pas parce qu'il est mort de cette manière, mais parce qu'elle n'a jamais dit à personne de le laisser regarder le match quand ils l'ont expulsé de la salle. Parce qu'elle faisait semblant de ne pas le connaître. Parce qu'elle avait honte. Parce que… parce qu'elle est toujours cette petite fille debout sur le siège du pick-up, à côté de lui, pendant qu'il conduit, une main sur son épaule, dans cette cabine remplie d'histoires qui étaient toutes vraies, elle le sait maintenant.

Parce que parce que parce que.

Le souffle court, elle s'arrête, la main posée sur un tremble, ou un bouleau, elle n'y connaît rien. Ces stupides arbres ne servent qu'à fabriquer des parquets pour jouer au basket. Mais celui-ci la soutient. Elle le remercie d'une petite tape et regarde, au-delà, l'endroit où elle va mourir.

C'est un champ de… d'épis de neige ? Non, ça n'existe pas.

Des os.

« Hein ? » fait-elle.

Elle… elle ne peut pas être allée aussi loin, si ? Le massacre de la Marias ? Les ossements ne peuvent pas être encore là, hein ?

Les os ne durent pas aussi longtemps.

À moins que. À moins qu'elle soit morte quelques pas plus tôt et évolue désormais dans le passé de son peuple. Peut-être. C'est comme ça que fonctionne la mort ?

Elle se retourne – rien ne la rappelle – et avance timidement, pour percer cet ultime Grand Mystère Indien.

C'est un autre monde, dans lequel elle veut retenir sa respiration. Non pas pour l'empêcher de pénétrer dans ses poumons, mais parce qu'il est sacré. Elle est entourée de squelettes. Ce ne sont pas des Indiens, elle s'en aperçoit maintenant, ni même des êtres humains, mais… du bétail ? Son nouveau père lui a parlé des cachettes des grizzlys, mais elles se trouvent dans la forêt, pas à découvert comme ici.

Non, il s'agit d'autre chose, une chose plus terrible.

Des caribous.

Denorah confirme d'un hochement de tête, elle assemble les os mentalement.

Des caribous, aucun doute.

Il y a une moitié de ramures dressée là-bas, après tout ce temps non blanchies, gelées, et… elle regarde autour d'elle, plus rapidement, au désespoir.

Non, ça ne peut pas être *cet* endroit, si ? L'endroit dont son père ne voulait jamais lui parler, là où ses amis et lui avaient massacré tous ces caribous, dix ans plus tôt.

Pourtant, c'est bien là.

Denorah déglutit, s'agenouille ; sa main suit la courbe douce d'une côte, polie par les intempéries, jusqu'à la fracture, au milieu. Idem pour la côte voisine. Brisée elle aussi par une balle. Peut-être même une balle tirée par le fusil de son père.

Denorah lève les yeux vers le sommet de la pente raide ; elle peut presque entendre les détonations, elle peut presque voir son père, Cassidy, Ricky et Lewis, si fiers, heureux de profiter d'une telle aubaine, de prouver qu'ils étaient de grands chasseurs.

Son cœur bat encore une fois, puis semble s'arrêter dans sa poitrine.

« Papa. »

C'est ici même que ça s'est passé.

Son nouveau père lui avait raconté cette histoire ; il disait qu'à la fin, son vrai père et les copains de celui-ci avaient balancé leur trophée de chasse au fond du précipice, après avoir essayé de marchander pour le conserver, s'il vous plaît, au moins la viande, au moins le jeune caribou.

C'est alors qu'elle avait su que c'était une histoire vraie. Car c'était exactement le genre de choses que son véritable père aurait réclamé : les bois.

Mais si cette histoire est vraie, ça signifie également… que son père a réellement fait ça, hein ? Au lieu d'être celui qui, dans son campement, se trouve pris sous une pluie de balles qui transpercent les peaux des huttes, comme cela est arrivé aux Blackfeet, elle le sait, et à d'autres Indiens, partout, c'est son père qui a tiré ces balles, en riant probablement car c'était complètement fou, car aussi loin de tout, ils pouvaient faire n'importe quoi, ça n'avait pas d'importance.

« Je suis désolée », dit Denorah en s'adressant à la côte de caribou qu'elle caresse, et elle ferme les yeux.

C'est un bel endroit, se dit-elle. Un endroit adapté. Elle peut s'allonger là avec eux, non ? S'ils veulent bien d'elle.

Lorsqu'elle rouvre les yeux dix ou vingt secondes plus tard, c'est parce qu'elle entend la neige craquer derrière elle.

Elle se recroqueville, mais elle n'a pas le choix : elle doit se retourner.

La Femme à Tête de Caribou.

De près, sa tête est encore plus une aberration.

Mais elle ne regarde pas Denorah ; elle a oublié son existence.

Elle aussi tombe à genoux et ses mains humaines se tendent vers ces os de caribous, son nez se penche en avant pour toucher un crâne et s'immobilise.

Denorah a du mal à respirer, elle ne peut plus bouger.

Soudain, la Femme à Tête de Caribou se redresse et fait pivoter son long visage, à la recherche de…

Là-bas.

Une plaque d'herbe gelée semblable à toutes les autres.

Mais pas pour elle.

Elle s'en approche, tombe à genoux devant et baisse la tête.

« Vous… vous étiez ici ce jour-là, hein ? » dit Denorah, et la Femme à Tête de Caribou se retourne brusquement vers elle, le regard enflammé.

Denorah tend la main, comme si la fille de son assassin pouvait apporter quoi que ce soit de bon, puis elle revoit le corps mutilé de Victor Yellow Tail. De Cassidy et de Jolene. De son père. Elle ramène sa main contre sa poitrine.

La Femme à la Tête de Caribou est penchée en avant maintenant, appuyée sur son bras droit, sa paume plaquée sur la terre nue, comme si elle sentait quelque chose à cet endroit.

Et Denorah perçoit elle aussi les vibrations autour d'elle.

« C'est quoi ? » demande-t-elle sans réfléchir.

La Femme à Tête de Caribou s'est mise à creuser le sol, frénétiquement ; sa bouche produit des gazouillis désespérés.

Denorah secoue la tête et se penche en avant, juste assez pour assister à la naissance : une patte brune et fragile sort de terre en fouettant le vide, alors qu'elle aurait dû se décomposer depuis dix ans ; apparaît ensuite un flanc décharné, sous une pellicule de terre. La Femme à Tête de Caribou creuse plus vite, avec plus d'acharnement.

Un faon, encore mouillé, tremblotant.

Elle l'attire contre sa poitrine humaine, mais le cou de son petit est trop faible pour soutenir sa tête ; son menton bascule sur l'épaule de sa mère.

Tout le corps de la Femme à Tête de Caribou se redresse, et soupire sous la perfection de ce contact entre la peau et la fourrure.

C'est alors qu'un coup de fusil déchire le monde.

Juste derrière la Femme à Tête de Caribou, une gerbe de neige jaillit ; les flocons restent en suspension pendant que l'écho meurt. Denorah lève les yeux vers le sommet de la grande pente, vers…

« Tu as réussi », dit-elle, stupéfaite.

C'est son nouveau père, vêtu de sa chemise de garde-chasse. Ce qui veut dire que Nathan a réussi lui aussi. Tel Paul Revere, il a atteint Browning, alors qu'il avait perdu la moitié de son sang. Il a dû chevaucher directement jusqu'au Bureau, et il est resté conscient assez longtemps pour informer Denny Pease que sa nouvelle fille, sa belle-fille, se trouvait près du lac, Duck Lake, avec un… un monstre…

Son nouveau père savait où aller, et comment s'y rendre. La fille de Gabriel Cross Gun – *sa* fille – ne pouvait échouer qu'à un seul endroit.

Son tir suivant finit sa course juste devant la Femme à Tête de Caribou, comme pour lui montrer qu'il pouvait tirer derrière elle, et juste devant elle. Traduction : la prochaine balle serait la bonne.

La Femme à Tête de Caribou l'a compris. Réprimant son instinct qui lui ordonne de fuir, elle s'enroule autour de son petit, tournant le dos à la pente, en espérant que son corps sera assez épais pour protéger sa progéniture. Car c'est le rôle d'une mère caribou, non ? C'est la seule chose que tu as cherché à faire pendant tout ce temps, depuis que tu as fait ton retour dans ce monde subitement. Mais ta colère, ta haine, était si brûlante dans tes veines, tu t'y es noyée et…

Denorah lève les yeux vers le haut de la colline, vers la lunette clignotante et l'œil mort de son nouveau père, puis elle revient sur la Femme à Tête de Caribou, et elle s'aperçoit que ses deux pères se sont retrouvés au sommet de cette pente, derrière un fusil, et que les caribous ont *toujours* été ici. Ça peut s'arrêter… il faut que ça s'arrête, dit le vieil homme aux enfants assis autour de lui dans la hutte étoilée. Il *faut* que ça s'arrête, dit-il en repoussant ses courtes tresses, et la Fille le sait, elle le sent. Elle voit son vrai père mort dans cette hutte de sudation calcinée, l'arrière de son crâne pulvérisé, mais elle le voit également au sommet de cette pente, dix ans plus tôt, en train de tirer sur un troupeau de caribous sur lequel il n'avait pas le droit de tirer, et elle ne supporte pas de se dire qu'il est mort car elle l'aimait, elle *est* lui, pour toutes les choses importantes, mais si son nouveau père tue cette femelle à côté d'elle, ce n'est pas ça qui fera revenir son père ; et tant qu'elle continuera à dribbler dans son dos, alors que c'est inutile, son vrai père ne disparaîtra pas vraiment, hein ? Il sera toujours là, dans son sourire insouciant. Car c'est une chose que personne ne peut tuer.

Alors… c'est là que le vieil homme dévisage, l'un après l'autre, les enfants rassemblés dans la hutte avec lui, entourés d'une couverture étoilée, c'est là qu'il explique à tous les enfants rassemblés autour du feu ce que la Fille fait ici. Pour Po'noka, mais aussi pour toute sa tribu, elle s'avance sur ses genoux ensanglantés et place son petit corps entre le fusil et ce caribou qui a tué son père.

Elle tend la main droite vers la pente, paume ouverte, doigts écartés – le vieil homme mime le geste – et dit d'une voix claire dans l'air froid : Non, papa ! Non !

Est-ce la première fois qu'elle l'appelle ainsi ?

« Oui », dit le vieil homme. Oui.

Peu à peu, le canon du fusil se relève, la crosse se pose sur la hanche droite de Denny Pease. Il n'est qu'une silhouette tout là-haut. Un chasseur comme un autre.

La Femme à Tête de Caribou demeure immobile un long moment, enroulée autour de son petit, puis sa grande tête pivote, prête à tressaillir lorsqu'une balle s'enfoncera dans son dos encore une fois, pour lui couper les pattes et recommencer tout ce cycle.

Au lieu de cela, la silhouette humaine, tout là-haut, fait glisser sa main droite sur le côté, paume vers le sol, de gauche à droite, comme ça, dit le vieil homme.

Le geste avec lequel les Indiens indiquent qu'une chose est terminée. Le geste qu'il utilisait pour mettre fin à toutes les réunions, quand il essayait de ramener Gabe, Cass, Ricky et Lewis dans le droit chemin. C'est ce qu'il aurait dit à son petit-fils s'il l'avait pu.

C'est terminé, assez, ça peut s'arrêter là, si tu veux vraiment que ça s'arrête.

La Fille hoche la tête ; elle connaît la signification de ce geste. Elle se retourne vers la Femme à Tête de Caribou à côté d'elle, mais celle-ci est prise de soubresauts, bien qu'elle n'ait pas été touchée, et elle bascule sur le côté, sans lâcher son petit, pour le protéger de la suite.

La suite, c'est elle qui s'effondre dans la neige ; ses jambes et ses bras s'agitent, se tordent, craquent. Finalement, sa jambe droite transperce sa peau humaine, les poils marron et rêches en dessous. Puis un membre se fraye un passage à son tour, terminé par un sabot noir tout propre.

Une femelle caribou se relève dans la neige et penche la tête vers son petit pour lui lécher le visage, jusqu'à ce qu'il se dresse à son tour, sur ses pattes flageolantes, et la dernière image que l'on a d'eux, c'est la mère et son enfant qui s'éloignent dans l'herbe ; le troupeau les attend là-bas, pour les recueillir en son sein et les accompagner d'une saison à l'autre.

Puisque c'est la fin de l'histoire, le vieil homme lève la main droite de nouveau, comme la Fille l'a fait ce jour-là, et tous les enfants l'imitent. Et comme la Fille quatre ans plus tard, quand son équipe perd durant les prolongations en finale de la ligue régionale, il transforme ce geste en poing levé. La Fille se servira de ce poing levé, à la fin de ce match sans fin, pour honorer l'équipe des Crows qui a trouvé le moyen de la contrer finalement. Première défense à y parvenir, et une des dernières.

Cette marque de sportivité, de respect, d'honneur, c'est ce qui transparaît dans sa silhouette sur les milliers de posters, dans tous les gymnases des lycées, d'un bout à l'autre de ce territoire qui avait été le sien.

Ce n'est pas la fin de la piste, diront les gros titres. Ça n'a jamais été la fin de la piste.

C'est le commencement.

Remerciements

Je n'aurais pas écrit ce roman sans Ellen Datlow (je ne sais pas comment j'écrirais des récits d'horreur sans elle), alors merci, Ellen, éternellement. Je ne sais pas non plus comment j'aurais écrit ce roman-ci sans *L'Épouse antilope* de Louise Erdrich, gravé en moi. Comme tout ce qu'elle écrit. Ses histoires, ses personnages et les scènes qu'elle décrit sont éparpillés dans mon cœur. Si vous en ôtez un seul, je me vide de mon sang, à toute vitesse. Je n'oublie pas non plus le *Deer Woman : A Vignette*, d'Elizabeth LaPensée, déniché lors de la première Indigenous Comic Con. À moins que ce soit Lee Francis IV qui m'en ait donné un exemplaire quand j'étais là-bas ? Je ne m'en souviens plus très bien, mais j'ai fini recroquevillé autour de cette bande dessinée, je ne cessais d'y penser. Je mentirais si je ne citais pas le septième épisode de la première saison des Maîtres de l'Horreur, intitulé « La Belle est la Bête » et réalisé par John Landis. J'ai beaucoup aimé la manière dont cette femme bottait le cul à tous ceux qui l'avaient mérité. C'est ce que je veux pour toutes les Indiennes. Et je veux qu'elles vivent, s'il vous plaît. Certaines sont mes sœurs, mes nièces, et toutes sont mes cousines, mes tantes. Joe Lansdale est toujours pour moi une sorte de modèle, par sa manière d'écrire, de mettre sur la page l'émotion, le rire, l'action et tout ce qui est bon, quel que soit le genre. Par ailleurs, le poème de James Dickey « A Birth » est profondément enraciné dans l'herbe de cette histoire, en un sens, ou bien il fait partie de mon ADN d'auteur et je ne peux m'en débarrasser. Les premiers pas, timides, qu'accomplit ce jeune cheval pour pénétrer dans ce monde, c'est ainsi que les caribous entrent dans ce roman. Ils me regardent pendant qu'ils broutent, et si je ne leur rends pas justice, ils viendront me chercher. Mais sans doute que je ne les entendrai pas car j'écoute toujours ma musique à fond. Exemple : quand j'ai commencé à écrire ce roman, je me passais en boucle la chanson de D-A-D « Trucker ». Mais dans la dernière ligne droite, j'avais besoin de gens, pas de musique. Je crois que Matthew Pridham et Krista Davis ont été les premiers à le lire, mais Matthieu Lagrenade, Reed Underwood, Bree Pye, Jesse Lawrence et Dave Buchanan n'étaient pas loin derrière. Merci à vous tous. J'espère avoir cité tout le monde. Si j'ai oublié quelqu'un, écrivez votre nom ici :__________. Merci __________, donc. Merci également à Alexander Neumeister, David Tromblay, Theo Van Alst et Billy J. Stratton. Aucun de vous n'a lu ce roman pendant que je l'écrivais, mais le fait d'aborder certains sujets avec chacun de vous a orienté mon histoire dans telle ou telle direction. Alors, merci pour ces discussions. Puisqu'on évoque le langage, je ne parle pas le blackfeet, mais Robert Hall et Sterling HolyWhiteMountain m'ont permis de surmonter ce problème, tout en m'apportant de nombreux détails sur Browning et la réserve des Blackfeet, des choses que j'ignorais car je n'ai pas grandi là-bas. Ça ne veut pas dire que je n'en ai pas rajouté ici ou là. Dans ce cas, c'est moi le fautif, pas eux. Merci, Robert et Sterling. Bon, d'accord, merci à toi aussi Sylvester Yellow Calf, tu es présent à chaque page. Et toi, Pat Calf Looking, mon grand-oncle, il se peut que tu apparaisses ici ou là. Pendant que je finissais ce livre, j'ai dirigé un séminaire universitaire sur les maisons hantées, qui m'a été très utile. Je ne citerai pas les noms de tous les étudiants, étant donné que j'ai déjà droit aux gros yeux de mon éditeur (on m'avait dit « un paragraphe »...), mais nos discussions dans cette salle de cours ont été capitales pour moi, pour m'aider à assembler ce roman, tout comme ces discussions sur d'anciennes, et pas si anciennes, maisons hantées avec Nick Kimbro. Merci aussi à mon beau-frère, Oliver Smith, qui a effectué quelques recherches de dernière minute au cours d'une longue nuit d'écriture. Merci à Migizi Pensoneau qui m'a fourni certains éléments sur Great Falls, ce qui ne veut pas dire qu'ils seront exacts car j'ai tendance à transformer les choses quand j'écris, disons qu'ils sont « moins faux ». Du moins, je l'espère. Merci à Jill Essbaum, qui ne sait pas encore que j'ai introduit en douce la première phrase de son *Hausfrau* sur la réserve, en prenant quelques libertés ici ou là. Franchement, Jill, merci d'avoir toujours été ma corde de sécurité en montagne. Si je ne redescends pas, je ne pourrai pas écrire, hein ? Et puisqu'il est question de redescendre du sommet presque entier : merci à mon père, Dennis Jones, qui m'a emmené là-bas avant l'aube, matin après matin, quand il fait encore tellement nuit que tout semble briller d'une lueur bleutée, et quand vous entendez les caribous, si près que vous êtes certain de les toucher en tendant la main. Mais ce sont des fantômes, n'est-ce pas ? Ils sont beaucoup plus intelligents que je ne le serai jamais. Je rapportais surtout des histoires. Mais les histoires durent plus longtemps que la viande, voilà ce que je dis. Une de ces histoires me vient de mon grand-oncle Gerry Calf Looking. Un jour, un troupeau de caribous s'est rendu à Browning, et le train est passé juste au moment où il fallait. Et je parie que certaines des histoires vraies de John Calf Looking se retrouvent ici, ou alors je lui ai volé la manière dont il les raconte. Mais j'ai volé également la manière dont Delwin Calf Looking a dit « Tasco » un jour où on cherchait des cerfs, alors voilà, vous savez tout : voler, c'est mon truc. Ou bien : j'ai toujours une oreille qui traîne. Et cette fois, la dernière personne, ou presque, à lire ce livre a été Mackenzie Kiera, qui ne s'est pas contentée de le survoler, elle est rentrée dedans ; elle a regardé les choses de l'intérieur et m'y a fait rentrer de nouveau, pour me guider dans toutes les pièces de l'histoire, dont le salon de la maison que je loue actuellement. Avec son plafond haut et pentu. Et cette lampe au regard fou qui ne sait pas quoi faire de l'électricité. Alors, merci éclairage idiot, probablement hanté. Sans toi, je n'aurais jamais regardé à travers les pales de mon ventilateur. Merci également – c'est une première, et j'hésite encore car qui me croira ? – au chien qui a grandi avec mes enfants, Rane et Kinsey. Grace, tu es devenue Harley. Tu étais la meilleure des chiennes. Et encore ? Merci à un type avec qui j'ai bossé dans un entrepôt, il y a longtemps, Butch. Je t'ai kidnappé, mec, et je t'ai rebaptisé Jerry. Mais c'est parce que tu me manques. Tu figures également dans ma nouvelle « Discovering America », écrite il y a plus de vingt ans, je crois. Je ne peux pas m'empêcher de parler de toi. Enfin, après tout ça, pour mener ce roman à bien, après tous les kidnappings, les cordes de sécurité et les écrits nocturnes, toutes ces personnes qui me regardaient de haut, depuis ces nombreuses corniches qui entouraient chaque roman, merci à BJ Robbins, qui l'a rendu meilleur, tout d'abord en posant les bonnes questions, dont j'espérais que personne n'aurait l'idée de les poser ; et en y croyant suffisamment ensuite pour déposer le manuscrit sur le bureau de l'éditeur. Cet éditeur était, et est toujours Joe Monti. Puisque c'est mon nom qui figure sur la couverture, vous ne voyez peut-être pas les empreintes que ses mains ont laissées sur cette histoire, sur ce livre, qui n'a pas trouvé sa forme définitive, celle que vous avez devant vous, jusqu'à ce qu'il hausse les épaules et demande : « Et si c'était comme ci, plutôt que comme ça ? » C'est « comme ci » maintenant. « Comme ça ? » Où avais-je la tête ? Parfois, certains livres ont besoin du bon éditeur pour franchir les dernières marches, pour devenir ce qu'ils peuvent être. Merci Joe, merci BJ, merci Lauren Jackson, meilleure publicitaire de tous les temps. Merci Madison Penico pour m'avoir aidé à achever ce roman ligne par ligne, quand c'était important. Merci au premier, au deuxième, au dernier et aux lecteurs du moment. Merci à tous, et surtout aux personnes que j'oublie, aux animaux que je garde secrets, mais plus particulièrement, comme toujours, à ma belle, merveilleuse, intelligente et parfaite épouse, Nancy, qui sait se placer entre moi et le monde, encore et encore, et m'offrir de petits refuges à l'abri du vent, où je peux parfois écrire un livre, ou trois. Je n'écrirais rien si tu n'étais pas là pour me protéger. Avant tout, vraiment, merci de m'avoir vu à travers une étendue de sable quand nous avions dix-neuf ans tous les deux, et d'avoir soutenu mon regard une seconde de plus, une seconde qui a duré et dure toujours pour nous, et qui a encore la vie devant elle.

pcа
cmb
édition pré-presse
livres numériques

44400 Rezé

Achevé d'imprimer en juin 2022
sur les presses de Normandie Roto Impression s.a.s.
61250 Lonrai (Orne)
pour le compte des Éditions Payot & Rivages
60/62, avenue de Saxe - 75015 Paris
N° d'imprimeur : 2203204
Dépôt légal : juin 2022

Imprimé en France